Sven Petter Næss
FURCHT

AF178604

atb aufbau taschenbuch

Sven Petter Næss, 1973 geboren, wuchs in Oslo auf. Er arbeitet mit Informations- und Kommunikationstechnologien im universi- tären Sektor. Seit 2019 schreibt er zudem erfolgreich Kriminal- romane. Sein Roman »Furcht« erhielt 2020 die Auszeichnung für den besten Krimi Norwegens.
Im Aufbau Taschenbuch ist bereits sein Kriminalroman »Glut« erschienen.

Andreas Brunstermann übersetzt Romane und Sachbücher aus dem Norwegischen und Englischen. Er hat unter anderem Trude Teige, Roy Jacobsen, Jan-Erik Fjell und Jørn Lier Horst ins Deut- sche übertragen. Er lebt in Berlin.

Als Kripo-Ermittler Harinder Singh erfährt, dass seine Nichte mehr tot als lebendig im Water of Leith in Edinburgh entdeckt wurde, hält ihn nichts mehr in Oslo. Warum wurde die norwe- gische Studentin entführt? Und was lief anschließend schief, so dass Amandeep im Fluss landete? Auf der Suche nach Antworten tritt Harinder der schottischen Polizei mächtig auf die Füße und kommt mithilfe eines alten Kontakts tatsächlich auf die Spur der Entführer. Schnell wird jedoch klar, dass der wahre Drahtzieher sich weiterhin versteckt hält, und Harinder beauftragt seine Kol- legin in Oslo, auch zu Hause in dem Fall zu ermitteln. Als Rachel Hauge daraufhin Amandeeps alten Job in einer Bar in Grün- erløkka unter die Lupe nimmt, stößt sie dabei nicht nur auf die Machenschaften der Ulriksen-Zwillinge, die den Laden führen, sondern auch auf eine Information, die Amandeeps Fall in ein völlig anderes Licht rückt …

SVEN PETTER NÆSS

FURCHT

KRIMINALROMAN

Aus dem Norwegischen
von Andreas Brunstermann

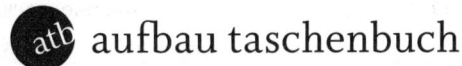 aufbau taschenbuch

Die Originalausgabe unter dem Titel
Skjebnesteinen
erschien 2020 bei H. Aschehoug & Co. (W. Nygaard) AS, Oslo.

Die Übersetzung wird mit der finanziellen Unterstützung
von NORLA veröffentlicht.

ISBN 978-3-7466-4036-5

Aufbau Taschenbuch ist eine Marke
der Aufbau Verlage GmbH & Co. KG

1. Auflage 2024
© Aufbau Verlage GmbH & Co. KG, Berlin 2024
www.aufbau-verlage.de
10969 Berlin, Prinzenstraße 85
© Sven Petter Næss, 2020
Umschlaggestaltung und Motiv www.buerosued.de, München
Satz LVD GmbH, Berlin
Druck und Binden CPI books GmbH, Leck, Germany

Printed in Germany

PROLOG

Oppsal, Oslo
Mittwoch, 20. Februar 2019

Erik Ruud war ein durch und durch verräterischer und schlechter Mensch.

Mit einer Einkaufstüte in jeder Hand kam er gerade aus dem Rema-Supermarkt, der auf halber Höhe der ansteigenden Straße lag.

Aus der Entfernung konnte man sehen, wie Ruud plötzlich auf dem Neuschnee ausrutschte, der gleich losem weißem Pulver auf dem Eis lag. Ein Fuß schoss vor, die Arme wedelten in der Luft. Es sah aus, als sei er inmitten eines rituellen Tanzes, dessen Ziel es war, das Gleichgewicht zu halten und nicht etwa die Gunst der Götter zu erbitten. Ein Kampf, den er mit denkbar kleinstem Vorsprung für sich entscheiden konnte. Es gelang ihm sogar, eine der Tüten in der Hand zu behalten, die andere hingegen nicht. Dann fluchte er laut in die abendliche Dunkelheit hinein, wie ein Alkoholiker, der im wütenden Krieg mit der Welt lag.

Ein komischer Moment, der bei der Person, die auf Ruud wartete, einen gewissen Zweifel hervorrief. Als ob der Mann gerade die jämmerliche Gestalt bloßgestellt hätte, die er wirklich war. Weshalb also eingreifen? Würde solch ein Mann nicht von ganz allein zugrunde gehen?

Jedoch nicht schnell genug. Und eine Strafe ist keine Strafe, wenn er sie nicht fühlen kann.

Nach seinem Beinahe-Sturz stapfte Erik Ruud weiter.

Der Puls stieg.

Die wartende Person machte sich bereit. Hatte eine Position hinter dem Gebüsch in der Nähe des Kindergartens gewählt, ganz oben auf dem Hügel. Im Dunkeln würde es fast unmöglich sein, eine schwarz gekleidete Gestalt mit einer Kapuze zu erkennen. Voraussetzung jedoch war, dass Ruud trotz der Schneeverhältnisse den Gehsteig nahm, anstatt den längeren, aber einfacheren Weg außen herum.

Er wird die Abkürzung nehmen, denn das tut er immer. Sein ganzes Leben handelt von Abkürzungen.

Erik spürte, dass er sich eine Muskelzerrung im Oberschenkel zugezogen hatte. Gleichzeitig schneite es weiter. Würde er denn nie aufhören, dieser verfluchte Winter? Seit fast einem halben Jahr schon war es kalt und feucht. Er war es leid, zu frieren.

Und richtig scheißleid war er es, Tag und Nacht zu arbeiten und dafür kaum etwas zurückzubekommen.

Das Restaurant und der Nachtclub brummten, und das war sein Verdienst. Und dennoch saß er bloß mit ein paar Krümeln da. Die Zwillinge hielten sich schadlos an den Überschüssen, fraßen sich satt an den Früchten seiner Mühen. So war es schon seit Langem, wenn er es recht bedachte. Vielleicht schon, seit er ihnen begegnet war.

Und solche Typen nannten sich seine Kumpel.

Eigentlich war alles nur ihre Schuld. Hätten sie ihn gerecht behandelt, wie einen echten Partner, wäre er niemals gezwungen gewesen, nebenher seine eigenen Geschäfte zu verfolgen. Dann wäre er auch nicht in diese Klemme geraten. Er könnte im Gefängnis landen, seine Arbeit und vielleicht auch seine Freundin verlieren, oder er opferte seine Partner.

Wer nun glaubte, dass diese Entscheidung hätte klar sein müssen, kannte die Brüder nicht. Sie gehörten nicht zur Sorte der Vergebenden.

Ein Lastwagen kam den Østmarkvei entlanggefahren und blies Schnee in beide Richtungen. Erik spürte den kalten Windstoß im Gesicht. Er überquerte die Straße und nahm den abschüssigen Gehweg, der zum Wäldchen am Fuße von Eftasåsen führte. Wegen all der Eltern, die ihre Kleinen zum Kindergarten an der Spitze des Hügels brachten oder von dort abholten, war der komplette Gehweg mit Salz und feinem Kies bestreut worden.

Er hörte die Schritte direkt hinter sich. Kies, der unter der frischen Schneeschicht knarzte. Er drehte sich nicht um. Blickte nicht über die Schulter, um zu überprüfen, wen er da hinter sich hatte. In dieser Gegend war ständig jemand unterwegs, um zu joggen, einen Spaziergang zu machen oder den Hund auszuführen, sogar an einem ekligen Abend wie diesem.

Er opferte der Person nicht einen Gedanken, bis er plötzlich hörte, dass sie seinen Namen rief.

Da blieb er stehen und drehte sich um.

Erik Ruud starrte die Gestalt an, die nur wenige Meter von ihm entfernt stand. Dunkle Kleidung, engsitzende Trainingshose, leichte Winterjacke. Kapuze über dem Kopf und Handschuhe an den Händen.

Er konnte die Augen und das Gesicht unter der Kapuze kaum erkennen und doch genug, so dass er stutzte.

»Du…?«

Für einen kurzen Moment stellte er sich ein Gespräch vor, in dem er seine beträchtlichen Überredungskünste anwandte, um die Situation zu lösen. Künste, die er schon erfolgreich eingesetzt hatte, als er mit Schmuggelware vom Zoll aufgegriffen wurde. Aber sein Gegenüber war nicht für eine Unterhaltung gekommen. Das begriff er, als er die Pistole mit dem Schalldämpfer sah.

Der erste Schuss traf ihn in die Brust.

Jetzt glitten ihm beide Einkaufstüten aus den Händen, als er nach hinten kippte und auf dem Rücken landete. Er hörte Glas zerbrechen und rang um Atem, während er auf dem kalten Boden lag. Es fühlte sich an, als ob der Frost in sämtliche Zellen seines Körpers vordrang.

Die dunkle Gestalt stieg über ihn hinweg und stellte sich ins Licht der Straßenlaterne. Die Pistolenmündung zeigte auf Eriks Kopf.

Die vom Schuss rührenden Schmerzen wurden von der intensiven Furcht überschattet, die ihn plötzlich ergriff. Er hätte um sein Leben gebettelt, war jedoch außerstande, mehr als grunzende Laute von sich zu geben. Und gleichzeitig konnte er in den Augen seines Gegenübers sehen, dass kein einziges Wort geholfen hätte.

Hier war keine Gnade zu erwarten.

Schmerzen. Kälte. Verwirrung. Angst. Reue.

All dies hörte auf zu existieren, als die Pistole zum zweiten Mal abgefeuert wurde.

KAPITEL 1

Vom Parkplatz aus hatten sie einen perfekten Ausblick auf den weißen Wohnblock auf der anderen Straßenseite. Eines der eher modernen Gebäude in der Nachbarschaft. Sieben Stockwerke mit glatter Betonfassade und verglasten Balkons im Herzen von Dean Village. Die feine Gegend lag gar nicht mal so viele Kilometer von Pilrig entfernt, woher die beiden Männer im Wagen kamen, gehörte aber dennoch einer ganz anderen Welt an.

Die Straßen waren so gut wie leer. Es war Sonntagabend, in der Nähe gab es weder Pubs noch offene Geschäfte, weshalb es für die Bewohner des Viertels keinen großen Grund gab, sich durch kalten Wind und Nieselregen zu kämpfen.

Ideale Arbeitsbedingungen für den Job, den Davey und sein Kumpel vor sich hatten.

Laut der letzten Nachricht ihres Auftraggebers befand sich die Zielperson auf dem Weg nach Hause. Sie bewohnte die Eckwohnung im zweiten Stock, die, seitdem Davey und sein Kumpel den Ort ausgekundschaftet hatten, im Dunkeln lag. Die Bewohnerin war über das Wochenende verreist.

Die ganze letzte Woche hatten sie dafür verwendet, sich eine Übersicht über das Gebäude und die Nachbarn zu verschaffen. Alle Zugänge waren überprüft. Sie hatten eine

Stelle gewählt, an der sie ein paar Stunden herumsitzen konnten, ohne allzu viel Aufmerksamkeit auf sich zu ziehen. Ein passender Wagen für den Anlass war ebenfalls organisiert worden. Nichts sollte dem Zufall überlassen bleiben.

Davey verspürte das starke Bedürfnis nach einer Zigarette, wusste aber, dass er warten musste. Selbst in abendlicher Dunkelheit zogen rauchende Männer in Autos ein gewisses Interesse auf sich.

»Sollte diese Bitch nicht langsam mal auftauchen?«, fragte Lee.

»Geduld, mein Freund«, entgegnete Davey. »Sie ist bestimmt jeden Moment hier.«

»Na gut, ich muss pissen.«

»Warum bist du denn nicht aufs Klo gegangen, bevor wir losgefahren sind?«

»Bin ich doch!«, sagte sein Nebenmann.

Davey schüttelte den Kopf. Immer war irgendwas mit dem Typen. Doch dafür war Lee ein Profi. Sie hatten schon viele Jobs gemeinsam erledigt.

Ein paar Frontscheinwerfer erhellten die Straße hinter ihnen. Gerade war ein Kombi aus Douglas Gardens um die Ecke gekommen, an der alten Kirche, die jetzt eine Jugendherberge war. Davey beobachtete den Wagen im Rückspiegel. Ein Volvo, der vor dem weißen Block auf der anderen Straßenseite anhielt. Direkt vor dem Eingang.

Er sah eine Frau eine der hinteren Türen öffnen. Sie hatte etwas dunklere Haut und langes schwarzes Haar, das zu einem Pferdeschwanz gebunden war, und sie trug eine rote Windjacke und Wanderstiefel. Davey und Lee betrachteten das Porträtfoto, das sie von ihrem Auftraggeber bekommen hatten.

Die Zielperson war eingetroffen.

Das Problem waren die beiden anderen Personen, die aus dem Wagen stiegen – ein Mann und eine Frau in ähnlicher Kleidung. Sie öffneten die Heckklappe und nahmen einen Rucksack und einen Schlafsack heraus. Davey hielt den Atem an. Falls die beiden vorhatten, ihr mit dem Gepäck nach oben zu helfen, würde der Plan scheitern.

Nicht unsere Schuld, dachte er. Laut ihren Informationen sollte sie allein sein.

Davey atmete erleichtert auf, als die drei sich vor dem Eingang mit einer Umarmung voneinander verabschiedeten, ehe die beiden anderen sich wieder in den Volvo setzten. Die Zielperson winkte ihnen nach, während der Wagen wendete und denselben Weg zurückfuhr.

Die Frau schleppte das Gepäck samt Schlafsack zur Haustür und zog ein Schlüsselbund aus der Jackentasche. Davey und Lee reagierten sofort. Sie stiegen aus dem Wagen und eilten über die Straße, Davey ging voraus.

»Überlassen Sie die Tür ruhig mir«, sagte er in seinem freundlichsten Ton. Die Zielperson versuchte, die Tür mit dem Ellbogen aufzuhalten, während sie gleichzeitig nach dem Gepäck auf dem Boden griff.

Sie nickte dankbar, genauso wie er es vorhergesehen hatte. Wenn er wollte, konnte er sehr charmant sein. Davey stellte sich in die Türöffnung und wartete darauf, dass sie mit Sack und Pack über die Schwelle trat.

»Brauchen Sie Hilfe mit dem Rucksack, Miss?«, fragte er.

»Nein, danke«, erwiderte sie. »Der ist gar nicht so schwer.«

Davey lächelte liebenswürdig. Die Kleine war wirklich

süß, musste er einräumen. Hübsches Gesicht und reizende Formen.

Sie musste geahnt haben, dass sich jemand von hinten näherte, denn in diesem Augenblick drehte sie den Kopf.

Aber da war es bereits zu spät.

Lee drückte ihr die Elektroschockpistole in den Nacken. Es knisterte, als der Strom auf ihre nackte Haut traf. Ein kräftiges Zucken durchfuhr ihren Körper, und im selben Moment verlor sie die Kontrolle über ihre Motorik. Die Augen rollten nach hinten weg. Aus ihrem Mundwinkel rann Speichel. Sie wäre zu Boden gefallen, wenn Lee sie nicht aufgefangen hätte. Er hielt sie fest, während weitere Zuckungen durch ihren Körper jagten, bis sie schließlich reglos in seinen Armen lag.

KAPITEL 2

Harinder Singh erspähte die schottische Hauptstadt schon während des Anflugs. Oder zumindest die Punkte, die hoch genug lagen, um aus dem Nebel herauszuragen, der sich wie ein Schleier über Edinburgh gelegt hatte.

Wie die Überreste untergegangener Welten sah er die Dächer von Sandsteingebäuden hervorstehen. Im Westen erahnte er die Mauern des alten und berühmten Schlosses, das majestätisch auf dem Gipfel eines erloschenen Vulkans thronte.

Unter anderen Umständen hätte er sich darauf gefreut, die verborgen unter ihm liegenden Straßen und Gebäude zu erkunden. Seine beiden vorherigen Besuche in der Stadt waren kurz gewesen, und schon lange hatte er Lust verspürt, wieder dorthin zurückzufahren.

Aber das hier war keine Urlaubsreise. Er war nicht hier, um Sightseeing zu machen oder Museen zu besuchen. Stattdessen versuchte er, sich das Bevorstehende als Arbeit vorzustellen. Das vermittelte ihm ein Gefühl von Kontrolle über die Krise, die sich abspielte. Allerdings hatte sein Chef mehr als deutlich gemacht, dass er sich keinesfalls offiziell mit dem Fall befassen dürfe.

»Ich kann Sie nicht davon abhalten, zu fahren«, hatte

Abteilungsleiter Musæus gesagt. »Und dennoch rate ich davon ab. Sie wissen ja sicher, was man über Ärzte sagt? Dass sie die schlimmsten Patienten sind? Nun, das Gleiche gilt für Polizeibeamte, die gleichzeitig Angehörige sind. Lassen Sie die Edinburgh-Polizei in Ruhe ihre Arbeit machen, Sie werden ja ohnehin immer auf dem Laufenden gehalten.«

Harinder hatte nur mit halbem Ohr zugehört. Vermutlich war es ein gut gemeinter Rat gewesen, aber nicht hinzufliegen, war zu keinem Zeitpunkt infrage gekommen.

Musæus, oder die Maus, wie er hinter seinem Rücken genannt wurde, hatte geseufzt.

»Wie ich sehe, könnte ich genauso gut mit der Wand reden«, sagte er. »In Ordnung, aber vergessen Sie nicht, dass Sie dort drüben keinerlei Befugnisse haben. Falls die Polizei Informationen an Sie weitergibt, dann geschieht das zu deren Bedingungen. Treten Sie den Leuten nicht auf die Zehen und unternehmen Sie nichts eigenmächtig. Auch wenn Sie als Privatperson hinüberfahren, sind Sie dennoch einer von uns. Falls Sie sich blamieren, wirft das auch auf uns ein schlechtes Licht.«

Die Maus hatte nicht eher lockergelassen, bis Harinder bestätigte, dass er seine Worte vernommen hatte.

Das Hotel lag zentral in der Princes Street, der Hauptstraße von Edinburgh. Es handelte sich um ein sogenanntes altehrwürdiges Hotel, was bedeutete, dass es an schäbig grenzte, mit Teppichboden in sämtlichen Räumen. Der Bahnhof lag gleich gegenüber. Die weißen Straßenbahnen rollten fast lautlos durch die Straßen, ganz im Gegensatz zu den blauen Waggons in Oslo, die meist nach einander ablösenden Erdbeben klangen.

Harinder war müde und hungrig. Obwohl der Flug erst um elf losgehen sollte, war er seit fünf Uhr morgens wach gewesen. Und da er nicht länger schlafen konnte, war er kurzerhand aufgestanden und hatte Schränke und Schubladen durchsucht, in der Hoffnung, dass sich doch noch irgendwo ein Päckchen Zigaretten verbarg.

Leider hatte er ein altes gefunden, worin noch zwei Zigaretten steckten.

Der Krieg gegen das Nikotin erstreckte sich schon über mehrere Jahre, und von Zeit zu Zeit verlor er eine Schlacht. Dieses Mal lag es ganze zehn Monate zurück, dass er zuletzt einen tiefen Lungenzug getan hatte.

Harinder rief seine Schwester Jaspreet an, um sie über seine Ankunft zu informieren.

»Ich bin sehr froh, dass du da bist, aber es war wirklich nicht nötig, hierherzukommen«, sagte sie.

»Amandeep hätte es sich gewünscht«, entgegnete er.

Er hörte ein Seufzen am anderen Ende der Leitung. Als ob Jaspreet nicht die Kraft zum Streiten hätte.

»Na ja, vielleicht kannst du uns ja mit der Polizei helfen?«, fragte sie. »Die erzählen uns nichts. Bloß, dass sie mehrere Spuren verfolgen.«

»Das müssen sie sagen, wenn sie nichts Konkretes in der Hand haben«, sagte Harinder. »Wie geht es ihr denn?«

»Keine Veränderung«, sagte Jaspreet mit tränenerstickter Stimme. »Sie behalten sie im künstlichen Koma. Da gibt es eine Schwellung im Gehirn, die zurückgehen muss. Kritisch, aber stabil, nennen sie ihren Zustand. Ich habe das viele Male zuvor gehört, aber erst jetzt ist mir aufgefallen, wie absurd diese Formulierung klingt.«

»Ich komme zum Krankenhaus«, sagte Harinder.

»Okay.«

Er versuchte, nicht zu viel über den mangelnden Enthusiasmus in ihrer Stimme nachzudenken, sondern ordnete dies in erster Linie als Folge ihrer psychischen Belastung ein. Gleichzeitig konnte er nicht davon absehen, dass ihr geschwisterliches Verhältnis gewisse Komplikationen in sich barg.

Während Harinder in Norwegen geboren und aufgewachsen war, kam seine Halbschwester Jaspreet ursprünglich aus Indien. Ihr gemeinsamer Vater war bereits verheiratet und Jaspreet war schon ein kleines Mädchen gewesen, als die Familie in den frühen siebziger Jahren aus Jalandhar im indischen Punjab nach Norwegen umzog.

Dann verliebte der Vater sich in eine Bankangestellte aus Hedmark.

Die arrangierte und relativ lieblose Ehe musste den neuen und starken Gefühlen für die junge Norwegerin weichen. Das Verhältnis hatte Schockwellen durch ihre beiden Familien und den jeweiligen Freundeskreis geschickt. Zu jener Zeit war die Liebesbeziehung als unerhört, ja geradezu skandalös betrachtet worden. Für seine verschmähte Gattin und die Tochter handelte es sich um unverzeihlichen Verrat, und es gab keinen Zweifel, auf welcher Seite die indische Familie und der Freundeskreis standen. Sie brachten zum Ausdruck, was sie von der Geschichte hielten, indem sie sich von ihm abwandten.

Noch bis zu diesem Tag hatte der Vater nur wenig Kontakt mit alten Bekannten aus seiner ehemaligen Heimat. Kanvar Singh war ein sturer Mann, der eine Beleidigung niemals vergaß.

Lange hingegen hatte er versucht, das Verhältnis zu seiner Tochter zu reparieren, doch ohne großen Erfolg. Harinder konnte gut verstehen, dass es schwierig war, in dem Wissen aufzuwachsen, vom eigenen Vater verlassen worden zu sein. Noch dazu in einem kalten, fremden Land.

Erst, als sie beide erwachsen geworden waren, hatten sie einen gewissen Kontakt aufgebaut. Harinder hatte sie und ihre Familie in Lørenskog ab und an besucht, meist zusammen mit seiner Tochter Savi. Jaspreet und er sandten einander Geburtstagsgrüße und Ähnliches, doch besonders eng war ihr Verhältnis nie geworden.

Er bezweifelte, dass überhaupt ein Verhältnis existiert hätte, wenn seine Nichte nicht gewesen wäre. Sie hatte sich Kontakt sowohl mit dem Großvater als auch mit dem Onkel gewünscht, was die Erwachsenen zwang, sich mit den Umständen zu arrangieren.

Jaspreet und ihr Mann, Gurman, hatten nur ein Kind, nämlich ihre 27-jährige Tochter Amandeep. Nach einem Spontanabort und einer Totgeburt hatten sie aufgehört, sich weitere Kinder zu wünschen.

Mit sechzehn hatte Amandeep ihren Onkel Harinder angerufen, weil sie eine Präsentation über den Polizeiberuf halten sollte. Er hatte ihr alle Fragen detailliert beantwortet, hatte sie im Polizeipräsidium herumgeführt und war mit ihr im Streifenwagen umhergefahren. Danach hatten sie zu Hause bei ihm und seiner damaligen Frau zu Abend gegessen, und er erinnerte sich noch, wie gerührt er gewesen war, zu sehen, dass Amandeep seine Tochter Savi so hemmungslos verwöhnte. *Choti bahan*, hatte sie sie genannt.

Kleine Schwester.

Savi war außer sich vor Verzweiflung über das Geschehen. Als Harinder und sie zuletzt gesprochen hatten, war sie in Tränen ausgebrochen, und ausnahmsweise einmal hatte sie ihn ermuntert, so schnell wie möglich aufzubrechen.

Amandeep hatte den Wunsch geäußert, selbst Polizistin zu werden, wenn sie erwachsen würde. Und weil es in ihrer Natur lag, alle Pläne und Ideen mit großem Ernst zu verfolgen, hatte Jaspreet ihren Bruder kontaktiert und ihn inständig gebeten, er möge sie in diesem Vorhaben nicht noch bestärken. Jaspreet hatte größere Ambitionen für ihre Tochter.

Polizistin wurde sie also nie. Amandeep hatte das Gymnasium mit lauter Einsen und Zweien hinter sich gebracht und absolvierte danach ein Jahr eines Bachelor-Studiengangs in Wirtschaft, ehe sie ihren Eltern graue Haare wachsen ließ, als sie sich zum Wehrdienst beim Militär meldete.

Dort durchlief sie die Grundausbildung und bewarb sich nach Ablauf der Dienstzeit sogar für einen Auslandseinsatz in Afghanistan. Harinder hatte ein Foto von ihr bekommen, auf dem sie in Khaki-Uniform und mit einem Gewehr über der Schulter in der afghanischen Wüste posierte, und er hatte gedacht, dass seine Schwester Jaspreet es vermutlich doch vorgezogen hätte, wenn Amandeep sich für den Polizeiberuf entschieden hätte.

Zum Glück war seine Nichte wohlbehalten zurückgekehrt. Zur großen Erleichterung ihrer Familie hatte sie das Studium wieder aufgenommen und einen Bachelorgrad an der Norwegischen Wirtschaftshochschule erlangt.

Zu Beginn des Jahres hatte sie beschlossen, einen Master im Ausland zu machen, und war nach Schottland gefahren, um Betriebswirtschaft an der Edinburgh Business School zu studieren. Sie teilte sich die im Westen der Stadt gelegene

Wohnung mit einer anderen Studentin. Riya Chaudry hatte ebenfalls einen indischen Hintergrund, war aber britische Staatsbürgerin.

Es war Riya gewesen, die die Familie darüber informiert hatte, dass Amandeep am Sontag nicht wie erwartet von einer Bergwanderung mit Freunden zurückgekehrt war.

Vierundzwanzig Stunden später war sie im Water of Leith aufgefunden worden, bewusstlos und gerade noch am Leben.

KAPITEL 3

Der Krankenhauskomplex befand sich nicht weit vom Stadtzentrum entfernt, lag aber dennoch in ländlicher Umgebung. Ein frischer Wind herrschte und schien den Nebel vertrieben zu haben, als Harinder aus dem Taxi stieg.

In der Cafeteria gleich neben der Notaufnahme traf er auf Jaspreet und ihren Mann. Seine Schwester war eine zierliche Frau in dunkler Kleidung, sie trug eine Hornbrille, ihr schulterlanges Haar zeigte dezente Andeutungen von Grau. Gurman Singh überragte sie deutlich. Ein Mann mit breiten Schultern, üppigem Bart und blauem Turban. Er nickte ernst und streckte die Hand aus, als Harinder vor ihm stand. Kein Lächeln und keine Höflichkeitsphrasen. Jaspreet zog ihn in eine kurze Umarmung. Allein das verriet schon, wie sehr das Geschehen sie mitgenommen hatte.

Entgegen Harinders Rat hatten sie am Montag, nachdem Amandeep als vermisst gemeldet worden war, das erste Flugzeug nach Schottland genommen. Harinder war sich ziemlich sicher gewesen, dass hinter ihrem Verschwinden kein dramatisches Ereignis verborgen lag. So etwas kam nur selten vor. Als Kommissar in der taktischen Ermittlungsabteilung der Kripo konnte er das mit ziemlicher Sicherheit sagen.

Am Montagabend hatte ein junges Paar gerade seinen Hund ausgeführt, als sie die im Fluss treibende Gestalt entdeckten. Der Mann war geistesgegenwärtig in den kalten Fluss gesprungen und hatte sie an Land gezogen. Amandeep hatte leblos gewirkt, weshalb er sich darangemacht hatte, sie wiederzubeleben.

Hätte das Paar sie nicht gefunden, wäre Amandeep im Fluss womöglich weitergetrieben worden. Noch ein paar weitere Minuten in dem kalten Wasser, und sie wäre garantiert tot gewesen.

Zufälle, die einen Unterschied ausmachten. Harinder erlebte so etwas ständig bei seiner Arbeit.

»Kann ich sie sehen?«, fragte er.

Amandeep lag zur Beobachtung auf der Intensivstation. Harinder musste sich damit begnügen, sie durch eine Glasscheibe zu betrachten.

Sie war an ein Beatmungsgerät angeschlossen. Nährflüssigkeit wurde ihr intravenös über einen Infusionsbeutel verabreicht, der neben dem Bett an einem Ständer hing. In einen Patientenkittel gekleidet, ruhte sie anscheinend friedlich auf dem Bett. Harinder sah Bewegung hinter ihren geschlossenen Augen. Ein Zeichen für Hirnaktivität, wie er wusste.

Zu diesem Zeitpunkt galt es, auf alles zu setzen, was positiv gedeutet werden konnte.

Wieso war sie Sonntagabend verschwunden? Wohin war sie gefahren und wo hatte sie sich in der Zwischenzeit aufgehalten, bis sie am Montag gefunden wurde? Die einzige Person, die diese Fragen vorläufig beantworten konnte, lag bewusstlos auf der anderen Seite der Glasscheibe.

Gesicht und Körper zeugten von der Gewalt, der sie offenbar ausgesetzt gewesen war. Harinder hatte sich den Bericht am Telefon vorlesen lassen. Schädelbruch. Kieferbruch. Rippen. Finger. Das Gesicht war mit Schwellungen und blauen Flecken überzogen. Die meisten Verletzungen konnten von einem Sturz aus großer Höhe herrühren, wie etwa von einer der Brücken über den Water of Leith, aber nicht alle. Oberhalb der Handgelenke hatte sie tiefe Hautverletzungen.

Ein Zeichen dafür, dass ihre Hände fest zusammengebunden worden waren.

Es war ein schmerzlicher Anblick, und Harinder spürte seinen Puls ansteigen. Er ballte die Hände zu Fäusten und versuchte, ruhig zu atmen. Er dachte an das aufgeweckte und altkluge Mädchen zurück, das neugierig auf alles war. An die Teenagerin, die so gern Babysitter für Savi spielte oder ihr bei den Hauaufgaben helfen wollte. An die junge Frau, die immer zur Stelle war, wenn jemand sie brauchte.

Und er spürte das schlechte Gewissen nagen, weil er sich selbst nicht so entgegenkommend verhalten hatte.

Er bedeutete ihr etwas, trotzdem hatte er sich nicht so um sie gekümmert, wie er es hätte tun sollen. Es hatte Verabredungen gegeben, die er nicht einhalten konnte, weil er plötzlich für eine Mordermittlung nach Bodø musste. Er hatte Telefongespräche mit ihr geführt, die er abkürzte, weil er sich inmitten von etwas befand, das er nicht abbrechen konnte oder wollte. Immer gab es einen Fall. Immer einen Ort, an den er reisen, eine Besprechung, an der er teilnehmen, einen Bericht, den er vollenden musste. Oder es gab ein Detail, das sich nicht aus seinen Gedanken vertreiben ließ. Das um seine Aufmerksamkeit buhlte und diese schließlich auf Kosten der Person auf sich zog, der er eigentlich hätte zuhören sollen.

»Sieh nur, was sie ihr angetan haben ...«, sagte Jaspreet mit gebrochener Stimme. »Sieh, was sie unserer Ami angetan haben.«

Sie lehnte den Kopf an die Schulter ihres Mannes, der sie in seine Arme nahm. Harinder wollte etwas Tröstendes sagen, wusste aber, dass sich alles nur wie leeres Geschwätz anhören würde. Dass es nichts verändern könnte.

KAPITEL 4

Jaspreet und Gurman hatten nach ihrer Ankunft in Schottland zweimal mit der Polizei gesprochen. Zum ersten Mal, als es sich »nur« um einen Vermisstenfall handelte, und dann ein weiteres Mal, nachdem Amandeep gefunden worden war.

Beim letzten Termin hatten sie mit einer Ermittlerin gesprochen, die laut Jaspreet sowohl professionell als auch sympathisch gewirkt hatte. Für den Fall, dass die beiden sie erreichen wollten, hatte sie ihre Karte hinterlassen. Diese trug das Logo der Police Scotland, wie es nun hieß, nachdem alle Polizeidistrikte des Landes zusammengelegt worden waren.

Detective Sergeant Roisin Lawson, West End Police Station.

Harinder fragte sich, wie wohl ihr Vorname ausgesprochen wurde. Aber das würde er sicher herausfinden, wenn er sich mit ihr unterhielt. Das gedachte er bald zu tun. Doch zunächst wollte er eine klare Abfolge der Ereignisse nachzeichnen. Er musste so viel wie möglich über Amandeeps Bewegungen vor ihrem Verschwinden herausfinden. Womit sie sich beschäftigt hatte und mit wem sie zusammen gewesen war. Denn falls sie nicht rein zufällig zum Opfer geworden war, könnten diese Informationen Aufschlüsse über ihr Verschwinden geben. Die Erklärungen für solche Verbrechen waren am häufigsten in den persönlichen Beziehungen zu finden.

Amandeep wohnte erst seit zwei Monaten in Edinburgh. Sie war Ende August in die Stadt gekommen, eine Woche vor Beginn des Semesters. Nach ein paar Wochen in einem Studentenwohnheim war sie in die Wohnung gezogen, die Riya Chaudry in Dean Village unterhielt. Der letzte Freitag war unterrichtsfrei gewesen. Gemeinsam mit ein paar Studienfreunden hatte Amandeep einen Ausflug in das schottische Hochland unternommen.

Laut Jaspreet waren Amandeep und ihre Mitbewohnerin gute Freundinnen geworden, allerdings war Riya nicht mit auf den Wochenendausflug gekommen. Sie waren zu sechst gewesen, drei Frauen und drei Männer. Jaspreet zeigte Harinder ein Foto, das Amandeep ihr von der Tour geschickt hatte. Sechs lächelnde und fröhliche junge Menschen in Wanderoutfit, die dicht nebeneinanderstanden, damit der Fotograf ganz links alle mit auf das Selfie bekam.

Harinders Nichte war Nummer drei von links, zwischen einer Frau mit Rastazöpfen und einem Mann mit kahl geschorenem Kopf und John-Lennon-Brille.

Die beiden waren die Einzigen aus der Truppe, die Jaspreet namentlich kannte. Amandeep hatte sie ein paarmal erwähnt, während sie mit ihrer Mutter telefonierte. Samantha Henderson und Ian Burchill waren auch diejenigen, die Amandeep nach dem Ausflug nach Hause gefahren hatten. Sie behaupteten, sie gegen zehn am Sonntagabend direkt vor der Haustür abgesetzt zu haben.

»Direkt vor der Haustür, das heißt …«

»Sie haben gesagt, sie hätten genau vor dem Eingang gehalten.«

»Aber haben sie gesehen, dass Amandeep ins Haus gegangen ist?«

Jaspreet nahm sich lange Bedenkzeit für die Beantwortung der Frage, schüttelte aber schließlich den Kopf. Harinder vermutete, es sollte bedeuten, dass sie es nicht wusste.

Der Punkt war jedoch wichtig. Amandeep hatte einen Schlafsack und einen Rucksack mitgenommen, aber nichts davon war in ihrer Wohnung gefunden worden. Es sollte vermutlich nicht mehr als eine Minute gedauert haben, vom Wagen der Freunde zur Haustür und dann die Treppe zu der Wohnung hinaufzugehen.

Weshalb also hatte sie das nicht getan?

Was war im Laufe dieser Minute geschehen, was hatte sie von ihrem Kurs abgebracht?

»Kann sie vielleicht beschlossen haben, irgend woanders hinzufahren?«, fragte Harinder.

»Und wohin?«

»Ich weiß es nicht. Vielleicht zu einer anderen Freundin? Oder zu einem Geliebten, von dem die anderen nichts wissen sollten?«

Jaspreet und Gurman schüttelten entschieden den Kopf.

»Es gibt keinen Geliebten«, sagte Gurman.

»Jedenfalls nicht, soweit wir wissen«, ergänzte Jaspreet. »Riya sagt das Gleiche. Sie ist seit der Trennung von Vijay vor ein paar Monaten mit niemandem zusammen gewesen ... Erinnerst du dich an Vijay?«

Harinder nickte. Amandeep war mit einem Medizinstudenten namens Vijay Sharma liiert gewesen. Sogar von Heirat hatten sie gesprochen, ehe das Ganze vor etwa einem halben Jahr in die Brüche gegangen war.

»Eine schmerzliche Trennung«, sagte Jaspreet. »Ich glaube sogar, das war einer der Gründe, warum sie im Ausland studieren wollte.«

»Wirklich schade. Er war ein guter Kerl«, sagte Gurman.

Ganz zu schweigen davon, dass er Arzt ist, dachte Harinder. Denn wenn es etwas gab, das Inder gern in der Familie hatten, so waren das Ärzte. Und Jaspreet hatte mehrmals ihrem Wunsch Ausdruck verliehen, dass Amandeep Medizin studieren sollte, obwohl sie niemals das geringste Interesse dafür gezeigt hatte. Einen Arzt zu heiraten, war demnach vermutlich das Zweitbeste.

Als Einzelkind musste sie die Last der Erwartungen ihrer Eltern ganz allein tragen.

Dass weder die Eltern noch die Mitbewohnerin etwas von einem neuen Typen wussten, bedeutete allerdings nicht, dass es ihn nicht gab. Harinder machte sich Notizen, wollte das später genauer untersuchen.

Er betrachtete das Foto, das Amandeep von ihrem Ausflug geschickt hatte.

Darauf war es später Samstagnachmittag, ein Tag vor der Rückkehr nach Edinburgh. Sie lächelte breit in die Kamera. Hatte die Arme um zwei ihrer Freunde geschlungen. Ihre braunen Augen leuchteten vor echter Freude. Harinder erinnerte sich, wie selten ein solches Lächeln von ihr zu bekommen war. Die meiste Zeit war sie ernster Stimmung. Aber dort, genau in diesem Moment, sah sie glücklich aus.

Sechs junge Menschen. Drei Frauen und drei Männer. Zwei davon waren ein Paar, Henderson und Burchill. War es vielleicht gar nicht so undenkbar, dass es sich bei den übrigen ebenso verhielt?

Harinder fiel auf, dass Amandeep die Einzige in der Gruppe mit asiatischer Herkunft war.

Er fragte sich, ob seine Schwester den Umgang Amandeeps eigentlich guthieß. Sie und ihr Mann waren traditionelle Sikhs. Sie besuchten den Gurdwara in Alnabru und hatten ihre Tochter nach traditionellen indischen Werten erzogen. Eines der vielen Dinge, die den Abstand zu Harinders Vater Kanvar und seiner norwegischen Familie verdeutlichten.

KAPITEL 5

Dean Village. Knappe fünf Autominuten von der geschäftigen Princes Street entfernt war der Großstadtlärm mit einem Mal verschwunden. Amandeep wohnte in einer ruhigen Straße mit großen Gärten und flachen Häusern, die fast allesamt die gleiche sandfarbene Fassade aufwiesen.

Harinder blieb vor der Belford Road 54 stehen. Zog einen Stadtplan hervor, den er am Flughafen erstanden hatte. Er konnte zwar mithilfe von Google Maps und seinem eigenen Orientierungsvermögen durch die Stadt navigieren, wollte aber die für die Ermittlung relevanten Orte graphisch hervorheben und das Ganze schwarz auf weiß vor sich haben. Amandeeps Adresse wurde mit dem ersten Kugelschreiberkreuz versehen.

Wie er feststellte, floss der Water of Leith ganz in der Nähe. Der Fluss schlängelte sich von Ost nach West durch die ganze Stadt. Leith hingegen, der Ort, an dem Amandeep gefunden worden war, lag auf der entgegengesetzten Seite.

Wie alle britischen Städte war auch Edinburgh voller Überwachungskameras. Allerdings deckten sie nicht jeden Quadratmeter der Stadt ab, wenngleich die Behörden den Eindruck erweckten, genau das tun zu wollen.

Musste man früher einen Handlungsverlauf durch Zeugenaussagen und die Sichtung von Beweismitteln rekonstruieren, war es inzwischen genauso gewöhnlich, den Hergang des Geschehens auf einem Bildschirm serviert zu bekommen. Immer mehr von diesen Wanzen tauchten in den großen Städten auf.

In diesem Fall jedoch entdeckte Harinder keine einzige Kamera in unmittelbarer Nähe.

Riya Chaudry ließ ihn via Gegensprechanlage ein. Sie wartete an der Tür, als er in die zweite Etage hinaufkam. Schnell registrierte er, dass sie und Amandeep in etwa gleich alt waren und sich ähnelten. Allerdings hatte Riya längeres Haar und benutzte mehr Make-up, wodurch sie etwas hellhäutiger wirkte.

Nervös spielte sie mit ihren Fingern, während sie ihn fragte, ob er Tee oder Kaffee wolle. Er lehnte dankend ab und ließ den Blick durch die Wohnung schweifen. Sie war hell und geräumig, mit zwei Schlafzimmern und schöner Aussicht auf den Vorort und den Fluss. Wenn Riya Eigentümerin der Wohnung war, bedeutete dies, dass sie oder ihre Eltern viel Geld hatten.

Ein Bild, das einen prominenten Platz auf dem Regal einnahm, verstärkte diesen Eindruck. Es zeigte Riya zusammen mit einem älteren Paar, bei denen es sich vermutlich um ihre Eltern handelte, und zwei jungen Männern, die wahrscheinlich ihre Brüder waren. Alle waren tadellos gekleidet und posierten lächelnd in einem sonnenbeschienenen Garten hinter einer herrschaftlichen Villa.

»Ich bin froh, dass Sie hier sind«, sagte Riya. »Amanda hat mir erzählt, dass sie einen Onkel hat, der bei er Polizei ist. Sie war so stolz auf Sie. Hat gesagt, dass Sie nach einem großen Fall vor einem Jahr in den Nachrichten gewesen sind. Stimmt es, dass Sie einen Serienmörder gefasst haben?«

Serienmörder wäre etwas zu viel gewesen, jedenfalls klinisch betrachtet, aber Harinder nickte nur kurz. Es lag anderthalb Jahre zurück. Der Fall hatte zu einem Wiedersehen mit der Kleinstadt in Østerdalen geführt, in der er aufgewachsen war. Und hätte ihn fast ein Bein gekostet, nachdem ihm ins Knie geschossen worden war. Noch immer war es nicht ganz in Ordnung.

Sie nahmen auf der weißen Sofagruppe Platz. Riya trank aus einer Dose Red Bull. Angesichts ihrer Anspannung war das wohl kaum etwas, das sie brauchte, dachte Harinder.

»Ich bin so verzweifelt und begreife einfach nicht, was passiert sein kann«, sagte sie. »Die Wohnung war leer, als ich am Sonntagabend nach Hause gekommen bin, und ich wusste ja, dass Amanda vor mir hier sein sollte. Als sie am Montagmorgen immer noch nicht aufgetaucht war, begriff ich, dass irgendetwas nicht stimmte. Sie ist einfach nicht der Typ, der auf diese Weise verschwindet. Sie ist immer so verlässlich. Sie liebt ihre Gewohnheiten, verstehen Sie? Steht jeden Morgen früh auf und geht immer zur gleichen Zeit zum Training.«

Harinder nickte. »Sie nennen sie Amanda?«

»Alle hier nennen sie so«, erwiderte Riya.

»Kannten Sie einander, bevor sie eingezogen ist?«

Riya schüttelte den Kopf. »Nein, ich habe eine Anzeige aufgegeben, um das zweite Schlafzimmer zu vermieten, und Amanda war eine von denen, die darauf geantwortet haben. Ich bin von den Einnahmen nicht abhängig, weil mein Vater die Wohnung besitzt, aber ich finde es langweilig, allein zu wohnen. Sie und ich haben uns sofort gut verstanden. Zwei indische Mädchen in Edinburgh. Wir mögen dieselben Sachen und können einander Klamotten und so was ausleihen. Wir können über alles reden. Wenngleich ich wohl etwas zu viel quatsche und sie besser zuhören kann.«

Harinder lächelte. »Sie war am Wochenende auf einer Wanderung«, sagte er. »Kennen Sie jemanden von denen, die dabei waren?«

»Ja, die sind alle an der Uni. Sam, beziehungsweise Samantha, ist eine enge Freundin von uns beiden.«

»Aber Sie sind nicht mit auf den Ausflug gegangen?«

»Nein«, sagte Riya und schüttelte den Kopf. »Ich musste nach Hause, nach Aberdeen. Da wohnt meine Familie. Mein Vater hatte Geburtstag, und am Samstag hatten wir eine Familienfeier.«

»Wann sind Sie zurückgekommen?«

»Sonntagnachmittag bin ich in den Zug gestiegen. Ich war etwa um 22:30 Uhr in Waverley.«

»Sie waren nicht zu Hause, als Samantha und Ian Amandeep vor der Tür abgesetzt haben, aber Sie sagen, Sie hätten damit gerechnet, dass sie vor Ihnen zu Hause wäre. Ist das richtig?«

»Ja. Wir haben uns von unterwegs Nachrichten geschickt. Mein Zug hatte Verspätung, und da schrieb sie mir, dass sie wahrscheinlich vor mir zurück sein würde. Deshalb war ich ja so erstaunt, dass niemand da war. Ich habe sie sogar angerufen, um zu hören, wo sie bleibt, aber sie ist nicht ans Telefon gegangen. Und dann habe ich Sam angerufen, und ... nun, sie war überrascht und sagte, sie und Ian hätten sie vor über einer halben Stunde abgesetzt.«

Riyas Augen wurden feucht.

Harinder nahm sein Handy und zeigte ihr die Fotos von der Wanderung, die Jaspreet an ihn weitergeleitet hatte.

»Können Sie mir bitte die Namen und Telefonnummern von Amandeeps Freunden aufschreiben?«

Die Polizei hatte diese Informationen garantiert schon, aber Harinder war nicht sicher, ob sie die mit ihm teilen würde. Die Personen auf dem Foto gehörten zu den Letzten, die Amandeep vor ihrem Verschwinden gesehen hatten, und galten somit als Zeugen. Womöglich sogar als Personen von Interesse für die Ermittlungen.

Dass Amandeep mit dem Wagen nach Hause gebracht worden war, beruhte vorläufig nur auf der Aussage der beiden Freunde.

Riya schniefte, nickte kurz und stand auf, um Papier und Stift zu holen. Sie schrieb fünf Namen und fünf Telefonnummern auf einen Zettel.

»Ist hier jemand dabei, auf den Amandeep vielleicht ein Auge geworfen hat, oder umgekehrt?«, fragte Harinder.

Riya gestattete sich ein Lächeln, ehe sie auf den Mann mit den feinen blonden Haaren zeigte.

»Stuart mag sie. Das ist ganz offensichtlich, und er ist süß. Amanda mag ihn auch, glaube ich, aber sie ist vorsichtig, wenn es um Jungs geht. Eine neue Beziehung ist wohl das Letzte, was sie sich derzeit vorstellen kann, nach all dem, was sie mit ihrem Ex erlebt hat. Sie wissen sicher, wovon ich rede.«

Harinder hatte keine Ahnung. Er wusste nur, was seine Schwester gesagt hatte: dass die Trennung von Vijay Sharma schmerzhaft gewesen sei.

»Was hat sie Ihnen denn davon erzählt?«

»Dass es ein schwieriges Verhältnis war. Sie war froh,

dass es zu Ende war. Was sie von ihm erzählt hat, klang nicht gerade sympathisch.«

»Inwiefern?«

»Das war nicht ihr Lieblingsthema, um es milde auszudrücken, jedenfalls hat sie gesagt, dass man ihm nicht vertrauen könnte. Dass er manipulierend war und die Kontrolle haben wollte. Und dass er ein bisschen zu sehr an Alkohol und Drogen interessiert war. Ich weiß nicht, ob er direkt gewalttätig gewesen ist, aber es war klar, dass Dinge passiert sind, die nicht in Ordnung waren.«

KAPITEL 6

Harinder beschloss, zu Fuß zurück ins Zentrum zu gehen. Während er der Straße zu der hohen Brücke folgte, die er zuvor mit dem Taxi passiert hatte, nahm er die Visitenkarte der schottischen Polizeibeamtin hervor. Roisin Lawson war Detective Sergeant, was bedeutete, dass sie die Ermittlungen vermutlich nicht allein leitete.

»Lawson«, meldete sie sich knapp, als er sie anrief. Leider keine Chance, herauszufinden, wie ihr Vorname ausgesprochen wurde.

»DS Lawson, hier ist Harinder Singh von der Kripo in Norwegen«, sagte er. »Ich weiß nicht, ob Sie davon unterrichtet wurden, dass ich in Edinburgh ...«

»Wir wurden *gewarnt*, ja«, erwiderte Lawson. Ihre Wortwahl verriet, dass sie gut im Bilde war und anscheinend Sinn für Humor hatte. »Ich habe das aber so verstanden, dass Sie in erster Linie als Privatperson hier sind, und unsere Kontaktperson bei der Kripo noch immer *Chief Inspector* Lundberg ist?«

»Das stimmt«, sagte Harinder, dem es schwerfiel, ihren starken Akzent zu verstehen. »Dennoch hoffe ich, dass wir uns unterhalten können. Ich war gerade eben in Amandeeps Wohnung und habe mit ihrer Mitbewohnerin gesprochen.«

»Ich verstehe. Und wo sind Sie jetzt?«

»Auf dem Weg zurück ins Zentrum.«

»Meine Schicht ist seit zwei Stunden beendet. Wir können uns gern irgendwo treffen, wenn Sie möchten.«

»Am liebsten da, wo man etwas essen kann«, sagte Harinder.

Lawson schlug Stockbridge Tap am Raeburn Place vor. Das liege näher an seinem Standort als an ihrer Wohnung, aber sie könne in einer halben Stunde dort sein.

Harinder fand die Adresse bei Google Maps. Nachdem er die hohe Steinbrücke über Dean Village überquert und sich durch ein paar steile Seitenstraßen mit Kopfsteinpflaster gekämpft hatte, stand er schließlich vor dem Pub. Das Lokal wirkte größer, als von außen betrachtet, und war sehr gut besucht. Viele Menschen standen an der Bar. Zwei Gäste brachen gerade auf, so dass Harinder einen Tisch am Fenster ergattern konnte. Direkt vor der Nase zweier junger Männer, die etwas verschnupft reagierten.

Er studierte die Speisekarte, während er auf das Eintreffen von DS Lawson wartete. Sein Magen knurrte, dennoch wollte er mit der Bestellung warten, für den Fall, dass sie ebenfalls etwas essen wollte.

Zehn Minuten später tauchte Lawson auf. Er erkannte sie auf die gleiche Weise, wie sie vermutlich auch ihn erkannte: Es war nie schwierig, einen Bullen ausfindig zu machen, besonders, wenn sich der oder die Betreffende allein in einem großen Lokal befand. Etwas lag in dem Blick, der Art, wie alle Winkel in einem Raum schnell und methodisch abgescannt wurden.

Sie schien Anfang dreißig zu sein. Aschblondes Haar, das ihr in den Nacken fiel. Ernster Blick und verkniffener

Mund. Ihr leicht mit Sommersprossen bedecktes Gesicht war ungeschminkt. Sie trug eine lange Lederjacke und Jeans und wirkte erfrischend unprätentiös.

Lawson nickte ihm kurz zu und ergriff seine ausgestreckte Hand. Schüttelte den Kopf, als er fragte, ob sie auch etwas essen wolle, entschied sich aber für einen halben Pint Best. Harinder bestellte für sie beide, obwohl er nicht genau wusste, was Best eigentlich war. Ein Biertrinker war er nie gewesen. Zum Essen nahm er einen Burger mit Hirschfleisch.

»Danke«, sagte Lawson, als er das Glas vor ihr abstellte. »Sie sind der Onkel von Miss Kaur, nicht?«

Er nickte.

»Stehen Sie einander nahe?«

»Wir sehen uns nicht so häufig, leider, aber Amandeep weiß, dass sie sich auf mich verlassen kann, wenn es nötig ist. Familie ist ... tja, manchmal etwas kompliziert.«

Lawson setzte ein schiefes Grinsen auf.

»Sind Sie schon mal in Edinburgh gewesen?«

»Zweimal«, sagte er. »Ein Wochenendtrip vor ein paar Jahren und ein Seminar in Verbindung mit meiner Arbeit. Vor dem Seminar hatte ich einen Polizisten von hier kennengelernt. Wir haben gemeinsam an einem Kurs teilgenommen, der von Interpol durchgeführt wurde. Aber ich weiß nicht, ob er immer noch im Dienst ist.«

»Wie heißt er?«

»James Riddle.«

Lawsons Gesichtsausdruck verriet, dass sie den Namen kannte. »Mein alter Chef. Er ist inzwischen pensioniert.«

»Interessanter Typ«, meinte Harinder.

»Eine absolute Nervensäge – in der ganzen Polizeibehörde berüchtigt«, sagte sie. »Und selbst auf die Gefahr hin, unhöflich zu sein, muss ich sicher sein, dass Sie nicht auch eine Nervensäge sind. Sie begreifen doch, welche Rolle Sie in diesem Fall einnehmen, nicht wahr?«

»Überhaupt keine«, sagte Harinder.

»Genau.« Lawson nickte bestätigend. »Mein Chef möchte, dass das glasklar ist. An guten Tagen kann DCI Millar ein netter Kerl sein, aber unangebrachte Einmischung wird er keineswegs dulden.«

»Aber es ist doch in Ordnung, wenn ich mit Leuten rede, oder? Leute, die Amandeep kennen und in letzter Zeit Kontakt mit ihr hatten?«

»Sie haben bereits mit der Mitbewohnerin geredet, und das ist schon in Ordnung, aber am liebsten hätten wir, dass Sie mich fragen, wenn Sie etwas wissen möchten. So weit wie möglich werden wir die Informationen mit Ihnen teilen. Sie sind ein Angehöriger in diesem Fall, aber Sie sind auch ein Kollege, insofern sind wir großzügig.«

»Das freut mich zu hören.«

»Pissen Sie uns nur nicht auf den Teppich.«

Harinder nickte. Eine klare Ansage.

Ein saftiger Burger wurde gebracht, mit frischen Zutaten. Die Pommes waren selbst gemacht und knusprig.

»Können Sie mir verraten, wie der Status quo ist?«, fragte er.

»Stand der Dinge ist, dass wir breite Ermittlungen durchführen«, sagte Lawson. »Wir überprüfen die Überwachungskameras in der Nähe und haben schon mit Zeugenvernehmungen begonnen. Dabei denke ich besonders an die fünf Personen, mit denen Ihre Nichte das Wochenende verbracht hat. Anscheinend kann niemand von denen uns dabei helfen, zu verstehen, was sich zugetragen hat. Sie alle beteuern, dass es ein phantastischer Ausflug war und dass Miss Kaur sich gut amüsiert hat. Niemand hat etwas Gegenteiliges geäußert.«

»Was ist mit den beiden, die sie nach Hause gefahren haben, Henderson und Burchill?«

»Was soll mit denen sein?«

»Wirkt ihre Geschichte glaubwürdig?«

Er nahm einen Bissen vom Burger, während Lawson ihn musterte.

»Ich weiß, was Sie denken«, sagte sie. »Die beiden sind die Letzten, die Amandeep Kaur vor ihrem Verschwinden gesehen haben. Sie *behaupten*, sie hätten sie am Sonntagabend gegen zehn nach Hause gebracht, doch Sie, Mr Singh, spekulieren, dass das vielleicht gar nicht der Fall war. Dass etwas während des Ausflugs oder auf der Rückreise passiert ist.«

»Das ist doch kein abwegiger Gedanke?«

»Nein, ich hatte den gleichen Gedanken. Aber die Geschichte der beiden ist tatsächlich glaubwürdig«, sagte Lawson. »Ich habe mit ihnen gesprochen, an ihren Aussagen ist nichts, was mir komisch vorkam. Wir haben sechs Personen in zwei Autos, die gleichzeitig von Fort William losgefahren und einander bis in die Stadt hinein gefolgt sind. Henderson und Burchill haben Miss Kaur nach Hause gebracht und sind dann weiter nach Balgreen gefahren, um den Wagen bei Burchills Bruder abzuliefern. Sie hatten ihn sich anlässlich des Ausflugs von ihm ausgeliehen. Wir haben mit dem Bruder noch nicht gesprochen, aber er kann bestimmt sagen, um welche Zeit die beiden bei ihm eingetroffen sind.«

»Ich würde mir das auf jeden Fall bestätigen lassen. Wenn auch nur, um sie als Tatverdächtige auszuschließen«, sagte Harinder.

»Danke, darauf wäre ich von allein nie gekommen.«

Harinder schenkte ihr ein versöhnliches Lächeln.

»Das Problem ist eher diese eine Minute, die man braucht, um vom Wagen die Treppe hinauf und in die Wohnung zu gelangen«, sagte er. »Sie war auf einem längeren Wochenendausflug, ist ganz bestimmt erschöpft und schleppt schweres Gepäck mit sich herum. Hätte sie geplant, gleich nach ihrer Rückkehr woanders hinzufahren, wäre sie doch trotzdem in die Wohnung hinaufgegangen, um die Sachen abzulegen, die sie nicht brauchte. Vielleicht auch, um sich umzuziehen. Aber wieso hat sie das nicht getan? Gehen wir mal davon aus, dass sie geheime Pläne hatte und sich Riya gegenüber nicht erklären wollte. Aber Riya war nicht zu Hause, und Amandeep wusste das, weil sie sich unterwegs Nachrichten geschrieben haben.«

Lawson dachte nach und nickte schließlich. »Okay. Und was ist Ihrer Ansicht nach passiert?«

»Etwas oder jemand hat Amandeep an jenem Abend daran gehindert, in die Wohnung hinaufzugehen«, sagte er. »Und wenn es nicht die beiden Freunde waren, wer oder was könnte es dann gewesen sein?«

Weder Harinder noch Lawson hatten eine Antwort auf diese Frage. Eine Weile saßen sie nur da und schwiegen. Harinder aß seinen Burger auf und nahm einen großen Schluck von dem Bier, das vollmundig und auf die richtige Art bitter schmeckte. Fast eine Mahlzeit für sich. Das ganze Glas würde er wohl kaum leeren können.

»Sie war gefesselt«, sagte er.

Lawson nickte. »Vermutlich hatte sie für längere Zeit die Hände auf dem Rücken gefesselt, nach den Verletzungsspuren zu urteilen.«

»Aber als sie im Fluss gefunden wurde, war sie nicht gefesselt?«

»Nein.«

»War sie bekleidet?«

»Abgesehen von der roten Jacke und den Schuhen trug sie dasselbe Outfit, in dem sie zuletzt gesehen wurde«, sagte Lawson.

»Es gibt also keinen Hinweis auf einen sexuellen Hintergrund?«

»Sie wurde nicht vergewaltigt, wenn es das ist, was Sie meinen«, erwiderte Lawson.

Immerhin ein kleiner Trost, dachte Harinder.

Plötzlich fiel ihm wieder der Anruf ein, der ihn an jenem Morgen vor acht Jahren geweckt hatte:

Onkel Hari, kannst du mir helfen? ... Ich bin in der Notaufnahme ... Bitte ruf nicht meine Eltern an.

Er schüttelte die bösen Erinnerungen ab und richtete den Blick wieder auf Lawson.

»Können Sie mir zeigen, wo sie gefunden wurde?«

Lawson hatte keine Argumente, ihm den Fundort nicht zu zeigen, wirkte allerdings nicht sonderlich begeistert von dem Vorschlag. Vielleicht dachte sie, dass er sich schon viel zu sehr in die Ermittlungen einmischte. Aber es half nichts. Er wollte den Ort sehen, um sich selbst einen Eindruck zu verschaffen.

Sie fuhren in ihrem silbergrauen Vauxhall, was eigentlich nur die britische Bezeichnung für einen Opel ist. Sie passierten den Bahnhof und das Luxushotel Balmoral, ehe sie in den Leith Walk einbogen. Lawson erklärte, die Straße führe hinunter nach Leith, dem Hafengebiet von Edinburgh. Einige der Viertel um den Hafen konnten recht rau sein. Viel Arbeitslosigkeit und Kriminalität. Touristen kamen nach Leith, um die königliche Yacht »Britannia« zu bestaunen, wurden aber meist mit dem Bus herumgefahren. Von der Idee, die Gegend auf eigene Faust zu durchstreifen, wurde abgeraten.

Harinder fiel auf, dass die Umgebung nach und nach immer weniger touristenfreundlich wurde. Schäbige Ziegelsteinbauten mit der Ladenkette Poundland oder einer Dönerbude im Erdgeschoss. Hochhäuser. Graffiti an den Wänden. Reihenhäuser, vor deren Fenstern die Wäsche getrocknet wurde.

Lawson verließ die Hauptstraße und fuhr an einem Park entlang, ehe sie in eine schmale Einbahnstraße mit Gewerbelokalen auf beiden Seiten einbog. Sie hielten neben einem Gebäude aus rotem Backstein, wo auf Schildern Büroräume zur Miete angeboten wurden. Gleich vor ihnen floss der Water of Leith unter einer kleinen Brücke hindurch.

Auf der anderen Seite des Ufers lagen ein paar alte und verfallene Lagerhäuser. Einige davon mit verrostetem Blechdach und Holzbrettern, die vor die zerbrochenen Fenster genagelt worden waren.

Eine kleine Grünanlage zog sich zum Fluss hinunter, doch weder von der Straße noch von der Brücke gingen Treppen dorthin. Nur ein asphaltierter Gehsteig führte hoch über dem Wasser an der einen Uferseite entlang. Die Brücke war auf beiden Seiten eingezäunt. Zum Wasser waren es nicht mehr als zwei oder drei Meter, aber das war hoch genug, um sich zu verletzen, wenn man dort hinunterfiel.

Lawson führte Harinder zu dem Gehsteig, deutete auf den Fluss und einen großen offenen Bereich auf der anderen Uferseite.

»Dort drüben sind Paul McKinnon und Lisa George gewesen, als sie Miss Kaur im Wasser entdeckt haben«, sagte sie. »Der Fluss kann auf diesem Teilstück ziemlich seicht sein. Die Strömung ist nicht stark. Die beiden haben gesagt, sie sei langsam flussabwärts getrieben. Sie kann nicht lange im Wasser gelegen haben. Wir versuchen schon, herauszufinden, wo genau sie hineingefallen ist. Sie war bewusstlos, und die Theorie lautet, dass sie hart aufgeprallt ist, als sie ins Wasser sprang oder hineingestoßen wurde. Um das Bewusstsein zu verlieren, muss der Sturz aus einer gewissen Höhe erfolgt sein.

»Wie von dem Gehsteig«, mutmaßte Harinder.

»Genau. Oder von der Brücke.«

Harinder ging zurück auf die Straße und betrachtete die Umgebung erneut. In der Nähe gab es keine sichtbaren Überwachungskameras. Er sah weitläufige Grundstücke, von denen einige anscheinend unbebaut waren. Es war früher Abend, kaum ein Mensch war zu sehen.

Er zog seinen Stadtplan hervor und markierte den Fundort mit dem Kugelschreiber. Zwei Kreuze bis jetzt. Eines weit im Westen, das andere im Osten, mit dem Water of Leith als Verbindungslinie. Doch das war vermutlich nur Zufall.

Kein Zufall war allerdings, dass seine Nichte genau hier gefunden worden war.

KAPITEL 7

Das Frühstück im Hotel wurde ab sieben Uhr serviert. Harinder saß schon um Viertel vor im Restaurant. Sein Appetit war nicht sehr groß, doch er nahm zwei Eier und schenkte sich Kaffee ein.

In der Nacht hatte er nicht viel geschlafen. Die Gedanken hatten sich in seinem Kopf gedreht. Nicht gerade hilfreich war zudem, dass sich sein rechtes Knie wieder gemeldet hatte. Die Schmerzen kamen genauso zuverlässig wie eine hohe Stromrechnung in einem trockenen, kalten Wintermonat.

Große Teile des vorigen Abends hatte er am Telefon verbracht. Die Familie in Norwegen wollte wissen, was los war. Savi beschwerte sich darüber, dass ihr niemand die Einzelheiten über den Fall verriet. Sie war siebzehn und nicht mehr ein kleines Kind, das vor der Wirklichkeit beschützt werden musste. Dass sie Gefühle zeigte, bedeutete nicht, dass sie zerbrechlich war. Im Gegenteil. Harinders Tätigkeit bei der Polizei war für sie viel unproblematischer, als es für seine Exfrau je gewesen war. Sie sprachen viel darüber, und der offene Austausch über das, was seine Arbeit sowohl im Guten wie auch im Schlechten beinhaltete, hatte sie einander in vielerlei Hinsicht nähergebracht.

Daher sprach er offen aus, dass die Prognosen für Amandeep unsicher waren und dass sie vorläufig noch nicht wussten, was genau sich zugetragen hatte. Harinder versuchte nicht, den Ernst der Situation zu leugnen. Und Savi hätte es ohnehin durchschaut, wenn er es versucht hätte.

Obwohl ihr ein paar Tränen kamen, war sie dankbar, dass er ihr die Wahrheit nicht verheimlichte. Schließlich konnte sie ihm sogar das Versprechen abringen, sie auf dem Laufenden zu halten. Zum Ausgleich dafür wollte sie sich um die Großeltern kümmern, damit Harinder sich während seines Aufenthaltes in Schottland nicht zusätzlich Sorgen um sie machen musste.

Wie erwachsen sie doch geworden ist, dachte Harinder nicht zum ersten Mal.

Am liebsten hätte er mit den fünf anderen gesprochen, die Amandeep auf der Wanderung begleitet hatten. Die aber waren Schlüsselzeugen, und DS Lawson hatte deutlich zum Ausdruck gebracht, dass er die Finger von ihnen lassen sollte. Allerdings konnte es ja nicht schaden, zur Universität zu fahren und sich umzuhören, vielleicht sogar ein kleines Gespräch mit einem Professor oder mit Studienfreunden zu führen, die bei dem Ausflug nicht dabei gewesen waren.

Harinder wusste genau, dass er sich damit bei der schottischen Kollegin auf dünnem Eis bewegte, aber es hinderte ihn nicht daran, seine Pläne zu verfolgen.

Doch ehe er aufbrechen konnte, bekam er einen Anruf von Lawson. Ihre Schicht hatte begonnen, und sie wollte wissen, ob er zur Polizeistation kommen könne, um sich eine Videoaufnahme von dem Abend anzusehen, an dem Amandeep verschwunden war.

»Ich kann sofort vorbeikommen«, sagte Harinder. »Wo finde ich Sie?«

»Torpichen Place, in der westlichen Innenstadt«, sagte Lawson. »Haben Sie einen Wagen gemietet?«

»Nein.«

»Dann fahren Sie mit der Straßenbahn vom Hotel zum Haymarket.«

Haymarket war der zweitwichtigste Bahnhof in Edinburgh, ein verkehrsreicher Knotenpunkt für Pendler. Die weiße Straßenbahn bewegte sich samtweich durch die Straßen und stoppte gleich in der Nähe des Bahnhofs. Harinder musste sich zu der richtigen Querstraße durchfragen, um zur West End Police Station zu gelangen. Er fand sie schließlich in einem altmodischen, düsteren Ziegelsteingebäude mit blauen Türen.

Wenn auch nicht direkt hässlich, so war die Polizeistation doch genauso einladend wie eine kalte Festung.

Lawson holte ihn am Eingang ab und führte ihn in einen Kontrollraum, wo sie die Aufnahmen von zahlreichen Kameras in der Stadt ansehen konnten. Sie war formeller gekleidet als am Abend zuvor. Trug einen dunkelblauen Hosenanzug und Make-up. Plus einen Ehering.

Nicht, dass es Harinder sonderlich interessierte, allerdings meinte er sich zu erinnern, dass der Ring am gestrigen Abend nicht da gewesen war.

»An dem Haus, in dem Miss Kaur wohnt, gibt es keine Kameras, aber einige sind in der Belford Road installiert, und die ist nicht weit entfernt«, erklärte Lawson, während sie sich hinter einen der Bildschirme setzte. »Zwei befinden sich an der Ecke zu Douglas Gardens, die die Belford Road kreuzt. Dort liegen ein paar Büros der Stadtverwaltung. Auf der entgegengesetzten Seite der Straße hängt erst an der Dean Bridge eine Kamera, aber dieser Bereich ist für den Durchgangsverkehr gesperrt. Ich glaube aber, ich habe auf den beiden ersten etwas Interessantes gefunden.«

Sie zeigte die Aufnahmen von einer Kamera hoch über dem Eingang eines Gebäudes. Der Eingangsbereich lag im Hauptfokus der Kamera, aber sie fing auch die beiden Straßen ein, die sich kreuzten. Die Aufnahme stammte vom 20. Oktober. Die Uhr zeigte 22:14, als ein Volvo Kombi von Douglas Gardens in die Belford Road einbog. Lawson hielt die Aufnahme an.

»Hier kommt Ihre Nichte mit Burchill und Henderson an. Das Kennzeichen stimmt mit dem Wagen von Burchills Bruder überein, und die Uhrzeit entspricht den Angaben der beiden«, sagte Lawson und fuhr mit dem Abspielen des Videos fort.

Vier Minuten später, um 22:18 Uhr, wurde der Wagen, aus der anderen Richtung kommend, abermals erfasst. Harinder und Dawson sahen das Heck des Wagens aus dem Kamerabereich verschwinden.

»Sie können dort kaum mehr als zwei Minuten gestanden haben, ehe sie wieder losfuhren. Was ihre Aussage ebenfalls bestätigt«, sagte Lawson.

»*Falls* sie Amandeep abgesetzt haben, ja«, wandte Harinder ein.

Lawson schenkte ihm einen Blick, der dem seiner Kollegin Rachel Hauge ähnelte, wenn sie ihn wieder einmal für besonders querulantisch hielt.

Die Aufnahme lief weiter. Vier Minuten vergingen. 22:22 Uhr. Ein Wagen kam aus derselben Richtung, die der

Volvo gerade eingeschlagen hatte, bog aber nicht in Douglas Gardens ein. Er fuhr nur weiter die Belford Road entlang, bis er nicht mehr zu sehen war. Sie konnten den Wagen nur von der Seite sehen, das Kennzeichen war nicht zu erkennen. Ein dunkelblauer Lieferwagen ohne sichtbare Aufschriften oder Logos.

Abermals hielt Lawson die Aufnahme an.

»Der Wagen ist interessant«, sagte sie.

Um ihre Worte zu illustrieren, musste sie zu den Aufzeichnungen der zweiten Kamera wechseln, die anscheinend an der anderen Seite des Gebäudes hing. Sie zeigte dieselben Straßen aus einem anderen Winkel. Die Vorderseite des blauen Lieferwagens war auf dem Video zu sehen, einschließlich des Kennzeichens.

»Und was macht ihn so interessant?«, fragte Harinder.

»Die Kennzeichen passen nicht zum Wagen«, sagte Lawson. »Sie gehören zu einem viel älteren Toyota-Modell. Der Halter, auf den der Wagen angemeldet wurde, ist bereits verstorben. Ich habe leider keine weiteren Details zu dem Auto, aber dieser Lieferwagen ist es jedenfalls nicht.«

Harinder begriff. Es war ein alter Trick bei Autodieben, mit dem vermieden werden sollte, dass sie ertappt wurden, wenn sie das gestohlene Fahrzeug für verschiedene Zwecke einsetzten. Wie etwa als Fluchtauto bei einem Einbruch. Die Kennzeichen wurden ausgewechselt, so dass sie nicht mit einem Wagen übereinstimmten, der gestohlen war. Allerdings war das keine langfristige Lösung, weil sie einem gründlichen Abgleich mit dem KFZ-Register nicht standhielt.

»Irgendwelche blauen Toyota-Lieferwagen, die neulich gestohlen wurden?«, fragte er.

Lawson grinste. »Einer. Wurde in der Nacht auf Donnerstag vom Parkplatz einer Klempnerfirma geklaut.«

Harinder erwiderte ihren Blick.

»Donnerstag gestohlen, und am Sonntag mit neuen Kennzeichen im Einsatz. Und ohne Logo einer Klempnerfirma, falls es da je eins gegeben hat«, kommentierte er. »Profis.«

Lawson nickte. »Sieht so aus.«

Harinder blickte auf den Bildschirm. Er hielt den Atem an, während er auf den Lieferwagen starrte, der nur Minuten, nachdem Amandeeps Freunde sie vor ihrer Wohnung abgesetzt hatten, aufgetaucht war. Die zeitliche Übereinstimmung konnte natürlich rein zufällig sein. Es war ein Mythos, dass Ermittler nicht an Zufälle glaubten, aber sie misstrauten ihnen und schätzten sie nicht.

»Es gibt keine Anzeichen von einem Kampf in oder vor dem Gebäude«, bemerkte Lawson. »Und wenn es einen Kampf gegeben hätte, hätten die Nachbarn etwas gehört ... an einem ruhigen Sonntag. Falls irgendwelche Leute sie unter diesen Umständen entführt haben, dann müssen sie gut vorbereitet gewesen sein. Es gab nur ein kurzes Zeitfenster, dafür aber ein hohes Risiko, Aufmerksamkeit auf sich zu ziehen und mit dem Plan zu scheitern.«

»Wie gesagt: Profis.«

»Aber warum *sie*?«, fragte Lawson. »Wodurch ist Ihre Nichte womöglich zum Ziel für solche Menschen geworden?«

KAPITEL 8

Die Polizei veranlasste eine interne Fahndung nach dem blauen Lieferwagen mit den falschen Kennzeichen. In der ganzen Stadt würden Polizeistreifen Ausschau nach dem Fahrzeug halten. Währenddessen wurde die Suche mittels Aufnahmen verschiedener Überwachungskameras fortgesetzt.

Harinder hatte Gelegenheit, Lawsons Chef kennenzulernen, Detective Chief Inspector Frank Millar. Sein Dienstrang war mit Harinders vergleichbar. Er war ein großer und kräftiger Mann, der durch seine korrekte Kleidung und seine gepflegte Frisur Autorität ausstrahlte.

Der Fall Amandeep war in den Nachrichten aufgetaucht, und obwohl es Millar nicht schwergefallen war, die grobe Arbeit an Lawson zu delegieren, wollte er bei jeder Entscheidung, die getroffen wurde, das letzte Wort behalten.

»Wir sind abhängig von Hinweisen aus der Bevölkerung«, sagte Millar. »In dem Zusammenhang ist es wohl am besten, wir veröffentlichen Miss Kaurs Namen sowie Fotos von ihr, damit dann hoffentlich weitere Tipps eingehen. Ist das in Ordnung für die Familie, Mr Singh?«

Es schien so, als hätte er besondere Betonung auf *Mister*.

gelegt, wie um zu verdeutlichen, dass Harinder in erster Linie als Privatperson und nicht als Polizist zugegen war.

»Ich bin einverstanden, aber ich sollte wohl erst mit den Eltern reden«, sagte Harinder.

»Tun Sie das, am besten bald«, sagte Millar.

»Was ist mit dem Wagen?«, fragte Lawson.

»Was soll mit dem sein?«, entgegnete Millar.

»Wir haben ihn zur internen Fahndung ausgeschrieben, aber sollten wir nicht auch etwas breiter nach ihm fahnden lassen?«, fragte Lawson.

»Dass wir von dem Wagen wissen, ist vielleicht einer unserer wenigen Vorteile«, wandte Harinder ein. »Falls sich die Betreffenden nicht schon längst von ihm getrennt haben, tun sie es spätestens dann, wenn sie mitbekommen, dass nach ihm gefahndet wird.«

Millar nickte kaum merklich und sah Harinder mit einem strahlenden Lächeln an.

»Vielen Dank für Ihren Beitrag, Mr Singh«, sagte er. »Und dafür, dass Sie sich die Zeit für Ihre Unterstützung genommen haben, aber von jetzt an kommen wir ganz gut allein zurecht. Wenn Sie möchten, können Sie gern ins Hotel zurückfahren. Wir melden uns, falls wir weiteren Beistand benötigen.«

Millars Dialekt war weitaus verständlicher als Lawsons, und was er sagte, war kristallklar:

Verzieh dich und lass uns in Ruhe arbeiten.

In der Polizeistation am Torpichen Place konnte Harinder nicht bleiben, also schlenderte er zurück zum Bahnhof Haymarket. Doch nicht, um dort eine Straßenbahn ins Zentrum zu nehmen, sondern einen Bus zur Heriot-Watt-Universität.

Auf dem Weg zum Bahnhof entdeckte er einen Tabak-laden. Das Zwanziger-Päckchen Morley Zigaretten war bil-lig, doch der Preis beinhaltete, dass er sich wie ein unfassbar schwacher Mensch vorkam. Etwas, das er komplett igno-rierte, sobald er den ersten tiefen Zug genommen hatte.

Er zog sein Handy hervor und rief seine Kollegin und vielleicht beste Freundin bei der Kripo in Oslo an. Es gab andere, mit denen er enger zusammengearbeitet und die er länger gekannt hatte als Rachel Hauge, aber sie beide hatten im Laufe kürzester Zeit ein hervorragendes Ver-ständnis für ihre jeweiligen Arbeitsmethoden entwickelt. Sie war eine ausgezeichnete Ermittlerin mit scharfem Ver-stand und einer feinen Nase, und hörte nicht eher auf, Fragen zu stellen, bis sie mit den Antworten vollständig zufrieden war.

Es klingelte lange, ehe sie an den Apparat ging.

»Störe ich?«, fragte er.

»Ach, du hast bloß das Abteilungstreffen verpasst«, sagte Rachel. »Hat etwas gedauert. Edvardsen hat verkündet, dass er zum Frühjahr hin aufhört. Es gab viele lobende Worte, aber niemand scheint es zu bedauern.«

Harinder lachte leise. Das glaubte er gern. Kommissar Hans Edvardsen war ein routinierter und tüchtiger Polizist, aber auch ein unvergleichlicher Paragraphenreiter. Im Kripogebäude gab es so einige, die schlecht auf ihn zu spre-chen waren.

»Am wenigsten wohl du, vermute ich?«, sagte er.

»Wie meinst du das?«

»Na, komm schon. Ein Kommissar tritt ab, ein anderer tritt auf.«

»Jetzt lass es gut sein. Um den Knochen werden sich viele

streiten«, sagte sie, als wäre ihr der Gedanke völlig fremd gewesen. »Rauchst du eigentlich wieder?«

Harinder nahm die Zigarette vorsichtig aus dem Mund, als könnte ihn die Kollegin über die Nordsee hinweg beobachten. Zumindest durchschaute sie ihn.

»Wie geht es denn deiner Nichte?«, fragte Rachel.

Vor der Abreise hatte er ihr eine SMS geschickt und sie kurz über die Situation informiert. Jetzt weihte er sie in die wichtigsten Informationen über den Fall ein.

»Die Frage ist, *wer* sich die Mühe gemacht haben könnte, so etwas zu planen«, sagte Harinder. »Ist sie ein zufälliges Opfer oder ein zuvor definiertes Ziel?«

»Da draußen gibt es natürlich viele böse Schurken. Raubtiere, die umherschleichen und nur auf die richtige Gelegenheit warten. Aber wir beide wissen, wie selten so etwas geschieht«, sagte Rachel. »Gewaltverbrechen spielen sich meist zwischen Menschen ab, die in enger Beziehung zueinander stehen.«

»Ja, und genau das ist das Problem«, sagte Harinder. »Amandeep ist gerade mal seit zwei Monaten in Schottland. Angeblich hat sie hier keinen Liebhaber. Sie hat eine Mitbewohnerin und ein paar Studienfreunde, einschließlich eines Kerls, den sie *vielleicht* mag. Nicht gerade enge Beziehungen.«

»Du meinst also, es könnte jemand von zu Hause sein?«

»Ja, aus der Zeit, bevor sie nach Schottland gekommen ist. Ihre Mutter meint, sie hätte sich ziemlich kurzfristig entschieden, ins Ausland zu gehen. Und dass es etwas mit der Trennung von ihrem Exfreund zu tun haben kann.«

»Trennungen können sehr schmerzhaft sein, und die Menschen gehen sehr unterschiedlich damit um«, sagte

Rachel, die vor nicht allzu langer Zeit selbst ein schwieriges Beziehungsende durchlebt hatte.

»Ja, natürlich. Aber dann erzählt mir Riya, dass dieser Freund nicht besonders toll gewesen war. Manipulierend und kontrollierend waren die Wörter, die sie verwendet hat. Sie ließ es klingen, als ob Amandeep hierhergezogen wäre, um von diesem Kerl wegzukommen. Er ist definitiv ein Mann, über den ich mehr wissen will.«

»Und du möchtest, dass ich ihn mir ansehe?«

»Das würde ich sehr zu schätzen wissen«, sagte Harinder. »Er heißt Vijay Sharma und ist Medizinstudent. Mehr weiß ich nicht. Ich habe auch keine Kontaktdaten oder Ähnliches, aber er dürfte nicht schwer zu finden sein.«

»Verstanden«, sagte Rachel. »Was erzähle ich der Maus über die Verwendung meiner Arbeitszeit?«

»Tatsächlich würde ich es vorziehen, wenn du gar nichts sagst.«

»Verstehe.«

»Ich weiß, ich bitte dich um viel ...«

»Wenn es umgekehrt wäre, würdest du das Gleiche für mich tun«, sagte Rachel und beendete jede weitere Diskussion.

KAPITEL 9

Der Bus der Linie 25 brachte ihn zur Universität. Die Umgebung war ländlich, rechts und links der Straße gab es ausgedehnte Grünanlagen. Die Edinburgh Business School war am Ende des Campus in einem viereckigen Gebäude untergebracht, das eher an eine städtische Schwimmhalle als an ein prestigeträchtiges Ausbildungsinstitut erinnerte.

In der Nähe des Haupteingangs nahm Harinder den Duft von frischem Kaffee aus einer Cafeteria wahr. Überall wimmelte es von Studenten. In Gruppen oder allein hatten sie die Sitzplätze belegt und hockten mit drahtlosen Kopfhörern vor ihren Laptops.

Er fragte sich, wie viele von ihnen etwas über Amandeep gehört hatten. Der Fall war in den Zeitungen geschildert worden. Obwohl Amandeep vorläufig nicht offiziell identifiziert war, hatte die Polizei vermutlich die Hochschulleitung unterrichtet. Und die Kommilitonen? Seine Nichte war vielleicht nicht lange hier gewesen, hatte aber im Laufe der letzten zwei Monate nahezu jeden einzelnen Tag hier verbracht.

Harinder beschloss, es bei dem etwas älteren Mann zu versuchen, der ihm in diesem Augenblick über den Weg lief. Ein Glatzkopf mit Bart und Brille, der sich schwer beladen durch eine Tür hindurchmanövrierte. Laptop mit Zubehör, Teetasse und Tragetaschen. Seine Zugangskarte baumelte an einem Band um das Handgelenk.

»Professor?«

Der Mann drehte sich rasch und etwas zerstreut um. Anscheinend war er es gewohnt, mit seinem Titel angesprochen zu werden. Harinder zog seinen Dienstausweis hervor. Eine Reflexhandlung, bevor ihm einfiel, dass er gar nicht in offiziellem Auftrag handelte. Schnell setzte er ein freundliches Lächeln auf.

»Ich bin Harinder Singh von der norwegischen Polizei. Ich hatte gehofft, dass mir jemand ein paar Fragen zu einer Ihrer internationalen Studentinnen beantworten könnte.«

Der Professor nickte vielsagend. »Ah. Ja, unser Mitarbeiterstab wurde gestern über das Geschehen informiert«, sagte er. »Ich kenne die Studentin leider nicht, und kann Ihnen daher nicht helfen. Sie sollten mit Professor Richardson reden. Sie ist ihre Betreuerin.«

»Können Sie mir bitte sagen, wo ich sie finde?«

»Folgen Sie mir einfach. Wir haben denselben Weg.«

Harinder bot sich an, beim Tragen zu helfen, doch der Professor schüttelte den Kopf. Wenn Harinder ihm freundlicherweise nur die Tür aufhalten könne, zum Gang mit den Büros, dann sei er schon zufrieden. Nach ein paar Schritten deutete er mit dem Kopf auf eine blaue Tür, die angelehnt war. Auf dem Namensschild stand: *PROFESSOR MARGARET RICHARDSON*.

Harinder bedankte sich für die Hilfe, klopfte an die Tür und folgte der Aufforderung, einzutreten.

Margaret Richardson saß hinter einem Schreibtisch und hämmerte mit allen zehn Fingern auf eine Tastatur ein. Fragend blickte sie vom Bildschirm auf und nahm ihre Brille ab, die ganz vorn auf ihrer Nasenspitze gesessen hatte. Trotz der kurzen, grauweißen Haare schätzte Harinder, dass sie eher in den Vierzigern als in den Fünfzigern war.

»Hätten Sie einen Augenblick Zeit für mich, Professor Richardson?«, fragte er. »Mein Name ist Harinder Singh. Wenn ich es richtig verstanden habe, sind Sie die Betreuerin meiner Nichte, Amandeep Kaur?«

Richardson nickte ernst und stand auf. Sie war genauso groß wie Harinder, knapp über 1,80. Ihr Blick drückte Mitgefühl aus.

»Ich war natürlich völlig schockiert, als ich davon gehört habe«, sagte sie. »Wie geht es ihr denn?«

»Ihre Verletzungen sind ernst, aber sie wird sehr gut behandelt. Im Augenblick können wir nichts anderes tun als abwarten«, sagte er.

Richardson deutete auf einen Stuhl und bat ihn, Platz zu nehmen. Harinder ließ den Blick rasch durch den Raum kreisen. An der Wand hingen mehrere Diplome und Fotos sowie eine Stickerei mit einem Vers des Poeten Robert Burns. Eines der Fotos verriet, dass die jüngere Professor Richardson einmal genauso rothaarig gewesen war wie Rachel Hauge.

»Nun, womit kann ich Ihnen helfen, Mr Singh?«

»Mit ein paar Antworten, hoffe ich«, erwiderte er und lächelte vorsichtig. »Abgesehen davon, dass ich Amandeeps Onkel bin, gehe ich auch einer Arbeit als Ermittler bei der Polizei nach. Ich bin sozusagen in zweifacher Angelegenheit hier.«

»Ich verstehe«, sagte Richardson. »In zwanzig Minuten beginnt meine nächste Vorlesung, aber ich werde versuchen, Ihnen so gut es geht zu antworten. Die Polizei hat sich selbstverständlich schon an mich gewandt. Ich konnte ihnen leider nicht besonders viel helfen. Wir wissen nur wenig über das Geschehen, aber es deutet doch wohl nichts darauf hin, dass es mit der Hochschule zu tun hat?«

»Genau das ist der Punkt, Professor ...«

»Bitte sagen Sie Margaret zu mir.«

»Margaret«, wiederholte er und lächelte. »Amandeep wohnt erst seit etwas über zwei Monaten in Edinburgh und hat hier keine engen Beziehungen. Ihr Bekanntenkreis besteht im Großen und Ganzen nur aus Studenten von der Hochschule, soweit es uns bekannt ist.«

»Verstehe. Und Sie glauben, dass etwas Persönliches dahinterliegt?«

»Das tut es in der Regel.«

Richardson nickte nachdenklich.

»Nun, ich kann nicht behaupten, dass ich sie *so* gut kenne«, sagte sie. »Wir haben nur einen Gesprächstermin pro Woche. Sie ist intelligent und arbeitet hart, so viel kann ich jedenfalls sagen. Sie nimmt ihr Studium sehr ernst. Eine junge Frau mit Biss, nach meinem Eindruck.«

»Hat sie je darüber gesprochen, warum sie hier studieren wollte?«

»Meinen Sie an der ESB oder in Schottland?«

»Sowohl als auch.«

»Tja, für gewöhnlich frage ich meine Studenten, besonders die internationalen. Wie viele in ihrem Alter war sie wohl auf einen Tapetenwechsel aus. Ich selbst bin an die Sorbonne gegangen, als ich mein Masterstudium gemacht habe. Ich erinnere mich, dass Amandeep sagte, sie habe viel Gutes über das Lernklima gehört, und was Ökonomie betrifft, gehören wir ja zu den führenden Ausbildungseinrichtungen in Europa. Wenn etwas Eigenlob gestattet ist.«

»Und wie ist sie Ihrer Ansicht nach hier zurechtgekommen?«

»Auf mich wirkte es, als ginge es ihr hier sehr gut«, sagte Professor Richardson. »Die internationalen Studenten hängen für gewöhnlich immer zusammen, doch nicht Amandeep. Im Großen und Ganzen hat man sie meist mit hiesigen Studenten gesehen.«

»Zum Beispiel?«

Die Namen, die Richardson nannte, waren Harinder alle bekannt. Riya Chaudry. Samantha Henderson. Anna McKenzie. Stuart McCall. Die Mitbewohnerin und die Truppe von der Bergwanderung.

Harinder hoffte darauf, mit einigen von ihnen reden zu können, solange er sich auf dem Campus befand.

»Und was ist mit Jungs? Ist da einer, der ...«

Die Professorin lachte und winkte ab, ehe er seine Frage zu Ende formulieren konnte.

»Wenn es etwas gibt, von dem ich mich so weit wie möglich entfernt halte, Mr Singh, dann ist es das Liebesleben meiner Studenten«, sagte sie. »Ich setze dann stets meine Scheuklappen auf; es sei denn, es handelt sich um Beziehungen, die sich auf das Studium auswirken.«

Sie wurden von einem Klopfen an der Tür unterbrochen. Der Betreffende wartete zwei Sekunden, bevor er sie öffnete und den Kopf in den Raum steckte.

»Professor ...«, begann er, ehe ihm klar wurde, dass Richardson Besuch hatte. Einer der jungen Studenten, wie Harinder registrierte. Und auch nicht irgendwer. Er kannte das runde, knabenhafte Gesicht und die dünne blonde

Mähne von dem Gruppenfoto wieder, das Amandeep von der Wanderung geschickt hatte.

Stuart McCall.

»Ah, tut mir leid«, sagte er und lächelte linkisch.

»Schon in Ordnung, Stuart«, sagte Richardson. »Das hier ist übrigens Harinder Singh. Er ist Amandeeps Onkel. Und Polizist.«

»Oh, okay.«

Harinder fiel auf, dass der junge Mann gleich rot wurde und es ihm offenbar schwerfiel, den Blickkontakt zu halten. Als Polizist hatte er diesen ausweichenden Blick schon viele Male gesehen. Häufig von Menschen, die sich plötzlich wünschten, an einem völlig anderen Ort zu sein.

Und diese Menschen hatten in der Regel etwas zu verbergen.

Stuart nickte kurz und zog sich wieder zurück, ohne zu erklären, was er eigentlich gewollt hatte. Harinder erhob sich von seinem Stuhl. Er war fest entschlossen, mit dem jungen Mann zu reden. Egal, was DS Lawson und ihr aufgeblasener Chef davon halten würden.

Was könnten sie schlimmstenfalls schon tun? Ihn bei der Maus anschwärzen?

»Vielen Dank für Ihre Zeit, Professor«, sagte er und lächelte sie versöhnlich an, ehe er das Büro verließ und nach Stuart McCall Ausschau hielt.

Er sah den Rücken des Studenten, der durch den Gang lief und auf das Foyer zusteuerte. Obwohl er nicht rannte, schien er es dennoch eilig zu haben.

»Mr McCall?!«, rief Harinder.

Aufgrund der Akustik im Gang war seine Stimme unmöglich zu überhören. Stuart war nicht der Einzige, der stehen blieb und sich umdrehte. Ein paar Studenten warfen ihm neugierige Blicke zu, als ob sie eine Konfrontation erwarteten. Stuarts Körpersprache drückte allerdings etwas Bedrohliches aus, so dass Harinder beschloss, Abstand zu halten.

»Was wollen Sie?«

»Ich will mich nur unterhalten«, sagte Harinder, verwundert über die Gereiztheit des jungen Mannes.

»Weshalb?«, wollte Stuart wissen. »Ich habe schon mit den Bullen gesprochen, und ich weiß nicht mehr, als ich denen erzählte habe.«

»Warum ist es dann ein Problem, mir noch die eine oder andere Frage zusätzlich zu beantworten?«, fragte Harinder.

Der junge Student schnaubte. »Weil ich weiß, wie ihr Typen einem das Wort im Munde umdreht.«

»Ich versuche nur, herauszufinden, was passiert sein kann«, entgegnete Harinder. »Sie sind einer von Amandeeps Freunden. Sie haben gerade erst ein gemeinsames Wochenende verbracht. Weswegen wollen Sie mir nicht helfen? Ist sie Ihnen denn gar nicht wichtig?«

Stuart McCall brach den Blickkontakt ab und sah auf seine Schuhe hinunter. Erneut wurde er rot im Gesicht.

»Natürlich ist sie mir wichtig…«

»Dann lassen Sie uns einen Kaffee trinken und dabei unterhalten wir uns«, sagte Harinder.

KAPITEL 10

Oslo

Mit einem Gruppenleiter auf Sonderurlaub hatte Rachel Hauge genügend Aufgaben zu erledigen, ehe sie sich dem Gefallen widmen konnte, um den eben jener Gruppenleiter sie gebeten hatte.

Harinder Singh verfügte über die einzigartige Begabung, sie beschäftigt zu halten, selbst dann, wenn er nicht anwesend war.

Es handelte sich um eine Familienangelegenheit. Rachel bezweifelte daher sowohl, ob es richtig von ihr wäre, diesen Vijay Sharma unter die Lupe zu nehmen, als auch, ob es richtig von Harinder war, sie darum zu bitten.

Streng genommen hätte er sich heraushalten und alles denen überlassen sollen, die für die Ermittlung verantwortlich waren, doch diese Fähigkeit besaß er nicht. Harinder war der zäheste Ermittler, den sie kannte. Niemand war unnachgiebiger, niemand suchte intensiver nach neuen Steinen, die umgedreht werden konnten. Und ihr gemeinsamer Chef ermutigte ihn selbst dann noch dazu, wenn andere meinten, dass er besser die Zügel anziehen sollte.

Weil sie Ergebnisse erzielten.

Harinder wollte, dass Rachel den Auftrag hinter dem Rücken der Maus durchführen sollte, weil er genau wusste, dass der Abteilungsleiter den Plan nicht gutheißen würde. Daher musste alles unter dem Radar geschehen. Falls sie wirklich vorhatte, sich für den Posten von Kommissar Edwardsen zu bewerben, wenn dieser ausgeschrieben würde, dann konnte sie sich keine Dummheiten leisten.

In Norwegen gab es nur zwei Personen mit dem Namen Vijay Sharma. Rachels Zielperson war ein 28-jähriger Arzt mit einer Adresse in Ammerud in Oslo. Zurzeit absolvierte er sein medizinisches Praktikum am Krankenhaus Østfold.

Rachel führte einen einfachen Background-Check durch. Vijay Sharma war in Norwegen geboren, die Familie seiner Eltern stammte aus Indien. Sie bezeichneten sich selbst als Einwanderer der zweiten Generation, wenngleich Vijay niemals weitergewandert war als von Oslo nach Østfold. Mit Sicherheit jedoch konnte man ihn als Arzt der zweiten Generation bezeichnen. Doktor Sharma der Ältere war Oberarzt am Rikshospital.

Vijays Lebenslauf war makellos. Angesichts der Tatsache, dass jemand den Mann auf Patienten eines öffentlichen Krankenhauses losgelassen hatte, war das nicht weiter erstaunlich. Nichts deutete auf irgendetwas Verdächtiges an seiner Person hin, wie Amandeeps Mitbewohnerin es angedeutet hatte.

Was allerdings überhaupt nichts heißen musste.

Liebhaber oder Exliebhaber galten für die Ermittlungen stets als Personen von Interesse, jedenfalls so lange, bis etwas anderes bewiesen war. Eine unumstößliche Regel.

Die Entfernung zwischen Ammerud und Sarpsborg war nicht ganz unerheblich, dachte Rachel. Möglicherweise hatte er für die Praktikumszeit eine Unterkunft in der Nähe des Krankenhauses angemietet, aber keine der Datenbanken, die die Polizei verwendete, zeigte eine alternative Adresse an.

Rachel rief die Zentrale des Krankenhauses an und fragte nach Doktor Sharma. Sie gab an, es handele sich um etwas Persönliches. Nach einiger Wartezeit ließ die Person am anderen Ende der Leitung sie wissen, dass Sharma in einem der Operationssäle beschäftigt sei. Wollte sie eine Nachricht hinterlassen?

Rachel lehnte dankend ab. Stattdessen zog sie ihren schwarzen Blazer an und lief in die Tiefgarage hinunter, wo ihr roter Honda stand. Es war Viertel nach vier. Der Verkehr war zur Rushhour in vollem Gange, und sie befand sich von dem Moment an, als sie das Kripogebäude verließ und bis sie Klemetsrud ganz im Süden von Oslo passierte, in einer nicht enden wollenden Autoschlange. Danach floss der Verkehr nach Østfold einigermaßen reibungslos.

Sie erreichte den modernen Krankenhauskomplex in Kalnes in der Gemeinde Sarpsborg. Als Einwohnerin von Østfold kam sie nicht umhin, an die ganzen Streitereien zu denken, die es vor, während und nach dem Umzug des Krankenhauses gegeben hatte. Sie selbst stammte aus der Nachbargemeinde Rakkestad und gehörte zu denen, die dachten, das neue Krankenhaus sei an der richtigen Stelle errichtet worden. Im heimatlichen Regierungsbezirk gab es jedoch viele, die anderer Meinung waren, und nun fingen sie sogar an, sich darüber zu beschweren, dass es in dem nagelneuen Krankenhaus zu wenig Platz gab.

Vijay Sharma fuhr einen fünf Jahre alten Ford Mondeo.

Rachel schaute auf dem Parkplatz vor dem Krankenhaus nach, bis sie das Auto gefunden hatte. Ziemlich heruntergekommen für einen fünf Jahre alten Wagen, dachte sie.

Könnte auch mal eine Wäsche vertragen. Aber wenigstens innen ordentlich und aufgeräumt.

Keine losen Gegenstände auf den Sitzen.

Sie parkte in der Nähe, und tat das, was jeder Ermittler der Polizei schon früh zu meistern lernt: Sie wartete.

Es war fast sechs Uhr, als er auftauchte. Dummerweise hatte sie seit dem Mittag nichts mehr gegessen. Sie hatte auch ein Date mit der Vorschullehrerin verschoben, die sie vor einem Monat kennengelernt hatte, was wahrscheinlich noch dümmer war.

Sie hätte den Arzt auch anrufen und einen Termin vereinbaren können, aber zunächst wollte sie einmal einen Blick auf ihn werfen. Wollte wissen, wie er aussah, wie er ging, wie er sich verhielt. Für den wichtigen ersten Eindruck reichte ein Telefonat nicht aus.

Das war die Art von Dingen, an die Harinder glaubte. Sollte sie sich etwa Gedanken machen, weil einige seiner Gewohnheiten sich anscheinend auf sie übertragen hatten?

Vijay Sharma hatte den Ärztekittel gegen Jeans und Trainingsjacke getauscht. Er war mittelgroß und ein wenig füllig. Etwas zu aufgedunsen im Gesicht, um als attraktiv durchzugehen, dachte Rachel. Seine Haare glänzten, anscheinend benutzte er irgendein Pflegemittel. Er hatte eine halb leere Flasche Cola dabei.

Er stieg ins Auto und fuhr vom Parkplatz. Rachel folgte in gemessenem Abstand. Er fuhr auf die E6 in Richtung Oslo. Der Verkehr war mäßig. Die Sonne ging schon am Horizont im Westen unter, und die Abenddunkelheit setzte so schnell ein, als hätte jemand eine Decke über einen Vogelkäfig geworfen.

Nach etwas mehr als einer Stunde war Rachel wieder in der Hauptstadt.

Sharma führte sie durch die aus Abzweigungen und Ampeln bestehende Hölle namens Bjørvika, bevor die Fahrt schließlich vor dem indischen Restaurant Monsoon Palace in der Calmeyers gate endete. Eine der zentralsten Straßen im Stadtzentrum von Oslo, aus der dennoch nie mehr als eine anonyme Seitenstraße geworden war, die die Leute nur dann aufsuchten, wenn sie ein konkretes Anliegen hatten.

Rachel kannte das Restaurant. Sie hatte schon mehrmals dort gegessen, sowohl mit als auch ohne Harinder. Der Monsoon Palace war trotz des Namens ein einfaches und ungezwungenes Restaurant, das sich bereits seit über zwanzig Jahren behauptete. Gutes Essen und erschwingliche Preise sorgten für einen treuen Kundenstamm.

Es war Harinders Schwager, dem das familiengeführte Restaurant gehörte. Harinder hatte erzählt, dass dort kaum jemand arbeitete, der nicht mit der umfangreichen Familie von Gurman Singh verwandt war oder in sie eingeheiratet hatte.

Auch Amandeep Kaur hatte in jungen Jahren hier gejobbt.

Die Tradition der indischen Namensgebung konnte mitunter verwirrend sein. Harinder hatte ihr erklärt, dass die Sikhs im Gegensatz zu Hindus nur selten Familiennamen verwendeten. Die Vornamen waren in der Regel geschlechtsneutral, aber Männer wurden mit dem Nachnamen Singh angesprochen, während Frauen Kaur genannt wurden. Daher konnte es sein, dass er den gleichen Vornamen wie seine Großmutter oder seine Cousine hatte. In ihrer Religion war es ein Symbol der Gleichstellung zwischen den Geschlechtern.

Das Lokal war voll, es waren nur wenige Tische frei. Zwei Männer hantierten hinter einer kantinenähnlichen Theke, wo das meiste Essen innerhalb kurzer Zeit zum Servieren bereitstand. Ein Vorhang trennte die Serviertheke von der Küche.

Vijay Sharma stand am Tresen und unterhielt sich mit dem jüngeren der beiden Männer. Händedruck, fröhlicher Ton und Schulterklopfen. Anschließend steuerte er auf einen der freien Tische zu, die mit zwei Tellern eingedeckt waren. Der andere Mann kam mit Naan zu seinem Tisch und füllte ein Glas Wasser aus einem Krug auf.

»Doktor Sharma?«

Er blickte von dem Essen auf, das er mehr oder weniger in sich hineingeschaufelt hatte, kaum dass es serviert worden war.

Sein Blick war fragend.

Vermutlich versuchte er sie einzuordnen, nachdem sie ihn mit seinem Namen angesprochen hatte.

»Rachel Hauge, Kriminalpolizei«, sagte Rachel und präsentierte ihren Ausweis. »Könnten wir uns vielleicht kurz unterhalten?«

»Okay …«, sagte er mit zögernder Stimme. »Darf ich fragen, worum es geht?«

»Amandeep Kaur.«

Sein Gesicht nahm einen ernsten Ausdruck an.

»Natürlich.« Sharma nahm einen Schluck Wasser, während Rachel sich auf der gegenüberliegenden Seite des Tisches niederließ. »Wir sind alle sehr getroffen davon, was passiert ist. Ich habe erst heute Morgen mit Gurman gesprochen. Er wollte, dass ich etwas zu den Prognosen sage, weil ich Arzt bin. Aber ich kann natürlich keine Ferndiagnose stellen.«

»Sie haben also immer noch Kontakt zur Familie, auch wenn Sie und Amandeep nicht mehr zusammen sind?«

»Warum sollten wir nicht?«, entgegnete er. »Unsere Familien kennen sich schon lange, und schließlich ist es auch nicht so, dass Amandeep und ich im Streit auseinandergegangen sind.«

»Verstehe.« Rachel holte einen Notizblock und einen Bleistift hervor. Vielleicht altmodisch, aber das war das Werkzeug, das ihr am besten gefiel.

»Wann haben Sie sich getrennt?«

»Anfang März.«

»Was ist passiert?«

»Was soll schon passiert sein...« Sharma zuckte mit den Schultern und lächelte unbeholfen. Falls er versuchte, den Eindruck zu erwecken, dass die Trennung ihn nicht mehr quälte, war es nicht sehr überzeugend.

»Ist das denn wichtig?«

Rachel setzte ihren bohrenden Blick auf. »Wollen Sie das lieber ganz formell auf der Polizeistation machen?«

Er schüttelte den Kopf.

»Dann beantworten Sie bitte die Frage.«

Sharma nickte und trank noch einen Schluck Wasser. »In letzter Zeit wirkte sie distanziert. Irgendwie still und zurückhaltend. Ich dachte, dass sie vielleicht depressiv sei. Das wäre nicht zum ersten Mal vorgekommen. Amandeep kämpft seit Langem mit Depressionen. Wissen Sie, dass sie beim Militär gewesen ist?«

Rachel nickte.

»Sie war auch in Afghanistan und hat heftige Sachen erlebt. Sie hat nicht gern darüber geredet, aber es waren Symptome einer posttraumatischen Belastungsstörung erkennbar. Sie wurde behandelt, und danach schien es ihr besser zu gehen. Aber dann ging es wieder bergab. Als ich fragte, ob es etwas gebe, was ich tun könnte, um ihr zu helfen, sagte sie mir, dass sie Schluss machen wolle«, erklärte Sharma und sah Rachel eindringlich an.

»Hat sie einen Grund angegeben?«

»Sie hat sich entschuldigt und gesagt, es sei nicht meine Schuld, aber sie wolle nicht mehr mit mir zusammen sein. Sie meinte, wir seien zu unterschiedlich und passten nicht zusammen.«

»Teilen Sie ihre Ansicht?«

»Ich dachte, wir hätten eine schöne Zeit zusammen. Ich meine, wir hatten darüber gesprochen, uns zu verloben«, sagte Sharma. »Natürlich gab es deutliche Unterschiede zwischen uns. Das habe ich schon bemerkt. Aber der wahre Grund liegt meiner Meinung nach darin, dass noch ein anderer Mann im Spiel war.«

»Ein anderer Mann?«

Er nickte. »Ich hatte da so einen Verdacht. Erst hat sie es abgestritten, aber später gab sie zu, dass sie jemanden kennengelernt hatte. Sie behauptete, die Affäre sei bereits vorbei, als wir uns getrennt haben. Ihrer Meinung nach war das auch nicht der Auslöser.«

»Und wie haben Sie dann reagiert?«

»Was kann man schon tun?«, sagte er und zuckte abermals mit den Schultern. »Natürlich wurde ich eifersüchtig und wütend, aber das hat nicht viel geholfen. Sie hatte sich entschieden, und es gab nichts, was ich hätte sagen oder tun können, um etwas daran zu ändern. Es tut weh, aber das Leben geht weiter.«

Sharma wirkte nachdenklich. Allerdings kaufte Rachel es ihm nicht ab, dass er sich angeblich mit der Situation versöhnt hatte. Sein Blick sagte etwas anderes als sein Lächeln.

»Haben Sie sich deswegen gestritten?«, fragte sie.

Er nickte erneut.

»Ging es über das bloße Streiten hinaus?«

Es dauerte einen Moment, bis ihm klar wurde, was sie meinte. Er sah sie entsetzt an.

»Was? Nein! O Gott, nein!«, protestierte er. »Wir sind doch erwachsene Menschen. Ich kann brüllen und schimpfen, wenn ich wütend werde, aber dazu braucht es schon etwas. In diesem Moment war ich eher verletzt als wütend. Sie ist ziemlich stark, und außerdem kennt sie sich mit Kampfsport aus. Wenn ich so was versucht hätte, wäre ich danach gelb und blau gewesen.«

Es stimmte nicht ganz mit dem überein, was Amandeep ihrer Mitbewohnerin in Edinburgh erzählt hatte, aber genau in diesem Moment fand Rachel den jungen Arzt glaubwürdig. Es fiel ihr schwer, ihn als gewalttätigen Mann zu sehen.

Aber sie war auch früher schon ausgetrickst worden.

»Der andere Mann, den Sie erwähnt haben«, sagte Rachel, »wissen Sie, wer das ist?«

Sharma schüttelte den Kopf. »Um es mal so auszudrücken: Ich war nicht besonders scharf darauf, das zu wissen«, sagte er. »Aber ich glaube, es war jemand aus ihrem alten Job. Amandeep hat neben dem Studium als Kellnerin in einem Restaurant gearbeitet. Sie hat viel Zeit dort verbracht, auch wenn sie freihatte. Aber dann hat sie plötzlich aufgehört.«

»Wo war das?«

»Gemini. Ein trendiger Nachtclub in Grünerløkka.«

Rachel zögerte, als sie den Namen des Ortes notierte.

Gemini. Sie wusste, welches Lokal er meinte, aber das war nicht der Grund, warum sie stutzte.

Irgendwo in ihrem Hinterkopf war etwas abgespeichert, eine Verbindung, die sie versuchte, sich ins Bewusstsein zu rufen.

Als sie im Auto nach Hause fuhr, erinnerte sie sich plötzlich.

Der Hinweis lag im Namen selbst. Die Besitzer des Nachtclubs waren die Zwillingsbrüder Thomas und Henning Ulriksen. Könige des Nachtlebens und mutmaßliche Drahtzieher hinter einem Großteil des Drogenhandels in der Stadt.

Und im Verdacht, im Winter zuvor einen Informanten der Polizei liquidiert zu haben.

KAPITEL 11

Edinburgh

Stuart McCall hielt eine Tasse Tee zwischen seinen Händen. Sie hatten einen Fensterplatz in der Cafeteria ergattert, mit Blick auf den kleinen See, der sich in der Mitte des Campus befand. Er saß unruhig auf dem hohen Stuhl und sah Harinder besorgt an.

»Ich hatte mich auf das Wochenende gefreut«, sagte er. »Ein paar Tage mit guten Freunden und langen Spaziergängen. Amanda und ich waren die einzigen Singles in der Truppe. Und ja, ich gebe es gern zu, ich hatte gehofft, dass etwas zwischen uns passieren würde. Alles schien darauf zuzulaufen. Wir hatten den richtigen Ton gefunden und haben auch geflirtet. Ich fühlte mich ermutigt.«

Harinder spürte ein großes ABER. Stuart nippte an seinem Tee, ehe er fortfuhr.

»Am Samstagabend haben wir einen kleinen Abendspaziergang gemacht, nur wir beide, weg von den anderen. Wir gingen zu einem See hinunter. Ich weiß noch, dass der Mond sehr hell schien. Ich habe sie geküsst. Ich dachte, sie wollte es, aber es ist sofort zum Streit gekommen. Sie hat mich gehörig ausgeschimpft und mir einen Stoß versetzt, so dass ich hinfiel. Dann ist sie zurück zur Hütte gerannt.«

»Was ist danach passiert?«

»Nichts!« sagte Stuart. »Aber die Stimmung zwischen uns war danach nicht mehr gut. Ich erinnere mich, dass ich sogar John und Anna gebeten habe, mit ihnen zurück in die Stadt zu fahren.«

»Haben die gefragt, warum?«

Stuart schüttelte den Kopf. »Ich glaube nicht, dass Amanda etwas gesagt hat, aber sie haben vermutlich den Stimmungsumschwung bemerkt. Amanda wollte nicht mit mir reden und hat mich auch nicht mal mehr angesehen. Als ob ich sie überfallen hätte oder so was. Aber es war nur ein Kuss. Im schlimmsten Fall habe ich die Signale falsch gedeutet ...«

»Sie meinen, sie hat überreagiert?«

»Eindeutig.«

Für Harinder war das keineswegs so klar.

»Haben Sie das auch erzählt, als Sie mit der Polizei gesprochen haben?«

»Nein. Ich hätte es wahrscheinlich tun sollen, aber ihr Polizisten interpretiert immer alles auf die absolut schlimmste Weise. Ihr stellt immer wieder die gleichen Fragen, als ob ihr an allem zweifelt, was man sagt.«

»Sie haben also schon Erfahrung damit?«

Harinder sah, wie Stuarts Wangen sofort rot wurden.

»Nicht *viel*«, sagte er.

»Wenn wir einen Mann sagen hören, er habe im schlimmsten Fall die Signale falsch gedeutet, bedeutet das oft, dass er überhaupt keine Signale empfangen hat.« Harinder trank den Rest seines Kaffees. »Auf mich wirkt es so, als wäre die Abreibung wohlverdient gewesen.«

Der junge Student schnaubte. »Sie waren nicht dabei«, sagte er. »Ich weiß, dass Sie ihr Onkel sind und das wahrscheinlich nicht so gern hören werden, aber sie ist nicht ganz richtig im Kopf. Und es gibt auch noch andere, denen das langsam klar wird.«

Harinder wollte fragen, was zum Teufel er damit meine, aber eine Gestalt draußen vor dem Fenster lenkte ihn ab. Jemand stand da und starrte ihn mit missbilligendem Blick an.

Detective Sergeant Roisin Lawson.

»Sie können mich gerne korrigieren, wenn ich falschliege, aber Sie hatten doch die *ausdrückliche* Anweisung, die Zeugen in diesem Fall nicht aufzusuchen?«

DCI Frank Millar lief wütend vor seinem Schreibtisch auf und ab.

»Sie liegen durchaus nicht falsch ...«, sagte Harinder.

»Und was haben Sie an der Universität gemacht? Dem *einen* Ort, an dem man mit ziemlicher Sicherheit auf alle der fünf Zeugen stoßen könnte? Was haben Sie da draußen gemacht, sofern es nicht darum geht, sich absichtlich den Anweisungen zu widersetzen? Glauben Sie, dass wir Idioten sind, Singh? Glauben Sie, wir sind Dorfpolizisten, die es nicht schaffen, irgendetwas selbst in die Hand zu nehmen, damit *Sie* dann dafür sorgen können, dass alles richtig läuft?«

Roisin Lawson hielt den Mund, derweil ihr Chef sich aufplusterte. Harinder sah sie in der Hoffnung an, ein Minimum an Verständnis für die Situation zu ernten, aber da gab es nichts zu holen.

»Natürlich nicht«, sagte er und hoffte, dass ihm die Schamesröte nicht allzu sehr ins Gesicht gestiegen war.

Seit seinen Anfängen als junger Polizist im Stadtteil

Grønland hatte er sich nicht mehr derart von einem Chef herunterputzen lassen.

Er schätzte diese Erfahrung nicht. Weder damals noch heute.

»Ich bin dorthin gefahren, um Amandeeps Studienbetreuerin zu treffen.«

»Studienbetreuerin?«

»Professor Richardson«, sagte Harinder. »Ich habe doch wohl das Recht, mit Personen außerhalb der Ermittlungen zu sprechen? Ich hatte gehofft, dass sie mir einige Hintergrundinformationen geben könnte. Wie Amandeep hier zurechtgekommen ist, wie ihre Stimmung in den letzten Wochen war, solche Dinge. Details, die sie vielleicht eher bereit wäre, mit jemandem zu teilen, der nicht als Ermittler auftritt.«

Millar verzog das Gesicht. Er wirkte so, als ob er die Erklärung nur als hanebüchenen Unsinn abtun wollte. Stattdessen aber warf er einen Blick auf Lawson, die unverbindlich mit den Schultern zuckte.

»McCall ist in ihrem Büro aufgetaucht, während ich dort bei ihr saß«, fuhr Harinder fort. »Ich wusste, dass ich nicht mit ihm reden sollte, aber da war etwas an seiner Reaktion, als ihm klar wurde, wer ich war. Er wurde plötzlich aggressiv, und das hat mich neugierig gemacht.«

Millar starrte ihn einen Moment lang prüfend an, bevor er tief ausatmete und resigniert den Kopf schüttelte. Er trat hinter seinen Schreibtisch und setzte sich auf den knarrenden Stuhl. Es schien, als hätte er sich beruhigt.

»Er wurde auch aggressiv, als *wir* ihn befragt haben«, sagte er.

»Kein Wunder, der Bastard ist kein unbeschriebenes

Blatt. Vor zwei Jahren wurde ihm Gewalt gegen seine Exfreundin vorgeworfen. Der Fall wurde eingestellt, aber wie heißt es so schön: Kein Rauch ohne Feuer, nicht wahr?«

Harinder hob fragend die Augenbrauen.

»O ja. Wir haben alle fünf, die das Wochenende mit Miss Kaur verbracht haben, genau unter die Lupe genommen«, fuhr Millar fort. »Jeder ist jetzt erst einmal interessant, bis wir mehr darüber wissen, was passiert ist. Besonders natürlich McCall, angesichts seines Hintergrunds und dessen, was Sie uns berichtet haben.«

»Das Gespräch hat also doch etwas Nützliches ergeben, sagen Sie?«

Harinder bereute es, den Mund geöffnet zu haben, als er sah, wie Millar kurz davor war, sich wieder aufzuregen.

»Es *wäre* hilfreich gewesen, wenn er es uns während einer formellen Vernehmung gesagt hätte!«, entgegnete Millar. »Im Moment sitzt er in einem Raum und weigert sich, etwas zu sagen, ohne dass ein Anwalt dabei ist. Und *das* hat Ihr schlecht durchdachter Schachzug uns gekostet, Singh. Sie sind nicht Teil dieser Untersuchung. Sogar wenn Sie in diesem Land Polizist wären, würden Sie immer noch nichts damit zu tun haben. Sie stehen dem Opfer zu nahe. Bei allem, was Sie tun, besteht die Gefahr, dass es mehr Schaden als Nutzen bringt. Es wird Zeit, dass Sie das in Ihren Schädel bekommen.«

Harinder fühlte sich niedergeschlagen, als er die Polizeistation West End zum zweiten Mal an diesem Tag verließ. Er wusste, dass er es vermasselt hatte und dass Millars Reaktion durchaus gerechtfertigt war, auch wenn er sich wie ein arroganter Arsch benahm.

War es nicht genau das, wovor die Maus ihn gewarnt hatte, ehe er aufgebrochen war?

Zurück im Hotelzimmer kickte er die Schuhe weg und legte sich aufs Bett, während er überlegte, was er nun tun sollte.

Kurzfristig vielleicht erst einmal etwas zu essen besorgen.

Auf lange Sicht war die Beantwortung der Frage nicht ganz so einfach. Er wollte gern einen Beitrag leisten, aber gleichzeitig den örtlichen Ermittlern nicht weiter auf die Zehen treten.

Nach einer Weile rief er Jaspreet an, um herauszufinden, ob es etwas Neues über Amandeep gab, aber niemand antwortete.

Unruhig sprang er aus dem Bett und ging zum Fenster. Blickte auf das Schloss, das in der Abenddämmerung von rosa Licht bestrahlt wurde. Die künstliche Beleuchtung verhinderte, dass das alte Gebäude wie ein düsterer und bedrohlicher Schatten über der Stadt thronte.

Harinder zog sich wieder an und verließ das Hotel. Überquerte die Straße und schlenderte auf dem Weg in die Altstadt die Waverley Bridge hinunter. Da er bis zu diesem Abend nichts anderes zu tun hatte, konnte er genauso gut Tourist spielen. Der älteste Teil der Stadt wirkte in der Abenddunkelheit verlockend. Die Luft roch frisch und sauber nach dem Regen, der früher am Tag gefallen war.

Er war noch auf der Brücke, als Jaspreet ihn anrief. Nicht nur, um ihn zurückzurufen, wie er sofort merkte. Sie war so aufgebracht und den Tränen nahe, dass er Schwierigkeiten hatte, alles zu verstehen, was sie sagte. Aber das Wichtigste hatte er mitbekommen.

Amandeep war kurzfristig in den Operationssaal gebracht worden. Gehirnblutung, wahrscheinlich als Folge der Kopfverletzung, die sie sich bei dem Sturz zugezogen hatte.

Ihr Zustand war lebensbedrohlich.

KAPITEL 12

Wenn es wirklich eine Hölle gab, musste sie wie ein Warte-
zimmer gestaltet sein, dachte Harinder. Ein Ort, wo die
Stille bedrückend war und die Zeit so langsam verging, dass
die Zeiger der Wanduhr stillzustehen schienen. Wo nur der
Anblick einer Person in einem weißen Kittel ausreichte, um
die Herzfrequenz zu erhöhen. Wo man verzweifelt auf Neuigkeiten wartete, aber Angst davor hatte, sie tatsächlich zu
hören. Es war ein Raum, in dem die Ohnmacht herrschte.

Er saß auf einem Stuhl schräg gegenüber von Jaspreet
und Gurman. Sie hielten einander an den Händen. Harinder wollte im Foyer seine Kaffeetasse auffüllen, hatte aber
Angst davor, die beiden allein zu lassen. Seit der letzten
Statusmeldung war knapp eine halbe Stunde vergangen. Da
hatte die Krankenschwester nur gesagt, dass es noch zu früh
sei, um etwas zu sagen. Aber jetzt, in jedem Moment,
konnte jemand mit Neuigkeiten aus dem Operationssaal
kommen.

Harinder betrachtete seine Halbschwester und seinen
Schwager. Immerhin konnten die beiden sich gegenseitig
stützen. Eine solide Ehe, gemeinsam durch dick und dünn.
Zumindest war das der Eindruck von außen. Und außen
stand er.

Er war als Einzelkind in einer kleinen Stadt in Hedmark aufgewachsen, wo ihn sein Name und seine Hautfarbe als ewigen Ausländer kennzeichneten, auch wenn er sich auf Vorfahren beziehen konnte, die die norwegische Verfassung mitgestaltet hatten. Als junger Mann hatte er Trost in dem Wissen gefunden, dass es irgendwo im Land eine ältere Schwester gab. Eine größere Familie, zu der er gehörte. Damals wäre ihm niemals eingefallen, dass es möglich sein könnte, dem eigenen Fleisch und Blut derart fremd zu sein. Sie sahen die Welt mit völlig anderen Augen als er.

Wozu also sich überhaupt die Mühe machen?

Die Antwort befand sich in einem Operationssaal und kämpfte gerade um ihr Leben.

»Onkel Hari, kannst du mir helfen?«

Mitte Mai vor acht Jahren. Die Abiturzeit. Das jährliche Happening der hemmungslos feiernden Jugend. Rituelle Besäufnisse unter dem Vorwand, den Schulabschluss zu begießen.

Als gewöhnlicher Osloer Polizist hatte er im April und Mai jeden Abend Situationen gemeistert, die mit Abiturienten zu tun hatten. Ruhestörung. Schlägereien. Vandalismus. Verkehrsunfälle. Alkoholvergiftung.

Körperliche Übergriffe und Vergewaltigungen.

Er erinnerte sich, wie er nach dem Anruf am Haupteingang der Notaufnahme in der Storgate wartete. Die Unterhaltung mit dem Fahrer des Streifenwagens, der sie in den späten Abendstunden aufgelesen hatte.

»Wir dachten, sie sei nur betrunken, aber es war mehr als das. Auf dem Overall war Blut.«

Als sie schließlich aus dem Behandlungsraum hinaushumpelte, sah er die Flecken, verteilt zwischen Grünalgen und Dreck, die auf dem roten Overall ebenfalls Spuren hinterlassen hatten. Weitaus größeren Eindruck machten das blasse, eingefallene Gesicht, die blutunterlaufenen Augen und die aufgeplatzte Oberlippe. Es schien, als ob alles Leben und jegliche Energie aus ihr herausgesaugt worden wären.

Sie war Harinder mehr oder weniger in die Arme gefallen, und er konnte sich nicht erinnern, wie lange sie einfach nur dagestanden hatten. Er wusste nur noch, dass er sie nicht eher wieder loslassen würde, bis sie ihn darum bat.

Ihre Eltern hätten da sein sollen, aber Amandeep war achtzehn Jahre alt und somit volljährig. Niemand sonst hatte das Recht, ihre Akte einzusehen oder sich in ihre Angelegenheiten einzumischen. Und die Scham über das, was ihr zugestoßen war, hatte den Gedanken, sich ihren Eltern anzuvertrauen, unerträglich gemacht. Ihr Zuhause war ein Ort voller Liebe, aber auch ein Ort strenger Regeln und religiöser Traditionen.

Daher hatte Amandeep sich an Harinder gewandt. An jemanden, der sie mit Sicherheit nicht verurteilen würde. Als ob sie überhaupt in irgendeiner Weise für das Geschehen verantwortlich gemacht werden könnte. Doch genau das dachten viele Vergewaltigungsopfer. Dass sie ihren Teil der Schuld trugen. Dass sie mehr hätten tun sollen, um zu verhindern, dass der Täter sich an ihnen verging.

Hunderte junge Menschen am selben Ort. Betrunken oder im Drogenrausch und ohne Hemmungen. Überhitzt und geil. Aber es gab nur einen, der verantwortlich war. Einen, der den erhobenen Zeigefinger verdiente. Und das war nie das Opfer.

Er hatte versucht, es ihr unterwegs im Auto zu erklären, auf dem Heimweg nach Lørenskog. Hatte versucht, sie zu einer Anzeige bei der Polizei zu überreden, weil er nicht wirklich glaubte, dass sie nicht wusste, wer es gewesen war.

Aber sie hatte nur mit halbem Ohr zugehört, und eigentlich nicht mal das.

»*Ich war schwach*«, hatte sie später mit zusammengebissenen Zähnen gesagt. »*Ich kann nichts am Geschehen ändern, aber schwach werde ich nie wieder sein.*«

In jenem Herbst hatte sie angefangen, sowohl Taekwondo als auch Kickboxen zu trainieren. Im Jahr danach hatte sie das Wirtschaftsstudium abgebrochen, um ihren Militärdienst zu leisten. Es sollten fast fünf Jahre vergehen, ehe sie ihre Uniform wieder auszog.

Ihre Eltern waren verzweifelt über ihre Entscheidungen, sie fürchteten, dass sie ihr Leben vergeudete. Sie hatten es nicht verstanden, weil Amandeep ihnen nie die ganze Wahrheit darüber gesagt hatte, was in jener Nacht passiert war. Und Harinder hatte sein Versprechen gehalten und nicht ein Wort weitererzählt. Die Absicht war zweifellos gut, aber er konnte seine Halbschwester und seinen Schwager nicht ansehen, ohne zu denken, dass die Entscheidung falsch gewesen war.

Sie warteten immer noch, als DS Lawson am Abend erschien. Sie wollte wissen, wie es Amandeep ging, und gleichzeitig den nächsten Angehörigen ihr Mitgefühl ausdrücken. Mit der Versicherung, dass sie alles in ihrer Macht Stehende täten, um die Verantwortlichen zu finden. Ihr leicht zerknitterter Hosenanzug und die Andeutungen von Tränensäcken unter den Augen zeugten von all den Stunden, die sie in die Ermittlungen investiert hatte.

Harinder nutzte die Gelegenheit, um sich endlich einen

neuen Kaffee zu holen. Er und Lawson unterhielten sich unter vier Augen am Heißgetränkeautomaten. Lawson lehnte Kaffee ab und entschied sich für eine Tasse Kakao.

»Tut mir leid, was heute Morgen passiert ist«, sagte sie. »Millar macht seine Punkte gern ziemlich deutlich.«

»Ja, ich habe bemerkt, wie Sie zu meiner Rettung geeilt sind.«

Auf ihrem ansonsten blassen und sommersprossigen Gesicht erschienen rote Flecken. »Er ist mein Chef. Außerdem habe ich Sie gewarnt«, entgegnete sie.

»Das stimmt«, sagte Harinder. »Also, wie sieht es aus?«

»Im Moment geht es darum, den blauen Lieferwagen zu finden«, sagte Lawson. »Und Stuart McCall hat ein Alibi für letzten Sonntag. Als Amandeep entführt wurde, war er zusammen mit John Gallacher und Anna McKenzie.«

»Jedenfalls verbirgt er etwas«, sagte Harinder.

»Definitiv. Aber das muss nicht unbedingt mit dem Fall zu tun haben«, sagte Lawson. »Tut mir leid, aber mehr darf ich nicht sagen. Kommissar Lundberg ist unser Ansprechpartner bei der Kripo in Norwegen. Millar sagt, wenn Sie Einzelheiten zur Untersuchung haben wollen, können Sie sich an Ihren Kollegen wenden.«

»Und er ist aktuell auf dem Laufenden, hinter seinem Schreibtisch in Oslo?«

Lawson breitete die Hände aus. Die Entscheidung sei über ihren Kopf hinweg gefällt worden, daher könne sie nur wenig tun.

»Wollen Sie wissen, was mich an der Sache stört?«, fragte er.

»Na, Sie werden es mir doch ohnehin erzählen.«

»Finden Sie nicht, dass es da eine Diskrepanz gibt? Zwischen der durchorganisierten Entführung und der offensichtlichen Zufälligkeit, wie sie gefunden wurde?«

»Wie meinen Sie das?«

»Ich meine: Wurde sie in den Fluss geworfen und dann zurückgelassen, damit sie stirbt, oder ist sie bei einem Fluchtversuch ins Wasser gestürzt? Überhaupt, es scheint, als hätten die Täter während der Entführung alles richtig gemacht, aber in den folgenden 24 Stunden ist alles schiefgegangen. Sie haben eine Zeugin zurückgelassen. Das kann unmöglich ein Teil des Plans gewesen sein.«

Lawson schien darüber nachzudenken, aber eine weitere Erörterung musste warten.

Im Augenwinkel bemerkte er eine Bewegung an der großen Tür, die zu den Operationssälen führte. Ein Mann mit stahlgrauen Haaren und in grünem Kittel trat in den Gang. Harinder vermutete, dass es der Chirurg war, noch ehe Jaspreet und Gurman aufstanden und ihm entgegengingen. Die Mischung aus gespannter Erwartung und Angst, die ihre Körpersprache ausstrahlte, stand in deutlichem Gegensatz zur fast andächtigen Ruhe und Sicherheit, die der Arzt verkörperte.

Harinder war nicht in der Lage, seinen Gesichtsausdruck zu deuten, so dass sich auch nicht vorhersehen ließ, welche Neuigkeit er bringen würde. Er spürte einen schweren Kloß im Hals, als er sah, wie Jaspreet ihr Gesicht in den Händen verbarg und ihr Mann schützend den Arm um sie legte.

KAPITEL 13

Wenn es um Überlebenschancen geht, ist das Resultat oft genauso zufällig wie beim Würfelspiel.

Ein dünner, unsichtbarer Strich wird zur Trennlinie zwischen Leben und Tod. Dem Unterschied zwischen Verzweiflung und Erleichterung.

Der Chirurg, Doktor Durie, musste nichts über den Einsatz sagen, den er und sein OP-Team unternommen hatten, um Amandeep zu retten. Die Erschöpfung nach all den Stunden im Operationssaal stand ihm ins Gesicht geschrieben.

Mit geziemender Bescheidenheit zollte er den Großteil des Erfolgs seiner starken Patientin, die den Tod trotz eher schlechter Chancen besiegt hatte.

»Ihr Zustand hat sich stabilisiert«, sagte er, ehe ihn Jaspreet und Gurman zu seiner Überraschung umarmten. Die zuvor als kritisch bezeichnete Situation konnte inzwischen mit vorsichtigem Optimismus betrachtet werden.

Ernsthaftigkeit legte sich wieder auf das Gesicht des Arztes, als sein Blick zu den beiden anwesenden Polizisten wanderte.

»Sie hatte einen kurzen wachen Moment im OP«, sagte er. »Das erste Anzeichen von Bewusstsein seit ihrer Einlieferung. Das ist vielversprechend. Sie hat versucht, etwas zu sagen. Möglicherweise war es ein Name, aber ich bin mir nicht sicher.«

Harinder schaltete sofort in den Ermittlungsmodus und sah, dass in Lawson das Gleiche vorging.

»Was hat sie gesagt?«

»Lee«, erwiderte der Arzt. »Sie hat es ein paarmal wiederholt.«

KAPITEL 14

Oslo
Donnerstag, 24. Oktober

Rachel entdeckte ihren Kollegen Steffen Myhre hinter seinem Schreibtisch in der offenen Bürolandschaft, von wo aus er zu den alten Räumlichkeiten hinüberschauen konnte, aus denen die Kripo zwei Jahre zuvor ausgezogen war. Er hatte eine dampfende Tasse Tee vor sich auf dem Tisch stehen und kaute auf einem Butterbrot herum, während er sich mit der linken Hand durch ein Dokument auf dem PC klickte. Schwer zu sagen, ob es sich um ein spätes Frühstück oder ein frühes Mittagessen handelte.

Steffen Myhre stammte aus Trøndelag, sein charakteristischer Akzent war inzwischen etwas abgeschliffen. Er war ein gut aussehender Mann mit markanter Kieferpartie, der statt Sakko und dünner Krawatte lieber Jeans trug. Und er war ehrgeizig. Falls Rachel plante, sich für die Nachfolge von Edvardsen zu bewerben, würde Steffen Myhre einer ihrer stärksten Konkurrenten sein.

Momentan war er für eine Einsatzgruppe unter Leitung des nahezu legendären Kommissars Tor-Egil Trippestad tätig, eines Mannes, der mehr Abkürzungen kannte als ein erfahrener Orientierungsläufer. Ziel der Ermittlungen waren die 39-jährigen eineiigen Zwillinge Thomas und Henning Ulriksen.

Ein Teil von Steffens Arbeit bestand darin, Beweise für die Verwicklung der Zwillinge in die Ermordung von Erik Ruud zu finden, der Ende Februar auf offener Straße mit zwei Schüssen liquidiert worden war. Ein Schuss in die Brust aus großer Entfernung und ein weiterer Schuss aus nächster Nähe in den Kopf, während er bereits tödlich verwundet am Boden lag.

Eine kaltblütige Hinrichtung.

Ruud war ein Informant der Polizei gewesen.

Rachel zog einen Stuhl vom leeren Nachbarschreibtisch heran. Der Kollege begrüßte sie mit einem Nicken.

»Thomas und Henning Ulriksen«, sagte sie.

»Was ist mit denen?«

»Was muss ich über die wissen?«

»Du kannst die Akte lesen. Steht alles da drin«, sagte er. »Aber erzähl mal, wieso du dich für die interessierst. Ich wusste gar nicht, dass du an irgendetwas arbeitest, was die beiden betrifft.«

»Das tue ich auch nicht … zumindest nicht direkt. Aber ich bin neugierig. Und deren Akte ist länger als ein Stephen-King-Roman. Ich brauche nur die Highlights.«

Steffen lachte.

»Das sind schon ziemlich irre Typen«, sagte er. »Gehören zu den größten Akteuren im ostnorwegischen Drogenhandel, aber angefangen haben sie mit Vandalismus und Kleinkriminalität in Bøler. Da haben sie auch ihre erste Bande gegründet, zwei von den ursprünglichen Mitgliedern sind sogar immer noch dabei. Loyale Typen. Verraten nichts und niemanden, egal wie viel Zuckerbrot man ihnen vor die Nase hält.«

»Ausgenommen Erik Ruud«, bemerkte Rachel.

»Ausgenommen er, ja. Was ihn natürlich zu einer Goldmine gemacht hat, wenn es um Informationen ging. Verdammt schade, dass es so mit ihm gekommen ist«, sagte Steffen und seufzte. »Aber leider eben typisch für die Art, wie sie operieren. Ihre Organisation ist klein, aber effektiv. Eine eng zusammengeschweißte Gruppe, in der niemand aus der Reihe tanzt.«

Nachdem sie ihren ersten bewaffneten Raubüberfall auf ein Postamt in Lambertseter begangen hatten, waren beide Brüder verhaftet und mehrmals wegen sowohl minderschwerer als auch ernsterer Straftaten beschuldigt worden. Aber dennoch hatte die Staatsanwaltschaft kein einziges rechtskräftiges Urteil erwirken können. Entweder, weil die Beweise nicht ausreichten, oder weil wichtige Zeugen ihre Aussagen änderten. Es schien einfacher zu sein, einen mit Öl eingefetteten Aal in der Hand festzuhalten.

»Aber jetzt haben wir einen von ihnen in Gewahrsam?«

»Henning Ulriksen, ja.« Steffen schüttelte lächelnd den Kopf.

»Sie sind unglaublich vorsichtig gewesen, nachdem Ruud getötet wurde. Haben nicht einmal falsch geparkt. Aber vor drei Wochen wurde Henning in seinem Tesla im Trondheimsvei angehalten. Völlig benebelt von Kokain, mit ein paar Gramm bei sich und einer Schusswaffe im Handschuhfach.«

»Nicht sehr schlau«, sagte Rachel.

»Nicht nur, weil er als Zweiter geboren wurde, nennen wir ihn den *kleinen Bruder*«, sagte Steffen. »Thomas ist der unbestrittene Anführer der Organisation. Er ist der Kopf, derjenige mit dem Sinn für Geschäfte und langfristige Planung. Er hat die direkte Kontrolle über alle kriminellen Aktivitäten.«

»Was ist dann Hennings Rolle?«

»Er vertritt in erster Linie die seriösen Unternehmungen des Duos, wie etwa die Gastronomie. Er ist das freundliche Gesicht nach außen, könnte man sagen. Ein echter Partyboy. Wirkt charmant, ist aber impulsiv und kontaktfreudig. Laut Ruud hält Thomas seinen Bruder auf Distanz, wenn es um die wichtigen Entscheidungen geht.«

Der Unterschied zwischen den Brüdern beschränkte sich nicht nur auf ihren Charakter. Thomas Ulriksen zog offenbar ein eher zurückgezogenes und ruhiges Leben vor. Er war verheiratet, hatte zwei kleine Kinder und wohnte in einem Einfamilienhaus in Vinderen, während Henning allein in einem Penthouse an der Aker Brygge lebte. Er mochte schnelle Autos und Partys. Seit einiger Zeit sah man ihn häufiger mit einer Schauspielerin aus einer bekannten TV-Serie.

»Weißt du, was seltsam ist«, fuhr Steffen fort. »Von außen betrachtet sind sie erfolgreiche Geschäftsleute. Der legale Teil ihres Business sollte für Reichtum und Wohlstand eigentlich ausreichen. Sie brauchten überhaupt keine Kriminellen zu sein.«

»Vielleicht gefällt es ihnen einfach?«

Die Dichte der Kneipen und Clubs in Grünerløkka hatte absurde Ausmaße angenommen, dachte Rachel. Das Nachtleben war schon intensiv gewesen, als sie mit zwanzig in die Hauptstadt gezogen war. Dennoch schien es mit den Jahren nur zu wachsen. Ein Geschäft nach dem anderen wurde geschlossen, nur um durch eine neue Bar oder ein neues Café ersetzt zu werden, die alle einen Anteil an dem bereits gut verteilten Kuchen haben wollten.

Früher hatten einfache und traditionelle Kneipen die südliche Hälfte des Viertels dominiert. Orte, wo morgens um acht Uhr die Türen geöffnet wurden, derweil die Stammkunden schon ungeduldig Einlass begehrten. Inzwischen jedoch waren solche Tränken vom Aussterben bedroht. Moderne und trendige Nachtclubs, die sich an eine völlig andere Klientel richteten, hatten die Herrschaft übernommen.

Orte wie das Gemini, am Fuße des Trondheimsvei, ganz in der Nähe der umgebauten Brauerei Schous.

Rachel saß im Auto und beobachtete den Eingang des Lokals von der gegenüberliegenden Straßenseite. Der Laden öffnete um zwölf, würde aber erst viel später zum Leben erwachen. Das Gemini war ein Ort zum Sehen und Gesehenwerden, mit hohem Promi- und Champagnerfaktor sowie einer kontinentalen Küche, deren Preise schneller zu Tränen rühren konnten als das Häuten einer Zwiebel.

Und nicht dabei zu vergessen sind die beiden berüchtigten Besitzer.

Die Ulriksen-Brüder hatten seit dem Ende ihrer Kindheit in einer Dreizimmerwohnung in Bøler einen weiten Weg zurückgelegt.

Das Gemini war eines der legalen Unternehmen, von denen Steffen Myhre gesprochen hatte, und war in vielerlei Hinsicht das Juwel in der Krone. Und bis Februar dieses Jahres hatte Erik Ruud dort als Geschäftsführer gearbeitet.

Die offizielle Theorie der Polizei lautete, dass der Mord wahrscheinlich auf hohe Drogenschulden zurückzuführen war. Und diese Schulden waren ganz real. Um sie zu begleichen, hatte Ruud versucht, eine größere Menge Alkohol und Haschisch ins Land zu schmuggeln, war aber am Zoll gestoppt worden. Sobald er begriffen hatte, dass ihm eine lange Haftstrafe drohte, hatte er sich bereit erklärt, seine Arbeitgeber zu verpfeifen.

Wusste Harinder eigentlich, dass Ruud der direkte Vorgesetzte seiner Nichte gewesen war? Jedenfalls hatte er es nicht erwähnt. Was würde er dazu sagen, dass Amandeep an einem Ort gearbeitet hatte, der den Ulriksen-Brüdern gehörte? Die beiden standen für alles, was Harinder verachtete. Durch und durch verdorbene Typen, die versuchten, sich hinter einer dünnen Schicht aus Seriosität zu verstecken.

Frage: Wie wahrscheinlich war es, dass die Entführung von Amandeep etwas mit ihrem Arbeitsverhältnis an diesem Ort zu tun hatte?

Nicht sehr groß, wenn sie die Frage selbst beantworten sollte.

Aber dann war da diese Depression, die Vijay Sharma beschrieben hatte, diese in sich zurückgezogene Phase, die eingetreten war, bevor ihre Beziehung im März endete. Das konnte durch den bereits beendeten Seitensprung mit einem Kollegen erklärt werden, oder vielleicht mit dem plötzlichen und brutalen Tod eines anderen Mannes, den sie von der Arbeit kannte. Alles musste in etwa zur gleichen Zeit passiert sein.

Da der Club noch nicht geöffnet war, betrat Rachel ihn durch die Hintertür. Sie hatte hinter dem Fenster Bewegungen im Inneren registriert und wusste somit, dass jemand dort war. Der Hintereingang führte sie an der Küche vorbei, wo zwei Personen arbeiteten und alles für die Öffnungszeit vorbereiteten. Ein Mann im blauen Overall wischte den Boden im Hauptraum. Ein anderer stand hinter der Bar und strich mit einem Kugelschreiber Posten von einer Liste. Er blickte auf und sah Rachel finster an. Er war völlig kahl, glich dies aber durch einen Vollbart aus. Beide Arme waren mit Tätowierungen zugekleistert.

Rachel schwenkte ihren Polizeiausweis, bevor er ihr mitteilen konnte, dass der Laden geschlossen sei.

»Ich würde gerne mit dem Geschäftsführer reden, oder mit jemandem, der für das Personal zuständig ist«, sagte sie.

»Darf ich fragen, worum es geht?«, entgegnete er.

»Das dürfen Sie, wenn Sie Geschäftsführer sind oder die Verantwortung für das Personal haben.«

Er setzte ein schiefes Grinsen auf. »Das ist Annie, aber sie ist noch nicht hier. Sie können mit mir reden oder zur Abwechslung einen Termin ausmachen. Ihr Polizisten macht euch immer breit, als ob der Laden euch gehört. Wir versuchen hier, ein Geschäft zu führen.«

»Und wer sind Sie, bitte?«

»Bjørnar Aasen.«

Keine ausgestreckte Hand. Nur ein ungeduldiger Blick. Zwischen der Ermordung von Erik Ruud und der Verhaftung von Henning Ulriksen waren die meisten Angestellten wohl schon mehrfach von der Polizei vernommen worden.

»Es geht um eine Ihrer ehemaligen Mitarbeiterinnen. Amandeep Kaur. Erinnern Sie sich an sie?«

»Amandeep, ja«, sagte Aasen und ließ die Schultern sinken. »Sie hat hier gearbeitet, stimmt. Und?«

»Wie lange?«

»Ein Jahr, glaube ich«, sagte Aasen. »Teilzeit, neben dem

Studium. Ich glaube, sie hat letztes Jahr gleich nach Neujahr angefangen und dann bis kurz nach Neujahr dieses Jahr hier gearbeitet.«

»Können Sie genau sagen, wann?«

Noch ein Seufzer. »Das muss ich in der Personalakte nachsehen.«

»Dann tun Sie das.«

»Brauchen Sie keinen Gerichtsbeschluss, um solche Informationen einzusehen?«

»Theoretisch schon, aber dann zwingen Sie mich, eine formelle Sache aus dem Ganzen zu machen. Wollen Sie das wirklich?«

Rachel hielt seinem trotzigen Blick stand, bis er schließlich wegsehen musste.

»Warten Sie ...«

Er verließ die Bar und verschwand die Treppe hinauf in den ersten Stock. Rachel wartete fast fünf Minuten, bis er mit einem gelben Zettel zurückkam. Darauf standen zwei Daten: 08. 01. 2018 und 15. 01. 2019. Der Tag, an dem Amandeep Kaur ihren Job begonnen, und der Tag, an dem sie aufgehört hatte.

»Wissen Sie, warum sie gekündigt hat?«

Aasen zuckte mit den Schultern. »Wir fragen selten. Wir arbeiten in einer Branche mit hoher Fluktuation.«

»Aber wie war denn Ihr Eindruck von ihr?«

»Eine fähige Angestellte und ein nettes Mädchen. Ihre Familie ist in der Gastronomie tätig und verfügt daher über viel Erfahrung. Sie konnte sowohl vor als auch hinter der Bar eingesetzt werden. Schade, dass sie aufgehört hat, aber so ist das eben. Darf ich fragen, warum Sie so ein Interesse an ihr haben?«

»Sie dürfen fragen«, erwiderte Rachel. »Wer kannte sie Ihrer Ansicht nach von allen hier am besten?«

»Außer mir? Diana vielleicht, aber sie arbeitet auch nicht mehr hier. Dann Annie natürlich, die war ihre Schichtleiterin, bevor sie Geschäftsführerin wurde.«

»Und Erik Ruud?«

Der Name löste ein unwillkürliches Zucken in Aasens Gesicht aus. Sein Blick verengte sich.

»Ihr habt also wirklich nicht vor, den armen Kerl in Frieden ruhen zu lassen, oder wie?«

Rachel gab keine Antwort. Drehte nur den gelben Zettel um, den er ihr gegeben hatte.

»Voller Name und Telefonnummer von dieser Diana, wenn Sie so freundlich wären.«

KAPITEL 15

Edinburgh

Der dritte Tag begann mit noch mehr Regen. Die Menschenmenge entlang der Princes Street wurde allerdings aus diesem Grund nicht kleiner. Lediglich weitere Regenschirme und Regenponchos stritten sich um den bereits begrenzten Raum. Die Touristenläden, die sowohl das eine als auch das andere verkauften, hatten einen erfolgreichen Tag.

Harinder Singh suchte in einem Café am Ende der Straße Schutz vor dem stürmischen Wetter. Er genoss eine dampfend heiße Tasse Kaffee, während er die vorbeiströmenden Menschen beobachtete.

Er war dankbar, dass Amandeep die Nacht überlebt hatte und dass ihr Zustand als stabil beschrieben wurde. Weniger dankbar war er hingegen, dass DCI Millar und sein Team das Tischtuch komplett zerschnitten hatten. Ein Fehltritt seinerseits hatte genügt, um die kollegiale Höflichkeit verschwinden zu lassen. Wenn er Informationen wollte, musste er in den Zeitungen nachschlagen oder Kommissar Jon Lundberg zu Hause in Oslo kontaktieren.

Er vermutete, dass beide Instanzen in etwa gleich gut informiert waren.

Der Übergriff auf die norwegische Studentin war in eine

Kolumne auf Seite 7 der Boulevardzeitung verbannt worden, die vor ihm auf dem Tisch lag. Die Online-Zeitungen zu Hause in Norwegen beschäftigten sich weitaus mehr mit dem Fall, jedoch waren dort nur wenig nützliche Informationen zu finden. Der Sprecher der Kripo hatte eine Stellungnahme abgegeben, die kaum mehr als Plattitüden enthielt.

Harinder hatte Lundberg am frühen Morgen angerufen. Obwohl sie in verschiedenen Abteilungen arbeiteten, kannten sie einander. Der Mann aus Tromsø war ein erfahrener Polizist, konnte allerdings aus der Entfernung nicht allzu viel helfen.

»Wird von unserer Seite eine umfassende Untersuchung eingeleitet?«, hatte Harinder gefragt.

»Du meinst den Überfall?«

»Was sonst? Falls Amandeep sich nach zwei Monaten in dieser Stadt keine Feinde gemacht hat, ist es nicht unvorstellbar, dass der Hintergrund in Norwegen zu suchen ist?«

Es war das gleiche Argument, das er gegenüber Rachel vorgebracht hatte. Und er verheimlichte Lundberg, dass er die Kollegin bereits gebeten hatte, die Situation zu untersuchen.

»Hast du konkrete Beweise dafür?«, wollte Lundberg wissen.

»Nein, aber der Punkt ist, dass wir es nicht ausschließen können«, seufzte Harinder.

»Ich finde, wir sollten die Schotten erst mal machen lassen und abwarten, was sie finden. Immerhin ist es dort drüben passiert. Ich sehe keine Veranlassung, jetzt hier eine parallele Untersuchung einzuleiten, solange wir keine konkreten Spuren haben. Das Beste, was wir jetzt tun können, ist aufpassen und uns gegebenenfalls zur Verfügung stellen.«

»Okay. Haben Millar oder Lawson denn etwas über diesen Lee zu berichten?«

»Entschuldigung? Wer bitte?«, sagte Lundberg nach einem kurzen Schweigen, das in vielerlei Hinsicht mehr als genug Antwort darauf gab.

Für Harinder war der Name Lee ein offensichtlicher Hinweis. Er interpretierte es als einen Versuch Amandeeps, die Person zu identifizieren, die sie entführt hatte. Lawson dachte mit Sicherheit das Gleiche. Jedenfalls war sie unmittelbar nach dem Besuch im Krankenhaus wieder losgefahren.

Lundberg war offensichtlich nicht benachrichtigt worden.

Langfristig konnte das nicht so bleiben.

Aber was konnte er tun? Millar hatte ganz richtig bemerkt, dass Harinder diese Stadt nicht kannte. Es reichte nicht aus, sich mithilfe von Google Maps zurechtzufinden. Ein guter Bulle lernte, wie eine Stadt funktionierte. Wo die zwielichtigen Gestalten waren, wer die Fäden in der Hand hielt und wo Informationen zu bekommen waren. In Oslo hatte er einen einigermaßen guten Überblick. Ansonsten musste er sich auf lokale Fachkompetenz verlassen, wenn er durch das Land reiste, um bei taktischen Ermittlungen zu helfen.

Warum also jetzt nicht dasselbe tun?

Der Gedanke beschäftigte ihn, während er auf dem Butterkeks herumkaute, der zusammen mit dem Kaffee serviert worden war. Schließlich holte er seine Brieftasche hervor und fing an, die zahlreichen Visitenkarten zu durchwühlen, die er im Laufe der Jahre gesammelt hatte. Er hoffte, dass die betreffende Person seit dem letzten Gespräch ihre Handynummer nicht geändert hatte.

Der Mann am anderen Ende hatte gerade einen Hustenanfall, als er an den Apparat ging. Die Stimme war rauer, als Harinder sie in Erinnerung hatte. Der Tonfall noch ungeduldiger.

»Ja?«

»Hier ist Harinder Singh. Ich weiß nicht, ob Sie sich noch an den Polizisten aus Norwegen erinnern ...«

»Mit meinem Gedächtnis ist alles in Ordnung«, unterbrach ihn der andere. »Sie sind also in Edinburgh?«

»Woher wissen Sie das?«

»Warum sollten Sie sonst anrufen?«, sagte der andere. »Außerdem sind Sie jetzt in einer kleinen Stadt. Kommen Sie bloß nicht auf die Idee, etwas anderes zu denken.«

»Haben Sie Zeit für ein Treffen?«, fragte Harinder. »Da gibt es etwas, worüber ich gern mit Ihnen sprechen würde.«

Schon wenige Minuten später trotzte er Regen und Wind, während er sich in Richtung Altstadt bewegte. An der George IV Bridge entdeckte er das alte Steingebäude, in dem sich die Zentralbibliothek befand, Edinburghs erste öffentliche Bibliothek. Der andere stand wartend unter einem Regenschirm an der Ecke des Gebäudes. In einer grauen und zerknitterten Tweedjacke, die er gekauft haben musste, als seine Wampe noch weniger ausgeprägt war.

Der Mann war nicht nur schlanker gewesen, als sie sich das letzte Mal getroffen hatten, dachte Harinder, auch die grauen Strähnen auf seinem Schädel waren weniger geworden. Die braunen, wachen Augen unter den buschigen Brauen waren jedoch noch genauso, wie er sie in Erinnerung hatte. Das Gleiche galt für die Zigarette in seinem Mundwinkel.

Sie hatten sich während der kurzen Woche kennengelernt, die sie vor etwa zehn Jahren gemeinsam in einem Kurs bei Interpol in Brüssel verbracht hatten. Zwanzig Polizisten von verschiedenen Orten überall auf der Welt, und sie beide waren die einzigen gewesen, die rauchten.

Harinder war damals ein junger und vielversprechender Kriminalbeamter gewesen, Detective Chief Inspector James Riddle hatte den Zenit indes schon überschritten. Er hatte wie ein typisch verschlossener und mürrischer Schotte gewirkt, der sich nur auf das erste Glas nach dem Tagwerk freute, aber Harinder hatte ihn in den vielen gemeinsamen Raucherpausen besser kennengelernt. Obwohl er ganz offensichtlich zu viel trank, war er ein kluger Kopf und hatte Sinn für Humor. Ein ehemaliger Soldat und erfahrener Polizist, der schon viel gesehen hatte.

Sie reichten sich zur Begrüßung die Hände.

»Schön, dass Sie Zeit haben, mich so kurzfristig zu treffen«, sagte Harinder.

»Kein Problem. Ich war gerade in der Bibliothek und habe die heutigen Zeitungen gelesen. Eine Möglichkeit, vormittags aus dem Haus zu kommen. Außerdem ist das billiger, als sie zu abonnieren.«

»Sie sind eben ein echter Schotte.«

Riddle schmunzelte. Dann blickte er zum Himmel empor, wo die Tropfen im Laufe der letzten Minute viel weniger geworden waren. Genug, damit er seinen Regenschirm zusammenklappen konnte.

»Das ist besser«, sagte er. »Also das Mädchen, von dem ich in den Zeitungen gelesen habe, ist Ihre Nichte? Ich habe ja immer schon gesagt, dass Edinburgh nur ein verkleidetes Dorf ist, aber vielleicht ist ja auch die Welt im Allgemeinen sehr klein? Ich hoffe, es geht ihr gut.«

»Jedenfalls besser«, sagte Harinder. »Wer hat erzählt, dass sie meine Nichte ist?«

»Lawson«, erwiderte Riddle. »Wenn es interessante Nachrichten gibt, rufe ich sie manchmal an und quäle sie, um an weitere Informationen zu kommen. Alte Gewohnheit. Sie hat mir berichtet, dass ein Bekannter von mir in der Stadt sei. Ich hätte Sie tatsächlich angerufen, wenn Sie mir nicht zuvorgekommen wären.«

»Hat sie auch erzählt, dass ich auf dem besten Wege bin, eine Persona non grata zu werden?«

»Sie hat was in der Richtung erwähnt, ja«, sagte Riddle und grinste. »Ich verstehe Ihr Dilemma. Sie wollen einen Beitrag leisten, aber die Polizei hält Sie auf Distanz. Aber Ihnen würde es auch nicht gefallen, wenn ein Schotte in Ihrer Stadt auftauchte und anfinge, sich in Ihre Ermittlungen einzumischen.«

»Richtig.«

»Aber Sie werden sich davon nicht aufhalten lassen?«

»Es geht um meine *Familie*.«

Harinder registrierte, dass seine Worte Eindruck machten. Auch Riddle war ein Familienmensch. Während ihres Aufenthaltes in Brüssel hatte er ein einziges Mal ein Anzeichen von Sentimentalität gezeigt. Das war, als er über seine Tochter sprach. Sie war nach einem schweren Unfall im Rollstuhl gelandet. Riddle wurde seitdem von einem schlechten Gewissen geplagt, weil er seine Arbeit über seine Familie gestellt hatte. Gefühle, mit denen Harinder sich gut identifizieren konnte.

»Ich möchte dafür sorgen, dass sie in Sicherheit ist, und das kann ich nicht, solange diejenigen, die ihr Schaden zugefügt haben, frei herumlaufen«, fügte Harinder hinzu. »Ich muss einfach verstehen, wer oder was dahintersteckt.«

»Und Sie meinen, dass es außer Ihnen niemanden gibt, der das richtig anpacken kann?«

Harinder sagte nichts. Riddle zwinkerte ihm zu.

»Ich war genauso. Hab mich in der Behörde nicht eben beliebt gemacht, das kann ich Ihnen versichern«, sagte er. »Stattdessen musste ich mich damit abfinden, dass ehemalige Laufburschen plötzlich meine Chefs wurden. In dem Moment habe ich erkannt, dass es Zeit war, zu gehen. Ein paar Jahre zu früh, aber ich hatte mir mit fünfundfünfzig bereits die vollen Pensionsansprüche verdient.«

»Vermissen Sie die Arbeit?«, fragte Harinder.

Riddle zuckte mit den Schultern. »Jedenfalls vermisse ich keine von diesen beschissenen Reformen, das kann ich Ihnen sagen. Am Ende fühlt man sich wie ein alter Dinosaurier, der nur im Weg steht. Sie reißen dich in Stücke und spucken dich wieder aus, wenn sie mit dir fertig sind. *Das* ist dann der Dank für all die Arbeit, die man geleistet hat. Eines Tages werden Sie an der Reihe sein, mein Junge, denken Sie an meine Worte.«

»Erfreuliche Aussichten«, sagte Harinder. »Amandeep hatte gestern einen kurzen wachen Moment. Sie sagte etwas, unter anderem auch den Namen Lee. Es könnte sich um die Person oder eine der Personen handeln, die wir suchen. Sagt Ihnen der Name irgendetwas?«

»Lee?« Riddle stöhnte. »Es gab mal eine Zeit, in der jeder zweite Rotzbengel in diesem Land den Namen Lee trug. Ich könnte Ihnen aus dem Stegreif fünf oder sechs von diesen

Ganoven nennen, und dann reden wir hier von Leuten mit vielen Einträgen im Strafregister.«

»Das hilft also nicht weiter?«

»Nun, es ist besser als gar nichts«, wandte Riddle ein, und Harinder musste ihm recht geben.

»Ich kenne diese Stadt nicht so gut wie Sie«, sagte er.

»Wer könnte also hinter einer solch organisierten Entführung stecken? Ich vermute, dass so etwas nicht jeden Tag vorkommt.«

»Nein, das hier ist nicht gerade Mexico City. In Edinburgh gibt es durchaus genug Kriminalität, aber Entführungen? Sehr selten.«

»Wenn Sie nach Leuten suchen würden, die so etwas organisieren können, wo würden Sie dann anfangen?«

»Immer langsam mit den jungen Pferden.« Riddle wedelte mit dem Zeigefinger. »Glauben Sie etwa, ich schubse Sie in Richtung der passenden Kandidaten und überlasse es Ihnen, die ganz allein aufzusuchen? Selbst für jemanden wie mich ist es nicht einfach, nur herumzulaufen und Fragen zu stellen. Und Sie sind ein Fremder ohne Amtsgewalt. Da ist die Wahrscheinlichkeit hoch, dass Sie anstatt eine Antwort zu bekommen, ganz schnell ein Springmesser im Bauch stecken haben.«

»Was schlagen Sie also vor?«

»Dass wir mit einigen meiner alten Quellen sprechen. Und ich übernehme das Reden. Sie müssen einfach nur den Anstandswauwau spielen. Das heißt, passen Sie gut auf und halten Sie die Klappe.«

»Einverstanden«, sagte Harinder, um den alten Haudegen zu besänftigen.

»Wo fangen wir an?«

KAPITEL 16

James Riddle hatte sein Auto etwas weiter unten in einer der angrenzenden Straßen geparkt. Das Fahrzeug war genauso alt und rostig wie der Mann selbst. Ein dunkelblauer VW Golf, der schon bessere Tage gesehen hatte. Harinder nahm zögernd auf dem Beifahrersitz Platz. Auch das Geräusch des Motors gefiel ihm nicht, als der schottische Kollege den Zündschlüssel umdrehte.

Nachdem sie durch die Altstadt gefahren waren, kamen sie zu einer der großen Anhöhen, die die Stadt umgaben. Harinder sah die Kuppel eines alten Observatoriums auf einem Hügel.

Dort wimmelte es von Menschen. Riddle konnte nicht mit dem Wagen hinauffahren. Sie mussten mehrere Treppen und Pfade nehmen, um an die Spitze zu gelangen.

»Das ist Calton Hill«, erklärte Riddle atemlos, als sie die letzten Meter zum Observatorium gingen. »Einer der vielen guten Aussichtspunkte in der Stadt und ein Denkmal über die Torheit der Menschen.«

Er zielte auf den unverkennbaren Klon der Akropolis von Athen ab, der sich in unmittelbarer Nähe des Observatoriums befand. Die Akropolis-Kopie hatte nur eine Seite. Laut Riddle war dem Mann, der geplant hatte, das großartige Bauwerk auf diesem windgepeitschten Hügel Edinburghs neu zu erschaffen, während des Baus das Geld ausgegangen.

Die Touristen schienen es dennoch zu schätzen. Zahlreiche Hobbyfotografen stritten sich um den besten Platz zum Fotografieren.

»Ich bin hier, um Ihnen die *Stadt* zu zeigen, nicht die Sehenswürdigkeiten«, sagte Riddle, während sie über das Plateau oben auf dem Hügel schlenderten. Die Aussicht war tatsächlich großartig. Die Stadt lag offen vor ihnen, von der äußeren Grenze im Westen bis zum Meer im Nordosten.

»Edinburgh hat zwei Seiten, wie Dr. Jekyll und Mr. Hyde«, fuhr Riddle fort. »Dieser Hügel zum Beispiel. Jetzt sieht man Touristen und Spaziergänger. Am Abend übernehmen die Dealer und Prostituierten die Macht. Alles ist gut organisiert. So abgeschirmt, dass normale Menschen so wenig wie möglich belästigt werden, während die anderen leichten Zugang zu allem haben, was sie brauchen. So ist es in weiten Teilen der Stadt. Und seit ewigen Zeiten gibt es insbesondere eine Person, die die Kontrolle über die illegalen Geschäfte hat.«

Diese Person sei ein Mann, der den Spitznamen Dirty Harry trage, wie Riddle erklärte.

»Sein richtiger Name lautet Joe Callahan, daher der Spitzname. Er gefällt ihm nicht, deshalb birgt es ein gewisses Risiko, ihn so zu nennen.«

»Verstehe.«

»Ich bin mir nicht sicher, ob Sie das wirklich tun. Callahan ist groß wie ein Haus und kann einem mit bloßen Händen das Genick brechen. Er wird langsam alt, aber das macht ihn nicht weniger gefährlich. Er hat diese Stadt schon regiert, bevor ich ein Bulle wurde. Er kennt jedes schmutzige Geheimnis, das zu kennen sich lohnt, und er weiß, in welchen Kellern die Leichen versteckt sind. Er weiß wahrscheinlich sogar, wo der wahre Stein des Schicksals begraben ist.«

Riddles Stimme nahm einen besonderen Klang an, als er über den Verbrecher sprach. Harinder ahnte, dass dahinter noch mehr steckte als nur berufliches Interesse.

»Und was ist der Stein des Schicksals?«, fragte er.

»Sie haben noch nie davon gehört?« Riddle gluckste. »Er ist immerhin einer unserer wichtigsten nationalen Schätze. Der Stein von Scone wurde während der Krönung der allerersten schottischen Könige verwendet. Sogar biblischen Ursprungs soll er sein, wenn man das glauben kann. Heiliger geht es nicht.«

Der Schicksalsstein sei zweimal gestohlen worden, berichtete Riddle. Zuerst vom englischen König Eduard I. im späten 13. Jahrhundert und dann siebenhundert Jahre später erneut von einer Gruppe Studenten, die den Stein aus der Westminster Abbey befreien wollten. Es war zu einem Symbol der schottischen Unabhängigkeit geworden.

»Machen Sie einen Ausflug zum Schloss, wenn Sie ihn sehen wollen«, sagte Riddle. »Es gibt nur ein Problem.«

»Und das wäre?«

»Er ist eine Fälschung. Der König hat den echten Stein gar nicht mitnehmen können. Er wurde von den Mönchen in Scone versteckt, ehe die Männer des Königs in die Abtei eindrangen. Er wurde auch ziemlich gut versteckt, denn nur die Götter wissen, wo er sich heute befindet. Was Sie also im Schloss sehen, ist einfach nur ein großer und hässlicher grauer Stein. Dennoch wurde er zum Nationalschatz erhoben, und die Menschen strömen dorthin. Was sagt Ihnen das?«

»Dass es darauf ankommt, was er symbolisiert, nicht was er wirklich ist.«

»Nein. Es bedeutet, dass die Menschen die Lügengeschichte kaufen, wenn sie nur groß genug ist.«

»Und welche Lügengeschichten würde Callahan erzählen, wenn wir uns mit ihm wegen der Entführung unterhielten?«, fragte Harinder.

Riddle lachte. »Natürlich würde er beteuern, dass er nichts darüber weiß.«

»Aber Sie meinen, er weiß es dennoch?«

»Nun, er ist nicht der einzige Gangster in der Stadt. Wir haben Emporkömmlinge wie Alec McCoist und Drogan Stoparic, die gerade dabei sind, sich mehrere Territorien einzuverleiben. Wenn wir hier von organisiertem Kidnapping reden, ist völlig undenkbar, dass es geschehen ist, ohne dass einer der drei dafür verantwortlich war oder davon weiß«, sagte Riddle. »Und da es in Dean Village passiert ist, im Westen der Stadt, würde ich McCoist fast ausschließen. Er hält sich am liebsten im Südosten auf, und er und Callahan haben einen fragilen Waffenstillstand. McCoist ist sowohl klug als auch vorsichtig, eine Entführung ist daher nicht ganz sein Stil. Aber Stoparic? Er ist vielleicht der größte Herausforderer des Mannes auf dem Thron. Wenn genug Geld damit zu machen wäre, würde er nicht zögern.«

»Also entweder Stoparic oder Callahan?«

Riddle nickte. »Und wenn ich eine Schwäche fürs Wetten hätte, würde ich mein Geld auf Dirty Harry setzen.«

KAPITEL 17

Oslo

»Und da haben wir den heutigen Gewinner.«

Thomas Ulriksen grinste. Er entdeckte den Wagen, von dem sie beschattet wurden, nachdem sie achthundert Meter den Slemdalsvei entlanggefahren waren. Der Seitenspiegel auf der Beifahrerseite war so ausgerichtet, dass Ulriksen den Verkehr hinter sich gut überblicken konnte. Der dunkelblaue Toyota hatte drei Autos hinter ihnen gelegen, als sie vom Holmenvei abgebogen waren. Obwohl einer der Wagen in der Mitte bei Steinerud von der Straße abgefahren war, hatte der Toyota die Lücke nicht wieder geschlossen. Sie hatten sich an die Regeln des geltenden Sicherheitsabstands gehalten. Auf einer langen und schmalen Straße wie dieser war das vermutlich auch nötig, aber Ulriksen hatte gelernt, die Bewegungsmuster der Beschatter zu erkennen. Es war zu einer Art Sport für ihn geworden. Außerdem glaubte er, dass sie dasselbe Auto bereits zuvor einmal benutzt hatten. Eine schlichte Notwendigkeit, denn die Bullen hatten natürlich keine unbegrenzte Auswahl an Fahrzeugen zur Verfügung.

»Manchmal frage ich mich, ob das für euch nur ein Spiel ist«, sagte Tonje, die ihn im Familienwagen chauffierte. »Ich frage mich wirklich, ob einer von euch je erwachsen geworden ist.«

Thomas Ulriksen sah seine Frau an. »Warum bist du so sauer?«

»Sag du es mir. Das Leben fühlt sich wie ein ewiger Ausnahmezustand an, und du verfolgst zum Spaß Polizeiautos«, sagte sie. »Ich bin es leid, ständig über die Schulter blicken oder darauf warten zu müssen, dass sie kommen, um unsere Tür einzuschlagen und dich fortzuschleppen. Vor den Augen der Kinder und aller Nachbarn.«

»Dazu wird es nicht kommen«, sagte er.

»Woher willst du das wissen?«

Weil die Bullen nichts Entscheidendes in der Hand haben, dachte er. *Wenn es so wäre, hätten sie schon längst zugeschlagen.*

»Weil wir vorsichtig sind«, sagte er.

»Vorsichtig wie dein Idiot von Bruder?«

»Nenn ihn nicht so.«

»Wieso nicht? Ich finde es völlig angemessen, jemanden einen Idioten zu nennen, wenn er sich die ganze Zeit wie einer aufführt«, sagte Tonje.

Thomas hielt den Mund. Er wollte nicht streiten. Und tief im Inneren wusste er, dass Tonje recht hatte. Henning war nicht dumm, konnte jedoch ziemlich unbedacht sein. Er schien sich nicht darüber im Klaren zu sein, wie sehr sich seine Handlungen auf andere Menschen auswirkten.

»So kann es nicht weitergehen«, sagte Tonje. »Die Leute bemerken die Polizei in unserer Nähe. Was glaubst du wohl, was sie denken? Ist dir aufgefallen, wie einige der Nachbarn uns ansehen?«

»So schlimm kann es doch wohl nicht sein?«

»Du hast gut reden, weil du quasi nie zu Hause bist. Du hast keine Ahnung, was die Kinder sich anhören müssen. Es hat lange gedauert, bis wir akzeptiert wurden, aber jetzt ist anscheinend alles wieder dahin.«

»Du machst dir was vor, wenn du glaubst, dass wir in diesem Viertel jemals akzeptiert wurden«, sagte Thomas. »In deren Augen sind wir bloß Proleten aus Bøler. Emporkömmlinge, zu denen man höflich sein muss, weil letztlich eben nur das Geld regiert.«

»Danke für die aufmunternden Worte.«

»Die können meinetwegen alle zur Hölle fahren«, sagte er. »Ich hatte ohnehin nie Lust, in dieses verfluchte Viertel zu ziehen.«

Tonje setzte ihn an der U-Bahn-Station Majorstuen ab. Den Rest der Strecke wollte er lieber mit öffentlichen Verkehrsmitteln zurücklegen. Ohne Wagen und Handy war er nicht so leicht zu beschatten. Das frustrierte die Bullen und machte seinen Alltag einfacher.

Apropos Bullen, er sah den marineblauen Toyota vorbeifahren und auf die große Kreuzung zuhalten. Er wusste genau, dass ganz in der Nähe ein anderer Wagen stand und darauf wartete, die Beschattung zu übernehmen. Doch wenn sie ihm folgen wollten, mussten sie es zu Fuß machen.

Er nahm die erste Bahn ins Zentrum. Für Tonje und die Kinder war die Situation nicht gerade toll. Sie hatte recht, so konnte es nicht weitergehen. Denn die Bullen würden niemals nachlassen. Oft genug war er ihnen entkommen, mitunter um Haaresbreite, für die Polizei wäre es demnach ein Prestigegewinn, ihn zu schnappen. Er machte sich keine Illusionen und wusste, dass er sich nicht bis in alle Ewigkeit als freier Mann bewegen könnte.

Thomas fuhr zum Gemini. Das Büro dort war einer der wenigen Orte, an denen er ungestört von der Polizei arbeiten konnte. Durch einen russischen Kontaktmann hatten sie den Raum gegen elektronische Überwachung absichern lassen. Handys waren absolut tabu. Es gab einen Festnetzanschluss, und der wurde ausschließlich für legale Angelegenheiten verwendet.

In der hochtechnisierten Welt von heute waren analoge Methoden oft am sichersten.

Es gab zwei Schreibtische in dem Büro. Einen hatte gerade Annie Moss, die neue Geschäftsführerin, okkupiert. Thomas schickte sie hinaus, als Frode kam, um einen kleinen Plausch zu halten. Einst war er ein schwächlicher Knabe aus der Nachbarschaft in Bøler gewesen, doch die vielen Stunden, die er im Fitnessstudio verbrachte, hatten ihm ein furchteinflößendes Äußeres beschert. Es gab nicht viele, denen Thomas vorbehaltlos vertrauen konnte, aber Frode war einer davon.

Sie unterhielten sich gerade über eine neue Lieferung, als es an der Tür klopfte.

»Entschuldige die Störung«, sagte Bjørnar, der die Bar bediente und mitunter kleine Gelegenheitsjobs für Thomas übernahm. »Aber heute früh war jemand von den Bullen hier und hat Fragen gestellt. Noch vor der Öffnungszeit. Ich dachte, du wüsstest das gern.«

»Schon wieder?«

»Diesmal ging's um die Inderin.«

»Okay.« Thomas wechselte einen schnellen Blick mit Frode, der keine Miene verzog. »Von wem reden wir hier?«

»Eine von der Kripo. Rothaarig, heißt Hauge mit Nachnamen. Ich kann mich nicht erinnern, sie schon mal gesehen zu haben«, sagte Bjørnar.

»Und was hast du gesagt?«

»Ich habe so wenig wie möglich gesagt. Nur Nettigkeiten«, erwiderte Bjørnar.

»Gut. Noch was anderes?«

»Ja. Sie wollte Dianas Telefonnummer. Die musste ich ihr ja geben.«

»Ach, ja?«, fragte Thomas. »Das verstehe ich nicht. Meinst du damit, dass sie nach Diana gefragt hat?«

»Äh ...« Bjørnar wurde plötzlich unsicher. »Ich meine damit, dass sie mich um ihre Nummer gebeten hat.«

»Er will wissen, *warum* sie nach Dianas Nummer gefragt hat, du Idiot«, mischte sich Frode ein. »Hat sie sich von Anfang an für sie interessiert, oder ist ihr Name zufällig während des Gesprächs gefallen?«

Thomas begriff, wie die Antwort lautete, als er sah, wie Bjørnar zunächst ihn nervös anblickte und dann Frode. Frode konnte manchmal eine gewisse Wirkung auf Menschen haben.

»Sie hat sich nach jemandem erkundigt, der Amandeep kannte ...«

»Und du hast ihr Dianas Nummer gegeben«, sagte Thomas. »Vielen Dank, Bjørnar. Vielen herzlichen Dank.«

Er griff nach dem erstbesten harten Gegenstand auf dem Schreibtisch, den er Bjørnar an den Kopf werfen konnte. *Bester Papa der Welt* stand auf der Kaffeetasse, die in Bjørnars Richtung flog.

Bjørnar fasste sich ins Gesicht. Blut tropfte aus einer Wunde über der Nase.

»Was verflucht noch mal soll ich mit dir anfangen, wenn du dein Mundwerk nicht unter Kontrolle hast?«, fragte Thomas.

Frode packte Bjørnar und stieß ihn hart gegen die Wand.

Bjørnar krümmte sich zusammen, um sich vor den befürchteten Schlägen zu schützen. Frode hatte noch nie eine Entschuldigung gebraucht, um auf andere loszugehen.

Thomas indes hob die Hand und signalisierte Frode, sich zurückzuziehen.

»Wir müssen dafür sorgen, dass er morgen arbeiten kann«, sagte er. »Du weißt ja, wie es hier an den Wochenenden zugeht.«

KAPITEL 18

Edinburgh

Der Pub lag im dunklen Schatten der South Bridge, die an dieser Stelle die Cowgate kreuzte. Die Straße lag tief unten, fast wie in einem Tal, von steilen Nebenstraßen zu beiden Seiten flankiert. Laut Riddle hatte die Cowgate lange Zeit als Heimstätte der zwielichtigen Gestalten der Hauptstadt gedient. Im Laufe der letzten Jahre war ein ständig größer werdender Zustrom von Studenten und Rucksacktouristen erfolgt, gleichwohl gab es noch immer ein paar Überreste aus alten Tagen. Das Pangborn's war einer davon.

Als sie die Tür öffneten, wurde deutlich, dass das gesetzliche Rauchverbot hier nicht unbedingt mit eiserner Hand kontrolliert wurde. Es gab verräucherte Kneipen, und es gab Kneipen, in denen die Gäste und die Bedienung genauso abgeranzt waren wie die Einrichtung. Wo eine Person, die sich versehentlich in den Laden verirrte, mit langen skeptischen Blicken bedacht wurde, weil alle genau wussten, wer dort hineingehörte und wer nicht.

Riddle steuerte unmittelbar auf eine Ecke des Tresens zu. Keine von den fünf oder sechs Seelen in der Bar zuckte auch nur mit der Wimper. Ganz offensichtlich war er nicht zum ersten Mal hier.

»Was wollen Sie haben?«, fragte er Harinder.

»Ich brauche nichts.«

Der lange strenge Blick verriet, dass die Antwort falsch war.

»Das war keine Frage. Die einzigen Polizisten, die hier gern gesehen werden, sind diejenigen, die Geld in die Kasse bringen.«

Harinder gab seinen Widerstand auf. *When in Rome.* Er bat um ein Belhaven's Best, was bei Riddle ein anerkennendes Nicken auslöste. Er selbst wählte ein Indian Pale Ale. Riddle bestellte, und Harinder bezahlte.

»Sláinte.«

Riddle nahm einen großen Schluck und sah sich um. Diskret nickte er in Richtung des Billardtisches in der gegenüberliegenden Ecke, wo zwei Männer eine Partie spielten. Der eine von ihnen trug eine alte Lederjacke und hatte sich seine dünnen, zotteligen Haare zu einem Pferdeschwanz gebunden.

»Craig Hogan«, erklärte Riddle mit leiser Stimme. »Dieb und Hehler. Wenn Sie so einen Typen mit Handschlag begrüßen, sollten sie hinterher nachzählen, ob noch alle Finger dran sind. Aber ein guter Informant. Und seine Informationen sind immer verlässlich. Sofern er in der Stimmung zum Reden ist, versteht sich.«

»Dann hoffen wir mal, dass er gute Laune hat«, sagte Harinder.

»Immer mit der Ruhe. Ich habe ihm ein- oder zweimal aus der Klemme geholfen, er weiß also, dass er mir was schuldet. Aber billig ist das nie.«

Harinder nickte. Unterwegs waren sie an einem Bankautomaten gewesen. Als Pensionär hatte Riddle nicht länger das Budget für Bestechungen, wie er meinte.

Eine Viertelstunde hockten sie an der Theke, bis der Mann mit dem albernen Pferdeschwanz sein Spiel beendete und die Neuankömmlinge registrierte. Es war früh am Tag. Obwohl ständig ein oder zwei durstige arme Kerle hereinkamen, war es ruhig in dem Pub. Hogan trat an die Theke und setzte sich direkt neben Riddle und Harinder, doch ohne sie eines Blickes zu würdigen. Er bestellte ein Pils. Riddle schob ihm das Wechselgeld von der vorherigen Bestellung zu. Für die Bezahlung des Biers reichte es aus.

»Lange her, Mr Riddle«, sagte Hogan. Seine Stimme klang hell, beinahe piepsig. »Ich hab Sie hier nicht mehr gesehen, seit Sie Ihre Dienstmarke abgegeben haben.«

»Das Rentnerdasein ist ganz schön hektisch, Craig. Du solltest es mal versuchen.«

Hogan kicherte. »Wer ist der Anzugtyp?«, fragte er, ohne Harinder anzusehen.

»Ein Freund von mir.«

»Man riecht es förmlich«, sagte Hogan und schnüffelte in die Luft. »Und womit kann ich euch helfen?«

»Hast du die Zeitungen gelesen?«

»Nur die Sportseiten.«

»Austauschstudentin, die im Water of Leith gefunden wurde«, sagte Riddle. »Hässliche Sache. Stellt die Stadt in ein schlechtes Licht und wird einer Reihe von Leuten noch übel aufstoßen. Leute, die nicht unbedingt was mit dem Fall zu tun haben, die aber dennoch ins Schwitzen kommen werden, weil die Obrigkeit glaubt, reagieren zu müssen. Verstehst du?«

Hogan nickte vorsichtig.

»Je schneller wir in die richtige Richtung gelenkt werden, desto weniger Stress bedeutet das für andere.«

»Nun, ich weiß rein gar nichts von irgendeinem Mädchen. Ich kann mir nicht vorstellen, dass einer von meinen Bekannten was mit der Sache zu tun hat. Sie kennen mich, Mr Riddle. Diese körperlichen Sachen haben mich nie interessiert.«

»Ich weiß, Craig. Du bist ein Pfundskerl.«

Craig lächelte, und Harinder wurde klar, dass der Mann keine Ironie verstand.

Riddle hielt zwei Finger in die Luft. Harinder zog seine Geldbörse hervor und nahm einen Zwanziger heraus.

»*Irgendwas* hast du bestimmt gehört. Hier ein Gerücht, dort eine kleine Geschichte. Eine Sache wie diese geschieht nicht im luftleeren Raum. Was treibt denn zum Beispiel unser alter Freund Callahan so?«

Das Zucken in Hogans Blick verriet, dass er den Namen nicht gern hörte. Dennoch steckte er den Zwanziger in seine Jackentasche.

»Ich habe keine Ahnung, was Joe gerade treibt«, sagte er. »In letzter Zeit war er ein ziemlich launischer Kerl, schon seit er aus Bar-L entlassen wurde.«

»Gefängnis Barlinnie«, übersetzte Riddle für Harinder.

»Genau. Er ist jetzt noch paranoider als zuvor. Verdächtigt jeden des Verrats und hat angefangen, all seine Vertrauten auszutauschen. Fragen Sie mich nicht nach Details, ich habe keine Ahnung. Das sind alles nur Dinge, die ich gehört habe.«

»Und was passiert dann mit den alten?«

Hogan zuckte mit den Schultern. »Einige sind woanders untergekommen, andere sind verschwunden.«

»Was ist mit Lee?«, warf Harinder ein und hielt dabei Riddles Blick stand. »Hängt er immer noch mit Callahan rum?«

»Lee wer?«, fragte Hogan mit Abscheu in der Stimme. Der Blick, mit dem er Harinder bedachte, war ebenfalls nicht nett, wurde aber sanfter, als er sah, dass ein weiterer Zwanziger aus der Geldbörse gezogen wurde. »Ich kenne mehrere, die so heißen.«

»Sie wissen schon, wen ich meine. Wie viele von denen arbeiten für Callahan?«

Hogan ließ sich nichts anmerken, aber Harinder sah deutlich den Entscheidungsprozess, der sich hinter Hogans Augen abspielte.

Aber vielleicht war es auch nur Taktik, so zu tun, als ob er mehr wüsste. Schließlich stopfte Hogan sich den Schein in die Tasche.

»Solange Sie nicht den jüngsten der Carson-Brüder meinen, die sitzen ja schließlich alle, dann ist es wohl der Idiot Lee Allan, an den Sie denken?« Hogan wieherte vor Lachen und blickte Riddle an. »Nicht gerade sehr ehrgeizig, Ihr Freund. Allan ist ein kleiner Fisch. Schafft es kaum, sich ohne Hilfe von seinem Kumpel die Schuhe zuzubinden. Hab nie kapiert, wieso der diesen Typen hinter sich herschleppt.«

»Und wer war noch mal sein Kumpel?«, fragte Harinder.

»Ah, der ist Mr Riddle schon mal über den Weg gelaufen«, entgegnete Hogan. »Erinnern Sie sich an Davey Milne?«

KAPITEL 19

»Lee Allan und Davey Milne«, sagte James Riddle. Er stand mit Harinder draußen auf der Straße, wo sie eine Zigarette pafften.

»Ist Allan einer von Ihren alten Bekannten?«, fragte Harinder.

»Ja, ich kenne ihn. Aber wie Craig sagt, ist er ein kleiner Fisch. Milne kenne ich besser. Da reden wir von einem beinharten Banditen. Ist zweimal wegen Körperverletzung verurteilt worden. Ansonsten Einbrüche und Autodiebstahl. Arbeitet schon seit Jahren für Callahan.«

»Und ist er der Typ dafür, eine junge Frau zu entführen und zu misshandeln?«

»Nicht aus Spaß an der Freude. Wenn überhaupt, muss es sich um einen Auftrag handeln.«

»Sollten wir die Namen an Lawson weitergeben?«, fragte Harinder.

»Sie wird uns an die Gurgel gehen, wenn wir es *nicht* tun«, sagte Riddle. »Die Frage ist, ob Sie das sofort machen wollen oder lieber erst noch ein bisschen weitergraben. Ist ja gar nicht sicher, dass die was mit der Geschichte zu tun haben. Es wäre ja blöd, Lawson einen Hinweis zu geben, der womöglich nirgendwo hinführt.«

Harinder sah das listige Leuchten in Riddles Augen. »Sie genießen es geradezu.«

Riddle zwinkerte ihm zu. »Ein alter Bluthund gibt die Witterung nicht so schnell auf.«

Sie drückten ihre Zigaretten aus und setzten sich in den alten, heruntergekommenen Golf. Riddle fuhr in Richtung Leith Walk und einer Gegend, die er Pilrig nannte. Davey Milne und Lee Allan waren dort geboren und aufgewachsen, und Riddle ging davon aus, dass sie nie woanders hingezogen waren.

Mit Riddle am Steuer suchte Harinder auf dem Handy nach ihren Adressen. Er bekam einige Treffer und las sie Riddle vor, der alle Orte aussortierte, die sich nicht in der Gegend befanden, in die sie fuhren. Schließlich waren nur ein Davey A. Milne in der Dalmeny Street sowie ein Lee Allan in der Dickson Street übrig. Als Harinder den Stadtplan aufrief, sah er, dass die Straßen einander kreuzten. Die beiden Gauner waren sozusagen Nachbarn.

Die Karte zeigte zudem, dass die Straßen sich unweit der Stelle befanden, an der Amandeep gefunden worden war. Das musste nicht unbedingt heißen, dass die beiden sie entführt hatten, bedeutete aber, dass sie die Gegend kannten.

Harinder spürte das Adrenalin in seinem Körper. Ein vertrautes Kitzeln im Bauch, das sich jedes Mal einstellte, wenn er glaubte, vor einem Durchbruch zu stehen und auf der richtigen Spur zu sein. Je stärker das Gefühl war, desto schlimmer wurde indes die Enttäuschung, wenn sich herausstellte, dass er sich irrte.

»Wie gehen wir jetzt vor?«, fragte er. »Wir können ja schlecht an die Tür klopfen und mit unseren Polizeimarken wedeln.«

»Nein, aber wir können uns das Viertel ansehen. Mit den Nachbarn reden und hören, ob jemand Milne und Allan in letzter Zeit beobachtet hat. Der Sonntagabend ist natürlich besonders interessant. Waren die beiden vielleicht zu Hause, als Ihre Nichte entführt wurde?«

»Dann wären wir allerdings auf der falschen Spur.«

»Jedenfalls wüssten wir es dann.«

Riddle hielt den Wagen an der Ecke an, wo die beiden Straßen sich kreuzten. Sie entschieden sich erst mal für die Dickson Street. Lee Allan wohnte in einem dreistöckigen Wohnhaus, das teilweise hinter Planen und Gerüsten verborgen lag. Es sah aus, als ob gerade die Fassade instand gesetzt würde, was dringend nötig war. Der Putz wies Risse auf. Die beige Farbe war verblasst und schmutzig. Die hölzernen Fensterrahmen sahen halb verfault aus. Der winzige Rasenfleck und die Büsche vor dem Haus waren hingegen grün und gepflegt.

Die rote Haustür war unverschlossen. Sie gingen hinein und überprüften die Briefkästen. Drei Etagen und sechs Wohnungen. Der Name Allan stand gleich auf dem ersten Kasten. Nicht Lee, sondern Deborah. Keine der Wohnungen im Erdgeschoss hatte Türschilder, weshalb sie eine Treppe hochstiegen und an der nächsten Tür klingelten. Nichts rührte sich, doch beim Nachbarn nebenan hatten sie mehr Glück. Der Mann, der die Tür öffnete, war ein groß gewachsener Kerl mit Igelfrisur und tätowierten Armen, die kräftiger als Harinders Oberschenkel waren. Ringe in den Ohren und ein grünes Unterhemd mit dem Emblem der Fußballmannschaft Hibernia.

»Polizei?«, fragte er und sah die beiden aus schmalen Augen an.

Harinder und Riddle nickten.

»Kennen Sie Lee Allan?«, fragte Riddle.

»Falsche Wohnung«, erwiderte der Mann und zeigte nach unten. »Er ist Debbies Junge. Die wohnen im Erdgeschoss rechts.«

»Haben Sie ihn in letzter Zeit mal gesehen?«

»Nix.«

Noch ehe einer der beiden eine weitere Frage stellen konnte, knallte er die Tür zu. Harinder glotzte Riddle mit großen Augen an.

»Freundliche Nachbarn«, meinte er.

»Es sei denn, man ist Bulle«, sagte Riddle.

Der nächste Schachzug stand an. Sie konnten es bei den anderen Nachbarn probieren und darauf hoffen, dass die etwas redseliger waren, oder sie würden es gleich mit einer viel besseren Zeugin versuchen. Allan lebte bei seiner Mutter.

Mrs Allan, mit einer Zigarette zwischen den Lippen, starrte sie misstrauisch durch den Türspalt an. Sie hatte graues, gelocktes Haar, das an den Seiten ihres Gesichts herabhing wie die Ohren an einem Cocker Spaniel.

»Mrs Allan?«, fragte Riddle. »Wir würden Ihnen gern ein paar Fragen zu Ihrem Sohn stellen, wenn das okay für Sie ist. Ist er übrigens zu Hause?«

Die ältere Frau seufzte und nahm die Zigarette aus dem Mund. »Was hat er denn jetzt wieder angestellt?«

Sie fragte erst gar nicht nach einem Ausweis. Ihr Sohn war offenbar so oft schon mit dem Gesetz in Konflikt geraten, dass sie gelernt hatte, Polizisten gleich zu erkennen. Und Riddle sah immer noch nach einem Bullen aus, obwohl er seine Marke bereits abgegeben hatte.

»Es stimmt also, dass er hier wohnt?«, fragte Riddle.

»Ich würde sagen, er benimmt sich eher so, als ob ich ein Bed & Breakfast führe. Er ist nicht zu Hause, um Ihre Frage zu beantworten. Ich hab ihn auch seit ein paar Tagen nicht gesehen. Fragen Sie mich nicht, wo er ist, ich habe nicht die leiseste Ahnung«, sagte Mrs Allan.

»Und wann haben Sie ihn zuletzt gesehen?«, fragte Harinder.

Sie dachte nach. »Am Montag, glaube ich. Er ist spät nach Hause gekommen und gleich wieder gegangen. Hat nicht gesagt, wohin er wollte.«

Harinder und Riddle wechselten einen Blick. Am Montagabend war Amandeep im Fluss gefunden worden.

»Kommt es öfter vor, dass er so lange wegbleibt?«, wollte Harinder wissen.

Abermals schien Mrs Allan genau nachzudenken. Schließlich zuckte sie mit den Schultern. »Normalerweise kommt er nach ein oder zwei Tagen zum Essen nach Hause.«

»Dürfen wir reinkommen und uns mal in seinem Zimmer umsehen, Mrs Allan?«, fragte Riddle.

Sie bat die beiden in eine enge Dreizimmerwohnung mit abgewetztem Teppichboden, wo der Geruch nach kürzlich gebratenem Fleisch in der Luft hing und sich mit dem unverkennbaren Gestank von eingeräucherten Tapeten vermischte. Lee Allan wohnte in einem Zimmer, das eher an eine Abstellkammer erinnerte. Es gab kein Bett, nur eine Matratze auf dem Fußboden. Ein kleiner Fernseher stand auf einer Kommode mit Schubladen. Halb zerfallene Taschenbücher und Magazine lagen auf einem Stapel auf dem Boden. Herrenmagazine mit Fokus auf Frauen mit großen

Brüsten. Vor dem Kleiderschrank stand ein Korb für die Schmutzwäsche.

Mrs Allan spähte durch die geöffnete Tür, derweil die beiden Polizisten das Zimmer ihres Sohnes überprüften.

»In wie großen Schwierigkeiten steckt er eigentlich?«, fragte sie nach einer Weile.

Harinder warf einen Blick in den Wäschekorb. Zwei der obersten Kleidungsstücke hatten seine Aufmerksamkeit erregt. Er nahm ein Papiertaschentuch hervor, tastete sich damit an ein paar dreckigen Socken vorbei und zog einen weißen Kapuzenpullover heraus. Der Pulli war mit getrocknetem Blut befleckt.

Er warf einen Blick auf Mrs Allan.

»In sehr großen.«

KAPITEL 20

Oslo

RUUD, ERIK

Rachel gab den Namen in die Datenbank ein, in der alle Ermittlungen laufend aktualisiert wurden. Auch wenn einige Kollegen noch immer an Ausdrucken festhielten, hatte das System die alten analogen Fallakten ersetzt und enthielt jegliches, was in Verbindung mit einer Ermittlung dokumentiert wurde. Wenn Rachel sich mit einem Fall vertraut machen wollte, begann sie stets mit der chronologischen Übersicht. Es handelte sich dabei um eine kurze und konzise Auflistung der verschiedenen Handlungen, die die Ermittler gemäß der Entwicklung eines Falls erstellt hatten, fast wie eine Art Tagebuch.

Ruud war 1980 in Oslo geboren worden und in Bøler aufgewachsen. Als im Februar die tödlichen Schüsse gefallen waren, hatte er in Eftasåsen bei Oppsal gewohnt. Er war Lebensgefährte von Stine Giertsen (39) und Stiefvater von Renate (11).

Erik Ruud hatte es geschafft, unterhalb des Polizeiradars zu segeln, bis er im letzten Herbst bei dem Versuch, Alkohol und Haschisch ins Land zu schmuggeln, verhaftet wurde. Das war Rachel bereits bekannt.

Sie blätterte weiter bis zu den Angaben, die seinen Arbeitsplatz betrafen. Ein Großteil seines Lebens drehte sich ums Gemini. Rachel fand die Protokolle der Vernehmungen von sechzehn Personen, die mit Ruuds Arbeitsstätte verknüpft waren, einschließlich dieser Diana Bonet, die schon auf der Liste mit Leuten stand, die sie gern sprechen wollte.

Jedoch keine Amandeep Kaur.

Sie las sich sämtliche Zeugenaussagen durch, ohne auf Amandeeps Namen zu stoßen. Die naheliegende Schlussfolgerung lautete, dass sie in Verbindung mit Ruuds Ermordung nicht vernommen worden war. Das klang einleuchtend, denn Harinder hätte es doch wohl gewusst, wenn jemand von der Kripo seine Nichte befragt hätte?

Es gab also nichts, was auf eine Verstrickung Amandeeps in den Fall hinwies, sie hatte lediglich am selben Ort wie Ruud gearbeitet.

Rachel ging noch einmal die Abfolge durch.

15. Januar: Amandeep kündigt ihren Job im Gemini.

20. Februar: Erik Ruud wird erschossen.

Mitte März: Amandeep beendet die Beziehung zu Vijay Sharma.

Um diesen Zeitpunkt herum erscheint sie depressiv und in sich zurückgezogen. Sie gibt zu, ein Verhältnis zu einem anderen Mann gehabt zu haben, was jedoch schon wieder beendet war. Vijay glaubt, dass der Betreffende auch im Gemini gearbeitet hat.

Ein halbes Jahr später, am 20. Oktober, wird sie nahe ihrer Wohnung in Edinburgh entführt.

Rachel rieb sich die Schläfen und versuchte, Ordnung in ihre Gedanken zu bekommen. Sie ahnte eine Sackgasse, war aber noch nicht bereit, das Handtuch zu werfen. Abermals blickte sie auf die Liste mit den sechzehn Angestellten. Zehn Frauen und sechs Männer. Falls Amandeep ein Verhältnis mit einem Kollegen gehabt hatte, konnte der Betreffende unter den sechs sein, die vernommen worden waren.

Außerdem konnte es Erik Ruud selbst gewesen sein.

Als sich dieser Gedanke erst einmal eingestellt hatte, war es schwierig, ihn wieder aufzugeben. Denn wenn es stimmte, so bedeutete das, dass es eine Schlüsselzeugin gab, die die Ermittlergruppe nicht aufgespürt hatte. Und die selbst Opfer eines brutalen Verbrechens geworden war, nur sechs Monate nach Ruuds Ermordung.

Rachel nahm sich erneut die Vernehmungsprotokolle vor. Die Zwillingsbrüder hatten selbstverständlich auch eine Aussage machen müssen.

»Eine Tragödie«, hatte Thomas Ulriksen den Vorfall kommentiert. »Einer der besten Kerle, die ich je gekannt habe.«

»Völlig unfassbar. Ich kann nicht begreifen, warum irgendjemand Erik umbringen wollte«, hatte Henning Ulriksen gesagt.

Rachel setzte ein schiefes Grinsen auf. Falls sie gewusst hatten, dass Erik ein Spitzel war, wäre das Motiv nicht sonderlich schwer zu verstehen gewesen. Und die vorherrschende Theorie lautete, dass sie es wussten.

Die Ermittlergruppe um Tor-Egil Trippestad hatte hart daran gearbeitet, die Brüder mit dem Mord in Verbindung zu bringen. Vorläufig jedoch war es ihnen nicht gelungen, eine ausreichende Beweislage auf die Beine zu stellen.

Die Signaleffekte machten Rachel Sorgen. Es war schon schwierig genug, gute Informanten zu finden, ohne dass diese Gefahr liefen, auf dem Heimweg vom Supermarkt abgeknallt zu werden.

Der Mord war professionell ausgeführt worden.

Niemand hatte die Schüsse gehört, die ballistischen Untersuchungen hatten ergeben, dass die betreffende Person einen Schalldämpfer benutzt hatte. Zwei Zeugen hatten eine »dunkel gekleidete Gestalt« beobachtet, die vom Tatort in Richtung des äußeren Autobahnrings geflohen war. Sie hatte die Patronenhülsen aufgelesen und keine anderen Spuren hinterlassen als Schuhabdrücke im Schnee. Die Abdrücke waren indes so unspezifisch, dass sich daraus nichts ableiten ließ.

Auftragsmord, meinten die Ermittler.

Ein interessanter Punkt war, dass Ruud von vorn getroffen worden und nach hinten gefallen war, allerdings nicht in der Richtung lag, die seinem Rückweg vom Supermarkt entsprach. Was bedeutete, dass er sich umgedreht hatte, bevor er erschossen worden war. Wieso? Hatte er hinter sich Geräusche gehört, oder hatte die Person mit der Pistole etwas gesagt, damit Ruud sich umdrehte?

Rachel lehnte sich zurück und kaute auf ihrem Kugelschreiber herum. Die Fotos vom Tatort und der kriminaltechnische Bericht lösten irgendetwas in ihr aus. Es kam ihr vor, als hätte sie alles schon einmal gesehen. Und es dauerte nicht lange, bis sie die Verbindung herstellte.

Der allerletzte Fall, in den sie involviert war, als sie für den Polizeidistrikt Oslo gearbeitet hatte, vor ihrem Wechsel zur Kripo im Jahr 2017.

Der Autohändler.

KAPITEL 21

Taylor Swift sang gerade, dass sie besser hätte Nein sagen sollen, als Diana Bonet in die Tiefgarage unter einem der Hochhäuser in Baglerbyen fuhr. Es war ein verhältnismäßig neues Wohngebiet bei Lodalen in Gamle Oslo, am südlichen Rand von Ekebergskrenten. Diana hatte vor einigen Monaten dort eine Wohnung gekauft, nachdem sie ihr Studium beendet und eine feste Stelle angenommen hatte und anfing, Geld zu verdienen. Es war eine enge Zweizimmerwohnung, dennoch groß genug für sie und ihren Freund, wenn er bei ihr übernachtete.

Hätte sie sich über etwas beschweren können, dann darüber, dass der Balkon direkt auf den Friedhof Gamlebyen hinausging. Die Toten machten zwar keinen Lärm, dennoch hatte sie sich mit der Nachbarschaft noch nicht völlig versöhnt.

Der Song wurde abgebrochen, als sie den Autoschlüssel herauszog. Sie legte das Handy in die Handtasche und trat hinter den Wagen, um die Lebensmittel, die sie eingekauft hatte, aus dem Kofferraum zu nehmen.

Sie stellte die beiden Tüten aus dem Kiwi-Supermarkt auf den Boden und nahm eine dritte hervor, die von der Modekette Filippa K stammte und zwei Blusen enthielt, die sie für die Arbeit gekauft hatte. Taylor Swift klang in ihrem Kopf nach. Diana bemerkte gar nicht die Person, die sich ihr ruhig von hinten näherte.

Nicht, ehe sie sich hinunterbeugte, um die beiden Tüten aufzuheben, und jemand sich in das Licht der Deckenlampe stellte.

Diana zuckte zusammen und wich einen Schritt zurück. Ihr Rücken stieß an das Heck des Wagens. Sie starrte den dunkel gekleideten Mann vor ihr an. Blond, lockiges Haar. Klare blaue Augen, die ihr wie Permafrost vorkamen.

»Thomas ...?«

Die Zwillinge waren zwar eineiig, aber sie hatte gelernt, sie zu unterscheiden. Der Blick war unverwechselbar.

»Hallo, Diana.« Das kurze Lächeln ließ den Blick nicht sanfter wirken. »Wir haben uns lange nicht gesehen. Alles gut bei dir?«

Sie konnte nichts anderes tun als nicken, wenngleich das ungute Gefühl in ihrem Bauch nur stärker wurde, weil das Wiedersehen mit Thomas sie zwang, an die vergangene Zeit im Gemini zu denken.

»Hat sie schon mit dir gesprochen?«, fragte er.

»Wer ...?«

»Die Polizistin.«

Diana schüttelte den Kopf. »Ich kenne keine Polizistin.«

In Verbindung mit dem Mord an Erik war sie vernommen worden, aber das war viele Monate her. Und weil sie nicht schlecht über Tote reden wollte, hatte sie so wenig wie möglich gesagt.

»Gut«, sagte Thomas Ulriksen. »Sie ist heute früh im Restaurant gewesen. Hat viele Fragen über unsere alte Freundin Amandeep gestellt. Bjørnar hat ihr deinen Namen gegeben.«

Ernst mischte sich in Dianas Verwirrung. Natürlich hatte sie die Nachrichten aus Schottland mitbekommen.

»Und was hat das mit mir zu tun?«, wollte sie wissen.

»Rein gar nichts«, sagte Thomas. »Er hätte dich da gar nicht hineinziehen dürfen. Das tut mir leid, und glaub mir, wenn ich sage, dass wir ein ernstes Wörtchen geredet haben.«

»In *was* hineinziehen?«

»Die verfluchten Bullen wollen irgendwelchen Dreck ausgraben, und sie sind bereit, alles zu verwenden, solange sie mir damit schaden können. Deswegen bin ich hier, um dich davor zu warnen, dich ausnutzen zu lassen. Wenn du über die Sachen redest, die im letzten Winter passiert sind, kann das schnell missverstanden werden. Und das wollen wir doch nicht, oder?«

»Ich verstehe nicht …«

»Du brauchst überhaupt nichts zu verstehen. Das Einzige, was du tun musst, ist, den Mund zu halten.«

Diana versuchte, dem Blick seiner harten blauen Augen standzuhalten.

»Du hast doch wohl Amandeep nichts angetan, oder?«

Thomas verzog das Gesicht, als hätte sie etwas Verletzendes gesagt.

»Natürlich nicht. Aber wie gesagt, es kann schnell zu Missverständnissen kommen. Wenn man Dinge aus dem Zusammenhang reißt.«

Diana fühlte Übelkeit in sich aufsteigen. Nichts von dem, was im letzten Winter passiert war, konnte missverstanden werden.

»Wenn du hier bist, um mir Angst einzujagen, bist du umsonst gekommen«, sagte sie. »Ich habe bisher nichts gesagt, weshalb sollte ich es jetzt tun?«

»Ich wollte nur sichergehen. Du kennst mich, Diana. Ich tue alles, um meine Familie zu beschützen.« Er fuhr sich durch sein lockiges Haar und ballte die Hand zur Faust. »Denk einfach daran, falls du in die Versuchung kommen solltest, zu reden.«

Sein Zeigefinger bohrte sich in ihren Bauch und wanderte langsam weiter zu ihrer Brust. Sie hielt die Luft an, bis er schließlich losließ und einen Schritt zurücktrat.

»Schön, dass wir uns mal wieder gesehen haben, Diana«, sagte Thomas Ulriksen und steuerte auf den Ausgang zu. »Du siehst gut aus.«

KAPITEL 22

Edinburgh

Sie warteten draußen vor Lee Allans Haustür, als ihr Wagen vor dem renovierungsbedürftigen Wohnhaus anhielt. Jeder von ihnen mit einer Zigarette zwischen den Lippen. Harinder Singh und Jim Riddle.

Wie einem bizarren und nervenzerfetzenden Alptraum entsprungen.

DS Roisin Lawson versuchte, bis zehn zu zählen, ehe sie aus dem Wagen stieg. Sie machte weiter bis zwanzig, ohne dass ihre Wut dadurch gemildert wurde.

Sie war schon wütend, seit sie den Anruf von diesem norwegischen Polizisten erhalten hatte, der anscheinend keinerlei Anstalten machte, sich aus dem Fall herauszuhalten. Zu allem Überfluss hatte er sich mit dem schlimmsten Starrkopf alliiert, den sie kannte. Ein Mann, der unter Applaus aus dem Polizeidienst ausgeschieden war, verabschiedet von einer Behörde, die froh war, dass er endlich die Ruder einholte.

Zwar hatten sie nach seiner Pensionierung Kontakt gehalten, gleichwohl waren seine weniger guten Seiten viel einfacher zu vergessen, wenn man nicht jeden Tag mit ihnen konfrontiert wurde. Wie etwa, dass er gern Grenzen neu definierte, um Ergebnisse zu erzielen, ohne darüber nachzudenken, dass andere infolge seiner Handlungen Schaden erleiden konnten.

Die Police Scotland hatte im Laufe der letzten Jahre ständig Erneuerung und Modernisierung erlebt. Für Dinosaurier wie Riddle und dessen Methoden gab es keinen Platz mehr. Noch immer hatte Roisin den Eindruck, beweisen zu müssen, dass sie nach mehrjähriger Zusammenarbeit nicht sämtliche seiner schlechten Angewohnheiten übernommen hatte. Sie wusste, dass die Polizeiführung zögerte, sie zu befördern, weil sie immer noch als »Riddles Mädchen« galt. DCI Frank Millar tat wenig, um diesen Eindruck zu korrigieren.

Das wäre ohnehin vergebens gewesen. Denn trotz aller schönen Worte über Neuausrichtung und Gleichstellung war die Polizei der schottischen Hauptstadt immer noch ein Männerclub.

Schließlich stieg sie aus dem Wagen und ging ihnen entgegen. Riddle wirkte selbstzufrieden, was bei ihr den Wunsch aufkommen ließ, ihm eine zu kleben. Singh schien immerhin so viel Schuldgefühl zu haben, dass er verlegen wirkte. Hatten The Gruesome Twosome tatsächlich diesen Lee identifizieren können, von dem Amandeep Kaur in ihrem benommenen Zustand gemurmelt hatte?

Lawson hatte die halbe Nacht und den folgenden Tag damit zugebracht, nach einer Spur zu suchen. Sie war das Strafregister durchgegangen, hatte Namen notiert und mit einigen ihrer Informanten gesprochen.

Als Harinder Singh von Lee Allan sprach, hatte sie den Namen wiedererkannt. Er stand auf der Liste mit Personen, die sie unter die Lupe nehmen wollte. Sie war nur noch nicht so weit gekommen.

»Wer hat euch hierhergeführt?«, fragte sie.

»Hogan«, sagte Riddle.

Roisin seufzte auf. »Er will nicht mehr mit mir reden.«

»Vielleicht solltest du netter zu ihm sein?«, schlug Riddle vor.

»So wie du, ja?«, sagte sie und sah ihn an. »Die Beziehungen zwischen dir und deinen Informanten waren einer der Gründe, aus denen du fast der Korruption beschuldigt wurdest. Die Zeiten sind jetzt anders, Jim.«

»*Aye.* Und bald könnt ihr nicht mal mehr einen Clown im Zirkus finden, es sei denn, ihr habt ihn auf einer Überwachungskamera. Ihr werdet langsam ein bisschen faul, Ros. Niemand ist mehr bereit, ein bisschen gute altmodische Polizeiarbeit zu leisten.«

»Die Diskussion klingt durchaus faszinierend, aber vielleicht sollten Sie die ein andermal fortführen?«, mischte sich Harinder ein.

Roisin bedachte ihn mit ihrem zornigsten Blick, was ihn veranlasste, einen Schritt zurückzutreten.

»*Sie* können froh sein, dass ich Sie nicht festnehme!«, sagte sie. »Falls ihr wirklich Beweise gefunden habt, habt ihr aufgrund der unerlaubten Durchsuchung die Beweiskette durchbrochen. Was bedeutet, dass Allan aufgrund eurer Einmischung freikommen kann, selbst wenn er an der Entführung Ihrer Nichte beteiligt war. Sind Sie stolz darauf, Mr Singh?«

»Sei nicht so streng mit dem Mann, Ros«, sagte Riddle.

»Und du hältst die Klappe!«, entgegnete Roisin und versetzte ihm einen Schlag auf den Arm. »Wartet hier!«

Sie nahm ein paar Beweisbeutel aus dem Kofferraum, zog Handschuhe über und betrat das Treppenhaus. Die Tür zu

Deborah Allan und Sohn stand offen, Mrs Allan selbst befand sich in der Küche, wo sie Kaffee trank und in einem Wochenmagazin blätterte. Als ob es ein völlig alltägliches Phänomen wäre, die Polizei in der Wohnung herumlaufen zu haben.

Roisin stellte ihr die gleichen Fragen, die Singh und Riddle garantiert auch gestellt hatten, und die Antworten erfolgten in Form von kurzen Silben. Sie wusste nicht, wo ihr Sohn war und womit er sich beschäftigte. Davey Milnes Name fiel. Ein Nachbar und Jugendfreund von Lee, der laut Mrs Allan immer schon einen schlechten Einfluss auf Lee gehabt hatte.

»Es sah aus, als hätte er sich geprügelt«, fuhr sie fort. »Er hatte ein blaues Auge. Aber ich werde mich hüten, ihn danach zu fragen. Dann wird er nur wütend.«

Roisin betrat Lees Zimmer und überprüfte dieselben Stellen nach Beweisen. Wollte sie einen glaubwürdigen Bericht schreiben, in dem die Einmischung von Dick und Doof nicht auftauchte, musste sie so weit wie möglich die gleichen Schritte unternehmen. Als sie schließlich fertig war, hatte sie mehrere Kleidungsstücke aus der Schmutzwäsche in Beweisbeutel gelegt und diese versiegelt.

Sie wollte den Fall schützen, nicht Harinder Singh und James Riddle. Und sie hasste es, dass ihr alter Chef sie immer noch dazu brachte, Regeln zu brechen.

Dann rief sie Millar an, um ihn über die Entwicklung zu informieren. Sagte nur, ein glaubwürdiger Informant habe sie zu Lee Allan geführt und dass der nächste Schritt wohl darin bestünde, an Davey Milnes Tür zu klopfen. Miller war derselben Meinung und gratulierte ihr zum Erfolg. Gleichwohl bat er sie, Milne nicht allein aufzusuchen.

»Ist ja immer schwer zu sagen, auf welche Ideen solche Typen kommen können«, erklärte er. »Ich muss heute Abend zu einer Veranstaltung, kann dich also leider nicht begleiten.«

Aber solange du hinterher vor der Kamera stehen kannst…

Pilrig lag außerhalb ihres polizeilichen Zuständigkeitsbereiches, daher nahm sie Kontakt zur Polizeistation in Leith auf und bat um Unterstützung für eine Hausdurchsuchung.

Singh und Riddle wurden auf die Zuschauerbänke verwiesen, als sie und drei Beamte von der Station Leith das Haus betraten, in dem Davey Milne wohnte. Die Dalmeny Street war eine Durchfahrtsstraße, die am Leith Walk endete. Zwischen den Wohnhäusern lagen ein paar Geschäfte und ein Pub. Ein altes Arbeiterviertel, dennoch war das Mietshaus in viel besserem Zustand als jenes, in dem Lee Allan lebte. Die Fassade wirkte tatsächlich so, als wäre sie vor nicht allzu langer Zeit mit mehr als ein paar Pinselstrichen bedacht worden.

Milnes Wohnung befand sich in der ersten Etage hinter einer schwarzen Tür, auf der eine viereckige, andersfarbige Stelle verriet, dass dort einmal ein Namensschild gehangen hatte. Eine alte Tür aus solidem Holz, voll von Kratzern und Dellen. Und versehen mit einem altmodischen Briefschlitz.

Roisin klopfte lautstark an und identifizierte sich als Polizistin. Wie erwartet reagierte niemand. Falls Allan und Milne tatsächlich hinter Amandeeps Entführung steckten, wären beide wohl inzwischen verduftet. Denn etwas war schiefgegangen. Etwas, was die beiden veranlasst hatte, ihr Opfer im Wasser zurückzulassen.

Allan hatte offenbar kurz zu Hause vorbeigeschaut, um

sich umzuziehen und die blutbefleckte Kleidung in den Wäschekorb zu werfen. Er hätte sie besser auf andere Art loswerden sollen. Dass er nicht so weit gedacht hatte, zeugte davon, dass er unter Stress gestanden haben musste. Ein professioneller Dieb, der sich zu viel zugemutet hatte.

Lawson beugte sich hinunter und klappte den Briefschlitz auf. Legte die Stirn an den Rand, um einen Blick in die Wohnung zu riskieren. Der faulige Geruch, der ihr aus dem Inneren entgegenschlug, war so kräftig, dass sie zurückwich und nach Luft schnappte.

»Alles in Ordnung, Ma'm?«, fragte einer der Streifenpolizisten.

Roisin nickte, während sie hustete und den scharfen Gestank zu verdrängen versuchte.

Sie zweifelte nicht eine Sekunde daran, was den Gestank verursachte. Niemand, der ihn je wahrgenommen hatte, konnte ihn vergessen. In nur ein oder zwei Tagen würde er durch die Tür dringen und sich im Treppenhaus ausbreiten. Vielleicht würden die Nachbarn ihn kurzzeitig mit dem Geruch von verdorbenem Fleisch verwechseln, aber bestimmt nicht lange. Er würde an Stärke nur zunehmen.

Der Gestank von Tod und Verwesung.

KAPITEL 23

Der tote Mann saß mit ausgestreckten Armen und Beinen in einem zerschlissenen Sessel, der von Gaffer-Tape zusammengehalten wurde.

Er saß zwischen leeren Bierdosen, Tellern mit Essensresten und Untersetzern, die als Aschenbecher verwendet worden waren. Nicht allein für Zigaretten, sondern auch für Joints. Der unverkennbare Geruch vermischte sich mit dem Gestank des Todes.

Die Haut war fahl und durchscheinend geworden. Der Kopf lag in einer unnatürlichen Stellung über die Rückenlehne nach hinten gebeugt. Jemand hatte eine durchsichtige Plastiktüte über seinen Kopf gezogen und sie um seinen Hals zusammengezurrt.

So war er langsam, aber sicher erstickt worden.

Niemand sonst befand sich in der Wohnung, und es gab keine Anzeichen dafür, dass jemand in den letzten ein oder zwei Tagen dort gewesen war. Etwa so lange musste er tot sein, um diese Phase des Verwesungsprozesses zu erreichen. Um das zu erkennen, benötigte Lawson keinen Rechtsmediziner.

Das Opfer hatte eine Geldbörse aus weichem Leder in der Hosentasche. Der Führerschein wies ihn als Lee Allan aus.

KAPITEL 24

Oslo

Die Zeitangabe lautete 21:04, *APR. 06 2017*.

Körnige Bilder eines Toyota Prius in abendlicher Dunkelheit auf einem Parkplatz. Eines der Hochhäuser im Hekkevei nahe dem Carl Berner Plass ist im Hintergrund zu erkennen. Ein glatzköpfiger Mann im Anzug steigt mit einer Laptoptasche in der Hand aus dem Wagen. Er schließt das Fahrzeug ab und wendet sich dann plötzlich um. Als ob ihn jemand angesprochen hat.

Eine Gestalt mit locker sitzender schwarzer Trainingshose und langer Jacke taucht auf dem Bildschirm auf. Kapuze über den Kopf gezogen. Eine Pistole in der bereits ausgestreckten Hand, mit einem Schalldämpfer vor dem Lauf.

Der glatzköpfige Mann nimmt die betreffende Person näher in Augenschein. Er hebt die Arme, wie um sich zu beschützen, als der erste Schuss fällt und ihn in die Brust trifft. Er klappt zusammen wie eine Marionette mit durchschnittenen Fäden.

Die andere Person tritt näher und betrachtet das noch lebende Opfer. Ehe sie die Pistole auf seinen Kopf richtet und zum zweiten Mal schießt.

Ein heftiges Zucken fährt durch den Körper von Christian Brekke, ehe er leblos zurückbleibt.

Rachel fühlte sich unwohl, als sie die Aufnahme ansah. In Mordfällen zu ermitteln, war vielleicht ihr tägliches Geschäft, alltäglich hingegen konnte so etwas nie sein.

Was sie gesehen hatte, war eine regelrechte Hinrichtung auf offener Straße. Effizient und kaltblütig ausgeführt von jemandem, der wusste, was er tat. Einer Person, die sogar darauf achtete, die Patronenhülsen aufzusammeln, um keine Spur zu hinterlassen. Und die womöglich nichts von der Überwachungskamera der Wohnanlage wusste, aber dennoch so viele Vorkehrungen getroffen hatte, dass die Aufnahmen keinen wirklichen Schaden anrichteten.

Nach zweieinhalb Jahren hatte die Polizei immer noch keine Antwort darauf, wer Christian Brekke getötet hatte und warum. Rachel war seinerzeit Mitglied der Ermittlungsgruppe gewesen und hatte viele der primären Arbeitsaufgaben übernommen. Knapp zwei Monate später war sie zur Kripo gewechselt und hatte sich danach nicht mehr mit dem Fall beschäftigt. Einige Aspekte jedoch waren nicht leicht zu vergessen.

Was den Fall so schwierig machte, war insbesondere die professionelle Ausführung des Mords. Niemand hatte eine zufriedenstellende Antwort darauf geben können, warum jemand Christian Brekke umbringen sollte.

Er war ein 25-jähriger Autoverkäufer, der in einer Toyota-Niederlassung in Ensjø arbeitete. Dem Anschein nach ein ganz gewöhnlicher junger Mann ohne kriminelle Verbindungen. Zwei Jahre zuvor war er wegen einer heftigen Sauftour in der Ausnüchterungszelle gelandet, mehr gab sein Sündenregister indes nicht her. Er verfügte über solide Finanzen; nichts deutete darauf hin, dass er größere Summen für Drogen verschwendet oder beim Glücksspiel verzockt hatte. Und es gab weder Verwandte noch Geschäftspartner, denen ein Vorteil daraus erwuchs, dass sie ihn aus dem Verkehr zogen.

So ein Fall konnte nicht ohne konkrete Spuren oder entscheidende Hinweise gelöst werden.

Rachel ging abermals die Fotos und Berichte aus dem Fall Ruud durch. Verglich ihn mit der Ermordung Brekkes. Nicht ohne Grund hatten ihre Alarmglocken geläutet. Beide waren auf exakt die gleiche Weise ermordet worden. Unterschiedliche Waffen, anderenfalls hätte das System die Fälle automatisch in Verbindung gebracht, doch die Vorgehensweise war identisch.

Wie das nun Harinder dabei helfen sollte, herauszufinden, wer seine Nichte entführt hatte, wusste sie nicht. Allerdings wusste sie, dass es statistisch gesehen unwahrscheinlich war, dass zwei so ähnliche Morde keinerlei Verbindung hatten.

Sie sah auf die Uhr. Fast neun, Zeit, nach Hause zu kommen. Erst jedoch rief sie Steffen Myhre an. Fürchtete auch nicht, ihn womöglich zu stören. Ehrgeizige Menschen hielten sich nicht an gewöhnliche Arbeitszeiten.

»Lass mich raten, du hast weitere Fragen?«, sagte der Kollege. Das Rauschen im Hintergrund verriet, dass er über eine Freisprechanlage telefonierte. »Und du willst mir immer noch nicht verraten, woran du arbeitest?«

»Ich sehe mir gerade einen alten Fall an, an dem ich vor zwei Jahren gearbeitet habe«, sagte sie. Nahe genug an der Wahrheit. »Christian Brekke, der Autoverkäufer.«

»Verstehe«, sagte Steffen. »Und jetzt willst du wissen, ob wir uns den in Verbindung mit dem Mord an Ruud angesehen haben?«

»Klingt so, als hättet ihr das getan.«

»Selbstverständlich, bei so vielen Ähnlichkeiten«, sagte Myhre. »Aber abgesehen davon, dass wir nicht wissen, wer der Schütze war, gibt es keine Verbindungen zwischen Christian Brekke und Erik Ruud. Seine Kreditkartenauszüge zeigen, dass Brekke mehrmals im Gemini war. Er und Tausende andere, das bedeutet also gar nichts. Und das Wichtigste: Es gibt keinerlei Verknüpfung zwischen ihm und einem von den Brüdern Ulriksen. Glaub mir, wir haben das genau überprüft.«

»Ich glaube, dass es sich um ein und denselben Schützen handeln kann.«

»Das kann durchaus stimmen«, sagte Steffen Myhre und räusperte sich. »Doch falls es sich um einen freiberuflichen Auftragskiller handelt, muss es gar keine direkte Verbindung geben.«

»Wie viele solcher Auftragskiller laufen hier in Norwegen herum?«

Der Kollege lachte leise. »Einer wird's schon sein.«

»Zwei Morde in zwei Jahren. Glücklicherweise müssen wir hier nicht von einer Wachstumsbranche reden«, entgegnete Rachel.

»Vermutlich ist der Täter auch kein Norweger«, sagte Steffen. »Die Verhältnisse hier sind ja ziemlich übersichtlich. Da ist es vermutlich einfacher, um nicht zu sagen billiger, jemanden aus dem Ausland anzuheuern. Wir haben das mit Interpol erörtert, die haben uns eine Liste mit etwa zwanzig Personen geschickt, die nach dem gleichen Modus Operandi vorgehen, und das sind nur die, die ihnen auch persönlich bekannt sind.«

Mit anderen Worten: die Nadel im Heuhaufen.

»Aber wozu sollte jemand einen Auftragskiller engagieren, um einen Autoverkäufer umzubringen?«

»Vielleicht hat er ja eine Versicherung verkauft, die jemand nicht brauchte?«

KAPITEL 25

Sie schien friedlich zu schlafen, ungestört von bösen Träumen oder Nachwirkungen dessen, was ihr zugestoßen war. Die schlimmsten Schwellungen und blauen Flecken waren zum Teil schon verschwunden. Der deutlichste Hinweis auf das durchlittene Trauma war der weiße Verband, der die rasierte Seite ihres Kopfes bedeckte, wo sie vor vierundzwanzig Stunden operiert worden war.

Das Pflegepersonal hatte Amandeep zur weiteren Beobachtung in ein neues Zimmer gebracht, ein kleines Stück von der Notaufnahme entfernt. Ein Anzeichen dafür, dass die Ärzte keine unmittelbare Gefahr mehr sahen. Vielmehr ging es jetzt darum, dem Körper Zeit zu geben, um die physische Belastung bewältigen zu können.

Die ganze Situation war mit einem unbehaglichen Déjà-vu-Gefühl verbunden. Das geschwollene, malträtierte Gesicht seiner Nichte rief in Harinder Erinnerungen an einen anderen Ort und eine andere Zeit hervor. Genauer gesagt an die Kleinstadt in Østerdalen, in der er aufgewachsen war, und an ein Mädchen, das er einst gerngehabt hatte. Martine war seine erste Liebe gewesen. Die schönsten Erinnerungen an seine Heimatstadt drehten sich um sie und ihre Familie. Doch unglücklicherweise auch die schlimmsten.

Wie die an jene Nacht, als sie auf dem Rückweg von einem Fest von zwei Männern brutal überfallen wurde.

Sie hatten ihr schönes Gesicht entstellt, doch die Verletzungen, die sie ihrer Seele zugefügt hatten, waren viel ernster. Nach diesem Erlebnis war sie nie wieder dieselbe gewesen.

Sollte Harinder versuchen, alle Entscheidungen zu rekonstruieren, die ihn hatten Polizist werden lassen, müsste er an diesem Punkt beginnen. Bei dem schrecklichen Gefühl von Unrecht und Machtlosigkeit. Bei dem Durst nach einer Art von Gerechtigkeit, den er niemals zu löschen vermocht hatte.

Ähnlich Amitabh Bachchan, dem wütenden jungen Mann aus den Bollywood-Filmen, mit denen er aufgewachsen war.

Für seinen Geschmack gab es in der Regel viel zu viel Gesang und Tanz in diesen Filmen. Sie waren wie exotische Postkarten, aus dem Land, aus dem er stammte, das er jedoch nicht kannte. Die Filme mit Bachchan waren anders. Er kämpfte gegen Gangster, Mörder, Vergewaltiger und korrupte Beamte. Immer danach strebend, ein Unrecht wiedergutzumachen, das Menschen widerfahren war, die ihm nahestanden. Er kämpfte für alle, die, aus welchen Gründen auch immer, nicht in der Lage waren, für sich selbst zu kämpfen.

Damals, vor über zwanzig Jahren, hatte Harinder Martine nicht helfen können. Und vielleicht war er auch Amandeep nach den Geschehnissen auf der Abiparty nicht die größte Hilfe gewesen. Geschehnisse, die womöglich ihr ganzes Leben hätten zerstören können, genauso wie Martines Leben zerstört worden war.

Aber dafür konnte er ihr *jetzt* helfen. In seinen Augen rechtfertigte das die Tatsache, dass er nach seiner Ankunft in Edinburgh einen gewissen Wirbel verursacht hatte. Solange sie sich nicht verteidigen oder für sich selbst sprechen konnte, musste er es für sie tun.

Mit an Sicherheit grenzender Wahrscheinlichkeit war Lee Allan an Amandeeps Entführung beteiligt gewesen. Die definitive Antwort würde es geben, wenn die Untersuchungen der Blutspuren auf der Kleidung vorlägen. Die Polizei von Edinburgh hatte auch nach Davey Milne gefahndet, doch sie schien daran zu zweifeln, dass die beiden genügend Verstand besessen hatten, um eine so effektive Entführung auf eigene Faust zu planen. Immer deutlicher zeichnete sich nämlich ab, dass die beiden Ganoven, nachdem sie Amandeep geschnappt hatten, in irgendwelche Schwierigkeiten geraten waren. Es konnte schließlich nicht beabsichtigt gewesen sein, dass jemand sie im Fluss entdecken würde.

Jedenfalls nicht lebend.

Vielleicht war Allan ja für seine Rolle bei diesem Fiasko liquidiert worden. Immerhin hatte Amandeep ihn identifizieren können. Trotz ihrer Schmerzen hatte sie einen wachen Augenblick genutzt und seinen Namen genannt. Wodurch er zum schwächsten Glied in der Kette geworden war.

James Riddle hatte Joe »Dirty Harry« Callahan unter Verdacht.

Harinder kannte diesen Gangster nicht und konnte somit nichts dazu sagen, vertraute aber Riddle. Er war ein echter Polizist, ob nun pensioniert oder nicht.

Jemand drückte Harinders Schulter und riss ihn aus seinen Gedanken. Jaspreet war aus dem Hotel zurückgekehrt, in dem sie und Gurman wohnten. Sie hatte sich frisch gemacht und umgezogen, und wirkte jetzt munterer und optimistischer. Jedenfalls im Vergleich zu Harinder, der unrasiert und ungekämmt an Amandeeps Bett saß.

»Danke, dass du auf sie aufpasst«, sagte sie. »Und dass du hier bist. Das bedeutet uns viel.«

»Du musst dich nicht bedanken. Wir sind eine Familie.«

Die Worte und auch die Berührung seiner älteren Schwester waren der wärmste Gefühlsausbruch, an den er sich bei ihr erinnern konnte.

»Der Arzt meint, dass sie nicht mehr im Koma ist«, sagte Harinder. »Jetzt schläft sie nur ganz tief und kann jederzeit aufwachen.«

»Sie ist stark«, sagte Jaspreet. »Aber ich habe nie aufgehört, mir Sorgen um sie zu machen. Dabei hat es nichts zu bedeuten, wie erwachsen sie geworden ist. Manchmal liege ich nachts wach und denke darüber nach, was aus ihr werden soll.«

»Es ist völlig normal, sich um seine Kinder zu sorgen. Da geht es mir mit Savi ganz genauso.«

»Ich weiß, aber dennoch ist es mit Ami etwas anderes. Sie will immer etwas beweisen. Will keine Ratschläge anhören und keine Kompromisse eingehen. Wenn Gurman oder ich etwas sagen, fasst sie es oft als Kritik auf, obwohl es gar nicht so gemeint ist.«

»Denkst du jetzt an ihre Zeit in NATO-Diensten?«

»Ja, und wie sie sich einfach von Vijay getrennt hat, ohne etwas zu erläutern. Oder entschieden hat, hierherzufahren«, sagte Jaspreet. »Das letzte Schuljahr hat sie sehr verändert, ich spüre das. Ich habe oft daran gedacht, wie du sie nach der Abiparty nach Hause gefahren hast. Dass irgendetwas passiert ist, das schlimmer war, als ihr es habt aussehen lassen. Gleich darauf wurde sie immer verschlossener.«

Harinder wich dem Blick seiner Schwester aus. Er spürte das Blut in seine Wangen schießen. Abermals fragte er sich, ob es richtig gewesen war, die Wahrheit vor ihnen zu verbergen.

»Ich würde dich niemals bitten, etwas zu verraten, was sie dir anvertraut hat«, sagte Jaspreet. »Ich wünschte nur, dass sie *uns* mehr vertraut hätte. Es war ja nicht zu übersehen, dass sie Probleme hatte, aber sie wollte nicht darüber reden. Stattdessen hat sie sich in die Arbeit vergraben und das mündliche und schriftliche Examen abgelegt. Hat zwei Einsen und eine Zwei bekommen.«

»Sie ist wieder auf die Füße gekommen«, sagte Harinder.

Jaspreet nickte und lächelte kurz, während sie die junge Frau im Krankenbett mit sanftem Blick betrachtete.

»Damals ja«, sagte sie und seufzte.

»Und jetzt.«

KAPITEL 26

Der große öffentliche Park in dem hügeligen Terrain südlich der Altstadt wurde The Meadows genannt. Die Wiesen. Er lag dicht neben dem Campus der Universität Edinburgh, und in der offenen, von Gras geprägten Landschaft gab es sowohl Spielplätze für die Kleinen als auch Tennisplätze. An einem Tag wie diesem, an dem die Sonne fast ungestört strahlen durfte, war der Park voller Menschen.

Harinder schlenderte mit einem Becher Kaffee umher. Die Stadt zeigte sich von ihrer besten Seite. Das Zwanziger-Päckchen in seiner Jackentasche rief ihm seinen speziellen Lockruf zu, aber er hatte beschlossen, einen Tag lang ohne Zigaretten auszukommen. Ein Schritt nach dem anderen. Ein Tag nach dem anderen. Wieder einmal.

Der Ehrgeiz, mit dem Rauchen aufzuhören, schien von James Riddle nicht geteilt zu werden. Er saß auf einer Bank und qualmte, während er in einer Zeitung blätterte, die er ausnahmsweise einmal selbst gekauft zu haben schien. Neben ihm auf der Bank stand ein Kaffeebecher, ähnlich dem, den Harinder mit sich herumtrug.

»Offiziell bin ich Lawsons Quelle«, sagte Riddle umstandslos unter der Vermeidung von Höflichkeitsphrasen. »Ich habe die Initiative ergriffen, habe ein paar meiner alten

Informanten aufgesucht, bin dem Hinweis auf Lee Allan nachgegangen und habe Lawson kontaktiert, ehe wir uns Allans Wohnung angeschaut haben. Ihr Name wurde herausgehalten, Singh. Was bedeutet, dass Sie weiterem Ärger mit DCI Millar erst mal aus dem Weg gehen.«

»Ich fürchte mich nicht davor, die Konsequenzen meiner Handlungen zu tragen«, sagte Harinder.

»Danke, edler Sir Galahad, aber hier geht es um den Fall, nicht um Sie«, entgegnete Riddle. »Der muss solide sein, ehe die Staatsanwaltschaft sich seiner annimmt, und daher ist es so am besten. Lawson wird natürlich die Hölle durchmachen, weil sie mich involviert hat, aber technisch gesehen hat sie keine Fehler begangen. Abgesehen davon, Millar wütend zu machen. Der Drecksack kann mich nicht ausstehen.«

»Gibt es jemanden, den er mag?«

»Ja, jeden, der ihm mit seiner Karriere behilflich sein kann«, sagte Riddle und spuckte auf den Boden.

»Ich hatte nicht die Absicht, Lawson in Schwierigkeiten zu bringen.«

»Nein, aber das wird passieren. Alles hat Konsequenzen, mein Freund. Allerdings ist sie ja ein großes Mädchen und kennt das Spiel schon.«

»Und was jetzt?«

»Jetzt gibt es nicht viel mehr zu tun als abwarten und Tee trinken. Davey Milne hat sich verdrückt. Die werden sich ordentlich anstrengen, um ihn zu finden. Egal, ob er Allan umgebracht hat oder nicht, er ist ein Schlüsselzeuge. Ihn in die Finger zu bekommen, wäre für den Fall entscheidend.«

»Können wir was tun?«, fragte Harinder.

Riddle setzte ein schiefes Grinsen auf. »Ich glaube, wir haben schon genug getan, Kumpel.«

»Ich weiß nicht. Wir haben Lee Allan gefunden, aber ein toter Mann kann keine Fragen beantworten«, sagte Harinder. »Vielleicht ist Davey Milne der Einzige, der das kann. Falls dem so ist, möchte ich gern das Meinige tun, damit er gefunden wird.«

»Hören Sie sich eigentlich selbst zu?« Riddle schüttelte den Kopf. »Wenn Lawson und ich Sie nicht gedeckt hätten, dann hätte Millar dafür gesorgt, dass Sie des Landes verwiesen werden. Ja, wir haben Allan gefunden, und Milne wird wegen uns gesucht. Was wollen Sie eigentlich sonst noch?«

»Ich will dafür sorgen, dass Amandeep sicher ist«, sagte Harinder. »Und ich will wissen, wer ihr was antun will.«

»Hören Sie zu.« Riddle schnippte seine Kippe weg. »Ich habe Ihnen doch von meiner Tochter erzählt. Vor einigen Jahren, noch bevor Sie und ich uns zum ersten Mal begegnet sind, war sie in einen schlimmen Unfall verwickelt. Ein paar Jugendliche haben sie mit ihrem Wagen einfach umgemäht. Sie hatten getrunken. Während sie für den Rest ihres Lebens an den Rollstuhl gekettet wurde, haben die kaum mehr als einen Schlag auf die Finger bekommen. Und ich, der große und wichtige Bulle, konnte sie weder beschützen noch für Gerechtigkeit sorgen. Ich konnte rund um die Uhr arbeiten, um Fälle zu lösen, die fremde Menschen betrafen, doch für meine eigene Tochter konnte ich gar nichts tun.«

»Aber Sie haben es versucht, nicht wahr?«

»Natürlich habe ich es versucht!«, sagte Riddle. »Ich habe das getan, was in meiner Macht stand, aber das ist überhaupt nicht der Punkt. Der Punkt ist die Trennlinie, die man zu verwischen beginnt. Zwischen dem Polizeibeamten und der Privatperson, zwischen der Suche nach Gerechtigkeit und dem Bedürfnis nach Rache. Natürlich können Sie behaupten, es ausschließlich für diejenige zu tun, die Ihnen am Herzen liegt, aber tief in Ihrem Inneren wissen Sie, dass Sie es auch für sich selbst tun. Um ein Ventil für Ihre Wut zu finden oder um die Trauer zu betäuben. Und in diesem Moment fangen Sie an, alle Brücken hinter sich abzubrechen, mein Freund.«

Harinder sagte nichts. Nickte nur und gab zu erkennen, dass er hörte, was der pensionierte Polizist sagte.

»Glauben Sie jemandem, der weiß, wovon er spricht«, sagte Riddle. »Nehmen Sie sich eine Auszeit.«

KAPITEL 27

Oslo

»In mein Büro, Hauge. Sofort.«

Abteilungsleiter Musæus war in der Türöffnung erschienen, ehe Rachel dazu kam, sich wieder an ihren Schreibtisch zu setzen. Er war ein kräftiger Mann von zwei Metern, mit stahlgrauem Haar und Vollbart. Sein Äußeres entsprach nicht einmal annähernd seinem Spitznamen.

Er blieb stehen und wartete darauf, dass sie seiner Anordnung nachkam, was ihr den Ernst der Situation verdeutlichen sollte.

Sie folgte ihm durch den Gang zu seinem Eckbüro und spürte eine Ahnung in sich aufkeimen, als sie sah, dass bereits zwei weitere Personen in der Sitzecke des Büros Platz genommen hatten. Der eine war ihr Kollege Steffen Myhre. Neben ihm saß Tor-Egil Trippestad. Es kursierten viele Geschichten über die Kapriolen, die er sich im Laufe der Jahre geleistet hatte. Sein Gesicht war von Falten zerfurcht, das bis in den Nacken reichende Haar war teilweise grau geworden, und sein Bauch wölbte sich ein wenig, ohne dass das karierte Hemd eine Nummer zu klein wirkte.

Musæus deutete auf einen freien Stuhl. Obwohl die Kollegen Tassen vor sich stehen hatten, wurde Rachel kein Kaffee angeboten.

Um anzudeuten, dass er gern als Erster etwas sagen wollte, räusperte Trippestad sich. Er strahlte eine natürliche Autorität aus, und man konnte sich durchaus die Frage stellen, warum er nicht wie die Maus Abteilungsleiter geworden war.

»Kollegin Hauge, wir möchten, dass du uns erklärst, welches Interesse du an dem Fall Erik Ruud hast«, sagte er. »Du hast dir die Fallunterlagen angesehen und meine Ermittler ausgefragt.«

Danke für nichts, dachte Rachel und warf Steffen Myhre einen kurzen Blick zu.

»Da gibt es kein großes Mysterium«, sagte Rachel. »Ich wollte mögliche Verbindungen zu einem anderen Fall untersuchen.«

»Dem Mord an Christian Brekke, soweit ich das verstanden habe?«, fragte Trippestad. »Nicht dein Fall, abgesehen davon hat meine Gruppe mögliche Verbindungen untersucht.«

»Tatsächlich geht es um die norwegische Studentin, die in Edinburgh entführt wurde«, sagte Rachel. »Amandeep Kaur.«

Abteilungsleiter Musæus verschränkte die Arme vor der Brust und musterte sie.

»Sie haben also in einem Fall herumgeschnüffelt, der Sie nichts angeht, um Verbindungen zu einem anderen Fall zu suchen, der Sie ebenfalls nichts angeht?«, sagte er. »Sagen Sie mir bitte, haben Sie zu wenig zu tun? Ist es mir nicht gelungen, Sie angemessen zu beschäftigen?«

Rachels Wangen wurden heiß. »Danke, ich habe durchaus genug zu tun. Das hier habe ich in meiner Freizeit gemacht. Es war ein Gefallen ...«

»Sagen Sie es nicht. Ein Gefallen für Harinder«, sagte Musæus und schüttelte den Kopf. »Er hat Sie gebeten, die Heimatfront unter die Lupe zu nehmen. Wäre ja auch zu viel verlangt, wenn er den Dienstweg einhielte. Der Mann hat es innerhalb von zwei Tagen geschafft, halb Schottland gegen sich aufzubringen. Ich weiß genau, wie es denen damit geht.«

»Jetzt werde ich aber neugierig«, warf Trippestad ein. »Um was für Verbindungen geht es denn?«

»Amandeep Kaur und Erik Ruud waren ein Jahr lang Arbeitskollegen im Gemini«, erwiderte Rachel.

Trippestad und Myhre wechselten einen schnellen Blick, und Rachel begriff, dass die Information neu für sie war.

»Ihr Name ist in der Ermittlung überhaupt nicht aufgetaucht«, sagte Steffen.

»Ich weiß«, sagte Rachel. »Kommissar Singh hat mich nur darum gebeten, ihren Exfreund zu überprüfen, für den Fall, dass es da heimliche Motive hinter dem Angriff auf sie gibt. Die Möglichkeit war ja nicht ganz von der Hand zu weisen. Ich habe ihren Ex befragt, und er hat mir dann erzählt, dass sie im Gemini gearbeitet hat. Und nicht nur das. Angeblich hatte sie eine Affäre mit einem Kollegen dort. Ich weiß nicht, wer der Betreffende ist, dachte aber, es wäre nicht verkehrt, das näher zu untersuchen. Das Ganze wirkt nämlich recht auffällig.«

»Inwiefern?«

»Dass zwei Angestellte eines Restaurants im Laufe eines halben Jahres ermordet beziehungsweise entführt werden«, sagte sie. »Also ich meine, wenn man bedenkt, wer den Laden unterhält. Es ist ja auch kein Geheimnis, wer eurer Ansicht nach hinter dem Mord an Ruud steckt.«

Trippestad legte die Ellbogen auf den Tisch und beugte sich vor. Rachel hatte seine volle Aufmerksamkeit.

»In meinen Augen besteht nicht der geringste Zweifel, wer hier die Verantwortung trägt«, sagte er. »Aber wieso sollten die Zwillinge auch in das verwickelt sein, was Kaur passiert ist? Wo ist das Motiv?«

»Weshalb jemand eine junge Frau entführen und misshandeln sollte? Es gibt kein Anzeichen dafür, dass ein sexuelles Motiv dahintersteckt, worauf waren sie also aus? Geld? Sie stammt aber nicht aus einer reichen Familie.«

Trippestad nickte.

»Lundberg hat heute Morgen ein Update aus Schottland bekommen«, sagte Musæus. »Einer der vermeintlichen Kidnapper wurde tot in einer Wohnung aufgefunden. Erstickt mit einer Plastiktüte. Harinder wird es nicht gefallen, das zu hören, aber die junge Frau muss in etwas verwickelt gewesen sein. Schottland ist Norwegen in dieser Hinsicht nicht unähnlich. Zivilisten sind nicht ohne Weiteres von solchen Dingen betroffen.«

»Das Gemini ist im Prinzip ein völlig legales Unternehmen, aber gleichzeitig ist klar, dass die Brüder Ulriksen das Restaurant nutzen, um Geld zu waschen«, sagte Trippestad. »Ruud hat das bestätigt, ehe er ermordet wurde. Er war unmittelbar in diese Geschäfte verwickelt. Da stellt sich natürlich die Frage, wer von den anderen, die mit dem Gemini zu tun haben, daran beteiligt war. Ich bezweifle, dass Ruud uns alle Namen genannt hat.«

»Und was wussten diejenigen, die nicht in die Geldwäsche involviert waren?«, fragte Rachel. »Die Leute haben doch Augen und Ohren.«

»Genau.« Trippestad drehte sich zu Steffen um. »Wieso

taucht diese Amandeep nicht in den Unterlagen auf, wenn sie im Gemini gearbeitet hat?«

»Ich habe persönlich alle aufgelistet, die in dem Restaurant gearbeitet haben, als Ruud ermordet wurde«, sagte Steffen. »Das bezieht sich auf alle Arten von Angestelltenverhältnissen, von Festangestellten bis hin zu Teilzeitjobs. Wir haben alle vernommen, aber niemand hat Amandeep erwähnt.«

»Amandeep hat einen Monat vor Ruuds Ermordung dort aufgehört«, sagte Rachel. »Ihr letzter Arbeitstag war der 15. Januar.«

Trippestad kratzte sich am Kinn und lehnte sich zurück. Der erfahrene Polizist nahm sich Zeit, die Informationen zu verdauen.

»Henning Ulriksen sitzt jetzt seit fast vier Wochen in Untersuchungshaft«, sagte er. »Nächste Woche gibt es einen neuen Haftprüfungstermin, und die Vorwürfe, aufgrund derer er festgehalten wird, sind nicht ausreichend, um mit weiterer U-Haft rechnen zu können. Aber dass er verhaftet wurde, hat in seiner Truppe eine Menge Unruhe geschaffen. Thomas trifft ständig mehrere Vorsichtsmaßnahmen, die es erschweren, ihn zu beschatten. In den letzten Tagen hat es da große Lücken in der Überwachung gegeben. Das sollte uns zu denken geben, und es zeigt, dass etwas in der Mache ist. Er *weiß*, dass wir ihn und seinen Bruder wegen Ruuds Ermordung drankriegen wollen. Und da reden wir von mindestens sechzehn Jahren Gefängnis. Deshalb glaube ich, dass sie alles tun werden, um zu verhindern, dass wir einen beweiskräftigen Fall auf die Beine stellen können.«

»Wie etwa mögliche Zeugen aus dem Weg räumen?«, fragte Rachel.

»Ja, oder Leute, die ihnen auf irgendeine Art Probleme bereiten könnten«, sagte Trippestad.

»Es gibt nichts, was darauf hindeutet, dass Amandeep in irgendetwas verwickelt war, was mit den Zwillingen zu tun hat«, musste Rachel zugeben.

»Bis jetzt nicht, nein. Aber es gab doch Gerüchte, dass sie mit jemandem von der Arbeit ein Verhältnis hatte, oder?«

»Ja, aber ich konnte den Betreffenden nicht ausfindig machen.«

»Dann schlage ich vor, dass du daran arbeitest.« Trippestad drehte sich schnell zu Musæus um. »Ihr Einverständnis vorausgesetzt, natürlich. Das könnte ein interessanter Anhaltspunkt sein.«

»Oder auch gar nichts«, sagte die Maus.

»Dann hätten wir auch nichts verloren«, entgegnete Trippestad. »Die Kollegin Hauge hat bereits einen potenziellen Zeugen gefunden, von dem wir nichts wussten. Ich finde, es kann nicht schaden, den Fall mit neuen Augen zu betrachten.«

Rachel spähte aus dem Augenwinkel zu Steffen hinüber. Es sah nicht so aus, als hätte er dieser Einschätzung zugestimmt.

KAPITEL 28

Edinburgh

Die Zeitung war aus einem Mülleimer gerettet worden und lag ausgebreitet auf dem Sitz neben ihm. Einer der Leitartikel des Boulevardblattes handelte von dem Mann, der tot in einer Wohnung in der Dalmeny Street gefunden worden war. Das Foto zeigte Männer in weißen Overalls, die einen zugedeckten Toten auf einer Bahre aus dem Gebäude trugen. Der Name des Toten wurde in dem Artikel nicht genannt, es hieß jedoch, er sei ein dreiunddreißig Jahre alter Mann mit krimineller Vergangenheit.

Als ob dadurch alles leichter zu verstehen wäre.

Davey warf einen Blick in den Rückspiegel. Das Gesicht, das ihn anstarrte, war blass und übermüdet. Er stank nach altem Schweiß. Zwei Tage hatte er im Wagen geschlafen. War in konstanter Bewegung gewesen und hatte sich von allen bekannten Gegenden ferngehalten, wo möglichweise nach ihm gesucht wurde. Er fühlte sich aus verschiedenen Richtungen gleichzeitig verfolgt. Da Lee in seiner Wohnung gefunden worden war, hatten es die Bullen natürlich auch auf ihn abgesehen. Außerdem hatte er Signale vernommen, dass Callahan »ein paar Worte mit ihm wechseln wollte«, was immer das bedeuten sollte. Mit Sicherheit nichts Gutes.

Er musste nur daran denken, was mit Lee geschehen war.

Er hatte bei ihm auf dem Sofa übernachtet. Der Plan lautete, zusammenzuhalten, während sie überlegen wollten, wie mit der entstandenen Situation umzugehen war. Gab es zum Beispiel etwas, das sie tun konnten, um den Schaden zu begrenzen? Etwas, das sie in den Augen des Auftraggebers nützlich erscheinen ließ?

Lee allerdings hatte bloß wie abgestumpft im Sessel gehockt, sich volllaufen lassen und ferngesehen, während er seine Wunden leckte. Also war Davey losgezogen, um ein paar Dinge zu erledigen und ein paar Lebensmittel und Getränke einzukaufen.

Als er wieder nach Hause kam, hatte er seinen Kumpel tot aufgefunden.

Ich hätte den Job nie annehmen dürfen, dachte er.

Er hatte die ganze Zeit gewusst, dass dieser Job etwas völlig anderes als das war, was sie üblicherweise taten. Aber das Honorar war dermaßen hoch gewesen, dass es Irrsinn gleichgekommen wäre, den Auftrag abzulehnen. Nachdem er seit einiger Zeit Probleme hatte, gute Jobs an Land zu ziehen, war er völlig abgebrannt gewesen. Ein Missverständnis im Zusammenhang mit Geld hatte dazu geführt, dass er bei Callahan in Ungnade gefallen war, und von einem Tag auf den anderen wollte niemand mehr etwas von ihm wissen. Vergeblich hatte er versucht, die Sache mit dem Dickwanst in Ordnung zu bringen, aber Callahan war genauso unbeugsam wie geizig.

Es war eine Chance gewesen, wieder etwas Land zu sehen.

Der Job an sich war wie geschmiert gelaufen. Davey war stolz darauf, wie er und Lee ihn ausgeführt hatten. Schnell, effektiv und geräuschlos. Keine Zeugen oder andere Komplikationen. Sie waren nach Plan im Lagerhaus angekommen und hatten sie an den Stuhl gefesselt, ehe sie wieder zu Bewusstsein gekommen war.

Lebensmittel und Getränke waren schon eingekauft. Sie mussten sie nur unter Beobachtung halten, bis der Auftraggeber neue Anweisungen erteilte. Er hatte nicht gesagt, wie lange, aber das war auch nicht so wichtig. Sie hatten den schwierigen Teil bereits hinter sich gebracht.

Jedenfalls hatten sie das geglaubt.

Die Hölle brach in dem Augenblick los, als Lee das Klebeband von ihrem Mund entfernte.

Davey stieg aus dem Wagen und ging zu einem Gebüsch in der Nähe, um Wasser zu lassen. Er stand mit dem Rücken zu Portobello und starrte zu den Salisbury Crags hinauf, der Anhöhe, die man auf dem Weg zu Arthur's Seat passieren musste. Auf der anderen Seite des grünen, erloschenen Vulkans lag die Stadt und bereitete sich auf den Freitagnachmittag vor. Das hätte er auch gern getan. Ein oder zwei Pints im Pangborn's oder wo auch immer hätten Wunder gewirkt.

Irgendwo in der Nähe hörte er ein Telefon klingeln. Nach einiger Zeit wurde ihm klar, dass das Geräusch aus seinem Wagen kam. Erst stutzte er, denn so dumm, sein Handy mitzunehmen, konnte er doch nicht gewesen sein? Langsam dämmerte es ihm. In aller Eile hatte er die Tasche an sich gerissen, als er aus der Wohnung geflüchtet war.

Das Handy, das man ihm gegeben hatte, lag in der Tasche.

Erschrocken starrte Davey auf die Rückbank seines Wagens, wo das aufdringliche Klingeln fortfuhr. Als ob er beobachtet würde, blickte er nervös umher.

Er öffnete die hintere Tür und nahm das Telefon aus der Tasche. Hielt es vorsichtig in der Hand, als ob es sich um eine Handgranate handelte, die jeden Moment hochgehen könnte, und erwog, es weit von sich zu werfen. Aber etwas ließ ihn zögern. Er wusste, dass er nicht so wie bisher weitermachen konnte. Auf der Flucht zu leben, war keine langfristige Lösung. Er konnte nicht bis in alle Zukunft ständig über die Schulter blicken.

Schließlich drückte er auf den grünen Knopf.

»Hallo?«

»Hallo, Davey.« Die grobkörnige Stimme gehörte dem Mann, der ihn angeheuert hatte. »Du bist so schnell verschwunden. Ich dachte, ich gebe dir zwei Tage, damit du wieder zur Vernunft kommst.«

»Verflucht! Hast du Lee umgebracht?«

»Lee war ein Risiko«, sagte der andere. »Ihr zwei Idioten hattet *einen* verdammten Auftrag, und den habt ihr versaut. Ihr habt mich eine Menge Geld gekostet. Das weißt du auch, sonst wärst du ja nicht abgehauen. Der unbrauchbare Trottel hat's nicht anders verdient.«

»Und ich?«

»Nun, das kommt drauf an, Davey. Vielleicht kannst du ja immer noch ein Teil der Lösung sein, anstatt ein Teil des Problems.«

»Wie meinst du das?«

»Du kannst damit anfangen, mir zu erzählen, was passiert ist. Wie konnte sie entkommen?«

Davey schluckte. Dachte an den Tag in dem verlassenen Lagerhaus. Permanentes Gewimmer und Geheule, das sogar das Klebeband nicht verhindern konnte. Und wenn sie den Knebel entfernen mussten, wurde es noch schlimmer. *Bitte, ich muss aufs Klo. Ich kann nichts sehen. Ich kann nicht richtig atmen. Ich habe kein Gefühl mehr in den Händen. Bitte. Ich tue, was ihr wollt.* Ein einziges Genörgel. Wie ein verschüchtertes Kleinkind. Und dann Lee, außerstande, Distanz zu halten. Zwei Mahlzeiten und einen Toilettengang pro Tag, ansonsten Abstand wahren. So lauteten die Anweisungen.

»Lee ist ihr auf den Leim gegangen, das ist passiert«, sagte er. »Er hat sich von all dem Geheule täuschen lassen. Als er sie zum Klo führen sollte, hat er die Fesseln gelöst, und sie hat zugeschlagen wie eine Klapperschlange. Hat ihm fast ein Auge ausgekratzt und ihm in die Eier getreten, und dann hatte *ich* sie plötzlich über mir. Das ist kein gewöhnliches Mädchen – das kann ich dir versichern. Wir haben es gerade so geschafft, sie wieder zur Ruhe zu bringen.«

Lee war stinkwütend gewesen und hatte keine Rücksicht gezeigt. Davey musste ihn schließlich zurückhalten, weil er Angst hatte, dass Lee die Kleine umbringen würde.

Wobei … das hätte ihre Probleme vermutlich gelöst, dachte er.

»Sein Auge war verletzt, ich musste es mir daher ansehen«, sagte Davey. »Und in dem Moment ist sie plötzlich wieder wach geworden und aus dem Lagerhaus gestürmt. Ich habe versucht, sie einzuholen, aber sie ist von der Brücke gesprungen. Mitten in den Fluss. Ich war schon fast am Ufer, als das Paar mit dem Köter aufgetaucht ist.«

»Und da bist du abgehauen«, konstatierte der andere. »Und jetzt haben wir beide ein Problem, denn die Kleine ist im Krankenhaus und wird vermutlich bald wieder wach, wenn es nicht schon so weit ist. Und dann wird sie losplappern. Schlechte Nachrichten sowohl für dich als auch für mich.«

Davey sagte nichts, sein Gehirn jedoch schaltete in den

Modus, der ihm half, pragmatische Lösungen zu finden. Das konnte Davey gut.

»Ich deute dein Schweigen dahingehend, dass ich deine volle Aufmerksamkeit habe.«

»Was schlägst du vor?«, fragte Davey.

»Ist das nicht offensichtlich?«, fragte der andere. »Ich gebe dir die Chance, das von dir verursachte Chaos zu beseitigen. Sorg dafür, dass sie stumm bleibt.«

KAPITEL 29

Oslo

Trippestads Ermittlergruppe hatte als Basislager für die Arbeit mit dem Fall Ulriksen ein Besprechungszimmer ohne Fenster ausgewählt. Sie hatten zwei Whiteboards hereingerollt, die bis zum Rand mit Fotos, Notizen und Verbindungslinien zwischen Personen und Ereignissen vollgehängt waren. Auch an der Wand selbst hing diverses Ermittlungsmaterial. Auf dem langen Konferenztisch lagen Stapel mit Mappen und Fallunterlagen zwischen Laptops, halb ausgetrunkenen Kaffeetassen und leeren Tellern. Die beiden Türen zum Besprechungsraum waren stets geschlossen, um unerwünschten Einblick in die Ermittlungsarbeit zu verhindern.

Trippestad hatte Steffen damit beauftragt, Rachel in die Arbeit der Gruppe einzuführen, während er selbst zu einer Besprechung mit der Polizeiführung gefahren war.

Die Ehrenplätze auf der weißen Tafel wurden von den Zwillingen eingenommen. Neugierig betrachtete Rachel die Fotos der beiden. Die Porträts von Thomas und Henning Ulriksen stammten aus den Archiven der Polizei und waren vier beziehungsweise fünf Jahre alt. Im Prinzip glichen sie einander wie ein Ei dem anderen, doch es gab sichtbare Unterschiede wie etwa bei der Frisur oder der Länge des

Barts. Hennings Augen funkelten zudem mehr als die seines Bruders, der starr in die Kamera blickte.

Die beiden Porträts hingen über einer Reihe von Aufnahmen, die von ihren engsten Verbindungsleuten geschossen worden waren. Einer davon war Erik Ruud, dessen Bild mit einem roten Kreuz versehen war. Eine eigene Tafel war den Fotos und dokumentarischen Fakten über den Mord an dem Denunzianten gewidmet.

»Ich weiß, dass die Brüder Ulriksen eure Hauptverdächtigen sind, aber habt ihr auch mal andere Möglichkeiten in Betracht gezogen?«, fragte Rachel.

Steffen sah sie mit verständnislosem Blick an. »Wie meinst du das?«

»Ich wollte wissen, ob ihr euch auch andere Kandidaten angeschaut habt, die vielleicht Grund hatten, Ruud umzubringen.«

»Und wer sollte das sein?«

»Keine Ahnung, ich frage dich«, erwiderte Rachel. »Wir haben darüber gesprochen, dass Christian Brekke und Erik Ruud vielleicht von derselben Person erschossen wurden. In dem Fall sollten wir weiter nach möglichen Verbindungen suchen. Wenn die Zwillingsbrüder nicht der gemeinsame Nenner sind, dann kann vielleicht etwas anderes dahinterstecken.«

»Es gibt keinen anderen gemeinsamen Nenner als den, dass es derselbe Schütze gewesen sein *kann*. Und dann haben wir es bestimmt mit einer angeheuerten Person zu tun«, sagte Steffen. »Glaub mir, wir haben nach Verbindungen gesucht, aber die gibt es weder zwischen Brekke und Ruud noch zwischen Brekke und den Brüdern Ulriksen. Wenn du weiter in dem älteren Fall graben möchtest, da hinten in der Ecke liegt ein Karton mit Unterlagen. Aber das würde bedeuten, deine Zeit zu verschwenden, und ich sage dir auch, wieso.«

Steffen zog eine Mappe hervor und zeigte ihr ein Foto, bei dessen Anblick Rachel froh war, schon vor längerer Zeit zu Mittag gegessen zu haben.

Die durchnässte Leiche eines jungen und kräftigen Mannes lag auf dem Boden, nachdem sie bei Vippetangen aus dem Hafenbecken gefischt worden war. Seine Kehle war von einem Ohr zum anderen durchtrennt. Ein Zeitstempel verriet, dass das Foto vor vier Jahren aufgenommen worden war.

»Darf ich vorstellen: *Røffe*. Rolf-Erik Berg, Hehler und Schmuggler. Gehörte zum Schmugglersystem der Brüder, bevor er beschloss, selbst in das Geschäft einzusteigen.«

Exakt das Gleiche, was Erik Ruud getan hatte, ehe er im Winter zuvor festgenommen wurde.

»Der Mord hat die Brüder Ulriksen erst so richtig bekannt gemacht«, sagte Steffen. »Wie sich zeigte, waren sie ein Machtfaktor innerhalb der organisierten Kriminalität und rücksichtslos genug, ihre Interessen mit allen Mitteln zu verteidigen. Thomas Ulriksen hat den Mord in Auftrag gegeben. Er ist der Einzige in der Organisation, der die Position hat, derartige Entscheidungen zu treffen, und er zögert nicht, es auch zu tun.«

»Und wie ist er einer Anklage wegen Mord entgangen?«, fragte Rachel.

»Schwache Beweislage. Laut Ruud war es einer der Aufpasser der Brüder, der den Mord ausgeführt hat.« Steffen zeigte auf ein anderes Foto an der Tafel. Es zeigte einen kräftigen Mann mit dunkler Igelfrisur und Ohrringen.

»Frode Nyquist. Einer ihrer treuesten Anhänger. Kommt aus demselben Milieu im Ostteil der Stadt. Er ist loyal, gewalttätig und hat eine kurze Lunte. Kurze Zeit nach dem Mord an Røffe wurde er wegen schwerer Körperverletzung verhaftet. Ein paar andere Vergehen miteingerechnet, hat er zwei Jahre gesessen. Im April ist er entlassen worden.«

»Dann har er jedenfalls ein Alibi für den Mord an Ruud«, sagte Rachel.

Steffen grinste. »Die haben alle ein Alibi. Man könnte meinen, sie wussten vorher, dass sie es brauchen würden. Das von Nyquist ist allerdings hieb- und stichfest.«

Vermutlich hatten sie sich irgendwelcher Auftragsmörder bedient, weil die Brüder genau wussten, dass sie danach ins Suchscheinwerferlicht der Polizei geraten würden. Und der Betreffende durfte in keiner Weise mit ihnen in Verbindung gebracht werden.

»Und deswegen sollten wir uns mehr auf die Tatperson konzentrieren«, sagte Rachel. »Der Schütze kann in beiden Fällen den entscheidenden Beweis erbringen.«

Diana Bonet arbeitete als Handelsvertreterin für eine internationale Kosmetikfirma und leitete die Filiale in der Nedre Slottsgate, in unmittelbarer Nähe der Karl Johans gate. Sie hatte die Gastronomie nur wenige Monate nach Amandeep Kaur verlassen, gleich nach Abschluss ihres Marketingstudiums an der Osloer Wirtschaftshochschule BI.

Rachel hatte die Informationen über Bonet von deren LinkedIn-Profil bezogen, das auch einen detaillierten Lebenslauf enthielt. Das Profil war außerdem mit einem professionellen Foto versehen, das eine hübsche und lächelnde junge Frau mit hellbrauner Haut, kastanienbraunen Augen und langem, lockigem Haar zeigte. Äußerst anziehend, dachte Rachel.

Trotz mehrmaliger Versuche war es ihr allerdings noch nicht gelungen, sich mit Diana in Verbindung zu setzen. Sie hatte ihre Mobilfunknummer gewählt, Nachrichten hinterlassen und war sogar zu ihrer Wohnung in der Alnagate gefahren.

Rachel fand es eigenartig, dass eine Handelsvertreterin sich derart unerreichbar machte.

Schließlich hatte Rachel sich direkt an ihren Arbeitgeber gewandt und gefragt, ob jemand ihr einen Kontakt zu Diana Bonet vermitteln könne. Daraufhin wurde sie mit einer Büroleiterin verbunden.

Rachel erfuhr, dass Diana sich aufgrund eines Krankheitsfalls in der engsten Familie leider unverhofft habe freinehmen müssen. Offenbar war ein Elternteil ernsthaft erkrankt.

Ein bedauerlicher Vorfall, gewiss. Für Rachel allerdings auch frustrierend. Wäre sie misstrauisch gewesen, hätte sie sich natürlich über das Timing wundern können. Doch bis auf Weiteres konnte sie nichts anderes tun, als eine Nachricht zu hinterlassen und darauf zu hoffen, dass Diana sich bald meldete.

Schließlich fuhr sie nach Hause, um das Wochenende einzuläuten. Aus Gründen, die sie nun nicht mehr nachvollziehen konnte, hatte sie zugestimmt, sich mit ihrer Exfreundin Christina und deren neuem Verhältnis am Abend im Restaurant Statholdergaarden zu treffen. Sie hatte drei Stunden Zeit und überlegte, wie sie es überhaupt schaffen sollte, sich darüber klar zu werden, was sie anziehen sollte.

Ihr Zuhause war eine Zweizimmerwohnung in einem

alten, jedoch renovierten Wohngebäude in Bolteløkka. Einer dieser geschützten Winkel im Wirrwarr Oslos, der abgeschirmt vom Lärm der Großstadt lag, aber dennoch so zentral, dass Rachel nur zwanzig Minuten für einen Spaziergang in die Innenstadt brauchte.

Sie streifte die Schuhe ab, schenkte sich ein Glas Weißwein aus einer geöffneten Flasche im Kühlschrank ein und setzte sich aufs Sofa. Stellte fest, dass sie null Motivation für die Teilnahme an dem geplanten Abendessen hatte. Es würden auch andere da sein, doch überwiegend Menschen, mit denen sie kaum noch Kontakt hatte.

Hauptsächlich waren es Christinas Freunde.

Sie hatten sich bei der Arbeit kennengelernt. Rachel war eine junge, noch uniformierte Polizeibeamtin gewesen, Christina Sandberg war sieben Jahre älter und arbeitete als Polizeijuristin. Sie stammte aus einer piekfeinen Familie aus Bygdøy, war bisexuell und verheiratet mit einem Rechtsanwalt, mit dem sie einen Sohn hatte. Nicht der beste Ausgangspunkt für eine neue Liaison, aber beide hatten beschlossen, den schlechten Chancen zu trotzen. Ganz zu schweigen von dem Getratsche der Kollegen in der Polizeibehörde, als ihre Beziehung bekannt geworden war.

Allerdings war Rachel auf eine Art glücklich gewesen, die sie zuvor niemals erlebt hatte. Bis die Arbeit zu einem Problem wurde. Christina wechselte in den privaten Sektor, und Rachel fing bei der Kripo an. Zwei arbeitsreiche Karrieren, die sich in hohem Tempo in verschiedene Richtungen entwickelten. Dazu kam die Untreue. Eine kurze Affäre mit einem Kollegen, die laut Christinas Beteuerungen ein Fehltritt war und nichts zu bedeuten hatte.

Für Rachel allerdings schon.

Die Trennung war schmerzhaft und langwierig gewesen. Knapp zwei Jahre waren vergangen, seit Rachel aus der gemeinsamen Wohnung in Marienlyst ausgezogen war. Beide waren in ihrem Leben weitergegangen und inzwischen sogar in der Lage, auf zivilisierte Art miteinander umzugehen.

Sich allerdings auf ein Abendessen mit krampfhaft behaglicher Atmosphäre einzulassen, war etwas völlig anderes.

Rachel schickte eine SMS und bedauerte, absagen zu müssen, etwas sei bei der Arbeit aufgetaucht. Ihr war eine Idee gekommen, was sie tun könnte, gänzlich unwahr war die Nachricht also nicht.

Sie duschte und schminkte sich. Nahm sich Zeit, die Haare hochzustecken. Dann zog sie einen BH an, der ihre Brüste besonders betonte, sowie das schweineteure schwarze Kleid, das sie für besondere Anlässe gekauft hatte. Es war kurz, und das war nicht von Nachteil. Aus dem Schrank nahm sie ein Paar Schuhe mit hohen Absätzen und eine hübsche Lederhandtasche, die Platz für Handy, Geld, Haarbürste, Make-up, Dienstausweis und Pfefferspray bot.

Sie war angezogen für einen Abend an einem Ort wie dem Gemini.

KAPITEL 30

Edinburgh

Der halbvolle Mond hing am Abendhimmel, als Harinder im Krankenhaus ankam. Er hatte sich angeboten, die Nacht dort zu verbringen und Amandeep im Auge zu behalten, damit Jaspreet und Gurman ins Hotel fahren und sich ausruhen könnten. Nach all den durchwachten Nächten mussten sie völlig erschöpft sein. Sie wollten ihre Tochter nur ungern verlassen, obwohl es mit Amandeep immer weiter bergauf ging. Etwas früher am Tag war sie sogar für einen kurzen Moment wach gewesen.

Nachdem er den ganzen Tag untätig herumgesessen hatte, war Harinder froh, sich nützlich machen zu können. Er hatte versucht, Riddles Rat zu folgen und sich eine Auszeit zu nehmen, aber da der Fall die ganze Zeit weiter in seinem Kopf herumschwirrte, war das nicht einfach gewesen.

Er hatte Roisin Lawson angerufen und sich dafür entschuldigt, ihr Ärger verursacht zu haben. Er beendete das Gespräch mit der Frage, ob sie Zeit für ein Mittagessen habe. Das hatte sie, allerdings nur unter der Bedingung, dass er sie nicht über den Fall ausfragte.

Eine schwierige Bedingung, allerdings wurde aus dem Lunch ohnehin nichts. Lawson sagte im letzten Moment ab, weil sie glaubte, die Polizei hätte den Ort gefunden, an dem die Kidnapper Amandeep festgehalten hatten. Ein verlassenes Lagerhaus in Leith, nicht weit von der Stelle entfernt, wo sie gefunden worden war.

Abgesehen von einer kurzen Bestätigung in Form eines Fotos, das Amandeeps Rucksack zeigte, hatte er keine weiteren Details erfahren. Harinder grüßte den Polizisten, der in Amandeeps Krankenhausflügel Wache hielt und entdeckte seine Halbschwester in der Sitzecke nahe dem Zimmer seiner Nichte. Sie war allein und sagte, sie habe Gurman bereits zurück ins Hotel geschickt.

Jaspreet bedankte sich mit einer langen festen Umarmung und ließ ihn schwören, sofort anzurufen, sobald eine Veränderung einträte.

Harinder warf einen Blick in das Zimmer, in dem Amandeep lag, und setzte sich dann auf eines der Ledersofas im Wartebereich.

Sorg dafür, dass sie stumm bleibt.

Das hatte der Mann gesagt, als ob es die einfachste Sache der Welt wäre. Nicht einfach nur ein Leben auslöschen, sondern einen Menschen umbringen, der in einem der meistbesuchten Krankenhäuser der Stadt lag.

Natürlich war das völlig irre. Davey war kein Meuchelmörder, der umherlief und Menschen nach dem Gutdünken anderer abknallte. Es stimmte, in seinem relativ kurzen Leben hatte er schon viele verrückte Dinge getan. Er hatte andere verletzt, allerdings nicht, weil er es wollte. Sondern nur, weil die Umstände es hier und dort erfordert hatten, weil die Wahl gelautet hatte, entweder jemand anderen zu verletzen oder selbst verletzt zu werden.

Und wo ist jetzt der Unterschied?

Die Bedrohung seines Lebens und seiner Gesundheit war höchst real. Der Auftraggeber hatte Davey vor eine einfache Entscheidung gestellt: Sei ein Teil des Problems oder ein Teil der Lösung. Und die Lösung war, dass Amandeep Kaur nicht lange genug leben sollte, um jemanden identifizieren oder die Ereignisse jenes fatalen Tags bezeugen zu können.

Jetzt war es zu spät, seine Zustimmung zu dem Plan zu bereuen.

So gesehen fiel ihm die Wahl nicht schwer. Obwohl er gar nichts Persönliches gegen die junge Frau hatte, ging es letztlich entweder um sie oder ihn.

Sobald der Beschluss gefasst war, musste er darüber nachdenken, wann und wie der Auftrag ausgeführt werden sollte. Das Erste konnte leicht beantwortet werden: so bald wie nur eben möglich. Die Frage nach dem Wie war schwieriger. Es erforderte einen Plan, und er hatte nicht viel Zeit.

Nachdem er eine Weile nachgedacht hatte, rief er einen Kumpel an. Ewan Skinner war einer der größten Hehler der Stadt. In dem Glauben, dass es ihm eines Tages von Nutzen sein würde, sammelte er allen erdenklichen Schrott und war somit eine der Personen, die mehr oder weniger alles besorgen konnten.

»Du meine Güte, weißt du nicht, dass die Leute nach dir suchen?«, fragte Skinner, als er Daveys Stimme am Telefon hörte.

»Doch, ich weiß«, sagte Davey. »Ich muss dich um einen Gefallen bitten, Skinner. Kannst du mir helfen?«

»Kommt drauf an, worum es geht.«

»Hast du irgendwelches Krankenhauszeug bei dir herumliegen?«, fragte er. »Du weißt schon, weiße Kittel, Stethoskope und so weiter?«

Der andere fing an zu lachen. »Was um alles in der Welt willst du denn damit? Willst du ein Medikamentenlager überfallen, oder was?«

»So was in der Art«, sagte Davey und tat so, als erwidere er das Lachen.

»Das sieht dir ähnlich«, sagte Skinner. »Ich glaube, ich habe etwas, das du brauchen kannst. Sofern ich einen Anteil kriege, natürlich. Wann brauchst du es?«

»Sofort«, erwiderte Davey Milne.

KAPITEL 31

Oslo

Um nicht nach einem Parkplatz suchen zu müssen, nahm Rachel ein Taxi nach Grünerløkka. Es war noch früh am Abend. Das Gemini wäre somit gut besucht, aber nicht proppenvoll. Einige verlorene Seelen standen unter dem Heizstrahler im Außenbereich, um sich ihr Nikotin in die Lunge zu pumpen.

Der Türsteher ließ sie mit einem höflichen Nicken ein. Sein langer Blick ruhte auf ihrem Ausschnitt, als sie an ihm vorbeiging. Selbst mit einer dünnen Jacke über dem Kleid war es draußen zu kalt für ihr Outfit, aber hier drinnen war es mehr als warm genug. Die Beleuchtung war gedämpft. Alle Tische waren besetzt, an der langen Theke stand eine Gruppe Menschen. Rachel erkannte Bjørnar Aasen, der zusammen mit einer jungen Frau an der Bar bediente.

Weiter hinten im Lokal war ein DJ damit beschäftigt, seine Ausrüstung aufzubauen. Die Galerie im ersten Stock wirkte fast leer, doch Rachel zweifelte nicht daran, dass sich dies im Laufe des Abends ändern würde.

Rachel wartete so lange, bis Bjørnar am anderen Ende des Tresens beschäftigt war, ehe sie sich an die Barfrau wandte und einen Mojito bestellte. Die Frau hatte langes, rabenschwarzes Haar, einen Schmollmund und Tätowierungen, die große Teile ihrer Arme bedeckten, sowie zwei andere, die aus ihrem Hemdausschnitt herausragten. Das Hemd war schwarz, mit einem gestickten Gemini-Logo über der Brust.

»Kennst du vielleicht Amandeep, die hier gearbeitet hat?«, fragte Rachel und setzte ein entwaffnendes Lächeln auf.

Die Barfrau schüttelte den Kopf. Sie servierte den Drink, ohne erkennen zu lassen, dass sie etwas sagen wollte. Gab nur den Preis in ein Kartenterminal ein und stellte es vor Rachel auf die Theke.

»Was ist mit Diana? Kommt sie manchmal hier vorbei?«

Noch einmal schüttelte die andere den Kopf, ehe sie ihre Aufmerksamkeit einem anderen Gast zuwandte.

Rachel wusste, dass es keinen Zweck hatte, weiterzubohren, und zog sich in einen Bereich des Lokals zurück, wo sie die Angestellten beobachten konnte, die an diesem Abend ihren Dienst taten. Neben den beiden hinter der Bar zählte sie drei Kellnerinnen, die in der Restaurantsektion beschäftigt waren. Ihr Blick glitt über die Gesichter der Gäste. Wie sie feststellte, war der Promifaktor noch eher niedrig.

Sie genoss den Drink. Schaffte es gerade noch, einen Typen abzuweisen, der auf Beutezug war, ehe sie sich einen Kellner schnappen konnte, der Gläser einsammelte. Er war weitaus freundlicher und entgegenkommender als die Barfrau und stellte sich als Jonas vor.

»An eine Amandeep kann ich mich nicht erinnern, aber ich kenne Diana. Sie hat mir hier das Wichtigste beigebracht«, sagte er. »Ich habe sie eine Weile nicht gesehen, aber manchmal begegnen wir uns auch woanders. Sie und ihr Freund kommen nicht länger hierher.«

»Freund?«, sagte Rachel. »Weißt du auch seinen Namen?«

»Nur den Vornamen. Gjermund.«

Dann eilte er mit seinen leeren Gläsern weiter. Rachel nahm ihr Handy und loggte sich bei Facebook ein. Suchte nach Diana Bonet und rief ihr Profil auf, das für alle, die nicht auf ihrer Freundesliste standen, nicht einsehbar war. Die Freundesliste an sich war öffentlich, und Rachel fand nur eine Person mit dem Namen Gjermund unter den über vierhundert Kontakten. Gjermund Strand. Sein Profilbild zeigte einen Mann mit blondem Haar und Hipsterbart. Außerdem das Logo des Fußballclubs Odd.

Als Rachel ihn googelte, fand sie heraus, dass Gjemund Strand für die Versicherungsgesellschaft Gjensidige arbeitete und in der Bentsebrugate in Torshov wohnte. Gar nicht so weit weg.

Sie blickte gerade rechtzeitig vom Display auf, um einen neuen Gast eintreffen zu sehen. Er spazierte zielgerichtet durch das Lokal und die Treppe in den ersten Stock hinauf. Nickte freundlich den Gästen zu, die ihn unterwegs begrüßten. Ein großer Mann in gebügeltem Anzug. Sein hellblondes Haar war gelockt. Rachel hatte schon viele Bilder von ihm gesehen, begegnete ihm jetzt aber zum ersten Mal persönlich.

Thomas Ulriksen.

Gjermund Strand musste warten. Rachel bestellte einen neuen Drink und stieg die Treppe zur Galerie hinauf, wo sie auf große Teile des Lokals hinunterblicken konnte. Das Büro lag hinter einer Tür, die als PRIVAT gekennzeichnet war. Außerdem gab es dort zwei Toiletten. Es herrschte reger, wenngleich nicht übermäßiger Verkehr. Auffallend viele Gäste zogen auf dem Weg aus der Toilette die Nase hoch, wie Rachel bemerkte.

Die Bürotür wurde geöffnet. Die blonde Frau, die herauskam, trug das gleiche schwarze Hemd wie die anderen von der Belegschaft. Vielleicht war das Annie Moss, die Erik Ruud als Geschäftsführerin gefolgt war? Rachel interessierte sich allerdings mehr für das, was sie in dem Augenblick sah, als die Tür geöffnet wurde.

Thomas Ulriksen unterhielt sich mit einem anderen Mann. Ein Typ in einem seidenglatten grauen Anzug, der sich über seinen fitnessstudiogestärkten Armen straffte. Solariumbraune Haut und ein goldenes Medaillon um den Hals, halbwegs verdeckt von dem Hemd, dessen drei oberste Knöpfe offen standen.

Rachel erkannte ihn. Frode Nyquist, der Mann, der angeblich ein Messer in Rolf-Erik »Roffe« Berg gestochen hatte.

Ulriksen gestikulierte mit den Armen, derweil Nyquist ruhig stehen blieb und zuhörte. Mehr konnte sie nicht sehen, bevor die Tür wieder geschlossen wurde.

Rachel stellte ihr Glas auf einem Tisch ab und ging wieder hinunter. Sie suchte nach der Frau, die gerade das Büro verlassen hatte, und fand sie an einem Ende der Bar. Sie hatte sich hingesetzt, anscheinend einen Kaffee serviert bekommen, und wechselte ein paar Worte mit der jungen Barfrau.

Du kannst *also reden,* dachte Rachel.

Sie manövrierte sich durch die langsam größer gewordene Gruppe nahe der Theke und fand eine Nische mit zwei Hockern. Annie, falls es sich um sie handelte, saß auf einem davon. Sie musste ungefähr so alt wie Rachel sein, Mitte dreißig. Das blonde Haar war zu einem Pferdeschwanz gebunden, doch der Haaransatz verriet, dass die Farbe nicht echt war.

»Bist du Annie?«, fragte Rachel.

Die Frau sah sie skeptisch an und nickte dann.

»Mein Name ist Rachel. Ich bin ...«

»Polizistin«, sagte Annie. »Dieselbe, die neulich mit Bjørnar gesprochen hat?«

Rachel blieb nichts anderes übrig, als zu nicken. Wenn es jemandem so leichtfiel, eine Polizistin in Zivil zu identifizieren, musste sie reichlich Erfahrung gesammelt haben.

»Bjørnar hat erzählt, dass du nach Amandeep gefragt hast. Wenn das der Grund ist, aus dem du hier bist, dann habe ich nichts hinzuzufügen«, sagte Annie. »Ich habe schon genug damit zu tun, die im Auge zu behalten, die hier arbeiten. Da kann ich nicht obendrein noch die verfolgen, die hier schon längst aufgehört haben.«

»Es ist dir also egal, dass sie mit schweren Verletzungen in einem Krankenhaus in Schottland liegt?«

»Natürlich ist es mir nicht egal. Aber was hat das mit uns hier zu tun?«

»Amandeep hat zugegeben, dass sie eine Affäre mit einem Arbeitskollegen hatte. Du weißt nicht zufällig, wer das war?«

Annie lachte leise und nahm einen Schluck Kaffee. »Die meisten, die hier arbeiten, sind jung. Die hüpfen alle miteinander ins Bett. Und solange sich das nicht auf die Arbeit auswirkt, halte ich mich raus.«

»Könnte es Erik gewesen sein?«, mutmaßte Rachel.

»Äußerst zweifelhaft«, erwiderte Annie. »Er war bestimmt nicht ihr Typ.«

»Und wer war ihr Typ?«

»Gute Frage. Darüber habe ich selbst schon nachgedacht«, sagte Annie und grinste. »Falls sie zu jemandem hier ein Verhältnis hatte, dann war das ein gut gehütetes Geheimnis. Tut mir leid, ich weiß nicht, worauf du eigentlich hinauswillst, aber ich kann dir nicht helfen.«

Rachel richtete den Blick wieder auf die junge Barfrau. Beide waren sehr überzeugend darin, so zu tun, als ob sie gar nicht existierte.

Rachel hätte einen Tipp gebrauchen können, andererseits hatte ihre kleine Kneipentour durchaus etwas gebracht. Einen aktuellen Einblick in Amandeeps ehemaligen Arbeitsplatz, Thomas Ulriksens kurzen Auftritt und die Informationen über Diana Bonets Freund. Letzterer würde ihr helfen können, mit Diana in Kontakt zu kommen, und dann wäre sie hoffentlich etwas näher an der Antwort auf die Frage, wer Amandeep Kaurs heimlicher Liebhaber gewesen war.

Rachel verließ das Gemini und hielt draußen nach einem Taxi Ausschau. Eine lange Reihe von Fahrzeugen mit leuchtenden Schildern auf dem Dach wartete am Halteplatz Trondheimsveien. Sie wollte gerade die Straße überqueren, als sie spürte, dass sich ihr jemand von hinten näherte. Sie drehte den Kopf und stand Thomas Ulriksen von Angesicht zu Angesicht gegenüber.

»Haben Sie bekommen, wonach Sie gesucht haben?«, fragte er.

Rachel registrierte, dass er sie von Kopf bis Fuß musterte.

»Nettes Restaurant«, sagte sie.

»Ja, es gefällt uns«, sagte er und setzte ein Lächeln auf. »Wer sind Sie? Sie sind nicht eine aus Trippestads fester Gruppe, wie ich sehe. Wird das Personal vielleicht gerade ausgewechselt? Sind etwa nicht alle zufrieden mit den Ergebnissen?«

»Ich weiß nicht, wovon Sie reden«, sagte Rachel. »Ich ermittle zu dem Überfall auf Amandeep Kaur. Erinnern Sie sich an sie?«

»Natürlich erinnere ich mich«, sagte Thomas. »Tut mir leid, zu hören, was passiert ist. Aber jetzt ist es ja schon eine Weile her, dass sie hier gearbeitet hat, da kann Ihnen niemand mit Informationen dienen.«

»Das würde ich gern selbst beurteilen. Wie gut kennen Sie sie?«

»Sie war eine von vielen Mitarbeiterinnen, und seit sie aufgehört hat, habe ich sie nicht mehr gesehen«, sagte Thomas. »Das tägliche Geschäft, den Kontakt mit den Angestellten und so weiter überlasse ich anderen.«

»Stimmt. Sie interessieren sich nur für die Geldwäsche.«

Ulriksen schien nicht provoziert zu sein.

»Ich kann Ihnen versichern, dass die Geschäfte, denen mein Bruder und ich nachgehen, vollkommen legal sind«, sagte er. »Die alten Räuberpistolen sind nichts anderes als Übertreibungen. Inzwischen leben wir ein ruhiges Familienleben, bezahlen unsere Steuern und beteiligen uns, wenn in der Nachbarschaft ein Gemeinschaftsprojekt ansteht.«

»Musterbürger, sozusagen?«

»Genau«, erwiderte Thomas Ulriksen und zwinkerte ihr zu. »Ich wünsche Ihnen noch einen schönen Abend. Schickes Kleid übrigens.«

Er ging zurück ins Gemini, während Rachel die Straße überquerte und auf den Taxistand zutrat.

Zehn Minuten später schloss sie die Tür zu ihrer Wohnung in Bolteløkka auf. Ging in die Küche, um sich ein Glas Wein einzuschenken, und registrierte im selben Moment Autoscheinwerfer vor dem Gebäude sowie das Geräusch eines Motors im Leerlauf. Schnell warf sie einen Blick aus dem Fenster.

Konnte gerade noch eine Gestalt in grauem Anzug sehen, die in einem schwarzen Porsche davonfuhr.

Ein kalter Schauer lief ihr den Rücken hinunter.

Es war derselbe seidenglatte graue Anzug, den Frode Nyquist getragen hatte.

KAPITEL 32

Edinburgh
Samstag, 26. Oktober

Harinder war auf dem Sofa eingedöst. Er blickte auf die Uhr und sah, dass es kurz vor eins in der Nacht war. Es war ruhig in diesem Flügel des Krankenhauses. Die meisten Patienten schliefen, und der Bereich lag abseits der Notaufnahme. Keine Ärzte oder Krankenpfleger, die durch die Gänge eilten. Tatsächlich war so gut wie niemand zu sehen.

Harinder gähnte und streckte sich. Vielleicht war es ja keine schlechte Idee gewesen, ein wenig zu schlafen, aber nach dem Nickerchen auf dem Sofa waren Rücken und Nacken etwas steif geworden. Eine ganze Nacht würde er hier nicht durchhalten. Da konnte er genauso gut wach bleiben, aber dafür brauchte er Kaffee und Zigaretten. Und angesichts der ruhigen Gesamtsituation hatte er das Gefühl, sich eine Kippe im Freien gönnen zu dürfen.

Er holte sich einen Kaffee aus dem Automaten im Foyer. Der Polizist, der in Amandeeps Flügel Wache schob, saß auf einem Stuhl nahe beim Empfang und unterhielt sich mit der diensthabenden Krankenschwester. Harinder nahm den nächstgelegenen Ausgang.

Es war eine etwas kühle Oktobernacht. Der Himmel war klar und voller Sterne. Auf dieser Seite der Stadt herrschte völlige Stille. Harinder zog sein Handy hervor, um nachzusehen, ob es Neuigkeiten über das Lagerhaus gab. Aber Lawson hatte keine neue Nachricht geschickt, und von Lundberg in Oslo war auch nichts gekommen.

Harinder bemerkte einen Mann, der sich dem Eingang zu Fuß näherte. Er trug ein grünes Hemd und grüne Arbeitshosen unter dem langen weißen Arztkittel. Stethoskop um den Hals. Schirmmütze mit dem Logo des Fußballclubs Hibernia auf dem Kopf und ein paar ausgetretene Joggingschuhe an den Füßen.

Harinder rauchte weiter, derweil sein Gehirn zu entschlüsseln versuchte, was falsch an dem Bild war, das er gerade gesehen hatte.

Das Royal Infirmary hatte mehrere Eingänge. Davey suchte den aus, der um diese Tageszeit vermutlich am ruhigsten war. Da er früher sowohl Patient als auch Angehöriger in diesem Krankenhaus gewesen war, kannte er sich gut aus.

Die einzige Person, die er auf dem Weg hinein gesehen hatte, war ein Dunkelhäutiger, der in der Ecke stand und dem »Rauchen verboten«-Schild trotzte.

Er wusste nicht, wo sich das Mädchen befand, ging aber davon aus, dass sie in einem Flügel im Umkreis der Notaufnahme untergebracht war. Wahrscheinlich in einem der Zimmer, die für die Beobachtung von Patienten genutzt wurden. Allerdings konnte er nicht nachfragen, ohne unnötige Aufmerksamkeit auf sich zu ziehen, und musste daher geduldig sein und diskret vorgehen.

Davey stopfte sich die Schirmmütze in die Kitteltasche, ehe er das Foyer betrat. Registrierte sein Spiegelbild im Fenster und fuhr sich mit der Hand durchs Haar, um seine Mähne aufzulockern. Als er bei Skinner gewesen war, um die Ausrüstung abzuholen, hatte er sich das Gesicht gewaschen, die Haare gekämmt und die Bartstoppeln entfernt.

Skinner hatte geliefert. Er hatte sogar eine Zugangskarte für das Krankenhaus, die Davey sich an die Brusttasche heften konnte. Vermutlich war sie nicht mehr aktiv, aber es ging primär darum, sie vorzuzeigen. Es verstärkte den Eindruck, dass er zum Krankenhaus gehörte.

In der Kitteltasche lag ein Messer. Nicht groß, aber scharf. Perfekt für sein Vorhaben. Ein schneller Schnitt durch die Halsschlagader, und die Kleine würde überhaupt nichts spüren.

Die erste mögliche Komplikation war der Polizist, der nahe beim Empfang saß, vor dem Eingang zu einem der Flügel. Die Krankenschwester, die Dienst am Empfang hatte, konnte auch zu einem Problem werden, falls sie anfing, Fragen zu stellen.

Doch sie warf nur einen kurzen Blick auf ihn, ehe sie aufstand und in den Gang verschwand, den der Polizist bewachte. Bestimmt ein Patient, um den sie sich kümmern musste.

Davey bemerkte, dass der Polizist ihn anstarrte. Davey dachte an all die arroganten Ärzte, die ihm je begegnet waren, nickte dem Polizisten kurz zu und trat hinter den Empfangstresen, als ob es die natürlichste Sache der Welt wäre. *Die Menschen glauben in der Regel das, was die Augen sehen,* hatte er einmal gelernt. Siehst du einen Mann, der in einem Krankenhaus wie ein Arzt gekleidet ist, siehst du einen Arzt.

»Viel zu tun?«, fragte der Polizist.

»Tja, Wochenende«, erwiderte Davey und lächelte, während seine Augen gleichzeitig die Tischplatte abscannten.

Er suchte nach einem Zimmerplan oder Ähnlichem. Was er fand, war ein Medikamentenplan für die Patienten in diesem Flügel.

»Ich weiß, was Sie meinen«, sagte der Polizist, der etwa Ende vierzig war. Der Typus, der sich während der Nachtwachen langweilte und sich gern unterhielt.

Der Name *A. KAUR* stand auf dem Plan, mit der Angabe von Medikamenten, die zu bestimmten Zeiten verabreicht werden sollten.

Zimmer D-124.

Der D-Flügel lag in derselben Richtung, in die die Krankenschwester gerade enteilt war. Davey ließ den Polizisten zurück und folgte den Zimmernummern an den Türen im Gang. D-124 lag gleich um die Ecke von einem leeren Warteraum.

Die Tür war angelehnt. Vorsichtig schob er sie weiter auf. Blickte in das Zimmer, wo sich ein einzelnes Bett hinter einem geöffneten Vorhang befand. Unmittelbar erkannte er das Gesicht der dunkelhäutigen Frau mit dem teilweise bandagierten Kopf. Sie schien friedlich zu schlafen.

Davey spürte seinen Puls ansteigen. Seine Finger liebkosten den Messergriff in seiner Kitteltasche.

Sie wird überhaupt nichts spüren, wiederholte er für sich selbst.

Ehe ihm das Ganze plötzlich als purer Irrsinn erschien. Überall würde Blut sein. Er würde entdeckt und geschnappt werden. Wie lange konnte er seine Tarnung aufrechterhalten? Und wie weit würde er mit blutbefleckter Kleidung kommen?

Andererseits würde er tot sein, wenn er den Auftrag nicht durchführte.

Er atmete tief durch. Entdeckte eine weitaus weniger blutige Alternative, als er das Kissen im Schrankfach liegen sah. Er nahm es heraus und trat ans Bett. Machte sich bereit, es ihr aufs Gesicht zu pressen, als sie plötzlich die Augen öffnete und ihn direkt anstarrte.

Die Maschine, die ihren Herzrhythmus überwachte, fing wild zu piepen an.

KAPITEL 33

Es waren die Schuhe.

Harinder war schon genügend Krankenhausärzten begegnet, um zu wissen, welche Schuhe sie bei der Arbeit trugen. Holzschuhe, Crocs, Sandalen. Es gab viele Varianten, doch stets handelte es sich um einfache und bequeme Hausschuhe.

Sie liefen nicht in ausgetretenen und verdreckten Joggingschuhen herum.

Vielleicht auf dem Weg *zur* Arbeit, aber da wiederum trugen sie keine Krankenhausmontur. Sie zogen sich vor und nach der Arbeit um. Der springende Punkt war ja, dass die Kleidung steril sein sollte.

Er schnippte die Kippe weg und rannte hinein. Der Polizist im Foyer war von seinem Stuhl aufgestanden und blickte nachdenklich durch die Glasscheibe der Tür zum D-Flügel.

»Haben Sie ihn gesehen?«, fragte Harinder.

»Wen denn?«

»*Den Arzt!*«

»Ja, er ist gerade hineingegangen.« Der Polizist zeigte auf den Gang. »Wieso?«

Die Frage blieb unbeantwortet. Der Lärm war zu hören,

sobald Harinder die Tür geöffnet hatte. Die frenetisch piepende Maschine. Das Geräusch von etwas Hartem, das auf dem Boden aufschlug. Eine schreiende Frau, gefolgt von einem Mann, der ein tiefes, gutturales Brüllen ausstieß.

Harinder und der Polizist stürzten hinein. Im selben Moment tauchte ein Krankenpfleger aus einem anderen Zimmer in der Nähe auf. Noch ehe einer von ihnen Amandeeps Zimmer erreicht hatte, tauchte der Mann, den Harinder zuvor gesehen hatte, in der Türöffnung auf. Ohne Schirmmütze, doch mit einer großen roten Wunde über dem einen Auge. Sein Gesicht war zu einer Grimasse verzogen, während er sich am Türrahmen festhielt und versuchte, einen Fuß über die Schwelle zu setzen. Er sah aus, als ob ihn etwas festhielt.

Oder jemand.

In seinem Schlepptau, fest an einem seiner Beine hängend, war Amandeep. Sie klammerte sich mit beiden Armen an ihn, in ihrem Blick lag etwas Wildes.

»Lass mich los, verflucht!«

Das kam von Davey, der zweifellos versuchte, seinen Job zu Ende zu bringen.

»Rufen Sie Verstärkung!«, rief Harinder dem Polizisten zu, der unmittelbar eine Meldung über Funk rausschickte.

Harinder stürzte sich direkt auf Milne. Rammte ihm so fest es ging die Schulter in die Brust, um den Angreifer von Amandeep wegzubekommen. Die Wucht des Aufpralls ließ beide zu Boden stürzen. Und erst in diesem Moment, löste Amandeep ihren Griff.

Harinder versuchte, Davey unter Kontrolle zu bekommen. Sie rollten auf dem Boden herum. Der andere hatte nicht vor, kampflos aufzugeben. Harinder konnte knapp einem Kopfstoß ausweichen.

Milne war stark und verzweifelt, und er hatte eine Menge schmutzige Tricks auf Lager. Er zog Harinder an den Haaren, biss ihn und versuchte, ihm die Daumen in die Augen zu pressen. Harinders Lust, den Mann zum Krüppel zu schlagen, wurde stärker. Seine Wut darüber, dass dieser Typ gekommen war, um Amandeep etwas anzutun, kochte immer höher.

Schließlich bekam Harinder einen Ellbogen gegen das Kinn gedonnert, und Davey Milne hatte plötzlich mehr Bewegungsspielraum. Er drehte sich herum, rappelte sich auf und zog ein Messer aus der Kitteltasche. Damit ging er auf den Polizisten los, der jäh zurückwich, als die Klinge seine Brust streifte.

»Bleibt, wo ihr seid!«, rief Milne und fuchtelte mit dem Messer herum.

Dann eilte er den Gang hinunter. Andere vom Krankenhauspersonal waren zur Hilfe geeilt, gingen dem Mann mit dem Messer aber aus dem Weg, als er auf sie zugestürzt kam.

Der Polizist rannte Milne hinterher. Auch Harinder wäre dem Mann gern hinterhergejagt, wenn da nicht die Frau gewesen wäre, die direkt hinter ihm auf dem Boden saß. Amandeep drohte, jeden Moment umzukippen, und Harinder schaffte es gerade noch, sie aufzufangen, ehe ihr Kopf den Boden berührte.

Als er wieder aufblickte, war Davey Milne verschwunden.

KAPITEL 34

»Der Verdächtige ist bewaffnet und gilt als gefährlich.«

So lautete die über Funk herausgegebene Warnung. Sämtliche Polizeibeamte, die an der Jagd auf Davey Milne teilnahmen, sollten mit schusssicherer Weste und Dienstpistole ausgerüstet sein.

DS Roisin Lawson verfolgte die Kommunikation über Funk, als sie von ihrem Zuhause in Portobello losfuhr. Nachdem sie durch die Nachricht über die Geschehnisse im Krankenhaus geweckt worden war, hatte sie sich in aller Eile angezogen. Ganz bestimmt hatte sie in der Hektik den einen oder anderen Hemdknopf übersehen, aber das Wichtigste war, loszufahren, um an der Jagd teilzunehmen.

Ihr Hauptverdächtiger war im Krankenhaus aufgetaucht und hatte versucht, das Opfer zu beseitigen. Dass ihm dies nicht gelungen war, lag nicht am Eingreifen der Polizei. Der Beamte, der zur Bewachung abgestellt war, hatte anscheinend in der Dienstzeit geschlafen. Roisin war wütend.

Und dennoch musste es sich beim Angriff auf Amandeep Kaur um eine verzweifelte, ja geradezu kopflose Aktion gehandelt haben.

Zum Glück war Harinder Singh zur Stelle gewesen. Was

Lawson keine bessere Laune verschaffte. Egal, wie sehr sie versuchten, ihn auf Distanz zu halten, hatte dieser Kerl die nervtötende Fähigkeit, sich ins Zentrum der Geschehnisse zu drängen. Und Lawson hatte permanent den Eindruck, ihm hinterherzurennen.

Womöglich war es an der Zeit, die eigene Strategie zu überdenken, dachte sie. Wie hatte James Riddle doch so gern gesagt? Besser jemand, der innen steht und hinauspisst, als jemand, der außen steht und hereinpisst.

Portobello lag nicht weit vom Krankenhaus entfernt, stattdessen steuerte sie jedoch auf Holyrood Park zu. Die letzte Meldung über Funk hatte gelautet, dass der Verdächtige sich in einem weißen Toyota Kleintransporter befand und über die Dalkeith Road auf die Innenstadt zubewegte. Der schachmatt gesetzte Polizeibeamte hatte Milne in einen Wagen steigen sehen, der in unmittelbarer Nähe des Krankenhauses abgestellt war.

Es war mitten in der Nacht und es herrschte nur wenig Verkehr. Davey Milne fuhr offenbar wie ein Irrer und war laut einer Funkmeldung bereits über einen Gehsteig gebrettert, um einem entgegenkommenden Streifenwagen auszuweichen. Schon bald würde er den Teil der Stadt erreicht haben, wo nachts viele Menschen in den Kneipen unterwegs waren. Sein Fahrstil könnte eine Gefahr für die Menschen bedeuten.

Über Funk hörte Lawson, wie Kollegen von der Polizeistation St Leonard's versuchten, Straßensperren an strategischen Punkten der Gegend zu errichten. Das Ziel war, Milne von der Innenstadt fernzuhalten. Lawson hielt Kurs auf Southside, um sich dort zu positionieren, falls er an den Straßensperren vorbeikäme.

Ihr Handy vibrierte und leuchtete auf dem Beifahrersitz auf. DCI Millar.

»Ich bin auf dem Weg zum Krankenhaus«, sagte er. »Können wir uns dort treffen? Wir brauchen Aussagen von allen Zeugen.«

»Kann das nicht warten?«, sagte sie. »Ich bin mitten in der Jagd nach dem Verdächtigen.«

»Sämtliche verfügbare Einheiten halten Ausschau nach ihm. Wir haben Straßensperren eingerichtet und Hubschrauber angefordert. Das sollte doch ausreichen«, sagte Millar.

Roisin musste sich zusammenreißen, um nicht laut zu fluchen. Sie war es so leid, sich mit Routineaufgaben abgeben zu müssen. Leid, ständig ins Hintertreffen zu geraten.

»Man wird fragen, wie er in das Krankenhaus hineinkommen konnte«, sagte sie. »*Wir* sollten zur Stelle sein, wenn diesem Ganoven die Handschellen angelegt werden. Unser Fall, unser Fang. *Sir.*«

Die politische Perspektive. Das Schweigen am anderen Ende der Leitung zeigte, dass ihre Worte Wirkung taten.

»In Ordnung«, sagte Millar schließlich. »Halt mich auf dem Laufenden. Und sei vorsichtig, okay?«

Das nächste Update über Funk kam von einer Einheit, die gerade den weißen Kleintransporter in der Dalkeith Road überholt hatte. Der Versuch, dem Verdächtigen den Weg abzuschneiden, war missglückt. Er war von der Hauptstraße abgebogen und in eine Querstraße gefahren, die in ein Wohngebiet hineinführte.

Der Helikopter war in der Luft. Roisin konnte das Geräusch der Rotorblätter in der Ferne hören.

Neuer Bericht: Der Verdächtige war nahe der Universität

in eine Sackgasse gefahren. Jetzt setzte er die Flucht zu Fuß fort. In Richtung The Meadows und Altstadt.

Roisin bog unerlaubterweise nach links ab, streifte eine Bordsteinkante und fuhr die Pleasance zur Cowgate hinunter. Da Milne sein Fluchtauto ins Abseits manövriert hatte, versuchte er wahrscheinlich, ins Zentrum der Stadt zu kommen, wo er leichter untertauchen könnte.

Die Cowgate war nicht nur eine zentrale Straße, die das Herz der Altstadt durchschnitt. Mit ihrer reichen Auswahl an engen Gassen und zweifelhaften Bars war sie für Davey Milne auch ein möglicher Zielort.

Während Lawson die aktuelle Lage über Funk verfolgte, spähte sie nach links und rechts und bewegte sich weiter die schmale Straße hinauf. Keine Spur von Milne, und der Polizeihelikopter, der am Himmel über The Meadows kreiste, hatte ihn noch nicht wiederentdeckt, seitdem er im Park verschwunden war.

Schließlich kam sie ans Ende der Straße. Doch anstatt den Kreisverkehr zu umrunden und zurückzufahren, bog sie in die Candlemaker Row ein, die am Kirchhof Greyfriars entlangführte. Nach einem weiteren unerlaubten Manöver war sie in der Chambers Street. Sie verlief parallel zur Cowgate, war nur etwas höher gelegen.

Und da war er.

Etwa fünfzig Meter vor ihr kam ein Mann in Arztkleidung aus einer engen Gasse herausgeeilt, gleich hinter dem schottischen Nationalmuseum. Er fuchtelte im Laufen mit den Armen und rannte beinahe zwei junge Frauen über den Haufen, als er ihren Weg kreuzte.

Er hielt Kurs auf die Treppe in der engen Passage auf der anderen Seite der Straße. Roisin wusste, dass die Treppe ihn hinunter zur Cowgate führen würde. Sie hatte also recht gehabt.

Sie drückte das Gaspedal durch und fuhr so dicht wie möglich an die Treppe heran. Dann bremste sie, nahm ihre Dienstwaffe und setzte die Jagd zu Fuß fort. Als sie die ersten Stufen hinter sich hatte, sah sie, wie sich der Gesuchte der Cowgate näherte und hinter der nächsten Ecke verschwand.

KAPITEL 35

Sein Herz hämmerte so heftig in der Brust, dass Davey schon glaubte, es werde explodieren. Jeder Atemzug verursachte einen stechenden Schmerz, der sich von der Brust bis in den Bauch zog. Sein Mund war so trocken, dass sich sein Speichel ganz zäh anfühlte. Er war schweißgebadet, konnte sich nicht erinnern, wann er zuletzt so viel gelaufen war. Und hatte weder mit dem Tempo noch mit den Kräften gespart, wie er jetzt zu spüren begann. Die Muskeln in den Oberschenkeln schmerzten.

Aber stehen bleiben kam nicht infrage. Solange er noch ein Minimum an Kräften zur Verfügung hätte, würde er sich zwingen, weiterzumachen. Denn jetzt befand er sich in vertrauter Umgebung. In diesen schmalen Gassen und engen Durchlässen müsste er einen Vorteil haben.

Jedenfalls war es das, wovon er sich zu überzeugen versuchte.

Er hatte die Cowgate überquert und war jetzt auf dem Weg hinauf zum Old Fishmarket Close. Eine Gasse, in der es absolut nichts gab und in der um diese Tageszeit keine Menschseele anzutreffen war. Aus diesem Grund hörte er die Schritte auch deutlich hinter sich. Harte Absätze, die schnell auf das Pflaster trafen. Schneller, als er sich bewegte, wie es schien, und jetzt musste er auch noch mit der Steigung kämpfen.

Das Atmen fiel ihm schwer.

Davey erreichte das Ende des Durchschlupfs und befand sich in der High Street, mitten auf der Royal Mile. Wo die Touristen und Feierwütigen bis weit in die Nacht hinein auf der Straße flanierten. Wo endlich wieder Menschen waren und wo die Rufe und Schreie von betrunkenen Jugendlichen das meiste übertönten.

Er schälte sich aus dem weißen Kittel und warf ihn weg, erst jetzt wurde ihm klar, wie lächerlich er ausgesehen haben musste. Dass es draußen kühl war, merkte er nicht.

Er lief weiter die High Street entlang, musste bis hinunter zum Jackson Close, um zu einer neuen Gasse zu gelangen, die ihn verstecken und gleichzeitig zum neuen Teil der Stadt hinunterführen könnte. Er blickte über die Schulter, ohne erkennen zu können, wer ihn verfolgte. Es gab viel zu viele Menschen in unmittelbarer Nähe, was nicht unbedingt von Nachteil war. In der Ferne hörte er Polizeisirenen und das Geräusch eines Hubschraubers.

Am Jackson Close blieb er einen Augenblick stehen. Die Beine wollten ihm nicht länger gehorchen. Er keuchte, während er sich mit einer Hand an der Hauswand abstützte. Beugte sich tiefer hinunter und übergab sich. Ein junges Paar kam in der Dunkelheit an ihm vorbei und kicherte, vermutlich kamen sie aus einer der nachts geöffneten Bars in der Cockburn Street. Sie mussten glauben, dass er stinkbesoffen war.

»Verfluchte Scheiße …«, stöhnte er.

Dann hörte er abermals das Geräusch, das ihm schon beim Überqueren der Cowgate aufgefallen war. Die harten, rhythmischen Schritte auf dem Kopfsteinpflaster. Er musste weiter. Durfte nicht aufgeben.

Das Problem bestand nur darin, die Füße wieder in Gang zu setzen.

Er stapfte weiter. Die Straße führte jetzt bergab, das war leichter. Er schlüpfte in den Fleshmarket Close, einen weiteren Durchgang mit einer langen und unebenen Treppe. Es war stockdunkel. Die beiden Pubs, die sich in der Gasse befanden, hatten schon seit Stunden geschlossen. Als er zum Ende der Treppe kam, war er in der Market Street, gleich neben dem Bahnhof Waverley.

Da tauchte der Mann mit dem langen Mantel und der Schiebermütze auf.

Davey hörte das Geräusch der Schritte, die sich hinter ihm die Treppe hinunterbewegten, und versuchte, seine Kraftreserven zu aktivieren, als ihm diese Gestalt plötzlich in den Weg trat. Davey blickte sie erstaunt an. Erkannte das Gesicht unterhalb der Kopfbedeckung und fragte sich, wie es möglich war, dass *er* ihn gefunden hatte.

Dann sah er die lange gebogene Messerklinge.

Die Schritte ertönten weiter auf der Treppe, und Davey verspürte plötzlich eher das Bedürfnis, nach Hilfe zu rufen, als zu fliehen. Er öffnete den Mund, um zu protestieren, und hob zur Verteidigung die Hände, aber der andere war zu schnell. Davey spürte kaum etwas, als das Messer seine Pulsader am Hals durchtrennte und in seinen Bauch stach.

Zwei schnelle, präzise Schnitte, ohne viel Blut. Er wusste, dass das Blut erst später fließen würde. Nachdem er kollabiert wäre und jedes Gefühl im Körper verloren hätte. Dann aber würde es nur so spritzen.

KAPITEL 36

Roisin Lawson erreichte das Ende der Treppe und sah den Mann zusammengekrümmt auf dem Boden liegen. Um seinen Körper bildete sich eine stetig größer werdende Blutlache.

Sie war verwirrt und gleichermaßen wachsam. Sah mehrere Personen in der Nähe, ein paar verstreute Gestalten, die am Bahnhof herumlungerten. Jemand entfernte sich, andere näherten sich voller Neugier, um nachzusehen, was passiert war. Sie musste den Dienstausweis und die Waffe zücken, um die Menschen auf Abstand zu halten.

Sie beugte sich hinunter, um die Person auf dem Boden in Augenschein zu nehmen. Davey Milnes Augen waren geöffnet, aber der Funke des Lebens hatte sie längst verlassen.

KAPITEL 37

Oslo

»Da ist er also einfach in Arztmontur ins Krankenhaus marschiert?«

Rachel hatte noch im Bett gelegen, als Harinder sie aus Schottland anrief. Es war halb neun am Samstagmorgen. Untypisch spät für sie. Die beiden Mojitos, die sie im Gemini getrunken hatte sowie die paar Gläser Rotwein bei der Rückkehr nach Hause waren im Hinterkopf noch zu spüren.

Harinder gegenüber ließ sie unerwähnt, dass einer aus der Gang der Brüder Ulriksen sie nach Hause verfolgt hatte. Er schien auch so schon genug um die Ohren zu haben.

»Ja, mit Zugangskarte und allem«, sagte Harinder. »Die Karte war zwar deaktiviert, sah aber echt genug aus. Er wollte ja nicht in eine geschlossene Abteilung. Ist direkt an einem Polizeibeamten vorbeispaziert. Während ich draußen stand, und wie ein Idiot an einer dämlichen Kippe gesaugt habe! Ich schäme mich, wenn ich daran denke, wie schlimm das alles hätte enden können. Ich war ja schließlich da, um auf sie aufzupassen. Aber er ist abgehauen, und jetzt haben wir plötzlich noch einen toten Ganoven anstatt eines Zeugen, der uns vielleicht hätte erklären können, worum es hier eigentlich geht.«

»Sei nicht so streng mit dir selbst«, sagte Rachel. »Du weißt doch genau, dass das meine Aufgabe ist.«

»Ich meine es ernst, Rachel.«

»Ich auch, eigentlich«, sagte sie. »Die Sicherheitsmaßnahmen lagen in der Verantwortung der Polizei in Edinburgh, und für mich klingt es so, als hätten sie da nicht alles bedacht. Aber ihr habt das Problem entdeckt und habt eingegriffen. Mit Amandeep ist ja alles gut gegangen.«

»Nicht nur dank uns.«

»Wie hat sie es bloß geschafft, sich gegen Milne zu wehren?«, fragte Rachel.

Die Ärzte hatten weder der Polizei noch den Angehörigen erlaubt, mit Amandeep zu reden. Zu groß war ihre Sorge, dass die nächtlichen Strapazen sich negativ auf ihren Gesundheitszustand auswirken könnten. Was Harinder über den Handlungsverlauf wusste, war daher eine Mischung aus einem Gespräch mit einem der Ärzte und Spuren, die im Krankenzimmer hinterlassen worden waren. Wie er es verstand, war sie wach geworden, kurz bevor Davey Milne ihr ein Kissen aufs Gesicht drücken konnte. Sie hatte nach dem nächstbesten Gegenstand gegriffen – dem Infusionsständer neben dem Bett – und ihn gegen seinen Kopf geschlagen.

»Der Urinstinkt, der in uns allen noch vorhanden ist. Der Wille des primitiven Reptiliengehirns, auf jeden Fall zu überleben«, sagte Harinder. »Der muss in Amandeep ziemlich stark sein. Nach dem, was sie in der letzten Woche erlebt hat … so manch andere wäre wie paralysiert gewesen, aber sie klammert sich einfach fest.«

Rachel registrierte einen gewissen Stolz in seiner Stimme.

»Und was ist dann mit diesem Milne passiert?«, fragte sie.

»Keine Ahnung«, sagte Harinder. »Die Situation ist reichlich chaotisch. Das Team um DCI Millar versucht immer noch, alle Teilchen zusammenzusetzen. Die haben mich gebeten, später zur Polizeistation zu kommen. Vielleicht erfahre ich dann ja mehr.«

Rachel nahm das Handy mit und stapfte aus dem Zimmer, um die Samstagszeitung von der Türmatte hereinzuholen.

»Zwei Männer, die mit der Entführung verknüpft werden können, sind jetzt tot, der eine gleich nachdem er zum zweiten Mal versucht hat, Amandeep umzubringen«, konstatierte sie. »Was sagt dir das?«

»Dass Allan und Milne bloß Laufburschen waren«, sagte Harinder. »Ich glaube nicht, dass es Milnes Idee war, im Krankenhaus aufzukreuzen. Und Amandeep zum Schweigen zu bringen, hätte ihm eigentlich auch gar nichts gebracht, wenn man bedenkt, was ihn sonst alles noch mit der Entführung in Verbindung bringt. Er hatte irgendwas Verzweifeltes und Hilfloses an sich. Wenn er wirklich gewusst hätte, was er da tat, dann hätte er weitaus größeren Schaden anrichten können.«

»Und weshalb hat er es nicht getan?«

»Vielleicht hatte er das Gefühl, keine andere Wahl mehr zu haben. Vielleicht, um jemanden zu besänftigen, der aus Amandeeps Verschwinden einen Vorteil gezogen hätte. Da er ein so großes Risiko einging, muss er es für jemanden getan haben, den er fürchtete. Aus gutem Grund, wenn wir uns das Ergebnis ansehen. Der Betreffende hat offenbar genau verfolgt, was im Laufe der Nacht passiert ist, und er hat nicht eine Sekunde gezögert, als Milne Gefahr lief, geschnappt zu werden. Ein Problem weniger, um das er sich Sorgen machen muss.«

»Aber ist es nicht seltsam, dass der Betreffende genau wusste, wann und wo er zuschlagen musste?«, sagte Rachel. »Die Einzigen, die einen genauen Überblick über Milnes Bewegungen hatten, saßen doch wohl im Polizeigebäude?«

»Nicht unbedingt. Falls Milne sein Handy dabeihatte, hätte jemand seine Bewegungen mit großer Genauigkeit verfolgen können. Danach wäre es nur noch um den richtigen Ort und den richtigen Zeitpunkt gegangen.«

»Eiskalt.«

»Ein kalkuliertes Risiko«, sagte Harinder.

»Nun, Thomas Ulriksen war letzte Nacht in Oslo, und sein Bruder sitzt in Untersuchungshaft«, sagte Rachel. »Die haben wasserdichte Alibis.«

»Das hat nichts zu bedeuten. Leute wie sie haben *immer* wasserdichte Alibis.«

»Du glaubst also nicht, dass ich auf der falschen Fährte bin?«

»Ich weiß nicht, was ich glauben soll.« Harinder seufzte. »Ich habe dich gebeten, den Exfreund von Amandeep unter die Lupe zu nehmen und nicht, dich mit den Brüdern Ulriksen anzulegen. Dass Amandeep in einem ihrer Restaurants gearbeitet hat, muss rein gar nichts bedeuten.«

»Und was sagt dein Bauchgefühl?«

»Dass ich seit Langem nichts gegessen habe«, sagte er. »Und dass du deiner Spur folgen solltest, wenn du meinst, dass sie dich weiterbringt.«

Während der kurzen Fahrt von Bolteløkka nach Torshov sah Rachel mehrmals in den Rückspiegel. Um sich zu vergewissern, dass ihr niemand folgte, legte sie sogar einen längeren Umweg ein. Nicht, weil sie zu schnell die Fassung verlor. Im Gegenteil, unbehagliche Gefühle waren Teil ihres Berufsalltags. Doch sie wollte schlichtweg vermeiden, dass jemand aus der Ulriksen-Clique mitbekäme, wohin sie fuhr oder mit wem sie redete. Das konnte nämlich Unannehmlichkeiten für andere bedeuten.

Gjermund Strand wohnte in einem roten Haus im funktionalistischen Stil, gleich da, wo die Bentsebrugate auf den Sandakervei und die Hegermanns gate traf, auf der Torshov-Seite des Akerselv. Die Gleise der alten Sagene-Straßenbahn waren noch immer zu sehen, obwohl seit über zwanzig Jahren kein Zug mehr diese Strecke befahren hatte.

Rachel hatte den Liebhaber von Diana Bonet im Polizeiregister überprüft, es gab nicht den geringsten Eintrag. Gemäß seinem Profil bei LinkedIn arbeitete er als Softwareentwickler im Dienstleistungsbereich der Gjensidige-Versicherungen.

Rachel stellte den Wagen auf der anderen Straßenseite ab, wo sie Ausblick auf Treppenhaus B und die Fensterfront des fünfstöckigen Wohngebäudes hatte. Sie wusste, dass Strand im zweiten Obergeschoss wohnte, also konzentrierte sie sich auf die entsprechenden Fenster.

Sie nahm ihr Handy hervor und rief Strand an. Es klingelte viermal, bevor eine zögernde Stimme zu hören war.

»Ja, hallo?«

»Hier ist Rachel Hauge von der Kriminalpolizei. Ich versuche seit einiger Zeit, ihre Freundin Diana Bonet zu erreichen, und hatte gehofft, dass Sie mir helfen können.«

»Äh … ja, sie ist gerade nicht zu Hause«, sagte Gjermund Strand. »Darf ich fragen, worum es geht?«

»Nur eine Routineanfrage. Kein Grund zur Beunruhigung«, erwiderte Rachel.

»Ja, wie gesagt, sie ist nicht zu Hause. Jemand von ihren Eltern ist krank, wissen Sie ...«

Jemand von ihren Eltern? Wieso sagt er nicht Mutter oder Vater?, dachte Rachel.

»Das habe ich schon gehört, aber ich habe ihr eine Nachricht auf der Mailbox hinterlassen und würde es schätzen, wenn sie mich zurückruft.«

»Ich werde Ihr Anliegen natürlich weiterleiten«, versprach Gjermund Strand.

Rachel bedankte sich und legte auf.

Dann öffnete sie das Handschuhfach und nahm ein Fernglas heraus. Sie konnte sehen, wie in der Küche der Wohnung links das Licht eingeschaltet wurde. Ein Mann erschien am Fenster. Blondes Haar und Hipsterbart.

Kurze Zeit später gesellte sich eine Frau mit dunklerer Hautfarbe und großer Lockenfrisur zu ihm. Durch das Okular konnte Rachel sehen, dass sie sich inmitten einer Diskussion befanden. Zweifellos hervorgerufen durch das Telefonat, das der Mann gerade geführt hatte.

Rachel legte das Fernglas weg und stieg aus dem Wagen. Dann klingelte sie bei Strand. Musste lange warten und erwog schon, erneut zu läuten, ehe Gjermund Strand schließlich antwortete.

»Hier ist noch mal Hauge«, sagte Rachel. »Ich weiß, dass Sie technisch gesehen nicht gelogen haben, als Sie behaupteten, Diana sei nicht zu Hause, aber das war ziemlich an der Grenze. Sie ist bei Ihnen. Ich konnte Sie beide am Fenster sehen. Jetzt können Sie mich entweder hereinlassen oder wir besprechen das Weitere in meinem Büro bei der Kripo.«

KAPITEL 38

Zwei Minuten später saß Rachel am Küchentisch Diana Bonet gegenüber. Obwohl es sich um seine Wohnung handelte, war Gjermund gebeten worden, sich zurückzuziehen. Rachel wollte ihn nicht über die Schulter seiner Freundin hängen haben, während sie sich mit ihr unterhielt.

Sie war gereizt, weil Diana ganz offensichtlich versuchte, ihr auszuweichen, doch sie sah der Halbkubanerin auch die Angst und Verzweiflung an. Ihre Hände zitterten, während sie die große Teetasse umklammerte. Der Blick flackerte ruhelos in der Küche umher.

»Ich möchte Ihnen nur ein paar Fragen über eine ihrer Freundinnen stellen«, sagte Rachel. »Wieso ist das so problematisch? Oder hatten Sie Angst, dass ich noch etwas anderes wollte?«

Diana Bonet schüttelte den Kopf.

»Also, was soll das?«, fragte Rachel.

»Ich habe keine Lust auf Stress.«

»Weshalb sollten Sie Stress bekommen?«

»Er sagte, Sie seien gekommen und hätten nach mir gefragt. Und er hat mich davor gewarnt, mit Ihnen zu reden«, sagte Diana nach einem Augenblick der Stille. Ihre Stimme zitterte im Takt mit ihren Händen. »Nein, er hat mich *bedroht*.«

»Wer hat Sie bedroht?«

Diana konnte ihrem Blick nicht standhalten.

»Reden Sie von Thomas Ulriksen?«, fragte Rachel mit Nachdruck. »Oder jemandem, der für ihn arbeitet?«

Diana sagte nichts, doch Rachel konnte sehen, dass sie ins Schwarze getroffen hatte.

»Ich kann Ihnen helfen«, sagte Rachel. »Was immer Sie sagen, bleibt so lange unter uns, bis wir ihn da haben, wo sein Bruder gerade ist. Sie können mir vertrauen.«

Ein kleines Lächeln erschien auf Dianas Lippen, doch es wirkte eher säuerlich.

»Nehmen Sie's mir nicht übel, Sie meinen es sicher gut, aber ihr habt überhaupt keine Kontrolle«, sagte Diana. »Wer drin sitzt und wer nicht, das hat nichts zu sagen. Am Ende kommen Sie mit allem davon, alle beide. Wie früher schon.«

»Klingt, als ob Sie die beiden gut kennen.«

»Gut genug, dass ich mit keinem von ihnen mehr zu tun haben will«, sagte Diana. »Tatsächlich konnte ich Henning mal ganz gut leiden. Im Großen und Ganzen war er nett und umgänglich. Hat geflirtet und rumgealbert und sah nicht so aus, als wollte er jemandem wehtun. Aber letztes Endes macht er genau das, was sein Bruder will.«

»In meinem Beruf treffe ich viele solche Typen«, sagte Rachel.

»Sie kommen wie die nettesten Menschen der Welt rüber, so lange, bis du keinen Wert mehr für sie hast.«

Diana nickte.

»Erzählen Sie mir von Amandeep«, sagte Rachel, um das

Gespräch in eine andere Richtung zu lenken. »Sie sind befreundet, oder?«

»Ja. Wir haben uns auf einer Party an der Wirtschaftshochschule kennengelernt und gleich gut verstanden. Ich habe ihr damals erzählt, dass wir im Gemini neues Personal suchten«, sagte Diana. »Wenn man sie kennenlernt, kann Amandeep etwas reserviert wirken, aber sie hat sich bei uns schnell eingelebt. Sie war verlässlich und hat hart gearbeitet. So was wird geschätzt. Wir sind dann gute Freundinnen geworden. Und es ist wirklich toll, sie als Freundin zu haben.«

»Haben Sie den Kontakt gehalten, nachdem Sie beide im Gemini aufgehört hatten?«

»Seitdem sie nach Schottland gegangen ist, habe ich sie nicht mehr gesehen, aber wir chatten und halten uns auf dem Laufenden. Ich hatte gehofft, sie besuchen zu können, vielleicht in den Weihnachtsferien. Mal sehen, wie es weitergeht.«

»Haben Sie mal darüber nachgedacht, was hinter den Geschehnissen stecken könnte?«

Diana schüttelte den Kopf, doch Rachel glaubte ihr nicht so recht. Die junge Frau schien ihrem Blick auszuweichen, während sie die Frage verneinte.

»Ihr Exfreund Vijay hat ausgesagt, sie habe zu Beginn des Jahres deprimiert gewirkt. War das auch Ihr Eindruck?«

»Ich weiß nicht. Deprimiert ist ein starkes Wort, allerdings war sie manchmal in sich zurückgezogen. Hat gegrübelt«, sagte Diana. »Es war nicht immer leicht für sie. Ich weiß, dass sie mit einigen Dingen Mühe hatte.«

»Zum Beispiel?«

»Na, Sie haben Vijay ja schon erwähnt. Als wir einmal

eines Abends etwas getrunken hatten, hat sie mir anvertraut, dass sie eigentlich nur mit ihm zusammen sei, um dem Genörgel ihrer Eltern zu entgehen, die sich ständig in ihr Leben eingemischt haben. Ich glaube, eines ihrer größten Probleme war, dass sie sich die meiste Zeit aufgerieben fühlte zwischen dem, was sie gern tun wollte, und dem, was ihre Familie von ihr erwartet hat. Ich habe Vijay kennengelernt. Er ist in Ordnung, aber überhaupt nicht ihr Typ. Das Problem war, dass er anfing, eifersüchtig zu werden, und häufig bei der Arbeit auftauchte. Amandeep hat das so empfunden, als ob sie dauernd kontrolliert wurde. Die Arbeit sollte doch so was wie ihr Freiraum sein. Aber selbst das ist nicht so gut gelaufen.«

»Ach ja?«

Diana zögerte. Rachel ahnte, dass sie sich dem Kern der Sache näherten.

»Sie hatte ein Verhältnis mit einem, der mit euch zusammengearbeitet hat«, sagte Rachel, um ihr auf die Sprünge zu helfen.

Diana nickte zur Bestätigung.

»Mit Henning, ja.«

KAPITEL 39

Edinburgh

Eine Überwachungskamera am Seiteneingang des Bahnhofs Waverley hatte das Geschehen aufgezeichnet. Doch den Ablauf des Dramas auf dem Bildschirm zu betrachten, änderte nichts an der Unwirklichkeit des Eindrucks. Nicht alle Fragen konnten dadurch beantwortet werden.

Zusammen mit Lawson und Millar saß Harinder in einem Besprechungsraum der Polizeistation West End. Zwei neue Polizeibeamte hatten sich der Ermittlungsgruppe angeschlossen, die die Verantwortung für die Aufklärung des Überfalls auf Amandeep Kaur sowie der Morde an Lee Allan und Davey Milne übernommen hatte. Als Folge der kürzlich erfolgten Reorganisation der schottischen Polizei hatte die Gruppe den Status eines MIT – Major Incident Team – eingenommen und konnte in der Praxis Ermittler aus allen Regionen des Landes anfordern, um an der Lösung der Aufgabe zu arbeiten. Millar hatte Brian Collins aus Dundee und Anthony Rutherford aus Glasgow für das Team gewinnen können. Beide waren erfahrene Mordermittler.

Harinder sah Lawson an. Sie war blass, ihr Gesicht sah erschöpft aus und sie hatte dunkle Ringe um die Augen. Nicht völlig unähnlich Harinder selbst, wie der letzte Blick in den Spiegel gezeigt hatte. Lawson presste die Lippen aufeinander, während sie erneut das Geschehen der letzten Nacht auf dem Bildschirm verfolgte. Harinder konnte sich gut vorstellen, wie es ihr ergangen war.

01:42 – Davey Milne kommt die Treppe vom Fleshmarket Close herunter. Er fuchtelt mit den Armen und hinkt. Sein Mund ist aufgerissen, er ist knallrot im Gesicht.

01:43 – Eine Gestalt in langem Mantel mit aufgestelltem Kragen und Schiebermütze auf dem Kopf taucht von der gegenüberliegenden Straßenseite im Bereich der Kamera auf und tritt mit schnellen, zielgerichteten Schritten auf Milne zu. Zwischen den beiden fällt kein Wort. Milne starrt den Mann bloß an, ehe dieser ihm zwei schnelle Schnitte mit einer Stichwaffe zufügt, die teilweise unter seinem Jackenärmel verborgen ist. Der Täter bleibt nicht stehen und wartet auch nicht darauf, dass Milne zu Boden fällt. Schnell bewegt er sich in Richtung Waverley Bridge weiter, mit gesenktem Kopf und Händen in den Taschen. Er macht alles richtig, um keine Aufmerksamkeit auf sich zu lenken. Er verschwindet wieder aus dem Kamerabereich, während Milne auf dem Boden liegend verblutet.

01:44 – Roisin Lawson kommt die Treppe am Fleshmarket Close herunter. Sie entdeckt Milne, beugt sich hinunter und untersucht ihn, ehe sie ihr Telefon zückt, um Unterstützung anzufordern. Während sie darauf wartet, dass sich jemand meldet, blickt sie suchend umher.

Der Täter ist nirgendwo zu sehen, eine kleine Gruppe zufälliger Passanten versammelt sich neugierig um den Tatort.

DCI Millar hielt die Videoaufnahme an und nahm einen durchsichtigen Plastikbeutel vom Tisch. Der enthielt ein kleines Smartphone.

»Davey Milne hatte das hier in der Tasche«, sagte er. »Ein billiges chinesisches Smartphone mit Prepaidkarte, außerhalb von Großbritannien gekauft, aber kompatibel mit unserem Netz. Im Anrufprotokoll gibt es nur eine Nummer, die zu einem anderen Telefon gehört, das wir jedoch nicht orten können, weil es ausgeschaltet ist. Außerdem gibt es eine Ortungs-App auf dem Handy.«

Die Beamten am Tisch nickten. Das Rätsel handelte nicht mehr davon, *wie* der Täter es geschafft hatte, direkt vor der Nase der Polizei zuzuschlagen. Die Frage lautete eher *wer* und *weshalb?*

»Haben Sie eine Ahnung, wohin er danach gegangen ist?«, fragte Harinder.

Millar schüttelte resigniert den Kopf.

»Vorläufig nicht«, sagte er. »Wir werden natürlich alle Aufnahmen von Überwachungskameras durchgehen, aber das Einzige, was wir mit Sicherheit sagen können, ist, dass er *nicht* weiter in Richtung Waverley Bridge gegangen ist. Wegen des Bahnhofs gibt es eine Menge Kameras in der Gegend, aber auf den Aufnahmen findet sich keine Spur. Vermutlich ist er hinter dem Bahnhof durch den Park in Richtung The Mound und Princes Street Gardens gegangen. Es gibt dort Kameras, aber wenn man den Weg an sich nicht betritt, kann man sich da leicht verstecken. Wir haben jetzt Leute, die gerade den Park und die Mülleimer durchsuchen, für den Fall, dass er versucht hat, irgendetwas loszuwerden.«

»Wie etwa den langen Mantel und die Schiebermütze«,

mutmaßte Harinder. Der Täter wäre dann natürlich nicht so gut wiederzuerkennen, wenn er irgendwann später auf anderen Aufnahmen erneut auftauchte. »Er wusste, dass er gefilmt wurde.«

»Offenbar suchen wir jemanden, der die Stadt sehr gut kennt«, sagte Lawson. »Und Milne hat ihn erkannt. Das zeigt seine Reaktion.«

»Wir können davon ausgehen, dass es sich bei ihm um Allans und Milnes Auftraggeber handelt, oder *einen* von ihnen«, sagte Millar. »Wir haben Informationen von der norwegischen Kripo bekommen und können nicht ausschließen, dass es auch ausländische Auftraggeber gibt. Wir müssen demnach in der Breite ermitteln und in Kooperation mit unseren norwegischen Kollegen.«

Er nickte Harinder zu, während er redete. Der einzige norwegische Repräsentant im Raum konnte allerdings immer noch nicht Teil der offiziellen Ermittlung sein. Er war nur Teil des neuen und wohlwollenderen Informationsaustausches. Kommissar Lundberg war auf dem Weg nach Edinburgh, um die Zusammenarbeit über die Landesgrenzen hinweg zu koordinieren.

Draußen vor dem Raum war plötzlich Unruhe zu vernehmen. Laute Stimmen ertönten, als die Tür zum Besprechungsraum aufgerissen wurde.

James Riddle stand an der Türöffnung, begleitet von dem Beamten, der anscheinend versucht hatte, ihn daran zu hindern.

»Es ist Callahan!«, rief er Millar zu. »Das stinkt schon von Weitem nach Dirty Harry, das musst du doch wohl begreifen?!«

Millar seufzte und schüttelte den Kopf. »Riddle?«

»Wer sonst hätte die Eier, so was zu tun?«, fuhr Riddle fort. »Milne und Allan haben für ihn gearbeitet! Das allein wäre doch schon Grund genug, diesen verfluchten Fettkloß in die Station zu zerren und ihn ordentlich von beiden Seiten zu grillen.«

In der Hoffnung auf Unterstützung sah er zu Lawson, doch sie wich seinem Blick aus. Harinder verstand sie gut. Riddles Auftritt würde der Ermittlung nichts nützen. Falls Zweifel daran herrschten, brauchte man nur Millars Blick zu sehen, mit dem er den pensionierten Polizeibeamten musterte.

»Glaub mir, Riddle, wenn wir beschließen, Callahan zu vernehmen, passiert das nicht einfach so ohne Weiteres wie in deinen alten Tagen«, sagte er.

»In meinen Tagen wussten wir jedenfalls, wie wir mit Leuten wie ihm umgehen mussten«, entgegnete Riddle.

»Nein, das wusstet ihr nicht«, widersetzte Millar. »Und deswegen bist du heute pensioniert, während er weiter die Geschicke der Stadt lenkt. Apropos Pension, wir möchten dich nicht weiter aufhalten.«

»Es ist Callahan«, wiederholte Riddle mit ausgestrecktem Zeigefinger, wie um das letzte Wort zu behalten.

KAPITEL 40

Oslo

Amandeep Kaur und Henning Ulriksen.

Darauf war Rachel nicht vorbereitet gewesen. Aber es gab auch keinen Grund, zu bezweifeln, dass Diana genau wusste, wovon sie redete.

»Sie müssen das verstehen, Henning ist jemand, den man leicht gernhaben kann«, sagte Diana. »Er ist charismatisch, gut aussehend und witzig. Es war schnell klar, dass Amandeep ihm gefiel. Und es ist nicht einfach, so jemandem zu widerstehen, wenn er erst mal seinen Charme spielen lässt. Für sie war er ein erfrischender Gegensatz zu dem tristen Vijay. Außerdem hat er Kampfsport gemacht, so hat sich das entwickelt. Amandeep hat einen schwarzen Gürtel in Taekwondo, wussten Sie das? Egal, jedenfalls fingen sie zuerst an, miteinander zu trainieren.«

»War es ernst zwischen ihnen?«

»Für Amandeep, ja. So ist sie eben. Ich weiß nicht, wie ernst es ein Typ wie Henning nehmen kann. Aber wenn man sie zusammen sah, war ganz deutlich, dass sie voneinander angetan waren.«

»Wusste sie, dass er kriminell war?«, fragte Rachel.

»Allen war klar, was für einen Ruf die Brüder hatten, aber im Gemini haben wir nur wenig davon mitbekommen«, sagte Diana. »Henning bestand darauf, dass das der Vergangenheit angehörte. Dass er genug zu tun hätte mit der Leitung des Restaurants und zwei weiteren Pubs in der Stadt. Und vielleicht haben wir ihm das geglaubt, weil er so ganz anders ist als sein Bruder. *Niemand* konnte Thomas ausstehen. Er hat nie viel gesagt, aber man konnte sich schon unwohl fühlen, wenn er einen nur angesehen hat.«

»Wie lange hat das Verhältnis gehalten?«

»Nicht lange. Es hat im letzten Spätsommer angefangen, glaube ich, und ging dann bis Anfang Februar.«

»Bis etwa zu der Zeit, als sie aufgehört hat?«

Diana nickte.

»Was ist passiert?«

Diana stand auf und trat ans Küchenfenster. Mit vor der Brust verschränkten Armen starrte sie auf die Wassertropfen, die angefangen hatten, draußen an der Fensterscheibe hinabzulaufen.

»Ich sollte überhaupt nicht darüber reden … Thomas wird mich *umbringen*.«

»Diana, sehen Sie mich an«, sagte Rachel. »Thomas wird erst dann von unserer Unterhaltung erfahren, wenn er sicher hinter Schloss und Riegel sitzt. Sie können uns dabei helfen. Wollen Sie das nicht? Sie können sich ja auch nicht auf ewig hier verstecken.«

»Okay«, sagte Diana schließlich. »Sie hat angefangen, sich mit den beiden Psychopathen zu streiten – das ist passiert.«

»Mit Thomas und Henning?«

»Nein. Mit Thomas und *Erik*.«

KAPITEL 41

Edinburgh

James Riddle wartete auf ihn, als Harinder aus der Polizeistation kam. Mit einer Zigarette im Mundwinkel lehnte er an seinem rostigen Golf und bot Harinder eine Kippe an.

Der schüttelte den Kopf. »Ich habe aufgehört.«

»Wird bestimmt dabei bleiben«, murmelte Riddle und legte das Päckchen weg. »Wie war der Rest der Besprechung?«

»Ruhig, nachdem Sie gegangen sind«, erwiderte Harinder. »Ich glaube nicht, dass Sie uns mit Ihrem Auftreten da drinnen einen Dienst erwiesen haben.«

Riddle rümpfte die Nase, als ob er verdorbenen Fisch roch.

»Millar ist ein Idiot«, sagte er. Er sprach es wie *Idjit* aus, mit langen I-Lauten. »Ganoven wie Milne und Allan haben wir hier in der Stadt zu Dutzenden herumlaufen. Und selbst wenn sie auf eigene Faust arbeiten, zahlen sie irgendwem ihre Steuern.«

»Anders ausgedrückt weiß Callahan also, wer damit zu tun hat, auch wenn er selbst nicht direkt involviert ist?«

»Etwas anderes ist gar nicht denkbar«, sagte Riddle. »Das war eine Auftragsarbeit. Irgendwer wollte was Spezielles von Amandeep. Dabei kann es um Informationen gehen oder um Geld oder darum, dass sie für irgendjemanden eine Bedrohung darstellt. Allan und Milne waren nicht gerade zimperlich mit Ihrer Nichte. Vielleicht haben sie herausgekriegt, was sie wollten, vielleicht auch nicht. So oder so wurde aber entschieden, die Kleine danach umzubringen. Wozu eine Zeugin zurücklassen? Aber sie ist entkommen. Sie hat überlebt. Allan und Milne werden also beauftragt, die losen Enden zusammenzufügen. Vielleicht weigern sie sich, deshalb endet Allan als Leiche. Milne sieht daher keine andere Möglichkeit, als das zu tun, was ihm befohlen wird. Das misslingt ihm, und somit ist er der Nächste.«

Im Großen und Ganzen musste Harinder der Hypothese Riddles zustimmen.

»Aber wieso sollte jemand wie Callahan etwas gegen Amandeep haben? Eine ausländische Studentin, die gerade mal ein paar Monate hier ist?«, fragte er.

»Glauben Sie wirklich, es interessiert ihn, wer sie ist?«, fragte Riddle. »Jemand kann ihn um einen Gefallen gebeten oder eine erkleckliche Summe gezahlt haben, damit es passiert. Letzten Endes gibt es nur zwei Dinge, die die Menschen interessieren: Geld und Macht.«

Harinder dachte an die Ulriksen-Zwillinge zu Hause in Oslo. Was, wenn einer von ihnen um einen Gefallen gebeten hatte? Anstatt es selbst zu übernehmen oder Leute zu benutzen, die man zu ihnen zurückverfolgen könnte, hatten sie jemanden aus Schottland das Problem lösen lassen.

Das erklärte vielleicht *wer* und *wie*, aber nicht *warum*.

»Was ist das eigentlich mit Ihnen und Callahan?«, fragte er. »Ich meine, wieso haben Sie sich derart an ihm festgebissen? Sogar jetzt, nach Ihrer Pensionierung, können Sie nicht loslassen. Wieso?«

Riddle schien über die Frage nachzudenken, während er zweimal an seiner Zigarette zog. Dann ließ er sie auf den Boden fallen und drückte die Glut mit dem Absatz aus.

»Lange Geschichte, und die ist nicht besonders schön«, sagte er schließlich. »Früher einmal war ich sehr ehrgeizig. Callahan regierte die Stadt, und ich dachte, ich könnte etwas dagegen tun. Wir sind im Laufe der Jahre mehrmals aneinandergeraten, aber stets hat er den Sieg davongetragen. Dann fing ich an, nach Umwegen zu suchen. Ich ignorierte die Regeln. Wie gesagt, das war nicht schön. Aber ich habe ihn geschnappt. Er wurde wegen Mordes, Bedrohung, Betrug und Erpressung zu zwanzig Jahren in Barlinnie verurteilt. Mein größter Moment. Alle waren zufrieden, ich wurde für meine Mühen mit dem Posten des Chief Inspector belohnt.«

»Was ist passiert?«, fragte Harinder, da Callahan seine Strafe ganz offensichtlich nicht zu Ende abgesessen hatte.

»Das Urteil wurde revidiert«, sagte Riddle und seufzte. »Seine Anwälte fanden *Unregelmäßigkeiten* in der Beweiskette. Zeugen hatten angeblich Meineide geschworen, nachdem ihnen milde Strafen dafür in Aussicht gestellt wurden. Es war ein totaler Zirkus. Er hat nicht länger als anderthalb Jahre gesessen.«

»Und diese Unregelmäßigkeiten, waren die real?«

Riddle nickte schwach. »Ich hab ja gesagt, dass es nicht schön war«, sagte er. »Aber wollen Sie hören, was die wirkliche Ironie an der Sache war? Es kursierten Gerüchte, dass *ich* angeblich korrupt wäre. Dass mir meine Informanten Tipps gaben, weil sie etwas dafür bekamen, und dass der ganze Konflikt mit Callahan eigentlich nur inszeniert wäre. Dass ich auf seiner Gehaltsliste stünde.«

»Das kann ich nicht glauben«, sagte Harinder.

»Danke, aber es gab genügend andere, die es geglaubt haben«, sagte Riddle und spuckte auf den Boden. »Ich habe ein großes Haus in einer schönen Gegend der Stadt, da schwirrten die Gerüchte nur so durch die Luft. Tatsächlich habe ich das Haus vor vielen Jahren geerbt. Die Menschen sehen nur den Wert, aber nicht die enormen Ausgaben. Instandhaltung, Steuer, der behindertengerechte Ausbau für meine Tochter. Ich bin eigentlich kurz davor, das Haus zu verkaufen – das hätte ich schon längst tun sollen. Ich möchte die restlichen Jahre meines miserablen Lebens in wärmeren Gefilden verbringen. Ist das zu viel verlangt?«

»Keineswegs«, sagte Harinder. »Warum haben Sie es also noch nicht getan?«

Riddle zündete sich eine neue Zigarette an.

»Zu viel unerledigtes Zeug.«

Callahan, mit anderen Worten.

Eigentlich hatte er schon aufgegeben, aber nun sah Kapitän Ahab eine letzte Möglichkeit, seinen großen weißen Wal zu fangen.

KAPITEL 42

Oslo

Der Gruppenraum war leer. Wie es aussah, hatten Kommissar Trippestad und seine Kompanie über das Wochenende freigenommen. Rachel stellte sich vor das Whiteboard mit den Fotos der Brüder Ulriksen und ihrem innersten Kreis. Betrachtete das eine Porträt, das mit einem roten Kreuz versehen worden war.

Alles drehte sich um ihn.

Erik Ruud war nicht nur ein Opfer. Ehe er liquidiert wurde, hatte er sein ganzes erwachsenes Leben mit organisierter Kriminalität zu tun gehabt. Seit der Kindheit war er mit Henning und Thomas Ulriksen befreundet gewesen. Und nur, weil er hoffte, seine eigene Situation zu verbessern, hatte er angeboten, die beiden zu verpfeifen.

Er war ein Lügner und Vergewaltiger.

Diana Bonet hatte Rachel die Geschichte von der Weihnachtsfeier im Gemini erzählt. Die hatte wie immer erst an Neujahr stattgefunden, nach der üblichen Saison für derartige Arrangements, weil es im November und Dezember schlichtweg für alle zu viel zu tun gegeben hatte.

Und wie immer war es eine Riesenparty gewesen. Henning hatte keine Kosten und Mühen gescheut. Es gab jede Menge Champagner, Wein und Schnaps. Ganz zu schweigen von den Drogen. Die meisten hatten ordentlich zugegriffen, und schließlich landete eine Gruppe zum Nachglühen zu Hause bei Henning, in seiner Wohnung an der Aker Brygge.

Henning war derart high gewesen, dass er kaum noch aufrecht gehen konnte. Amandeep hatte ihn ins Schlafzimmer bringen müssen.

Diana erinnert sich, dass ihr plötzlich übel und schwindelig geworden war. Nicht so, wie sie sich für gewöhnlich fühlte, wenn sie zu viel getrunken hatte. Viel schlimmer. Erik hatte ihr einen Drink gegeben, und sie begann, den leisen Verdacht zu hegen, dass er ihr etwas ins Glas getan hatte. Schon früher hatte er unbeholfene Annäherungsversuche unternommen. Üblicherweise lehnte sie so höflich und so bestimmt wie möglich ab.

Früh am nächsten Morgen wachte sie im Gästezimmer auf, ohne sich daran zu erinnern, wie sie dort hineingelangt war. Sie lag nackt im Bett, ihre Kleidung lag zusammengerollt am Fußende. Ihr Mund war ausgetrocknet, und sie hatte hämmernde Kopfschmerzen. Auf ihrem Bauch entdeckte sie Flecken aus zähem, getrocknetem Sperma. Das ganze Zimmer roch nach Drogen und Sex.

Mit dösigen Augen konnte sie gerade noch sehen, wie Erik seinen Gürtel zuzog, ehe er aus dem Zimmer schlüpfte.

Als sie es schließlich ins Bad geschafft hatte, erbrach sie sich, bis sie das Gefühl hatte, innerlich ausgehöhlt zu sein. Doch egal, wie sehr sie sich auch bemühte, sie schaffte es nicht, die Übelkeit und den Ekel wegzuspülen, die sie empfand.

Rachel hörte sich die Aufnahme des Gesprächs noch einmal an.

»Amandeep hat mich gefunden und kapiert, dass etwas passiert war. Sie wollte, dass wir ins Krankenhaus fahren«, sagte Diana. Auf der Aufnahme war zu hören, dass sie aus einem Wasserglas trank, das Rachel ihr hingestellt hatte. »Ich konnte den Gedanken an diesen Stress nicht ertragen, aber schließlich hat sie mich dann zu Vijay gebracht. Er hat mich untersucht, hat meinen Blutdruck gemessen und alles und meinte dann, es bestünde keine Gefahr. Wenn ich noch etwas im System hätte, dann wäre es schon auf dem Weg nach draußen.«

»Haben Sie erzählt, was passiert war?«

»Später an dem Tag. Ich war …« Diana schluckte, ehe sie fortfuhr. »Ich habe mich geschämt. Und das tue ich immer noch.«

Sie hatte den Vorfall nie zur Anzeige gebracht. Was aber nicht bedeutete, dass es kein Nachspiel gab.

»Amandeep hat getobt. Sie war von Erik ohnehin nie sonderlich begeistert gewesen. Er hat einen begrabscht und war launisch, und wenn er dich nicht mochte, hast du immer die schlechten Schichten abbekommen. Ich weiß auch nicht, warum wir das einfach so akzeptiert haben, vermutlich weil er *Thomas'* Mann im Gemini war. Nicht mal Henning hatte die Macht, ihn rauszuwerfen. Aber *das* … damals meinte Amandeep, er sei einfach zu weit gegangen.«

»Und was hat sie getan?«

»Sie hat Erik damit konfrontiert. Er hat natürlich bestritten, irgendwas getan zu haben«, sagte Diana. »Er ist in den Verteidigungsmodus gegangen, hat angefangen, sie auszuschimpfen, und sie *Hure* und Ähnliches genannt. Am Ende bekam er eins auf die Fresse.«

Nicht einfach eine Ohrfeige, sondern einen Faustschlag, der ihn gleich zu Boden warf.

»Erik brüllte herum und konnte nicht an sich halten. Er hat ihr gesagt, sie solle ihre Sachen packen und verschwinden. Dass sie gefeuert sei.«

»Sie ist *gefeuert* worden?«

Weder Bjørnar Aasen noch Annie Moss hatten etwas darüber gesagt. Bjørnar hatte im Gegenteil beteuert, dass Amandeep freiwillig aufgehört hätte.

Aber dann war da Henning.

Diana konnte nicht sagen, ob es an dem Vorfall in seiner Wohnung lag, nach der Weihnachtsfeier, oder daran, wie Erik seine Freundin Amandeep behandelt hatte, oder ob die alte Freundschaft mit der Zeit schwieriger geworden war. Vielleicht eine Kombination aus allem. Jedenfalls endete es damit, dass Henning seinen alten Kumpel Erik mit einem Baseballschläger durch halb Grünerløkka jagte.

Thomas hatte dann hinter ihnen aufräumen müssen.

»Er hat mich zu einem Gespräch gebeten«, berichtete Diana. »Das war die unangenehmste Erfahrung, die ich je gemacht habe.«

»Hat er Sie unter Druck gesetzt, den Vorfall zu vergessen?«

»Er brauchte mich nicht unter Druck zu setzen«, sagte Diana. »Er musste mich nur daran erinnern, für wen ich eigentlich arbeite.«

Amandeep war die Nächste gewesen, die zu einem Gespräch gebeten wurde.

Rachel nahm einen roten Filzstift und schrieb Amandeeps Namen an die Tafel. Sie zeichnete ein Quadrat drum herum und zog eine Verbindungslinie zu Henning Ulriksens Kasten.

Danach ging sie an den Schreibtisch, um einen Bericht über die Vernehmung Diana Bonets anzufertigen.

Als Thomas Amandeep zu einem Gespräch bat, hatte er zunächst klargestellt, dass Erik nicht die Erlaubnis hätte, sie zu feuern. Er wünschte sich Ruhe in den Reihen seines Unternehmens. Amandeep sei keine Angestellte, die einfach so entlassen werden konnte, schließlich habe sie ein Verhältnis mit Thomas' Bruder. Sie habe Einfluss auf ihn, was wiederum zu dem Konflikt mit Erik und zu einer Entzweiung der Brüder geführt habe. Und dies sei gefährlich für eine kleine, verschworene Truppe wie ihre.

Rachel notierte, dass dies Mitte Januar passiert war. Drei Wochen bevor Erik abermals vom Zoll geschnappt wurde und anfing, die beiden anderen zu verpfeifen, und wiederum zwei Wochen bevor er eine Kugel in die Brust und eine in den Kopf bekommen sollte. Zu diesem Zeitpunkt war Thomas absolut nicht bereit gewesen, den Sandkastenfreund zu opfern, um den häuslichen Frieden wiederherzustellen.

Die anderen sollten sich einfach fügen.

»Amandeep war nach dieser Begegnung ungewöhnlich zahm«, berichtete Diana. »Henning war nicht da, dafür aber sowohl Erik als auch Frode Nyquist. Da ist es ohne Bedeutung, wie tough du vielleicht bist. Du tust, was sie sagen.«

»Sie haben sie also zum Schweigen gezwungen.«

»Nicht nur sie.«

Amandeep hatte das Gemini unmittelbar danach verlassen. Freiwillig, nicht gefeuert. Mit Zeugnissen und Abfindung. Das war das Zuckerbrot, damit sie nichts über die Dinge erzählte, die sie während ihrer Tätigkeit dort gesehen oder erlebt hatte.

Die Peitsche gab es in Form einer Drohung: Dass sie es ihr und ihrer Familie heimzahlen würden, falls sie ihr Schweigen bräche. Um ihre Entschlossenheit zu demonstrieren, hatten sie Fotos vom Haus der Familie in Lørenskog und dem Restaurant in der Calmeyers gate hinzugefügt.

»Sie sagten, wenn sie Erik weiter Probleme machte, würden sie zuerst das Restaurant in die Luft sprengen.«

KAPITEL 43

Edinburgh

Harinder war eingeschlafen, sobald sein Kopf die Matratze im Hotelzimmer berührt hatte. Fast drei Stunden vergingen, bis er die Augen wieder aufmachte, und da war es bereits Nachmittag. Um für die kommende Nacht nicht alle Chancen auf Schlaf zu verspielen, zwang er sich selbst aus dem Bett und unter die Dusche.

Danach setzte er sich mit dem Handtuch um die Hüfte auf die Bettkante und überprüfte sein Handy. Ein Anruf von seinem Vater, eine Nachricht von Rachel und eine weitere von Savi, die um seinen Rückruf bat.

Er rief sie sofort an. Er konnte hören, dass sie irgendwo draußen war. Im Hintergrund erklangen Verkehrsgeräusche.

»Na, mein Schatz, geht es dir gut?«, fragte er.

»So weit okay«, sagte Savi. »Amandeep ist wach, wie ich gehört habe?«

»Das stimmt.«

»Das sind doch gute Nachrichten, oder?«

»Unbedingt.«

»Heißt das, dass du bald nach Hause kommst?«, fragte sie. Ihre Stimme klang verletzt, fand er.

»Ich hoffe es. Bist du sicher, dass alles in Ordnung ist?«

Am anderen Ende hörte er ein Seufzen. »Ach, nur Mama und Jamar...«, sagte sie. Ihr Ton verriet, dass sie das Thema lieber nicht vertiefen wollte.

Savi war das einzig Gute, das dieser Ehe entsprungen war, die er niemals hätte eingehen dürfen, wie ihm erst zu spät klar geworden war. Als junger Mann hatte er eine Beziehung mit einer indischen Jurastudentin angefangen, ohne sich über die zahlreichen persönlichen und kulturellen Verschiedenheiten zwischen ihr und sich selbst Gedanken zu machen. Er tadelte sie nicht dafür, dass sie nach einigen Jahren aus der Ehe ausgebrochen war, und auch nicht dafür, später das Glück mit einem anderen Mann gefunden zu haben. Dass er diesen Mann, Jamar, nie hatte leiden können, hatte allerdings wenig mit Eifersucht zu tun. Er war ein arroganter und materialistisch eingestellter Mensch, der einen negativen Einfluss auf Harinders Tochter Savi hatte. Was für ein Mensch ließ es zu, dass ein junges Mädchen sich unzulänglich fühlte, wenn sie »lediglich« mit einem Zweier-Notendurchschnitt nach Hause kam?

»Was ist passiert?«, fragte Harinder.

»Nichts. Sie sind manchmal bloß furchtbar anstrengend und nervig«, sagte Savi.

»Das sind mitunter alle Eltern.«

»Ja, aber manchmal ist irgendwie *alles*, was du tust, bloß falsch«, seufzte Savi. »Aber egal, ich bin jetzt auf dem Weg zu Oma und Dada. Ich glaube, ich bleibe heute Nacht da.«

»So schlimm?«

»Du hast ja keine Ahnung...«

Wahrscheinlich meinte sie es nicht buchstäblich, hatte aber einen wunden Punkt getroffen. Weil sie überwiegend bei ihrer Mutter und ihrem Stiefvater lebte, bekam Harinder einen Großteil ihres Alltagslebens gar nicht mit. Und bald war sie erwachsen.

»Sag Amandeep, dass ich sie lieb habe«, meinte Savi. »Wenn Sie etwas gesünder ist, möchte ich sie gern anrufen. Ich vermisse sie.«

»Du kannst sicher bald mit ihr reden.«

Harinder zog sich an. Nahm das letzte saubere Hemd aus dem Koffer und hoffte inständig, dass er bald nach Hause fahren könnte. Er hatte versprochen, Riddle anzurufen, aber zuerst wollte er beim Krankenhaus vorbeifahren und nachsehen, ob es möglich war, mit Amandeep zu reden.

Sie war wach, als er ankam. Ein uniformierter Polizist stand direkt draußen vor ihrem Zimmer. Ihre Eltern waren da, und Jaspreets und Gurmans Freude darüber, ihre Tochter zurückbekommen zu haben, war nicht zu übersehen. Harinder wurde mit herzlichem Händedruck und Umarmungen empfangen. Vom Krankenbett betrachtete die Patientin ihn mit einem erschöpften Lächeln. Ein Zeichen dafür, dass sie noch lange nicht gesund war, wenngleich sie das Bewusstsein wiedererlangt hatte.

»Hallo, Onkel Hari...«

Er trat ans Bett und küsste sie auf den Teil ihres Kopfes, der nicht bandagiert war. Die Zärtlichkeit, die er für sie in diesem Augenblick empfand, überwältigte ihn beinahe. Es war eine lange und emotional anstrengende Woche gewesen.

Harinder zog einen Stuhl an das Bett heran.

»Wie fühlst du dich?«, fragte er.

»Als sei ich mit dem schlimmsten Kater der Welt erwacht«, sagte Amandeep mit schiefem Grinsen und warf einen vorsichtigen Blick in Richtung ihrer Eltern. Angesichts ihrer konservativen Werte war ein Kater vielleicht nicht der beste Vergleich.

»Du bist unglaublich stark gewesen«, sagte Harinder. »Ich habe eben mit Savi telefoniert, sie hat nach dir gefragt. Ich soll dich grüßen.«

Amandeep lächelte und ergriff seine Hand.

»Du bist jetzt sicher«, fuhr er fort. »Hast du den Polizisten auf dem Gang gesehen? Hier wird immer jemand sein und rund um die Uhr auf dich aufpassen. Jetzt darfst du nur daran denken, wieder ganz gesund zu werden. Allerdings gibt es ein paar Fragen, die wir dir stellen müssen, damit wir hoffentlich auch alle schnappen, die was damit zu tun haben. Wenn du willst, kannst du mit mir reden, aber früher oder später musst du auch mit der Edinburgher Polizei sprechen.«

Amandeep nickte voller Ernst. »Ich verstehe. Und ich möchte so gut es geht mithelfen. Das Problem ist bloß, dass ich mich nicht mehr an viel erinnere. Es kommt mir vor, als hätte ich so lange geschlafen, dass ich nicht mehr weiß, ob ich wirklich wach bin oder nicht. Und alle Geschehnisse der letzten Zeit sind wie ein diffuser Traum. Wie sehr ich auch darüber nachdenke, ich sehe nur unklare Bilder.«

Nicht das, was Harinder zu hören hoffte, aber er war auch nicht überrascht. Kopfverletzungen hatten oft unberechenbare Folgen.

Ehe er fortfuhr, warf er einen diskreten Blick auf Jaspreet. Sie verstand zum Glück den Wink, zupfte ihren Mann am Ärmel, und beide ließen Harinder mit seiner Nichte allein.

»Was ist das Letzte, woran du dich erinnerst?«

»Dass ich mit Sam und Ian von der Wanderung nach Hause gefahren bin«, sagte Amandeep. »Ich war erschöpft. Es gab an diesem Wochenende lange Wanderungen und Unterhaltungen bis spät in den Abend. Auf dem Weg zurück bin ich im Wagen weggedöst und habe mich nur darauf gefreut, ins Bett zu kommen. Ich wusste, dass Riya noch nicht zu Hause war, weil sie mir eine SMS geschickt hatte, und ich erinnere mich, dass ich deswegen erleichtert war. Ich hatte nämlich überhaupt keine Lust, noch aufzubleiben und zu quatschen. Sie hätte bestimmt nach allen Details verlangt, weißt du.«

Harinder lächelte. »War es denn ein schöner Ausflug?«

»Erstklassig«, sagte sie, was allerdings nicht ganz damit übereinstimmte, was Stuart McCall erzählt hatte. »Egal, ich habe mich dann von Sam und Ian verabschiedet. Die sind weitergefahren, und als ich aufschließen wollte, kam da ein Mann und hat mir die Tür aufgehalten ...«

Etwas in ihrem Blick verdüsterte sich, als ob ihre eigenen Worte eine unangenehme Erinnerung weckten.

»Ich glaube, es war derselbe Mann, der heute Nacht hier gewesen ist«, sagte sie. »Ich weiß nicht, vielleicht bringe ich auch etwas durcheinander. Alles war so verwirrend. Ich glaube aber, dass es derselbe Typ war.«

»Davey Milne?«

»Ist das sein Name?«

Harinder nickte. »Hast du ihn zuvor schon mal gesehen?«

Amandeep schüttelte den Kopf.

»Als du einen kurzen wachen Moment hattest, da hast du einen Namen erwähnt. *Lee*. Erinnerst du dich?«

Abermals schüttelte sie den Kopf.

»Und genau das hat uns geholfen, zwei Männer zu identifizieren, die dich entführt haben«, sagte Harinder. »Du musst also *irgendetwas* mitbekommen haben und wusstest, wie einer der beiden hieß. Kannst du versuchen, dich noch an mehr zu erinnern?«

Sie versuchte, nachzudenken, aber Harinder sah, dass die Bemühung sie erschöpfte. Er tätschelte ihre Hand.

»Überanstreng dich bloß nicht«, sagte er. »Nur, weil du dich jetzt nicht an alles erinnerst, bedeutet das nicht, dass du alles vergessen hast. Du brauchst nur etwas Zeit.«

»Tut mir leid«, seufzte sie. »Ich will mich ja erinnern, es ist nur ... Ich kann den Nebel einfach nicht durchdringen.«

»Das ist völlig in Ordnung«, sagte er.

Immerhin konnte Amandeep berichten, dass ein Gefühl der Unruhe sie geweckt hatte. Wie in den Nächten in Afghanistan, wenn sie vom Lärm der Explosionen erwacht war. Sie hatte den Mann gesehen, der direkt vor ihrem Bett stand. Mit einem Kissen in der Hand. Die eigentliche Konfrontation war jedoch wie die anderen Erinnerungen der letzten Woche im Nebel verschwunden. Sie erinnerte sich nur, eine schreckliche Wut in sich gehabt zu haben, die alle Schmerzen übertünchte.

»Hast du eine Idee, aus welchem Grund dir jemand wehtun sollte?«

»Können wir später darüber weiterreden?«

Harinder hatte den Eindruck, dass sie dem Thema auswich, aber der Gedanke war eigentlich unangebracht. Etwas, das ein Polizist denken würde, aber kein Familienmitglied.

»Aber sicher«, sagte er und drückte ihre Hand. »Vergiss nur nicht, dass du keine Angst davor haben musst, mir etwas zu erzählen, was ich deiner Meinung nach vielleicht nicht hören möchte. Ich bin zwar Polizist, aber auch ein Teil der Familie. Das Einzige, was ich will, ist, dich zu beschützen.«

Der Bus Nummer 7 hielt gleich am Haupteingang des Krankenhauses und brachte ihn nach North Bridge. Unterwegs hatte er versucht, James Riddle zu erreichen, aber der ehemalige Polizist antwortete nicht. Harinder befürchtete, dass er mit einem halben Liter vor sich in irgendeinem Pub hockte.

Er steuerte auf das Hotel zu. Gleich nachdem er eine Ecke umrundet hatte, fiel ihm ein Taxi auf, das langsam hinter ihm herfuhr. Ein schwarzer Mercedes mit einem goldenen Kreis auf einer der Türen, worin *JC Cabs* geschrieben stand. Es gab keinen Grund für das Schneckentempo, der Verkehr auf der Princes Street floss ungehindert.

Der Fahrer blickte in Harinders Richtung.

Harinder überquerte die Straße und trat auf das Hotel zu, während das Taxi weiterfuhr. Er befand sich kurz vor dem Eingang, als er das Reifengeräusch eines Wagens hörte, der an der nächsten Straßenecke plötzlich wendete. Andere Autofahrer taten ihren Protest durch lautes Hupen kund.

Das Mercedes-Taxi hielt gleich neben dem Hoteleingang am Straßenrand.

Wenn Polizisten über eine universelle Körpersprache verfügten, wie von manchen behauptet wurde, dann galt das Gleiche für angeheuerte Gorillas. Harinder hatte somit keine Schwierigkeiten, den groß gewachsenen und in einen dunklen Anzug gekleideten Mann einzuordnen, der überraschend leichtfüßig vom Fahrersitz aufsprang. Er hatte langes, strähniges Haar und die eingedrückte Nase eines alten Profiboxers.

»Mr Singh?«, sagte der Mann. »Mein Arbeitgeber wünscht ein Wort mit Ihnen.«

Er hielt die hintere Tür auf der Beifahrerseite auf, ohne sich davon zu überzeugen, ob der Wunsch auf Gegenseitigkeit beruhte. Harinder blieb stehen und sah den anderen skeptisch an.

»Und wer ist Ihr Arbeitgeber?«

»Mr Callahan.«

»Da er anscheinend weiß, wo ich zu finden bin, können Sie ihn bitten, einen Termin zu vereinbaren«, sagte Harinder.

Einfach in einen Wagen mit düsteren Gestalten zu springen, war selten eine gute Idee, auch nicht für Polizisten. Er bedeutete dem Gorilla, an ihm vorbeigehen zu wollen, doch ein ausgestreckter Arm hinderte ihn daran.

»*Just get in the friggin' car!*«

Der Mann stieß Harinder auf den Rücksitz, und die Tür des Mercedes wurde zugeknallt.

KAPITEL 44

Harinder wusste nicht, wo genau sie sich in der Stadt befanden. Die Fahrt hatte nicht länger als zehn Minuten gedauert, und in der Ferne konnte er im Osten immer noch Castle Rock ausmachen. Der Wagen hatte vor einem flachen Eckgebäude mit Garage angehalten. Ein gelbes Schild mit der Aufschrift *JC Cabs* hing über der Einfahrt. Die Straße war belebt, ein gleichmäßiger Strom von Autos und Bussen sowie eine Reihe Läden und Cafés.

Der langhaarige Gorilla führte ihn durch eine Tür neben der Garage und eine Treppe in den ersten Stock hinauf. Nachdem sie eine große und leere Büroetage durchquert hatten, wurde Harinder durch eine weitere Tür in ein eher privat anmutendes Büro geleitet.

Joe Callahans massiger Körper thronte auf einem Bürostuhl hinter dem Schreibtisch. Harinder hatte schon vom Körperumfang des Mannes gehört, war aber dennoch überrascht, wie dick er tatsächlich war. Das Tablet in seiner Hand sah wie ein winziges Telefon aus, während er mit dem Zeigefinger über den Bildschirm strich. Als er zu Harinder aufblickte, wirkten die Augen in seinem großen, runden und hochroten Kopf ganz schmal. Der glatt rasierte Schädel glänzte im Schein der Tischlampe.

Vergiss Dirty Harry. Der Mann erinnerte Harinder eher an den alten Freibeuter King Kong Bundy.

»*Inspector Singh*«, sagte er mit überraschend heller Stimme. »Wie schön, dass Sie sich uns anschließen konnten.«

James Riddle saß in der Ecke des Büros in einem Sessel. Er hatte schon besser ausgesehen, wie Harinder feststellte. Seine Schultern hingen herab, und er hielt sich ein Taschentuch vor das Gesicht, um das aus seiner Nase tropfende Blut aufzufangen. Sein spärlicher Haarschopf war zerzaust, und seine Wangen waren röter als die von Callahan.

Falls es vor Harinders Ankunft zu einer Auseinandersetzung zwischen den beiden Männern gekommen war, bestand kein Zweifel daran, wie diese ausgegangen war.

Callahan deutete auf einen Stuhl vor dem Schreibtisch. Als Harinder zögerte, bekam er von dem Muskelpaket einen Stoß in den Rücken.

»Ein pensionierter und ein ausländischer Bulle schwirren durch die Stadt und stellen Fragen und äußern Beschuldigungen«, sagte Callahan. »Jim und ich hatten gerade ein Gespräch, in dem ich zum Ausdruck gebracht habe, was ich davon halte. Sie sind Gast in meiner Stadt, Singh, ich möchte das gleiche Gespräch daher nur ungern auch mit Ihnen führen.«

»Wir gastfreundlich von Ihnen«, sagte Harinder, bevor er sich bremsen konnte.

Callahan lachte. »Ja, überaus. Sie müssen verstehen, dass ich nicht ungerecht bin. Wie ich höre, ist ein Familienmitglied von Ihnen einem hässlichen Verbrechen ausgesetzt worden. Das ist natürlich äußerst bedauerlich, aber mir ist völlig rätselhaft, wieso mein alter Freund Jim angedeutet hat, dass ich Kenntnis von der traurigen Angelegenheit haben sollte. Offen gestanden finde ich das verletzend.«

»Lassen Sie mich raten, Sie meinen, das wurzelt ganz und gar nicht in der Realität?«, sagte Harinder.

»Exakt.« Callahan hob seinen massiven Zeigefinger. »Bis ich in der Zeitung von ihr las, habe ich noch nie etwas von dem Mädchen gehört. Weswegen sollte ich ihr etwas antun wollen? Ganz zu schweigen davon, dass derartige Sachen meist zu negativer Aufmerksamkeit führen. Wozu sollte mir das dienen?«

»Aber Davey Milne und Lee Allan haben für Sie gearbeitet?«

Callahan schnaubte. »Vor *längerer Zeit* haben sie vielleicht die eine oder andere Sache für mich erledigt, aber Allan war unbrauchbar und Milne unzuverlässig. Ich will solche Leute nicht um mich haben. Fragen Sie, wen Sie wollen.«

»Aber *jemand* hat sie angeheuert«, entgegnete Harinder.

»Ich nicht.« Callahan stand auf und trat an die andere Seite des Schreibtischs, so dass er Harinder jetzt genau gegenüberstand. Der Mann war nicht nur beeindruckend fett, sondern auch ziemlich groß. »Hören Sie. Ich habe vielleicht nicht immer nach dem Gesetz gehandelt, aber das gehört der Vergangenheit an. Jetzt bin ich nur ein einfacher Geschäftsmann, der sich um seine eigenen Angelegenheiten kümmert. Und dennoch gibt es viele, die alle möglichen Meinungen darüber haben, wer ich bin und was ich treibe. Das ist dummes Gewäsch. Übertreibungen oder schlichtweg Lügen. Ich weiß, wie die Menschen mich hinter meinem Rücken nennen, aber ich bin noch nicht einem einzigen begegnet, der wagt, mir das offen ins Gesicht zu sagen.

Solche Menschen sind es nicht wert, dass man ihnen zuhört.«

Er warf einen verärgerten Blick auf Riddle.

Harinder kaufte ihm die aufgesetzte Entrüstung und das eingeübt wirkende Dementi nicht ab. Er dachte plötzlich an die Geschichte, die Riddle ihm über den sogenannten Stein des Schicksals erzählt hatte. Ein großer, hässlicher grauer Stein, eine Fälschung, die zu etwas anderem veredelt worden war. Die Beschreibung passte genauso gut zu dem massigen Mann vor ihm.

»Sie erteilen mir also eine Lektion in dummem Geschwätz und beteuern gleichzeitig, nicht zu wissen, wer hinter dem Angriff auf Amandeep Kaur steckt«, sagte er. »Soll ich dem wirklich irgendeine Bedeutung beimessen?«

Callahans Augen verrieten, dass er diese Bemerkung weder erwartet hatte noch sie sonderlich schätzte. Seine buschigen Augenbrauen zogen sich zusammen. Er beugte sich zu Harinder herunter. Wedelte mit dem Zeigefinger vor seinem Gesicht herum.

»Ich weiß, dass ihr Bullen es vorzieht, andere für euch denken zu lassen, also möchte ich mich ganz klar ausdrücken«, sagte Callahan. »Diese Sache mit Ihrer Nichte geht mich nichts an. Niemand, den ich kenne, hätte diese Idioten Milne und Allan engagiert. Verstehen Sie, was ich sage?«

Harinder nickte unsicher.

»Der Verantwortliche hat nicht mal eine eigene Gang hier in Edinburgh«, sagte er. »Also wer kommt infrage?«

»Glauben Sie, ich habe einen Namen für Sie? Haben Sie nicht gehört, was ich gerade gesagt habe?«, fragte Callahan. »Allerdings wird er die Konsequenzen tragen müssen für all das Theater, das er verursacht hat. Sie sollten ihn also finden, bevor ich es tue.«

Der Koloss von einem Mann wandte den anderen den Rücken zu, wie um zu unterstreichen, dass sich die Audienz dem Ende näherte.

»Das ist alles, was ich zu dieser Sache zu sagen habe. Jetzt verziehen Sie sich aus meinem Büro und nehmen diesen alten, unbrauchbaren Schwachkopf mit. Wenn ich einen von euch je wiedersehe, schleppe ich euch eigenhändig auf den Gipfel von Salisbury Crags und werfe euch über die Klippe.«

KAPITEL 45

Auf dem Weg zurück in die Innenstadt mussten sie die Home Street entlanggehen. Nachdem seine Nase zu bluten aufgehört hatte, warf Riddle das Taschentuch in einen Mülleimer. Er schien keine ernsthaften Prügel bezogen zu haben. Brüsk lehnte er den Vorschlag eines Arztbesuches ab.

»Was ich jetzt brauche, ist ein Pint«, sagte er. »Oder drei.«

Er führte Harinder durch ein Wirrwarr aus breiten und engen Nebenstraßen, bis sie vor einer Eckkneipe mit dem Namen Blue Blazer standen. Er bestellte Bier für beide und ein Glas Whisky für sich allein. Dann setzten sie sich in eine Ecke, wo sie ungestört reden konnten.

»Das war interessant«, sagte Harinder.

Riddle grinste. »Ja, er weiß, wie man Eindruck schindet. Aber Sie dürfen ihm nicht ein Wort glauben, Harinder. Er lügt von Natur aus. Auch wenn es am einfachsten ist, die Wahrheit zu sagen, wird er alle anlügen.«

»Glauben Sie mir, ich kenne solche Typen. Bei uns zu Hause gibt's die auch. Wenn auch nicht gerade in der Größe«, sagte Harinder. »Die Sache ist nur die, dass ich ihm glaube.«

Der alte Polizist riss die Augen auf.

»Was er sagte, klang glaubwürdig. Derjenige, der Milne und Allan angeheuert hat, war nicht gerade auf beste Qualität erpicht. Aber er brauchte Leute, die die Stadt kannten und die keine Fragen stellen würden.«

Riddle rümpfte die Nase, allerdings schien er den Gedanken nicht völlig abwegig zu finden.

»Ich bin sicher, dass alles stimmt, was Sie mir über Callahan erzählt haben«, sagte Harinder. »Was aber nicht bedeutet, dass er die einzige Ratte im Kanal ist. Und in diesem Fall haben wir es wohl mit einer ganz anderen Art von Ratte zu tun.«

»Lassen Sie mich raten«, sagte Riddle und hob sein Bierglas. »Rattus norvegicus?«

KAPITEL 46

Sonntag, 27. Oktober

Die komplette Ermittlungsgruppe um DCI Frank Millar war fast rund um die Uhr beschäftigt. Von oberster Stelle waren bezahlte Überstunden bewilligt worden. Laut Roisin Lawson passierte das etwa einmal in jedem dritten Schaltjahr. Die Polizeichefs beschützten ihre Budgets wie ein Adlerweibchen den Horst. Doch zwei Morde und ein Mordversuch innerhalb kürzester Zeit kamen nicht oft vor. Da es sich bei den zwei Toten um Kriminelle handelte, spielten die Morde keine große Rolle, der Angriff auf eine internationale Austauschstudentin hingegen schon. Edinburghs Ruf als sichere und weltoffene Stadt stand auf dem Spiel.

Harinder durfte zusammen mit Kommissar Lundberg, der am Samstagabend in Edinburgh gelandet war, am aktuellen Briefing teilnehmen. Vermutlich ein Versuch, wohlwollend zu wirken, dachte Harinder, der wusste, dass Millar auf eine baldige formelle Vernehmung Amandeeps brannte. Angesichts ihres Zustands waren die Ärzte vorläufig skeptisch, daher galt es, die Familie auf die Seite der Polizei zu ziehen.

Ebenfalls anwesend war die Kriminaltechnikerin Joanne Hendry, wodurch Roisin Lawson nicht mehr die einzige Frau im Raum war. Sie hatte ein rundes Gesicht und ein joviales, entgegenkommendes Lächeln, das allerdings sofort erlosch, wenn sie anfing, über ihre Arbeit zu reden. Hendry präsentierte die Ergebnisse von der Obduktion Lee Allans und verwies auf die technischen Spuren, die sie an der Leiche festgestellt hatte.

Der Raum war mit einem Smartboard ausgestattet, mit dessen Hilfe Fotos und Videos direkt auf einen Großbildschirm übertragen werden konnten. Eine Reihe von Fotos zeigte die bleichen Überreste von Allan.

»Wie schon vermutet, ist der Tote erwürgt worden«, sagte Hendry und deutete auf ein Foto aus der Wohnung, auf dem Allan mit einem Plastikbeutel über dem Kopf im Sessel saß. »Die Tatperson ist von hinten gekommen, hat ihm den Beutel über den Kopf gestülpt und dann zugezogen, so dass die Luftzufuhr unterbrochen wurde. Das Opfer hat versucht, sich zu wehren, allerdings ohne große Kraft. Was nicht verwunderlich ist, wenn wir die Menge an Alkohol und Cannabis in seinem Blut berücksichtigen. Das Opfer befand sich also in einem starken Rauschzustand und konnte wahrscheinlich keinen großen Widerstand leisten, als es angegriffen wurde. Der Tod ist relativ schnell eingetreten.«

»Was kannst du uns über den Täter erzählen?«, fragte Millar.

»Ich kann berichten, dass die betreffende Person Rechtshänder ist und etwa 175 Zentimeter groß«, sagte Hendry. »Die Tatperson hat die linke Hand verwendet, um die Schulter des Opfers festzuhalten, während der Plastikbeutel mit der rechten Hand zugezogen wurde. Der Winkel deutet auf jemanden von der erwähnten Größe.«

»Das passt zu den Videoaufnahmen vom Bahnhof Waverley, als Milne ermordet wurde«, warf Roisin Lawson ein.

»Wir haben eine an der Umgebung ausgerichtete Größenberechnung durchgeführt, das Ergebnis lautet zwischen 173 und 176 Zentimeter.«

»Anders ausgedrückt ist die Person durchschnittlich groß«, konstatierte Millar. »Wäre es also zulässig, wenn wir annehmen, dass es ein und dieselbe Person ist?«

Die Kriminaltechnikerin lächelte kurz. »Du kannst annehmen, was immer du willst, aber einen anderen Hinweis als die Körpergröße habe ich nicht. Die Tatperson hat an keinem der Tatorte physische Spuren hinterlassen. Weder Fingerabdrücke noch DNA oder anderes, was wir als Beweis verwenden könnten.«

»Das ist derselbe Typ!«, meldete sich Anthony Rutherford. Er sprach mit einem starken Glasgow-Akzent, der für Harinder noch schwieriger zu dekodieren war als Lawsons.

»Ich kann mich nur an den Beweisen orientieren«, sagte Hendry.

Die anderen im Raum schienen Rutherfords Ansicht zu teilen. Harinder erging es ebenso.

Hendry rief ein Foto auf, das Lee Allans Leiche auf einem Metalltisch zeigte.

»Interessant sind auch ein paar andere Verletzungen, die wir bei dem Verstorbenen gefunden haben«, fuhr Hendry fort. »Vielleicht sehen Sie die Spuren am rechten Auge? Das sind Kratzspuren. Die Haut wurde an der Stirn, den Augenbrauen und den Wangen verletzt. Am Auge selbst sind auch Verwundungen sichtbar, die darauf hindeuten, dass der Verstorbene kräftig gekratzt wurde. Außerdem gibt es eine Bissspur am Arm. Darüber hinaus hat er sich eine deutliche Schwellung an den Hoden zugezogen, die von einem heftigen Stoß oder Tritt in den Schritt herrührt.«

»Kannst du sagen, wann diese Verletzungen entstanden sind?«, fragte Lawson.

»Etwa einen Tag bevor er gestorben ist, nicht früher.« Hendry wechselte zu einem anderen Foto, das Allans Hände zeigte. An seinen Knöcheln waren Wunden und Schwellungen zu erkennen. »Das gilt auch für diese Verletzungen, die von Schlägen stammen, die er wiederum anderen zugefügt hat. Wir reden hier von harten Schlägen. Wir haben Blutspuren und Zahnabdrücke auf seinen Händen gefunden. Sowohl die Kratzspuren im Gesicht als auch die Verletzungen an den Händen können mit einem der anderen Opfer in diesem Fall in Verbindung gebracht werden, genau genommen mit Amandeep Kaur.«

Harinder wand sich auf seinem Stuhl. »Sie sagen also, dass Allan sie misshandelt hat?«

»Gemäß der Beweise hat er sie geschlagen, ja«, erwiderte Hendry.

Harinder wurde klar, dass Amandeep ihren eigenen Schmerzen und Verletzungen getrotzt haben musste, um ihren Gefängniswärtern zu entkommen. Sie hatte zurückschlagen müssen.

Als Lundberg anfing, die Ermittlungen von norwegischer Seite zu erläutern, konnte Harinder ihm nicht folgen. Ihn in seinem stotternden Englisch erklären zu hören, was er bereits wusste, reichte nicht aus, um die Bilder beiseitezuschieben, die die Kriminaltechnikerin in seinen Kopf gepflanzt hatte.

KAPITEL 47

»Sie waren ja ziemlich ruhig zum Ende der Besprechung«, sagte Roisin Lawson, als sie und Harinder auf dem Weg zum Krankenhaus waren, um Amandeep zu treffen. »Jemand, der sich mit Körpersprache beschäftigt, würde vielleicht sagen, dass Sie nicht das größte Vertrauen in Ihren norwegischen Kollegen haben.«

»Lundberg?«, fragte Harinder. »Er ist bestimmt in Ordnung, aber eigentlich haben wir noch nie zusammengearbeitet. Und streng genommen ist er hier ja nicht als Ermittler, sondern als Sendbote.«

»Okay. Eine andere Deutung könnte hingegen lauten, dass Sie in der Regel überhaupt kein Vertrauen zu anderen Menschen haben. Und deswegen müssen Sie auch ständig ein Wörtchen mitreden.«

»Ich habe durchaus Vertrauen zu anderen Menschen, solange ich weiß, wozu sie taugen.«

»Ach, wirklich?«

»Ich habe Vertrauen zu Ihnen«, sagte er. »Ich habe gesehen, wie Sie arbeiten. Sie hätten Allan auch ohne meine und Riddles Einmischung gefunden, und Sie waren die Einzige, die Milne im Fokus hatte. Das zeugt von Phantasie und methodischem Denken.«

Harinder entging nicht, dass die ansonsten eher blasse Schottin ein wenig Farbe in die Wangen bekam.

»Falls Sie mir wirklich vertrauen, dann lassen Sie sich gesagt sein, dass Sie etwas Abstand zu Jim Riddle halten sollten«, sagte Lawson. »Ich meine, er ist mein alter Chef, und ich kann ihn in vielerlei Hinsicht gut leiden, aber ihn in diesen Fall hereinzuziehen, war nicht besonders schlau. Er ist einer, der gern Lärm macht. Oft interessiert es ihn nur, zu beweisen, dass er allein recht hat und alle anderen Schwachköpfe sind.«

»Und Sie müssen dann hinter ihm aufräumen?«

Roisin stieß einen tiefen Seufzer aus. »Das hab ich früher getan, und nicht nur einmal.«

Eine formelle Vernehmung von Amandeep auf der Station war vorläufig ausgeschlossen, allerdings hatte Doktor Durie keine Einwände gegen ein Gespräch unter geschützten Bedingungen. Er wollte lediglich ein größeres Polizeiaufgebot im Krankenhaus vermeiden. Seiner Ansicht nach hatte es schon genügend Störungen gegeben.

Als sie auf Amandeeps Zimmer zugingen, fiel Harinder auf, dass der wachhabende Polizist Gesellschaft bekommen hatte. Ein großer, glatzköpfiger Mann in dunklem Anzug und mit Spitzbart stand auf der gegenüberliegenden Seite an der Wand. Ein hellwacher Blick folgte den Neuankömmlingen. Der Mann trug einen Ohrstöpsel im rechten Ohr.

Ein professioneller Personenschützer.

Roisin schenkte dem Constable einen fragenden Blick. Der Beamte zuckte nur mit den Schultern.

Amandeep hatte Besuch von Riya Chaudry, die auf der Bettkante saß und sich lebhaft mit der Patientin unterhielt. Als Harinder sah, wie sich das Gesicht seiner Nichte erhellte, wurde er daran erinnert, dass nicht jede Medizin aus einem Pillenglas kam. Nach allem, was passiert war, musste es wunderbar sein, sich mit einer Freundin über alltägliche Dinge unterhalten zu können.

Er bedauerte, sie stören zu müssen.

»Hallo, Mr Singh«, sagte Riya mit strahlendem Lächeln. »Ich war über das Wochenende bei meinen Eltern und wollte nur kurz Hallo sagen, bevor ich wieder fahre.«

»Wie schön«, sagte Harinder und deutete mit dem Kopf auf den Mann draußen auf dem Gang. »Haben Sie den mitgebracht?«

»Tut mir leid.« Riya verdrehte die Augen. »Mein Vater hat darauf bestanden. Plötzlich glaubt er, dass Edinburgh unsicher geworden ist.«

»Schon in Ordnung«, sagte Harinder.

Die beiden Freundinnen verabschiedeten sich mit einer langen Umarmung und zwei schnellen Wangenküssen. Mit dem Leibwächter im Schlepptau zog Riya von dannen.

»Wo sind deine Mutter und dein Vater?«, fragte Harinder.

»Als Riya kam, habe ich sie zurück ins Hotel geschickt«, sagte Amandeep. »Sie sahen total erschöpft aus.«

»Sehr rücksichtsvoll«, entgegnete Harinder. »Darf ich dir Roisin Lawson von der Polizei Edinburgh vorstellen. Sie gehört zu denjenigen, die an deinem Fall gearbeitet haben. Fühlst du dich stark genug für eine Unterhaltung?«

Amandeep nickte und bat Harinder, ihr aus dem Bett zu helfen. Ihre Beine waren völlig in Ordnung, doch noch immer hatte sie Probleme mit dem Gleichgewicht. In der Nähe des Bettes stand ein Rollstuhl, und Harinder war ihr beim Hinsetzen behilflich.

Roisin schien von Amandeeps Zustand betroffen zu sein. Es war wohl unnötig, sie um behutsames Vorgehen zu bitten.

Sie rollten Amandeep in die Cafeteria, um Erfrischungen zu holen, dann sorgte eine Krankenschwester dafür, dass sie einen Raum bekamen, in dem sie ungestört reden konnten. Es handelte sich um ein ungenutztes Büro. Abgesehen von einer Tischlampe und einem Computer war der Schreibtisch leer.

Roisin legte ihr Handy auf die Tischplatte und schaltete die Aufnahmefunktion ein.

Sie protokollierte Datum, Uhrzeit und Namen der Anwesenden.

»Sie haben gestern zu Kommissar Singh gesagt, dass Sie Probleme hätten, sich an die Zeit nach Ihrer Entführung zu erinnern«, begann sie. »Hat sich das seit gestern verändert?«

Amandeep schüttelte zögernd den Kopf. »Alles ist mehr oder weniger vernebelt. Mitunter fallen mir Bruchstücke ein, aber das sind keine angenehmen Details, weswegen ich versuche, an etwas anderes zu denken.«

Ohne Schwierigkeiten konnte sie Davey Milne auf einem Foto identifizieren, das Roisin ihr zeigte. Das Gesicht von Lee Allan hingegen schien keine Glocke zum Läuten zu bringen.

»Sein Name war Lee Allan«, erklärte Roisin. »*Sie* haben uns neulich seinen Namen gegeben, als Sie krank waren. Sie haben ihn mehrmals genannt. Wissen Sie das noch?«

»Es ist nur … Ich höre diese *Stimmen*«, sagte Amandeep. »Jemand ruft ›*genug jetzt, Lee*‹ oder etwas in der Art. Aber alles andere ist undeutlich. Keine Gesichter, nur Stimmen. Ich glaube nicht, dass sie ihre Namen verwenden sollten.«

»Ich verstehe«, sagte Roisin, als ob sie Amandeep nicht zu sehr unter Druck setzen wollte. »Sie erinnern sich also nicht, dass einer zu Ihnen gesagt hat, was sie von Ihnen wollten?«

»Nein.«

»Und was wollten die *Ihrer* Meinung nach von Ihnen?«

Amandeep dachte eine Weile nach, ehe sie antwortete.

»Ich habe absolut keine Ahnung«, sagte sie schließlich. »War vermutlich wieder mal meine typische Pechsträhne. Ich war ein Jahr in Afghanistan, mit all dem Scheiß, der dort abläuft. Ich habe gesehen, wie Freunde getötet wurden, und ich hatte selbst ein paar Beinahe-Momente. Dann komme ich in diese Stadt, die eigentlich ziemlich friedlich ist, und nach zwei Monaten werde ich von zwei Verrückten überfallen. Ich weiß nicht, was die wollten. Ich erinnere mich an dieses Gefühl von Unsicherheit, ich hatte Angst vor dem, was ihnen womöglich noch einfallen würde. Und ich habe die vage Erinnerung, dass einer von denen mich vielleicht begrapscht hat. Tut mir leid, dass ich nicht mehr Details weiß.«

»Können Sie mir erzählen, wieso Sie sich für Edinburgh entschieden haben?«, fragte Roisin.

»Ich hatte viel Gutes über die Edinburgh Business School gehört und wollte einen Tapetenwechsel. Einen neuen Anfang, wenn Sie so wollen«, sagte Amandeep. »Nach meiner Militärzeit hatte ich etwas Probleme, mich in Oslo zurechtzufinden. Es gab vieles, was ich verarbeiten musste. Ich habe dann einen Job in der Gastronomie angefangen. Da gab's jede Menge Partys und Alkohol, und ich habe viel mit Leuten rumgehangen, die mein Onkel vermutlich nicht so toll gefunden hätte …«

»Wie etwa Henning Ulriksen?«, fragte Harinder.

Amandeep sah ihn lange an, bevor sie reagierte.

»Du weißt es also«, konstatierte sie.

Er nickte zur Bestätigung. »Wir haben mit Diana geredet.«

»Nicht gerade etwas, worauf ich stolz bin. Das gebe ich gern zu«, sagte Amandeep. »Was ich am Gemini mochte, waren die vielen netten Leute, die da gearbeitet haben. Henning war freundlich und cool, wollte immer, dass es allen gut geht. Alle mochten ihn. Wir haben zusammen trainiert. Plötzlich war da jemand, mit dem ich reden konnte. Das war wirklich befreiend unkompliziert und genau das, was ich brauchte. Als wir uns kennengelernt haben, wusste ich nicht, dass er in kriminelle Sachen verwickelt war.«

»Aber das war er. Wann ist dir das klar geworden?«, fragte Harinder. Er versuchte, seiner Stimme einen neutralen Klang zu geben und sich nicht anmerken zu lassen, was er über Menschen wie Ulriksen dachte.

»Ich bin nicht blind«, sagte Amandeep. »Ist natürlich klar, dass man nicht Teil dieses Bekanntenkreises sein kann, ohne mitzukriegen, dass da irgendwas nicht stimmt. Waren, die nie für den Verkauf bestimmt waren, wurden im Lagerraum aufbewahrt. Dann gab es Manipulationen am Kassensystem, um den Umsatz größer erscheinen zu lassen. Als ich Henning danach fragte, hat er nur den Kopf geschüttelt. Später sagte er dann, es sei wichtig, dass ich solche Fragen nicht stellte. Leute könnten es hören, und das wäre nicht gut, sagte er.«

»Welche Leute?«

»Jeder, der es Thomas weitererzählen könnte, vermute ich. Dem *wirklichen* Chef.«

»Hast du ihn oft gesehen?«

»Nein, wenn er im Gemini war, hat er sich in das Büro im ersten Stock zurückgezogen. Meist, um Besprechungen abzuhalten, wie mir das vorkam. Die ganze Zeit sind da irgendwelche Leute rein- und rausgegangen.«

»Bevor du dort aufgehört hast, gab es eine Besprechung zwischen dir, Thomas und unter anderem Erik Ruud«, sagte Harinder.

Wieder sah sie ihn lange an, ehe sie antwortete. Anscheinend hatte sie begriffen, worauf er hinauswollte.

»Ich hätte niemals etwas zu Diana sagen sollen ... Aber wir saßen im selben Boot. Und sie war die Einzige, mit der ich reden konnte.«

»Du hättest mit mir reden können!«

Roisin legte vorsichtig eine Hand auf Harinders Arm. Sogleich bereute er seinen Ausbruch. Amandeep wischte sich eine Träne aus dem Augenwinkel.

»Du warst der Letzte, dem ich das hätte erzählen können«, sagte sie. »Weil du Polizist bist und weil du mit Sicherheit etwas Übereiltes getan hättest. Die wollten mir nur einen Schreck einjagen. Solange ich den Mund hielte, würde nichts passieren. Und das habe ich getan.«

Harinder schmerzte, was er hörte. Nach dem Geschehnis auf der Abiparty war er der Erste gewesen, dem sie sich anvertraut hatte.

»Konntest du dich wirklich darauf verlassen?«, fragte er.

»Vielleicht nicht, aber mir kam es so vor, dass ich keine Wahl hatte. Außerdem war Erik ja die Ursache des Problems. Und er ... nun, ihr wisst ja, was passiert ist.«

»Warst du überrascht, als du davon gehört hast?«

»Ich war nur froh, dass ich das Gemini hinter mir gelassen und nichts mehr mit diesen Leuten zu schaffen hatte«, sagte Amandeep. »Überrascht? Ich weiß nicht. Erik war ein falscher Hund, einer, der die Leute anlächelt und dann hinter ihrem Rücken über sie herzieht.«

»Auch über Thomas und Henning?«

»Besonders über sie. Die waren allesamt alte Kumpel, aber Henning und Thomas sind erfolgreich und wohlhabend geworden, während Erik nichts davon war. Ich weiß noch, wie Henning mal sagte, dass Erik sie vermutlich bestehlen würde.«

Harinder hob die Augenbrauen. »Das hat er gesagt?«

Amandeep nickte.

Eine interessante Aussage von Henning Ulriksen, die ein weiteres Motiv für den Mord an Erik ins Spiel brachte.

»Du hast aber keine konkreten Informationen über den Mord?«, fragte Harinder.

»Nein«, sagte Amandeep. »Aber ich weiß, wo sie für gewöhnlich die Schusswaffe aufbewahrt haben.«

KAPITEL 48

Oslo

Schnell fanden die Highlights aus der Vernehmung von Amandeep Kaur ihren Weg von der einen herbstgrauen nördlichen Hauptstadt in die andere. Die Informationen, die sie beigesteuert hatte, versetzten insbesondere Kommissar Tor-Egil Trippestad in helle Aufregung. Noch ehe Rachel es zum Kripo-Hauptquartier schaffte, hatte er bereits einen Durchsuchungsbefehl für die betreffenden Lokale erwirken können.

Der Verdacht auf illegale Aufbewahrung einer Schusswaffe war Anlass genug. Die winzige theoretische Möglichkeit, dass es sich um die Mordwaffe vom Februar handeln könnte, blieb indes unerwähnt.

Auch gut, dachte Rachel, denn sie glaubte ohnehin nicht, dass sie so viel Glück haben könnten.

Als der Durchsuchungsbefehl vorlag, rückte Rachel mit Trippestad und Steffen Myhre aus. In ihrer Begleitung war Ivan Moreno von der Kriminaltechnik. Der vollkommen haarlose Hobby-Gourmet war einer der Allerbesten auf seinem Gebiet und sollte sicherstellen, dass eventuelle Funde von Anfang an ausschließlich nach Vorschrift behandelt wurden. Trippestad hatte nicht vor, die Beweiskette in Gefahr bringen zu lassen. Besonders nicht, wenn die Ulriksen-

Brüder von einem bärbeißigen Rechtsanwalt wie Bjørn Arild Krogstad vertreten wurden.

Sie stellten ihre Fahrzeuge in der Heimdalsgate ab, gleich um die Ecke vom Gemini. In einem alten, rosa Wohnhaus lagen ein Gemüseladen und ein thailändisches Massagestudio, die beide sonntags geöffnet hatten.

Amandeep Kaur hatte bestritten, weitere Kenntnisse von den Aktivitäten der Ulriksen-Brüder zu besitzen, doch die Beziehung zu Henning hatte natürlich dazu geführt, dass sie das eine oder andere aufschnappte.

Einmal hatte sie in seinem Wagen gesessen und auf ihn gewartet, während er schnell das Massagestudio aufsuchte, um »etwas zu erledigen«. Durch das Fenster hatte sie gesehen, wie er der alten Dame, die das Geschäft betrieb, einen Umschlag aushändigte.

Bei einer anderen Gelegenheit hatte sie Erik Ruud beobachtet, der aus dem schwarzen Tor vor dem Haus trat und eine schwere Kiste mit sich trug. Die Kiste war voll mit Cognacflaschen, die er und Bjørnar Aasen später hinter der Bar im Gemini auspackten.

Die dritte Observation war ernster gewesen.

Henning hatte etwas für Schusswaffen übrig. Er sammelte Waffen und schoss gern mit ihnen. Er war Mitglied in einem Pistolenclub, seine Sammlung war daher ganz legal. Er und Amandeep waren mehrmals auf dem Schießstand gewesen.

Doch sie erinnerte sich an eine Episode kurz vor Weihnachten im Jahr zuvor. Ein Mann war ins Gemini gekommen und hatte Henning etwas überreicht, woraufhin sein Gesicht diesen jungenhaften Ausdruck annahm, der immer dann erschien, wenn er heiterer Stimmung war. Etwas später hatte sie einen Streit zwischen den Brüdern im Büro mitangehört. Thomas regte sich auf, weil Henning *das* im Restaurant aufbewahrte. Nachdem er seinen Bruder ausgeschimpft hatte, bat er ihn, den Gegenstand schnell wieder loszuwerden.

Amandeep begriff, was *das* war, als ihr auffiel, dass sich etwas unter seiner Jacke wölbte. Dann war er um die Ecke und über die Straße zu dem rosa Wohnhaus gegangen.

Trippestad wedelte mit Dienstmarke und Durchsuchungsbefehl herum, als er und die kleine Gruppe Einzug in das Massagestudio hielten. Der Betrieb war legal, es gab keine Einträge in den Polizeiregistern, weswegen die Reaktion der drei Angestellten ein wenig hysterisch ausfiel. Sie waren schlichtweg nicht daran gewöhnt, die Polizei auf der Türschwelle stehen zu haben.

Eine klein gewachsene ältere Frau in weißen Holzschuhen tauchte aus einem Hinterzimmer auf. Sofort fing sie an, auf Thailändisch zu keifen und zu meckern, und tat so, als wüsste sie überhaupt nicht, wovon Trippestad da redete. Als Ivan Moreno, der mehrerer Sprachen mächtig war, ihr in ihrer eigenen Sprache antwortete, ging sie unmittelbar zu gebrochenem Norwegisch über.

Sie bestätigte, Nittha Vatthanputi zu sein, die Inhaberin des Studios. Angesichts Trippestads Drohungen, das Geschäft sofort zu schließen und sie zu verhaften, schlug sie schließlich andere Töne an.

Sie führte die Gruppe hinunter in einen engen Kellergang. Der verband Kühlraum, Gefrierraum, Luftschutzraum und zwei große Verschläge, die zur Lagerung verwendet wurden. Der erste Verschlag zur Linken war mit zwei schweren Vorhängeschlössern gesichert.

Frau Vatthanputi zeigte auf die Tür und sagte:
»Ulriksen.«

Die alte Frau hatte keine Schlüssel zu den Verschlägen. Sie behauptete, die beiden Räume völlig legal vermietet zu haben und dass es sie nichts anging, was sich womöglich hinter den Türen befand.

Rachel fand ihre Ausreden ziemlich kümmerlich. Sie konnte keinen Vertrag vorweisen, und die Miete wurde schwarz bezahlt. Und das war der springende Punkt. Thomas und Henning Ulriksen brauchten einen Ort, der zwar nicht direkt mit ihnen in Verbindung stand, wo sie jedoch Dinge aufbewahren konnten, die sie in der Nähe haben wollten.

Ivan Moreno inspizierte die Vorhängeschlösser, ehe er wieder zu seinem Wagen hinaufging, um eine Zange und eine Eisensäge zu holen. Steffen Myhre übernahm die fotografische Dokumentation.

»Wir ziehen hier gerade etwas Aufmerksamkeit auf uns«, sagte Ivan, als er mit seiner Ausrüstung zurückkam. »Eine Blondine in Gemini-Shirt steht am Fenster und beobachtet uns.«

Die Beschreibung passte zu Annie Moss.

»Wenn sie von dem Keller weiß …«, setzte Rachel an.

»Immer langsam. Sobald wir hier fertig sind, werden wir uns mit ihr unterhalten«, sagte Trippestad.

Ivan trennte die Vorhängeschlösser ab. Sie starrten in einen viereckigen Lagerraum, der auf allen Seiten von soliden Mauern umgeben war. Mit Regalen an der einen Wand und einer Gefriertruhe in der Ecke. Und einem Stapel verschiedener Kisten mitten im Raum.

Alkohol, Zigaretten und Zigarren.

Keine Zollbanderolen.

Kommissar Trippestad grinste, und Steffen Myhre fotografierte den Fund von allen Seiten. Systematisch suchten sie den Raum nach möglichen Verstecken ab.

Trippestads Handy klingelte. Es war Rolfsen, eine von den Beamtinnen, die mit anderen Kollegen zusammen Thomas Ulriksen beschattete.

»Zielperson hat eben einen Anruf erhalten«, sagte Rolfsen. »Scheint aufgeregt zu sein.«

»Vermutlich jemand, der ihm verraten hat, dass wir hier sind«, sagte Trippestad. »Was treibt er gerade?«

»Verbringt den Tag gemeinsam mit Frau und Kindern. Die kamen soeben vom Bowlen am Solli plass. Jetzt essen sie Pizza bei Peppes gleich nebenan. Er ist rausgegangen, um den Anruf entgegenzunehmen.«

»Hast du mitbekommen, was er gesagt hat?«

»Falls mich meine Lippenlesekünste nicht täuschen, hat er zumindest ›Scheiße‹ und ›verflucht‹ gesagt.«

Ivan Moreno fiel der Wandheizkörper hinter der Gefriertruhe auf. Den anderen erklärte er, dass der Heizkörper nicht nur kalt war, sondern auch gar keine Stromverbindung aufwies, wodurch er eigentlich nur als Ziergegenstand diente.

Er nahm den Heizkörper von der Halterung, die an die Wand geschraubt war. Dann löste er eine Klappe an der Rückseite und entdeckte, dass das Gerät innen hohl war.

In dem Heizkörper lag eine dunkle, aus Stahl gefertigte Pistole.

»Eine alte Bekannte«, sagte er. »Eine Glock17, Halbautomatik, Kaliber 9x19 mm.«

»Sieh mal einer an«, sagte Trippestad, der sich sichtlich freute. »Die Kugeln, die wir in Erik Ruud gefunden haben, hatten auch Kaliber 9x19 mm.«

KAPITEL 49

Noch ehe Thomas Ulriksen und seine Familie wieder zu Hause waren, erreichten Rachel und Kommissar Trippestad den Wohnort des Gemini-Inhabers in Vinderen. Sie stellten den Wagen ein gutes Stück entfernt ab und sahen gerade noch, wie der Volvo SUV, der auf Ulriksens Frau zugelassen war, angefahren kam. Thomas' Audi stand draußen vor der Garage.

Das moderne Einfamilienhaus befand sich auf einem weitläufigen Grundstück mit großem Garten und separater Garage und symbolisierte vielleicht mehr als alles andere den gesellschaftlichen Aufstieg, den die Zwillingsbrüder vollbracht hatten.

Unten an der Straße kamen Rachel und Trippestad am Wagen von Kari Rolfsen vorbei. Sie hatte Ulriksen seit einigen Stunden beschattet, musste aber jetzt nach Hause zu den Kindern. In einer Stunde würde Steffen Myhre die Beschattung übernehmen. Rachel und Trippestad sollten nur die Lücke füllen.

Der Kommissar trommelte mit den Fingern auf das Lenkrad. Er gierte darauf, endlich den Mann zu schnappen, der jetzt aus dem Volvo stieg und seine dreijährige Tochter ins Haus trug. Es hatte eine Auseinandersetzung mit der Polizeijuristin gegeben. Sie hatte die Meinung vertreten, dass man Thomas Ulriksen vorläufig nur Schmuggel und Verstoß gegen das Waffengesetz vorwerfen könne. Falls sie ihn zusätzlich wegen Mordes oder Mordversuchs beschuldigen wollten, müsste Trippestad Geduld aufbringen und die Kriminaltechniker die Pistole untersuchen lassen. Das würde frühestens am Montag passieren.

Rachel sah neben sich einen Mann, der nicht im Geringsten geneigt schien, diese Geduld aufzubringen. Er hatte die Zwillinge lange verfolgt, und diese Jagd hatte ihn unter anderem einen wichtigen Informanten gekostet. Ein Informant, der mit seinen Hinweisen allerdings nur die eine Hälfte des Duos in Untersuchungshaft hatte bringen können. Hinweise, die jedoch mit dem Mord an sich gar nichts zu tun hatten.

»Ich glaube, ich würde gern einmal mit Henning reden«, sagte Rachel.

»Wozu das denn?«

»Um seine Version über das Verhältnis zu Amandeep zu hören. Und besonders die Beendigung desselben.«

»Glaubst du wirklich, dass der irgendwelche Fragen beantwortet?«, fragte Trippestad. »Sein Anwalt wird ihm raten, den Mund zu halten. Das ist das Schlaueste, was er tun kann.«

»Du meinst, es wäre gar keinen Versuch wert?«

Trippestad zuckte mit den Achseln. »Lass uns erst mal sehen, wie es mit der Pistole weitergeht. Wenn wir da etwas finden, haben wir einen besseren Ausgangspunkt für ein Gespräch.«

Etwa eine halbe Stunde nach seiner Rückkehr kam Thomas Ulriksen wieder aus dem Haus. Er setzte sich in seinen Audi.

»Fährt er jetzt selbst?«, wunderte sich Trippestad.

Er ließ den Wagen passieren und lenkte dann das eigene Auto bis zum Holmevei hinunter, ehe er die Verfolgung aufnahm. Sie fuhren in passendem Abstand hinter Ulriksen her, während er den Slemdalsvei in Richtung Majorstuen nahm.

»Er weiß, dass er beschattet wird«, sagte Rachel.

»Unvermeidlich, wenn das schon über einen längeren Zeitraum läuft«, erwiderte Trippestad. »Das ist ein Teil des Spiels. Er soll wissen, dass wir ein Auge auf ihn haben.«

»Und wo war das Auge, als er Diana Bonet bedroht hat?«

Der Kommissar blieb ihr die Antwort schuldig.

Kurz vor der Majorstua-Kreuzung kam ein Wagen in hohem Tempo aus der Harald Hårfagres gate geschossen. Rachel sah nur noch den Schatten eines dunklen SUV, ehe der sich wie ein Rammbock in die Seite ihres Wagens bohrte.

Trippestad hatte versucht, auszuweichen, konnte aber lediglich das Ausmaß des Zusammenstoßes begrenzen. Der Wagen wurde von der Fahrbahn geschoben und prallte direkt in ein Taxi, das am Halteplatz in der Valkyriegate stand.

Es war alles andere als eine weiche Landung, als Rachel den Airbag spürte.

Um sich herum hörte sie rufende Stimmen und wildes Hupen. Sie hatte Schwierigkeiten, sich zu bewegen, wurde vom Gurt festgehalten und vom Airbag eingeklemmt. Neben ihr saß Trippestad mit vernebeltem Blick und blutender Stirn. Der andere Wagen hatte seine Seite getroffen, und Rachel konnte sehen, dass er weit mehr abbekommen hatte als sie.

Schließlich schaffte es Rachel, sich zu befreien. Konnte

wegen des Taxis, mit dem sie zusammengestoßen waren, die Beifahrertür nur ein Stück weit aufbekommen und musste sich durch die schmale Öffnung quetschen. Sie war reichlich desorientiert, das Adrenalin wurde durch ihren Körper gepumpt.

Der schwarze SUV, der sie angefahren hatte, setzte schnell zurück. Er hatte eine dicke Beule in der Frontpartie, die Stoßstange hatte sich halbwegs gelöst. Er raste auf die Kreuzung zu und ignorierte die rote Ampel.

Thomas Ulriksen war schon längst verschwunden.

KAPITEL 50

Edinburgh

Roisin Lawson führte Harinder in ein Büfettrestaurant am oberen Ende des Leith Walk. Sie mussten eine Weile auf einen Tisch warten, aber das war es wert.

»Da gibt es etwas, das ich wirklich gern wüsste«, sagte Harinder inmitten der Mahlzeit.

»Was denn?«

»Wie sprichst du deinen Vornamen aus?«, fragte er. »Oder soll ich weiter Lawson zu dir sagen?«

Sie lachte. Ihm fiel auf, dass er sie in den Tagen seit ihrer ersten Begegnung kaum hatte lächeln sehen. Schade, dachte er, denn das Lächeln ließ ihr Gesicht wesentlich weicher aussehen.

»*Ro-sheen*«, erwiderte sie. »Der Name ist irisch, nicht schottisch, falls du dich das fragst. Meine Mutter ist Irin.«

»Multikultureller Hintergrund also. Bei mir auch«, sagte Harinder. »Und dein Akzent, der ist nicht derselbe wie Riddles. Hat etwas mehr Gewöhnung erfordert, um es so zu sagen.«

»Motherwell«, sagte sie. »Ein kleiner, unbedeutender Ort südlich von Glasgow. Ich bin hierhergekommen, um zu studieren. Hab meinen Exmann an der Uni kennengelernt.«

»Ex?« Harinder deutete auf den Goldring an ihrem Ringfinger.

»Wir wurden letztes Jahr endlich geschieden, aber mit Kollegen rede ich nicht so gern über mein Privatleben. Der Ring erspart mir eine Menge Fragen. Und bringt gleichzeitig zum Ausdruck, dass ich kein Freiwild bin.«

»So schlimm kann das doch wohl nicht sein?«

»Als Mann ist das schwierig zu begreifen«, sagte sie.

Er nickte zum Zeichen, dass er verstanden hatte. *Diese* Debatte wollte er nun wirklich nicht führen. Er wusste genau, wie Polizisten sein konnten, und die alte, zählebige Machokultur war Bestandteil der Behörde.

Ihr Gespräch wurde unterbrochen, als James Riddle Harinder anrief. Roisin sah ihn abwartend an, als er ans Telefon ging, woraufhin er sich an ihre frühere Warnung erinnerte. Doch Riddle wollte lediglich wissen, ob bei dem Gespräch mit Amandeep etwas Nützliches herausgekommen war.

»Nichts, was uns bei der Identifikation von anderen möglichen Beteiligten weiterhilft«, sagte Harinder. »Die norwegische Spur ist aber immer noch vielversprechend.«

»Gut«, sagte Riddle. »Lust auf eine Zusammenfassung bei einem oder zwei Bier?«

»Äh, ich glaube, für mich wird es heute ein kurzer Abend. Langer Tag, wissen Sie.«

»Aber natürlich. Wir reden später«, sagte Riddle und beendete das Gespräch.

Roisin schenkte ihm ein schiefes Grinsen. »Kurzer Abend?«

»Das war das Erste, was mir einfiel«, sagte Harinder und grinste. »Der Mann scheint kein Leben zu haben. Das macht mir wirklich Angst. Werde ich eines Tages so sein, wenn ich in Pension gehe?«

»Lass uns über was weniger Deprimierendes reden.«

Roisin winkte den Kellner herbei und bestellte ein weiteres Glas Wein. Harinder schüttelte den Kopf, er wollte nichts. Sein Blick musste ihr offenbar aufgefallen sein.

»Langer Tag, hast du gesagt. Ich sage lange *Woche*«, fuhr sie fort. »Lang und in vielerlei Hinsicht frustrierend. Aber Amandeep scheint es gut zu gehen, und ich werde mich nicht beschweren. Da ist es wohl erlaubt, mal abzuschalten.«

»Absolut.«

Ein Time-out, wie Riddle es genannt hatte. Eine Pause von all den unbeantworteten Fragen, die durch seinen Kopf schossen. Zeit, um ein gutes Essen und anregende Gesellschaft zu genießen.

Sie beugte sich zu ihm.

»Ich kann das Auto stehen lassen«, sagte sie. »Und in deinem Hotelzimmer übernachten.«

»Das könnte später etwas peinlich werden«, warnte er.

»Ja, aber du fährst in ein paar Tagen zurück nach Norwegen«, erwiderte sie. »Da wird's jedenfalls nicht lange peinlich sein.«

Ein überzeugendes Argument.

Auf dem Weg von der Tür zum Bett verlor sie Jacke und Bluse, die auf einem Haufen am Boden landeten. Ihr Mund tastete sich spielend vor, und wie sie schmeckte, war Grund genug, alles andere in den Hintergrund zu schieben. Sie lenkte seine Hände über ihren sommersprossigen Oberkörper und dirigierte sie zu ihren kleinen Brüsten mit den hellen, hervorstehenden Brustwarzen.

Er kam sich eingerostet und unbeholfen vor. Mangelnde Übung im Laufe der letzten zwei Jahre. Aber er begriff schnell, dass er damit nicht allein war. Zwei geschiedene Bullen, deren Alltag von kaum mehr als der Arbeit ausgefüllt war. Beide waren erfahren genug, um die Fallgruben zu kennen, die aus einem Date mit einem Kollegen erwachsen konnten, und gleichzeitig war es nicht einfach, eine Beziehung mit jemandem aufzubauen, der keine Ahnung von ihrer Arbeit hatte. Somit kam es viel häufiger vor, dass sie sich auf gar nichts einließen.

Er machte langsam, ließ sich bereitwillig von ihr führen. Überließ sich der Wärme ihrer nackten Haut und den kräftigen Beinen, die sich um ihn schlangen und ihn so dicht wie möglich an sie drückten.

Später lag er atemlos auf dem Rücken und hielt Roisin im Arm. Ihre Haare kitzelten unter seinem Kinn.

Ein gestohlener Augenblick, nicht mehr, dachte er.

Aber es fühlte sich gut an. Er strich mit den Fingerspitzen über ihren Rücken.

»Ich dachte nicht mal, dass du mich überhaupt magst«, sagte er.

Als sie zu ihm aufblickte, saß ihr der Schalk im Nacken. »Wer sagt, dass ich dich mag?«

Roisin schlief, als er mitten in der Nacht erwachte. Er öffnete das Fenster und starrte auf die Altstadt hinunter.

Plötzlich war alles beendet, was mit Time-out oder Ablenkungen zu tun hatte. Er musste an etwas denken, was Amandeep gesagt hatte.

Solange ich den Mund hielte, würde nichts passieren. Und das habe ich getan.

Plötzlich traf ihn ein Gedanke, der das gesamte Fundament ihrer Ermittlungen erschütterte. Der Gedanke verlangte Harinders Aufmerksamkeit und wollte sich nicht eher verflüchtigen, bis er ihn ganz zu Ende gedacht hatte. Jetzt spürte er kaum noch die Wärme von Roisins Brüsten an seinem Rücken und die Arme, die ihn umschlangen.

Kann ich mich so geirrt haben?

Er drehte sich zu Roisin.

»Ihr Zug war verspätet«, sagte er.

Roisin sah ihn fragend an. »Wessen Zug?«

»Der von Riya Chaudry«, sagte er. »Am letzten Sonntag, als sie auf dem Rückweg von Aberdeen war. Sie verspätete sich, so dass Amandeep vor ihr nach Hause kam. Das Auto von Milne und Allan muss draußen vor dem Gebäude gewartet haben. Sie haben gewartet, weil sie aufgrund der Informationen handelten, die sie bekommen hatten. Sie hatten ein Ziel und eine gewisse Übersicht über ihre Bewegungen. Beispielsweise müssen sie gewusst haben, dass sie nicht zu Hause war, sonst hätte es ja keinen Grund gegeben, dort zu stehen und zu warten.«

»Warte mal ...«, sagte Roisin, als ob sie Zeit brauchte, sich auf den plötzlichen Themenwechsel einzustellen.

»Du hast sie doch heute selbst erlebt im Krankenhaus«, sagte Harinder. »Zwei Frauen Mitte zwanzig mit indischem Hintergrund und langen schwarzen Haaren. In der abendlichen Dunkelheit. Wir suchen die ganze Zeit nach Motiven, die erklären können, warum jemand eine norwegische Studentin entführen sollte. Aber was, wenn das alles grundsätzlich falsch gedacht ist? Was, wenn Riya Chaudry das eigentliche Ziel gewesen war?«

KAPITEL 51

Das Resultat der sonntäglichen Crash-Attacke war für Rachel ein steifer Nacken, blaue Flecken und eine Reihe kleinerer Schnitte, die von Glasscherben herrührten. Keine Brüche und auch keine hässlichen, bleibenden Verletzungen oder Narben. Alles in allem war es noch mal gut gegangen.

Mit Kommissar Tor-Egil Trippestad hatte es zunächst schlimmer ausgesehen, aber wie es schien, war er mit dem Schrecken davongekommen. Nachdem ihm aus dem zerschmetterten Wagen geholfen worden war, hatte er einen beeindruckenden Widerwillen gezeigt, sich untersuchen zu lassen. Stattdessen war er darauf erpicht gewesen, die Jagd auf Thomas Ulriksen fortzusetzen, musste aber schließlich einsehen, dass es nicht ging. Er hinkte und zeigte Anzeichen von geistiger Verwirrung, was auf eine mögliche Gehirnerschütterung hinwies.

Er war sofort ins Ullevål Krankenhaus gebracht worden.

Mit Trippestad außer Gefecht musste der Rest der Ermittlergruppe die Situation unter Kontrolle bringen.

Wer hatte den schwarzen SUV gefahren, der sie gerammt hatte?

Und wo war Thomas Ulriksen abgeblieben?

Als Rachel ihn vor der Kollision zuletzt gesehen hatte, überquerte er gerade die Majorstua-Kreuzung. Es handelte sich um einen Verkehrsknotenpunkt, der stets geschäftig und unübersichtlich war. Jedes Mal glich es einem Alptraum, sich dort hindurchzumanövrieren. Eigentlich waren es zwei Kreuzungen, die dicht nebeneinanderlagen und wo Autos, Busse und Straßenbahnen aus verschiedenen Richtungen aufeinandertrafen.

Der SUV hatte das Chaos vervollständigt, als er zunächst in Trippestads Wagen gedonnert und dann bei Rot über die Kreuzung geschossen war. Ein anderes Fahrzeug war am Heck beschädigt worden, als der Fahrer plötzlich hart bremsen musste, ein weiteres war in eine Straßenbahn geknallt, die an einer Haltestelle gestanden hatte.

Nach einer Suche in der näheren Umgebung wurde Ulriksens Audi vor einem Wohnhaus in der Neuberggate gefunden, nicht weit vom Dominikanerkloster entfernt.

Der Mann selbst war wie vom Erdboden verschluckt.

Rachel hatte keine Zweifel daran, dass der Unfall inszeniert gewesen war. Sie und Trippestad waren nicht von einem zufällig daherkommenden Verkehrsrowdy attackiert worden.

Ein Streifenwagen hatte am Abend auch den SUV entdeckt. Er stand verlassen in einer Straße in Homansbyen. Der Halter des Wagens war ein 44-jähriger Familienvater, der als Berater im Finanzministerium arbeitete. Er hatte den Wagen im Laufe des Nachmittags als gestohlen gemeldet.

Erschöpft und mitgenommen von dem harten Tag, hatte Rachel kurz nach Mitternacht aufgeben müssen. Ein paar Pillen hatten dafür gesorgt, dass sie am nächsten Morgen ohne Kopfschmerzen erwachte. Auch ihr Nacken fühlte sich besser an. Nach einem schnellen Frühstück fuhr sie zum Kripogebäude in Bryn.

Abgesehen vom Leiter war das ganze Team im *situation room* zugegen, der das Zentrum der Ulriksen-Ermittlung bildete. Der Raum stank nach Schweiß und abgestandenem Kaffee. Steffen Myhre sowie die Polizeibeamten Rolfsen und Furuseth schienen die ganze Nacht durchgearbeitet zu haben.

»Lasst uns mal die Kaffeetassen füllen, ehe wir eine Statusrunde abhalten«, schlug Steffen vor.

Ebenfalls anwesend war die Polizeijuristin Andrine Lund. Rachel wusste sehr gut, wer sie war. Sie war lange eine enge Freundin von Christina, ihrer Ex, gewesen. Die Verbindung gestaltete sich nicht ganz reibungslos, da sich die beiden bei Strafsachen nun häufiger auf der jeweils entgegengesetzten Seite des Tisches trafen.

»Ulriksen hat sich verdrückt, und im Augenblick haben wir keine Übersicht darüber, wo er sich befindet«, sagte Steffen. »Wir müssen davon ausgehen, dass das etwas mit dem Fund von gestern zu tun hat. Er muss begriffen haben, dass er vermutlich in kürzester Zeit festgenommen werden würde. Wir haben eine Fahndung rausgegeben und überprüfen gerade alle seine bisher bekannten Aufenthaltsorte.«

»Ist bei der Vernehmung seiner Frau etwas herausgekommen?«, fragte Rachel.

»Sie behauptet, nichts von ihrem Mann gesehen oder gehört zu haben, seit er gestern weggefahren ist«, sagte Steffen.

»Und glauben wir ihr?«

»Nur, weil es dumm von Ulriksen wäre, seine Frau zu kontaktieren«, sagte er.

Tonje Ulriksen befand sich in einer Grauzone. Es war nicht mit Sicherheit zu sagen, was sie über die Geschäfte ihres Mannes oder ihres Schwagers wusste.

»Er hat das sicher schon vor Langem geplant, wie eine Art Bereitschaftseinsatz«, sagte Rachel. »Und wenn er wusste, dass er eines Tages untertauchen müsste, hätte er das doch wohl mit seiner Gattin besprochen? Vielleicht sogar vereinbart, wie sie Kontakt halten könnten.«

»Gut möglich. Aber im Augenblick können wir nichts anderes tun, als sie und den Wohnort der Familie unter Beobachtung zu halten«, sagte Steffen.

»Was Neues über Trippestad?«, fragte Rachel.

»Ich habe heute Morgen mit ihm gesprochen«, sagte Steffen. »Er sagt, es gehe ihm gut. Verletztes Bein, eine angebrochene Rippe und eine leichte Gehirnerschütterung. Nicht schlimmer als bei einem Kopfballduell auf dem Fußballplatz, meinte er. Er sollte sich besser ein paar Tage ausruhen, aber ich fürchte, dass er spätestens morgen wieder auftaucht.«

Alle, die Trippestad kannten, fingen an zu kichern.

Nachdem Ivan Moreno etwas später seinen Platz im Raum eingenommen hatte, hellte sich die Stimmung noch mehr auf.

Er hatte einen Waffenexperten hinzugezogen, um die gefundene Waffe untersuchen zu lassen. Moreno hatte sie bereits auf Fingerabdrücke überprüft, jedoch keine gefunden.

»Der Experte braucht noch mehr Zeit, um verschiedene Tests zu machen, aber das vorläufige Ergebnis scheint klar zu sein«, sagte er. »Es ist dieselbe Waffe, die bei der Ermordung von Erik Ruud verwendet wurde.«

KAPITEL 52

Edinburgh

Wie Harinder Singh wusste, bestand die größte Gefahr für einen Ermittler darin, sich allzu sehr auf eine bestimmte Spur zu versteifen. Egal, wie sicher man sich seiner Sache war, es war stets wichtig, offen zu sein für neue Informationen, die bisherige Wahrheiten infrage stellen konnten. Niemandem machte es Spaß, Fehler einzugestehen, aber noch immer war es besser, einen Schritt zurückzutreten, als die Ermittlung in eine Sackgasse zu steuern.

Ihm war völlig bewusst, dass er es war, der als Erster den Gedanken geäußert hatte, der Grund für den Überfall auf Amandeep könne etwas mit der Zeit vor ihrem Umzug nach Schottland zu tun haben. In jenem Augenblick war der Gedanke ganz naheliegend gewesen. Die Spuren schienen zudem die Theorie so sehr zu untermauern, dass Harinder beinahe völlig überzeugt gewesen war.

Allerdings hatte er nie aufgehört, Fragen zu stellen.

Er bezweifelte keineswegs, dass die Ulriksen-Zwillinge Teil eines Netzwerks waren, mithilfe dessen sie Leute in Schottland anheuern konnten, die sich ihres Problems dann annehmen könnten. Genauso wenig zweifelte er daran, dass sie in der Lage waren, alles Erdenkliche zu tun, um ihre Haut zu retten.

Aber weshalb so viele Monate abwarten? Wieso hatten die Brüder darauf gewartet, dass Amandeep ins Ausland reiste, wenn sie das ganze Frühjahr und große Teile des Sommers zu Hause in Lørenskog verbracht hatte? Wäre es nicht wesentlich einfacher gewesen, etwas gegen sie zu unternehmen, solange sie sich in unmittelbarer Reichweite aufgehalten hatte? Jedenfalls einfacher als eine Situation, in der die Brüder letzten Endes ihr Schicksal in die Hände zweier Verlierer wie Davey Milne und Lee Allan legten.

Und wieso die Entführung? Der springende Punkt bei unbequemen Zeugen war doch schlicht und einfach, sie zu beseitigen.

Genau solche Fragen und solch ein Stochern hatten dazu geführt, dass Harinder sich nicht mit der herrschenden Theorie anfreunden konnte, für deren Entstehen er selbst verantwortlich war.

Und dann war Riya Chaudry im Krankenhaus mit ihrem Leibwächter aufgetaucht, und das ganze Bild geriet noch weiter ins Wanken.

Daher stand Harinder an diesem Vormittag vor der schottischen Ermittlergruppe und erklärte, dass er sich sehr wahrscheinlich geirrt hatte.

»Angesichts der Fehler, die Allan und Milne unterlaufen sind, ist es nahezu unglaublich, dass sie in der Lage waren, die eigentliche Entführung so reibungslos durchzuführen«, sagte er zu DCI Millar und den anderen, die am Konferenztisch versammelt waren. »Die haben in der Belfort Road mit einem klaren Auftrag gewartet. Sie hatten den Namen und ein Foto, und sie müssen von einem ungefähren Zeitpunkt ausgegangen sein, an dem die Zielperson zu Hause erwartet wurde. Aber wie konnte das in Amandeeps Fall möglich sein? Sie saß in einem Auto auf dem Rückweg von einer Tour in den Bergen. Berücksichtigt man dann noch die Verkehrsverhältnisse und die eine oder andere Rast, um etwas zu essen oder auf die Toilette zu gehen, wäre es nicht so leicht gewesen, die Ankunftszeit des Wagens im Voraus zu berechnen. Da wäre es eigentlich nötig gewesen, dass irgendjemand von den fünf anderen die Kidnapper regelmäßig mit Informationen gefüttert hätte. Ich kann das zwar nicht ausschließen, aber wie wahrscheinlich ist das?«

»Wohingegen Riya Chaudry mit dem Zug gefahren ist«, bemerkte Millar, der bei näherer Betrachtung keineswegs so hilflos wirkte, wie James Riddle es gern gesehen hätte. »Entweder hat sie das Zugticket vorher gebucht oder sie hat es vor Ort bezahlt, beides hätte Spuren hinterlassen.«

»Genau. Vielleicht ist sie auch einfach beobachtet worden«, sagte Harinder. »So oder so ist eine Reise mit dem Zug vorhersagbarer. Um die Ankunftszeit zu berechnen, mussten Allan und Milne lediglich wissen, welchen Zug sie in Aberdeen nehmen würde.«

»Aber dieser Zug hatte Verspätung«, warf Roisin Lawson ein.

»Und Amandeep kam als Erste nach Hause«, sagte Harinder. »Eine Frau, die ähnlich wie Riya Chaudry aussieht und zur richtigen Zeit auf die richtige Haustür zusteuert.«

Harinder fragte sich, wann Allan und Milne in diesem Fall ihren Irrtum bemerkt hatten. Waren sie selbst darauf gekommen, oder wurden sie von demjenigen, der sie angeheuert hatte, auf die Verwechslung hingewiesen? Harinder konnte sich gut vorstellen, wie die Stimmung in diesem Moment gewesen sein musste. Totale Verwirrung und Zankerei zwischen den Beteiligten. Womöglich war sogar Panik aufgekommen.

»Jedenfalls erklärt das viel von dem, was danach geschehen ist«, fuhr er fort. »Der brutale Zynismus bei der Beseitigung von Allan und Milne. Der Versuch, Amandeep zum Schweigen zu bringen. Sie konnte sich kaum noch an den Tag der Entführung erinnern, aber das konnten die Hintermänner nicht wissen und wollten daher das Risiko nicht eingehen. Alles dreht sich darum, Zeugen loszuwerden und Spuren zu verwischen, denn solange wir glauben, dass es gar nicht um Riya geht, desto geringer ist unsere Chance, herauszufinden, wer oder was tatsächlich dahintersteckt.«

»Somit können wir auch nicht ausschließen, dass früher oder später ein neuer Versuch unternommen wird, Riya zu entführen«, sagte Roisin. »Ihr Vater hat ihr einen Leibwächter zur Seite gestellt. Ihr selbst war es peinlich, und ich fand es etwas übertrieben. Schließlich sind wir immer noch in Edinburgh. Aber womöglich weiß Vater Chaudry ja etwas, das wir nicht wissen?«

»Wie etwa?«, fragte Millar.

»Hm ... Ich dachte nur, dass das eine interessante Frage ist«, erwiderte Roisin. »Es muss ja auch gar nicht um Riya gehen. Ihr Vater ist der mit dem Geld. Ich weiß nicht viel über Mr Chaudry, aber er ist eine wichtige Figur in der IT-Branche.«

»Stimmt. Er hat sich schon in den frühen Neunzigern mit IT beschäftigt«, sagte Millar. »Jetzt ist er ziemlich mächtig. Sitzt in einigen Aufsichtsräten und ist eine einflussreiche Stimme bei der Scottish National Party.«

Millar holte tief Luft und ließ den Blick den Tisch entlanggleiten, an dem die anderen saßen und schweigend über die Theorie grübelten, die ihnen präsentiert worden war.

»Und du stützt Singh?«, fragte er Roisin.

»Ich finde, das klingt besser als alles, wovon wir bis jetzt ausgegangen sind«, sagte sie.

»Sehe ich auch so«, meldete sich Rutherford mit seinem kräftigen Akzent. »Mit Chaudry geht es hier plötzlich um Geld. Und Geld ist immer ein Motiv.«

Kommissar Jon Lundberg räusperte sich.

»Aber welche Auswirkung hat das auf die Ermittlungen in Oslo?«, fragte er.

»Nun, falls wir uns tatsächlich geirrt haben, dann haben die Ulriksen-Brüder überhaupt nichts mit dieser Geschichte zu tun. Weil es nie um Amandeep ging«, sagte Harinder. »Aber so einfach ist es nicht. Alles hat Auswirkungen. Wir haben nach Verbindungen gesucht und einige gefunden. Womöglich erweisen die sich als ausschlaggebender Beweis, der die beiden Brüder für lange Zeit hinter Gitter bringt.«

»*The smoking gun*«, konnte Lundberg sich nicht verkneifen zu sagen.

»Exakt. Und *sie* wissen natürlich, dass Amandeep es war, die uns zu ihnen geführt hat«, sagte Harinder. »Wir haben gesehen, was sie mit Zeugen machen. Wenn es also vorher keine Bedrohung für sie gegeben hat, dann ist das jetzt ganz bestimmt der Fall.«

KAPITEL 53

Oslo

Henning Ulriksen traf zusammen mit seinem Anwalt Bjørn Arild Krogstad im Gebäude der Kripo ein. Der profilierte Strafverteidiger war in keiner Polizeistation des Landes ein sonderlich geschätzter Mann, und wenn er sich im Namen seiner Mandanten vor Kameras und Mikrophonen zu einem Fall äußerte, strahlte er nichts anderes als Indignation und Verachtung für die Behörden aus. Im Laufe der Jahre hatte er einige der schlimmsten Kriminellen Norwegens vor Gericht vertreten.

Rachel Hauge und Steffen Myhre saßen im Vernehmungsraum bereit, um die beiden in Empfang zu nehmen. Der Raum war hell und warm, mit bequemen Stühlen um einen großen weißen Tisch, wie um zu einer vertrauten Unterhaltung in komfortabler Umgebung einzuladen. Zwei Kameras hoch oben an den Wänden wurden von Bewegungssensoren aktiviert und dokumentierten das Geschehen.

Rachel hatte vorab mit Steffen ihre Strategie erörtert; wie sie den Fund der Pistole präsentieren und darauf hinweisen sollten, dass die Beschuldigung auf Beihilfe zum Mord ausgeweitet werden könnte.

Henning Ulriksen war zwanglos mit Jeans und Hemd

bekleidet. Er hatte sich einen dünnen Vollbart zugelegt. Sein blondes Haar war länger geworden und mit einem feuchten Kamm nach hinten gestrichen. Rachel betrachtete interessiert seine Bewegungen, während er es sich an dem weißen Tisch bequem machte. Höflich nickend begrüßte er die Kripo-Beamten. Nahm dankend das Angebot eines Kaffees an, während Rechtsanwalt Krogstad nur brüsk den Kopf schüttelte.

»Lassen Sie es uns hinter uns bringen«, sagte er. »Mein Mandant hat seit der letzten Vernehmung nichts Neues hinzuzufügen.«

Für die Kameras nannte Steffen die Namen aller Anwesenden.

»Wir würden gern damit beginnen, über Ihren Bruder Thomas Ulriksen zu reden«, sagte er. »Können Sie uns sagen, wann Sie zuletzt mit ihm gesprochen haben?«

»Ich habe ihn nicht mehr gesehen, seitdem ich mich in Untersuchungshaft befinde«, sagte Henning. »Das ist jetzt fast vier Wochen her.«

»Haben Sie zu irgendeinem Zeitpunkt Kenntnis davon erhalten, dass er vorhat, die Stadt oder das Land zu verlassen?«

»Mein Mandant wird diese Frage nicht beantworten«, unterbrach der Rechtsanwalt. »Wir wissen, dass mein *zweiter* Mandant polizeilich gesucht wird, und dass Herr Ulriksen damit verpflichtet wäre, alle Informationen darüber, wo sein Bruder sich befindet, an Sie weitergeben müsste. Aber da er sich in den letzten Wochen in Untersuchungshaft befunden hat, wird er nicht über irgendetwas aussagen, von dem er unmöglich Kenntnis haben kann.«

»Haben Sie Zugang zu Nachrichten?«, fragte Rachel.

»Ein wenig. Offiziell heißt es Brief- und Besuchskontrolle, sie geben mir also Zeitungen, in denen bestimmte Seiten fehlen. Solange ich das Samstagskreuzworträtsel bekomme, beschwere ich mich nicht«, sagte Henning Ulriksen mit knappem Lächeln.

»Ich würde Ihnen gern ein paar Fragen über Amandeep Kaur stellen«, sagte Rachel. »Darf ich annehmen, dass Sie mitbekommen haben, was vor einer Woche in Schottland mit ihr passiert ist?«

Er nickte.

Rachel nahm die Fotos aus der Handtasche, die ihnen von der schottischen Polizei zugesandt worden waren. Fotos von der Stelle, wo man Amandeep gefunden hatte, und Fotos aus dem Krankenhaus, auf denen Amandeeps Verletzungen gut sichtbar waren. Sie legte sie auf den Tisch.

Henning Ulriksen sah sich die Bilder an, wandte den Blick aber schnell wieder ab. Rachel konnte den Ekel in seinem Gesicht sehen. Er schien nicht recht zu wissen, wohin er schauen sollte, und offenbar wollte er ihr auch nicht in die Augen sehen.

»Ja, es ist ziemlich schlimm, sie kann froh sein, überhaupt noch am Leben zu sein«, sagte Rachel. »Erzählen Sie doch mal. Wissen Sie, was Thomas so getrieben hat, während Sie hier eingesessen haben?«

»Ich muss doch wirklich bitten!«, sagte Krogstad.

Henning starrte Rachel an.

»Glauben Sie, dass *er* das getan hat?«, fragte er.

»Beantworten Sie keine dieser lächerlichen Fragen«, sagte der Anwalt.

Bevor Krogstad sich eingeschaltet hatte, war Rachel etwas an Hennings Blick aufgefallen. Eine Unsicherheit, vielleicht sogar eine Angst davor, dass sein Bruder womöglich wirklich dafür verantwortlich war, was Amandeep erlebt hatte. Rachel wollte das Gespräch in diese Richtung weiterführen.

»Wir wissen, dass es eine Unstimmigkeit gegeben hat«, sagte sie. »Zeugen sagen, Ihr Bruder habe ihr gedroht.«

»Ich sage hiermit nicht, dass er das je getan hat, aber wenn, dann ist das lange her«, sagte Henning. »Mein Bruder ist nicht immer so geschickt mit anderen Menschen, aber zwischen ihm und Amandeep gibt es nichts Ungeklärtes.«

»Woher wissen Sie das? Amandeep und Sie sind ja auch nicht eben als Freunde auseinandergegangen.«

»Nein, aber wir haben die Unstimmigkeiten ausgebügelt.«

»Wie denn?«

Rechtsanwalt Krogstad fasste den Arm seines Mandanten. »Sie brauchen nicht zu antworten«, sagte er.

»Sie war eine Freundin!«, sagte Henning.

»Ja, und wie Sie beide alte Freunde behandeln, haben wir ja gesehen«, entgegnete Rachel.

»Das ist eine Farce«, sagte Krogstad. »Wenn Sie nicht mehr zu bieten haben, freue ich mich schon auf den nächsten Haftprüfungstermin.«

Rachel nickte Steffen diskret zu. Henning war nun zur Genüge weichgeklopft, wie sie fand.

»Wir hätten gern, dass Sie sich das hier ansehen«, sagte Steffen und zog zwei weitere Fotos hervor. Das eine zeigte den Heizkörper im Keller des Hauses gegenüber vom Gemini. Das andere zeigte ihn im geöffneten Zustand, während die Pistole sich im Inneren befand.

»Das hier wurde in Ihrem geheimen Lagerraum gefunden, nur wenige Stunden bevor sich Ihr Bruder aus dem Staub gemacht hat«, fuhr Steffen fort. »Eine unregistrierte Schusswaffe der Marke Glock, Modell 17. Allein der Besitz dieser Waffe ist strafbar.«

Der Rechtsanwalt und sein Mandant starrten die Fotos an. Das darauffolgende Schweigen Krogstads war untypisch. Doch er riss sich umgehend zusammen. Er hüstelte und schien seine Einwände vorzubereiten, während Henning den Blick nicht von den Fotos nehmen konnte.

Rachel begann sich plötzlich zu fragen, ob er womöglich gar nicht gewusst hatte, dass die Pistole dort gewesen war.

»Von welchem ›geheimen Lagerraum‹ reden Sie, bitte?«, sagte Krogstad. »Und dann würde ich gern die Beweise sehen, inwieweit mein Mandant mit diesem Raum und mit dieser Waffe verknüpft werden kann.«

»Der Raum befindet sich im Keller unter der Massageklinik in der Heimdalsgate«, sagte Steffen. »Wir haben die Zeugenaussage von Nittha Vatthanputi, die bestätigt, dass Henning Ulriksen ihr monatlich achttausend Kronen für die Verwendung eines der Lagerräume unter ihrem Geschäft gezahlt hat. Die Zahlungen werden seit August 2017 geleistet, und immer in bar. Darüber hinaus haben weitere Zeugen aus dem Gemini zugegeben, von dem Raum gewusst zu haben. Die Zeugen sagen, dass nur vier Personen Zugang zu dem Lager haben: Thomas und Henning Ulriksen, Annie Moss und Frode Nyquist. Dann gibt es noch eine fünfte Person, die Zugang *hatte*, aber unmöglich in Besitz der Waffe sein kann.«

»Aha, und wer ist das?«, fragte Krogstad.

»Erik Ruud«, erwiderte Steffen. »Es erscheint eher unwahrscheinlich, dass er selbst die Waffe besaß, die ihn getötet hat. Oder zumindest, dass er die Waffe hinter dem Heizkörper versteckt hat, nachdem er umgebracht wurde.«

Henning Ulriksen riss die Augen auf. Ein Anflug von Panik war in seinen Blick getreten. Er schaute seinen Anwalt an wie ein Ertrinkender, der verzweifelt darauf wartete, dass ihm ein Rettungsring zugeworfen würde.

»Behaupten Sie etwa, dass dies die Mordwaffe ist?«, fragte Krogstad in behutsamerem Tonfall.

»Das ist keine Behauptung«, sagte Steffen. »Die Ballistik ist ganz eindeutig. Diese Pistole wurde bei der Ermordung Erik Ruuds verwendet. Sobald wir den Bericht vorliegen haben, erhalten Sie eine Kopie.«

»Verdammt nein!« Henning sprang von seinem Stuhl auf und war offenbar nicht mehr in der Lage, sich zurückzuhalten. »Ich habe keine Pistole versteckt. Auf keinen Fall habe ich das! Das ist doch alles Schwachsinn!«

KAPITEL 54

Edinburgh

Das neueste Update aus der Heimat erfolgte durch den Chef, nicht durch Rachel. Abteilungsleiter Musæus versicherte ihm zunächst, dass es Rachel nach dem Zusammenprall gut gehe, sie jedoch viel zu beschäftigt mit der Suche nach dem verschwundenen Thomas Ulriksen sei, als dass sie Harinder regelmäßig auf dem Laufenden halten könne.

»Am besten wäre es wohl, wenn Sie so schnell wie möglich wieder nach Hause kommen«, sagte die Maus. »Sie sind jetzt schon fast eine Woche da drüben. Mit Ihrer Nichte scheint es ja bergauf zu gehen, und außerdem steht sie unter Polizeischutz. Anscheinend hat sogar dieser DCI Millar inzwischen einen besseren Eindruck von Ihnen. Was wollen Sie dort also sonst noch ausrichten?«

»Aufhören, ehe die Glückssträhne versiegt, meinen Sie?«, fragte Harinder.

»So was in der Art.«

»Es gibt noch immer ein paar ungeklärte Fragen«, sagte Harinder. »Beispielsweise wer Allan und Milne angeheuert und wer dann später Milne auf Amandeep losgelassen hat. Der Betreffende stellt immer noch eine Bedrohung für sie dar.«

»Dann lassen Sie die Schotten das in die Hand nehmen.

Laut Lundberg glauben Sie nicht mehr daran, dass die Zwillinge dahinterstecken. Wenn das stimmt, ist das Ganze ja wohl nicht mehr unser Problem?«

»Es ist unser Problem, solange Amandeep eine Schlüsselzeugin ist, die gegen die beiden aussagen kann. Nichts hat sich daran geändert. Insofern gefiel mir das alte Szenario eigentlich besser, da waren Thomas und Henning eben für alles verantwortlich. Doch jetzt gibt es plötzlich *zwei* Fronten.«

Die Maus stieß einen langen Seufzer aus. »Darf ich das so verstehen, dass Sie sich weigern, nach Hause zu kommen?«

»Ich habe um eine Woche Urlaub gebeten, und die ist noch nicht vorbei«, sagte Harinder.

»Wie üblich gibt es bei Ihnen keinen Funken Flexibilität. Sie sind ein tüchtiger Polizist, Harinder, aber weiter als bis zum Kommissar werden Sie es nie bringen«, sagte die Maus.

»Und wenn ich derartige Ambitionen hätte, wäre das ganz schön traurig.«

Als er seinen Chef am anderen Ende der Leitung leise lachen hörte, begriff er, dass der Mann gar nicht so gereizt war, wie er im ersten Moment geklungen hatte.

»Und Henning Ulriksen ist während der Vernehmung also ausgeflippt?«, fragte Harinder.

»Komplett«, erwiderte die Maus. »Ihm wurde vorgemacht, dass er im Laufe der Woche aus der Untersuchungshaft herauskommt, aber das war nun eben nicht so. Außerdem hat er seinen Rechtsanwalt verloren.«

»Wie bitte?«

»Krogstad hat das Mandat niedergelegt«, sagte die Maus. »Er meint, dass er nicht länger beide Brüder vertreten kann, ohne dass es dabei zu Interessenskonflikten kommt. Er weiß ja, dass ein Bruder den anderen beschuldigen muss, wenn nicht beide wegen Beihilfe zum Mord angeklagt werden sollen.«

Am Nachmittag traf sich Harinder mit Jaspreet und Gurman auf einen Kaffee. Es war geradezu ungewohnt, sie außerhalb des Krankenhauses zu treffen, wo sie während der letzten Woche mehr oder weniger gewohnt hatten. Er hatte das Café am Ende der Princes Street vorgeschlagen, das inzwischen zu einer Art Stammkneipe für ihn geworden war.

»Ich fahre morgen nach Hause«, verkündete Gurman. »Sie brauchen mich im Restaurant.«

»Klingt nach einer guten Idee«, sagte Harinder, ehe er seine Schwester anblickte. »Und was ist mit dir?«

»Ich möchte noch nicht abreisen«, sagte sie. »Ich möchte nicht, dass Amandeep allein ist, aber es reicht ja auch, wenn einer von uns hierbleibt.«

Sie streckte die Hand über den Tisch aus und ergriff seine.

»Du solltest jetzt auch bald nach Hause fahren«, fuhr sie fort. »Du hast mehr getan, als wir erwarten konnten. Außerdem darfst du nicht vergessen, dass du auch eine Tochter hast, die dich braucht.«

Das konnte Harinder nicht bestreiten. Er versuchte jeden Tag mit Savi am Telefon zu sprechen, aber das war nicht das Gleiche, wie am selben Ort zu sein.

»Wir wissen wirklich zu schätzen, was du alles für Ami getan hast«, sagte Gurman. »Ich werde dir das nie vergessen.«

Ein großes Lob von einem ansonsten eher reservierten Mann. Harinder war gerührt.

Gleichzeitig wurde ihm bewusst, dass nicht nur die Maus der Ansicht war, er solle zusehen, nach Hause zu kommen. Und trotz all der Gründe, die dafürsprachen, zu bleiben, sah er ein, dass sie wohl recht hatten. Er sollte wirklich heim zu Savi, allein das reichte als Begründung aus. Die letzte Woche hatte ihm deutlich gemacht, dass eine Familie nichts Selbstverständliches war.

Kaum hatte er sich von seiner Schwester und seinem Schwager verabschiedet, rief Roisin Lawson ihn an.

»Millar vertritt nun auch die Ansicht, dass sehr wahrscheinlich Riya Chaudry das eigentliche Ziel der Entführer war, und jetzt möchte er, dass wir uns auf diese Spur konzentrieren«, erklärte sie. »Das soll nicht bedeuten, dass wir die Amandeep-Spur aufgeben, immerhin ist sie das konkrete Opfer. Aber wenn irgendwelche Geschehnisse in Norwegen den Hintergrund dafür bilden, dann sollte Lundberg das besser mit der Ermittlergruppe in Norwegen abstimmen. Mit dem Teil der Ermittlung können *wir* hier nicht so viel tun.«

»Klingt vernünftig«, sagte Harinder.

»Wir haben eine Befragung von Ahtar Chaudry vereinbart«, sagte Roisin. »Er kommt morgen nach Edinburgh, und er besteht darauf, dass du auch daran teilnimmst.«

»Ich? Wieso das denn?«

»Bestimmt wegen der Verbindung zwischen Amandeep und Riya.«

»Okay. Und was hält Millar davon?«

»Machst du Witze?«, fragte Roisin. »Ein mächtiger Mann bittet um etwas, da will man ihm selbstverständlich entgegenkommen. Millar hat vermutlich mehr Angst davor, dass wir beschuldigt werden, eine Bedrohung seiner Tochter übersehen zu haben.«

»Millar wird eines Tages noch Polizeichef«, bemerkte Harinder.

»Allerdings«, sagte Roisin. »Ich kann dich morgen abholen, wenn du möchtest.«

»In Ordnung.« Nach kurzem Zögern fügte er hinzu: »Soll das heißen, dass du heute Abend schon verplant bist?«

Am anderen Ende der Leitung war es für einen Augenblick still.

»Was sagst du zu einem selbst gemachten Abendessen in einer unaufgeräumten Wohnung?«, fragte sie schließlich.

KAPITEL 55

Dienstag, 29. Oktober

Sie fuhren gemeinsam zu dem Termin mit Ahtar Chaudry. Sein Büro lag in einem neueren Finanzgebäude nahe der Lothian Road, wo Edinburgh sich von seiner modernen Seite zeigte.

Sollte jemand Fragen stellen, so lautete die offizielle Version, dass Roisin ihn von seinem Hotel abgeholt hatte. Kein weiteres Wort mehr über das Forellengericht, das sie am Abend zuvor geteilt, oder die Nacht, die sie zusammen verbracht hatten. Nicht einmal dann, wenn sie allein im Wagen waren. Hier galt es, eine professionelle Haltung an den Tag zu legen.

Roisin musste ihn nicht darauf hinweisen, dass sie mit einigen der neugierigsten und aufmerksamsten Menschen des Landes zusammenarbeitete. Er selbst hatte schon einmal bemerkt, wie Kollegen zu Hause versuchten, Affären oder Verhältnisse mit anderen zu kaschieren. Doch in der Regel täuschten sie niemand anderen als sich selbst.

DCI Frank Millar wartete vor dem Haupteingang. Er hatte sich die Haare und den Bart stutzen lassen, und der blaue Anzug war völlig faltenfrei. Dennoch wirkte er nicht ganz zufrieden und richtete während der Fahrstuhlfahrt nach oben seine Krawatte.

»Wie gehen wir vor, Sir?«, fragte Roisin.

»Höflich und vorsichtig«, sagte Millar und schielte zu Harinder hinüber. »Das gilt auch für Sie. Auch wenn er explizit darum gebeten hat, Sie zu treffen, dürfen Sie nicht vergessen, dass Sie nur als Beobachter hier sind.«

Ahtar Chaudry hatte sich als geschickter Geschäftsmann erwiesen. Er hatte Gesellschaften gegründet und sie dann an größere Konkurrenten verkauft. Insgesamt dreimal war er dem gleichen Schema gefolgt: Gründung, Inbetriebnahme, finanzieller Überschuss und lukrativer Verkauf. Parallel dazu besaß er eine Reihe von Patenten und investierte viel Geld in die Entwicklung von Immobilien.

Es war einfach, sich davon beeindrucken zu lassen, was ein kreativer und unternehmenslustiger Einwanderersohn in seiner neuen Heimat erreicht hatte, allerdings hatte Roisin erläutert, dass er nicht gerade mit leeren Händen begonnen hatte. Chaudrys Vater war mit seiner Familie von Mumbai nach Aberdeen gekommen, weil er aus der Ölbranche stammte. Die Familie war bereits wohlhabend gewesen, ehe sie nach Großbritannien eingewandert war.

»Und überhaupt, hast du jemals von irgendwem gehört, der so reich geworden ist, ohne sich die Finger schmutzig zu machen?«, hatte sie gefragt.

Harinder wusste, was sie damit meinte. Es lag mehr Pragmatismus als Zynismus hinter diesem Gedanken. Erfolg zu haben, verlangte oft weit mehr als nur Talent und Fertigkeiten.

Die drei Polizeibeamten stiegen aus dem Aufzug und betraten eine hochtechnologische Welt, die aus großen Bildschirmen, energiesparender Beleuchtung, Großraumbüros und Konferenzzimmern hinter Glas bestand. Mitten in der offenen Bürolandschaft standen Sitzgruppen, wo in T-Shirts gekleidete Menschen sich mit kleinen Kaffeetassen und ihren Tablets auszuruhen schienen. Eine Sekretärin führte sie zum anderen Ende des Gangs, wo Ahtar Chaudry sie hinter einer Glastür erwartete. Der oberste Chef war sichtbar für alle, die in diesem Teil des Gebäudes arbeiteten.

Chaudry trug einen ebenso makellosen Anzug wie Millar, doch ohne Krawatte. Stattdessen standen die zwei obersten Hemdknöpfe offen. Er war um die sechzig. Meliertes Haar und glatt rasiertes Gesicht. Er lächelte seine drei Gäste entgegenkommend an.

»Sat sri akaal«, sagte er zu Harinder, eine traditionelle Begrüßung unter Sikhs, auch wenn er augenscheinlich selbst keiner war. »Danke, dass Sie gekommen sind, Harinder. Ich wollte jemanden dabeihaben, der die Situation aus meiner Perspektive versteht. Amandeep bedeutet meiner Tochter sehr viel, und wir sind alle entsetzt ob der Geschehnisse. Und jetzt erfahre ich, dass die Polizei glaubt, Riya kann das eigentliche Ziel gewesen sein?«

»Wir ermitteln in alle möglichen Richtungen, Sir«, sagte Frank Millar.

»Irgendetwas sagt mir, dass das nicht der große Schock für Sie gewesen sein kann«, sagte Harinder. »Angesichts der Tatsache, dass Sie einen Leibwächter engagiert haben, meine ich.«

Der Geschäftsmann antwortete mit einem knappen Nicken. »Ich muss gestehen, dass mir der Gedanke ziemlich früh gekommen ist«, sagte er und deutete auf die Sitzecke in seinem Büro. »Ich konnte nicht verstehen, wie jemand einem süßen Mädchen wie Amandeep etwas anhaben wollte, während diejenigen, die mir nahestehen, leider immer in Gefahr sein werden. Ich habe daher beschlossen, einige Vorsichtsmaßnahmen zu ergreifen. Die Sicherheit meiner Kinder war mir immer äußerst wichtig. Ein Mann in meiner Position kann sich nichts anderes leisten.«

Ein paar Minuten später tauchte die Sekretärin mit drei Tassen Kaffee und schottischen Keksen auf.

»Haben Sie in letzter Zeit Drohungen oder Ähnliches erhalten?«, fragte Millar. »Seltsame E-Mails oder Anrufe zu ungewöhnlichen Tageszeiten?«

»Drohungen erhalte ich immer wieder«, sagte Chaudry. »Mehr aufgrund meines politischen Engagements als wegen meines Reichtums, vermute ich. Viele davon stammen von Internettrollen. Ich habe jemanden, der sich um meine Sicherheit kümmert und sich all diese Dinge ansieht. Ein paar von diesen Trollen wurden angezeigt.«

»Aber nicht alle?«

»Drohungen ängstigen mich nicht sonderlich, Inspector«, sagte Chaudry. »Meiner Erfahrung nach sollte man sich besser vor denen in Acht nehmen, die nichts sagen.«

»Was an Ihrem politischen Engagement ruft eigentlich derart starke Gefühle hervor?«, wollte Harinder wissen.

»Unabhängigkeit«, erwiderte Chaudry mit einem stolzen Lächeln. »Ich gehöre zu denen, die eine hellere Zukunft für unser Land in der Unabhängigkeit und nicht als Teil einer dysfunktionalen Union sehen. Vielleicht ähnlich wie sich Ihre Landsleute 1905 bei der Unabhängigkeit von Schweden gefühlt haben? Allerdings geht es um mehr als nur Unabhängigkeit. Es geht auch darum, wie unsere Freunde im Süden Großbritanniens uns gerade in einen katastrophalen Brexit steuern, während ich mir wünsche, dass Schottland eine starke Stimme in der europäischen Gemeinschaft wird.«

»Wie sieht es mit Konflikten aus?«, fragte Roisin. »Haben Sie in letzter Zeit unmittelbare Konflikte erlebt, privat oder im Zusammenhang mit Ihrer Arbeit?«

Chaudry lächelte. »Ich bin nicht konfliktscheu«, sagte er. »Aber wenn Sie fragen, ob ich einen so ernsthaften Konflikt ausgetragen habe, dass irgendjemand glaubt, deswegen meine Tochter entführen zu müssen, muss ich Nein sagen. Geschäfte können zwar manchmal einer Schlägerei ähneln, aber alle kennen die Spielregeln.«

»Was ist mit Mitarbeitern, die ihre Arbeit verloren haben oder überflüssig geworden sind?«, fuhr Roisin fort.

Dieses Mal dachte Chaudry genau nach, ehe er antwortete.

»Zwei Personen, wenn wir von den letzten sechs Monaten sprechen«, sagte er. »Ich musste einen Abteilungsleiter im Hauptbüro in Aberdeen feuern, weil sich sein Alkoholkonsum auf die Arbeit ausgewirkt hat und er bereits eine Abmahnung erhalten hatte. Derek MacPherson. Ein guter Kerl, es war schade, ließ sich aber nicht umgehen. Und dann hatten wir hier in Edinburgh einen jungen Mann, der in unserem Büro seinen eigenen Geschäften nachging. Ist während der Arbeitszeit als selbstständiger Berater tätig gewesen, um genau zu sein. Er hieß Alistair Moffat.«

Roisin notierte die Namen auf einem Block. Die Sache musste nachverfolgt werden.

»Gibt es jemanden in der Personalabteilung, der uns weitere Details über die beiden geben kann?«

»Natürlich«, sagte Chaudry. »Ich glaube aber nicht, dass das irgendwo hinführt. Falls Sie ein Motiv suchen, sollte das ja nicht schwer zu finden sein. Geld. In der Regel geht es immer um Geld. Fragen Sie Harinder. In dem Land, aus dem wir stammen, sind Entführungen an der Tagesordnung. Wenn Sie in Indien wohlhabend sind, investieren Sie in Sicherheit. Einem Bekannten von mir wurde das Ohr seines Sohnes mit der Post zugeschickt. Da rücken Sie ziemlich schnell mit dem Lösegeld heraus.«

»Das Problem bei solchen Fällen ist nur, dass Lösegeldzahlungen nicht garantieren, dass die entführte Person lebend zurückkehrt«, sagte Harinder.

Chaudry nickte ernst. »Und deshalb wird Riya so lange Leute um sich herum haben, bis Sie die Verantwortlichen gefunden haben. Und für Amandeep biete ich gern das Gleiche an.«

»Ich kann Ihnen versichern, dass wir dem Fall höchste Priorität eingeräumt haben«, sagte Frank Millar.

»Das war effektiv«, sagte Harinder im Aufzug auf dem Weg nach unten. Die beiden schottischen Polizeibeamten starrten ihn an. »Sonst muss man schon einen Politiker interviewen, um so viele glatte und ausweichende Antworten zu bekommen.«

»Immerhin hat er uns zwei Namen gegeben«, sagte Millar.

»Die garantiert nirgendwohin führen werden, und das wusste er, sonst hätte er sie uns erst gar nicht gegeben. Aber das wird euch eine Weile beschäftigen«, sagte Harinder. »Und wieso musste ich überhaupt dabei sein? Vermutlich, um mich als Ablenkung zu benutzen, für den Fall, dass ihr Fragen stellen würdet, die er nicht beantworten wollte.«

»Merkwürdig. Ich habe Sie bisher gar nicht als Zyniker wahrgenommen«, sagte Millar.

»Nennen Sie es lieber Erfahrung mit solchen Typen.«

»*Solche Typen?*«

»Ja, stinkreiche Leute, die daran gewöhnt sind, zu bekommen, was immer sie wollen«, sagte Harinder.

»Harinder hat hier einen Punkt«, warf Roisin ein. »Chaudry sagt, er hätte lange den Verdacht gehabt, dass Riya das eigentliche Ziel gewesen sei. Weshalb also hat er seine Befürchtungen nicht früher mitgeteilt?«

»Genau«, stimmte Harinder zu.

Millar sagte gar nichts. Nicht, bevor sie wieder unter offenem Himmel vor dem Gebäude standen. Edinburgh erlebte einen seiner schönsten Herbsttage.

»Euch zuzuhören ist fast so wie damals, als du mit Riddle zusammengearbeitet hast«, sagte er zu Roisin in einem Tonfall, der keinen Zweifel darüber zuließ, dass es nicht als Kompliment gemeint war. »Er hatte auch dieses fast krankhafte Misstrauen gegenüber Menschen mit Geld und Macht.«

»Nun ja, Sie müssen sich das nicht mehr lange anhören«, sagte Harinder. »Mein Chef will, dass ich nach Hause komme. Und da die Hintermänner von hier stammen, kann ich nicht mehr allzu viel beitragen.«

Millar nickte. Er bedauerte die Entscheidung mit Sicherheit nicht, war aber dennoch höflich genug, um nicht zu grinsen. Stattdessen streckte er die Hand aus.

»Klingt nach einer vernünftigen Entscheidung«, sagte er. »Sie sind ein guter Kerl, Singh, und ein tüchtiger Polizist. Falls Sie irgendwann mal unter normalen Umständen wieder herkommen, dann trinken wir was zusammen.«

Harinder war einverstanden, wenngleich beide wussten, dass das niemals geschehen würde.

»Ich fahre ihn zurück zum Hotel«, sagte Roisin.

Millar nickte zustimmend.

Harinder und Roisin gingen zu ihrem Wagen. Sie zögerte, ehe sie den Motor anließ.

»Du hast also wirklich vor zu fahren?«, fragte sie.

»Es wird Zeit«, erwiderte er.

»Noch vor zwei Tagen wäre ich erleichtert gewesen.«

»Und jetzt?«

Sie überlegte einen Moment. Dann lächelte sie verschmitzt, beugte sich vor und küsste ihn auf die Stirn.

»Noch immer erleichtert, wenn ich es recht bedenke.«

KAPITEL 56

Oslo

Die Polizeifahrzeuge hielten am Ende der kleinen Sackgasse, die zum verästelten, in die Østmarka führenden Straßensystem im Umkreis der Trabantenstadt Bøler gehörte. Eine ruhige und abgeschirmte Straße, in der zwischen Wanderwegen und Kindergärten vier graue, zweistöckige Reihenhäuser standen.

Nachdem sie aus dem Wagen gestiegen war, justierte Rachel Hauge ihre schusssichere Weste. Zusammen mit Steffen Myhre trat sie an den Kofferraum, um die Dienstwaffen herauszunehmen. Die vier Beamten in dem zweiten Wagen waren von der Delta-Einheit. Die Bereitschaftstruppe war dabei, um sicherzustellen, dass die Situation nicht außer Kontrolle geriet.

Frode Nyquists Strafakte erzählte eine Geschichte über starke Gruppenloyalität, ein unberechenbares Temperament und einen völligen Mangel an Hemmungen, was die Anwendung von Gewalt anbetraf. Der Mann hatte ein Viertel seines fast 40-jährigen Lebens im Gefängnis verbracht.

In dieser idyllischen Vorstadtstraße war er aufgewachsen. Sein schwarzer Porsche stand vor dem offenen Garagentor des zweiten Reihenhauses. Ein Nachbar, der für die Osloer Polizei arbeitete, hatte die Kripo darüber informiert, dass einer von Bølers berüchtigtsten Einwohnern zu Hause sei.

Nach dem Crash am Sonntag hatte Rachel noch immer ein paar schmerzende Stellen am Körper. Daher stellte sie sich hinter den Delta-Beamten in Position und bereitete sich darauf vor, auf das Haus vorzurücken.

Inzwischen wussten sie, dass Nyquist das Rammbock-Auto gefahren hatte. Die Kriminaltechniker hatten den gefundenen Wagen mit der Lupe abgesucht und waren zu dem Schluss gekommen, dass der Täter zwar viele seiner Spuren entfernt hatte, jedoch nicht alle. Zwei Fingerabdrücke hatten zu Treffern im Strafregister geführt, einer an der Außenseite des Wagens und der andere neben dem Zündschloss.

Beide Abdrücke gehörten zu Nyquist.

Steffen schickte Rachel und zwei Delta-Beamte hinter das Haus. Zwar hofften sie, dass Nyquist keinen Widerstand leisten oder zu fliehen versuchen würde, allerdings ließ sein bisheriges Profil nur wenig Hoffnung darauf erkennen. Im Übrigen mussten sie seine alte Mutter und die beiden Kindergärten in unmittelbarer Nähe in die Gleichung miteinbeziehen.

Der eine Kindergarten wurde lediglich durch ein paar Büsche und einen Zaun von dem kleinen Garten hinter dem Haus der Familie Nyquist abgetrennt. Das Geräusch von spielenden und schreienden Kleinkindern war gut zu hören.

»Mir gefällt das nicht«, sagte Rachel sowohl zu den beiden Kollegen als auch über Funk. »Gebt mir zwei Minuten. Ich möchte hier etwas aufräumen.«

Das Team an der Vorderseite des Hauses bestätigte die Meldung.

Rachel sprang über einen Zaun und schlich in geduckter

Haltung hinter die Büsche, als sie die Rückseite des Hauses passierte. Sie schob ihre Waffe in das Holster und trat näher an den Kindergarten heran, um den ersten Erwachsenen, den sie entdeckte, zu sich zu winken.

»Polizei«, sagte sie und zückte ihre Marke, obwohl *POLIZEI* in großen Buchstaben auf ihrer Schutzweste stand. »Wir haben hier in der Nähe einen Einsatz. Sie müssen sich keine Sorgen machen, aber bringen Sie bitte unmittelbar alle Kinder hinein, und sorgen Sie dafür, dass alle drinnenbleiben, bis wir Ihnen wieder Bescheid geben.«

Der Kindergartenassistent schien den Ernst der Situation zu begreifen und nickte. Nach einem kurzen Augenblick waren er und die anderen Erwachsenen damit beschäftigt, die Kinder ins Haus zu scheuchen.

Rachel gab über Funk durch, dass alles geregelt sei, und eilte zurück, um sich in Position zu begeben. Noch ehe sie wieder hinter der Delta-Einheit stand, hörte sie, wie jemand über Funk ein lautes »Scheiße!« rief.

»Er hat uns gesehen.«

Ein furchtbarer Lärm ertönte, als die Gruppe auf der Vorderseite die Haustür einzuschlagen begann. Anders als häufig im Film gesehen, dauerte es eine Weile, bis die solide Tür nachgab.

Die Terrassentür an der Rückseite wurde aufgerissen. Ein groß gewachsener Mann in Trainingsoutfit kam herausgestürmt, widersetzte sich jedoch den gebrüllten Aufforderungen der Delta-Gruppe, sich sofort zu ergeben. Frode Nyquist machte keine Anstalten, innezuhalten. Außerdem war er schnell. Mit Todesverachtung rannte er direkt in den nächsten Delta-Beamten hinein, der keine Gelegenheit bekam, seine Waffe abzufeuern.

Beide stürzten zu Boden, Nyquist schlug und trat um sich. Der Kollege des Delta-Mannes konnte nicht schießen, ohne zu riskieren, dass er seinen Partner traf. Schließlich hängte er sich das Gewehr über die Schulter und versuchte dem anderen dabei zu helfen, den Verdächtigen unter Kontrolle zu bekommen.

Zwei gegen einen hätten ausreichen sollen, aber von Rachels Standort sah es aus, als sei Nyquist kurz davor, sich loszureißen. Sie zückte ihre Dienstpistole und feuerte eine Kugel in die Luft. Der plötzliche Knall ließ alle drei Männer erstarren.

Frode Nyquist hob den Blick und starrte Rachel und die auf seinen Kopf gerichtete Pistole an. Sein Gesicht war verschwitzt und rot angelaufen, seine Augen funkelten wild.

Rachel hörte die Schritte der Kollegen, die von der Vorderseite hinzustießen, hielt aber Blickkontakt mit Nyquist.

»Es ist vorbei«, sagte sie. »Egal was Sie tun, Sie werden nicht entkommen. Warum lassen Sie es also nicht langsam angehen? Überlegen Sie mal, wie viele Überstunden Sie sonst Ihrem Anwalt aufbürden.«

Frode Nyquist blickte umher und schien die Aussichtslosigkeit seiner Lage zu erkennen. Er leistete keinen Widerstand, als einer der Delta-Jungs ihm Handschellen anlegte. Er sagte keinen Ton, als ihm zum Dank für die Scherereien ein Knie in den Rücken gerammt wurde. Doch seine Grimasse verriet, dass der Stoß wehgetan hatte.

KAPITEL 57

Edinburgh

Roisin Lawson hatte es ihrem Kollegen Collins überlassen, die beiden Männer zu durchleuchten, die Ahtar Chaudry ihnen genannt hatte. Wie Harinder war auch sie ziemlich sicher, dass das nirgendwo hinführen würde. Stattdessen überprüfte sie Chaudrys Leben etwas eingehender. Falls jemand geplant hatte, Riya zu entführen, ging es dabei ganz sicher um Geld. Allerdings gab es genug andere Reiche, auf die sich zurückgreifen ließ, sofern es darum ging, Familienmitglieder zu entführen und Lösegeld zu erpressen.

Roisin wollte nicht glauben, dass Riya rein zufällig ausgewählt worden war.

Nachdem sie Harinder zurück ins Hotel gefahren hatte, wo er hoffte, einen Flug buchen zu können, der ihn noch am Abend nach Oslo brachte, hatte sie sich hinter dem Computer verschanzt, um alle zugänglichen Informationen über den IT-Gründer aus Aberdeen und seine Familie zu durchkämmen. Die Arbeit half ihr, den Gedanken an einen Abschied sowie daran, dass sie Harinder vermutlich nie wiedersehen würde, zu verdrängen.

Sie war nicht überrascht, dass Ahtar Chaudry einen blütenweißen Lebenslauf vorweisen konnte. Allerdings hatte er zeitweilig unter Verdacht der Steuerhinterziehung gestanden, die Abteilung für Wirtschaftskriminalität hatte die Vorwürfe wegen Mangels an Beweisen jedoch fallen gelassen. In Roisins Welt war das nur ein Codewort für »schuldig wie sonst was, aber wir konnten es nicht gut genug beweisen«. Porentief rein war der glattgebügelte Geschäftsmann also doch nicht.

Als die Datenbanken der Polizei nichts mehr ausspuckten, griff sie auf Google zurück. Eine allgemeine Suche nach seinem Namen generierte Tausende Treffer, weswegen Roisin die Suche auf Großbritannien beschränkte.

Sie fand eine Reihe von Artikeln über Chaudry im Zusammenhang mit Wirtschaft und Politik. In den letzten Jahren hatte er sich politisch deutlich positioniert. Er unterstützte die Scottish National Party, weswegen sogar angedeutet wurde, dass er politische Ambitionen für sich selbst habe. In einem Interview mit der *Aberdeen Citizen* 2017 wollte er nicht ausschließen, »irgendwann in der Zukunft« für das schottische Parlament zu kandidieren.

2012 war eine von ihm gegründete Gesellschaft Konkurs gegangen, kurz nachdem er sie verkauft hatte. Er hatte viel Geld mit dem Verkauf verdient, während eine Reihe von Investoren Verluste erlitten hatten. Viele von ihnen waren sogenannte Kleinsparer, die ihr Spargeld in diversen Fonds angelegt hatten. Mehrere Zeitungen berichteten von dem Konkurs und erwähnten die scharfe Kritik, die Chaudry aus verschiedenen Richtungen erfahren hatte.

Nach einer längeren Kaffeepause kehrte Roisin mit wacheren Augen an den Bildschirm zurück. Ein alter Zeitungsartikel aus dem Jahr 2005 zog ihre Aufmerksamkeit auf sich.

Milliardärssohn wegen Alkohol am Steuer verhaftet

Ahtar Chaudry wurde in dem Artikel mehrmals genannt,

doch eigentlich ging es um seinen damals neunzehn Jahre alten Sohn Devan. Laut dem Artikel war Devan Chaudry gemeinsam mit zwei Freunden von einem Fest an der Edinburgher Universität nach Hause unterwegs gewesen, als er eine die Straße überquerende Person angefahren hatte. Die Polizei hatte seinen Führerschein sofort einbehalten, es bestand der Verdacht auf Fahren unter Alkoholeinfluss. Über die angefahrene Person waren weiter keine Einzelheiten veröffentlicht.

Roisin suchte nach weiteren Artikeln über den Vorfall, fand aber keinen.

Das war allerdings seltsam. Wenn Reiche oder deren Angehörige mit der Polizei in Konflikt gerieten, war die Presse in der Regel nicht träge, sich auf sie zu stürzen. Personenschäden infolge von Alkohol am Steuer waren ernste Angelegenheiten.

Abermals rief Roisin die durchsuchbaren Datenbanken der Polizei auf. Sie gab Devan Chaudry ein und bekam eine Menge Informationen über den inzwischen 33-Jährigen. Wohnort, Einkommen, Personenstand und Führerschein, den er unverständlicherweise noch immer besaß.

Aber keinerlei kriminelle Taten. Nicht einmal eine Anmerkung über das Ereignis in der Nacht auf den 18. September 2005.

Das war nicht nur merkwürdig, sondern eigentlich unmöglich.

Auch wenn der junge Chaudry nach dem Unglück strafrechtlich nicht verfolgt worden war, hätte das Geschehen zumindest protokolliert sein müssen.

Roisin wusste nicht recht, was sie glauben sollte. Natürlich konnte es an einem Fehler im System liegen, das wäre nicht zum ersten Mal passiert. Und war das Ganze streng genommen überhaupt relevant für ihre Ermittlung?

Vielleicht nicht, aber sie würde nicht eher Ruhe finden, bis sie es näher untersucht hätte.

KAPITEL 58

Willkommen in der Hölle. Genießen Sie den Aufenthalt.

Amandeep verzog das Gesicht.

Die erste Trainingsstunde mit dem Physiotherapeuten ließ sie an die Flagge vor dem Militärlager der Alliierten in Kabul denken. Eine verschmutzte und vom Wind zerzauste Flagge, die an die Hölle gemahnte, in die sich das kommende Jahr verwandeln würde.

Die Übungen, die sie machen musste, wären selbst für eine Fünfjährige ein Kinderspiel gewesen, für sie jedoch waren sie der reine Horror. Die Verletzungen hätten sie fast umgebracht, doch die Gehirnerschütterung hatte ihren Körper erst richtig geschwächt. Sie hatte Probleme mit dem Gleichgewicht, der Motorik und der Ausdauer. Alles musste neu trainiert werden.

Doktor Durie und der Physiotherapeut waren optimistisch. Sofern sie den richtigen Einsatz zeigte, würde sie wieder ganz wie früher sein.

Der Einsatzwille war nichts, worüber sie sich Sorgen machen mussten. Amandeep hasste es, sich schwach zu fühlen. Einmal hatte sie sich geschworen, nie wieder schwach zu sein. Und jeder Tag, den sie im Krankenhaus lag und sich mit etwas so Einfachem wie drei hintereinander zu absolvierenden Schritten abmühte, war ein Tag, an dem sie diesen Schwur abermals ablegte.

Der überaus freundliche Therapeut, der aufmunternde Floskeln von sich gab, als handele es sich um ein Motivationsseminar, musste sie zweimal bitten, es etwas langsamer angehen zu lassen.

»Wichtig ist, sich langsam anzutreiben«, sagte er und war sich anscheinend nicht bewusst, wie albern seine Aussage klang. Amandeep hatte sich immer selbst unter Druck gesetzt und ihre Grenzen erforscht. Und das trotz des Unbehagens, das ihr vonseiten ihrer Liebsten signalisiert wurde.

Oder vielleicht gerade deswegen.

Nachdem die Stunde vorbei war, wurde ihr wieder in den Rollstuhl geholfen. Sie war erschöpft, verschwitzt und sehnte sich nach einer Dusche. Eine zartgliedrige Krankenschwester mit tiefen Lachfältchen stand bereit, um sie zurück in ihr Zimmer zu schieben. Amandeep hatte sie noch nie zuvor gesehen. Wobei sich die Frage stellte, wie viele vom Personal, das in den Gängen herumschwirrte, ihr das Essen brachte oder Blutproben entnahm, überhaupt von Amandeep wahrgenommen wurden.

Onkel Harinder lehnte draußen vor dem Zimmer des Physiotherapeuten an der Wand und scrollte durch sein Handy, das er sofort weglegte, als er sie entdeckte. Er sah erschöpft aus, aber sein Lächeln erweckte den Rest seines Gesichts zum Leben.

»Ich kann sie zurückbringen«, sagte er zu der Krankenschwester, die freundlich lächelte. »Hast du Lust auf einen Ausflug in die Cafeteria?«

»Lust schon, aber ich glaube, ich muss mich erst mal ausruhen«, seufzte sie.

»Kein Problem. Wir können uns ja unterwegs unterhalten«, sagte er. Sie mussten mit dem Aufzug eine Etage tiefer fahren und diverse Gänge durchqueren. »Ich wollte mich nur verabschieden, bevor ich fahre.«

»Fliegst du nach Hause?«

Harinder nickte. »Morgen Vormittag. Ich muss zurück zur Arbeit.«

»Verstehe«, sagte sie. »Ich bin dir sehr dankbar für alles, das weißt du hoffentlich?«

»Aber sicher«, sagte er. »Und wir sehen uns, wenn du wieder zu Hause bist. Du musst uns so bald wie möglich in Ila besuchen kommen. Savi fragt jeden Tag nach dir.«

Amandeep lächelte bei dem Gedanken, bis sich plötzlich das Wort *zu Hause* in ihr Bewusstsein schob. Als sei es ihr zuvor gar nicht in den Sinn gekommen, dass von ihr erwartet wurde, nach Hause zu kommen, sobald sie wieder einigermaßen gesund war.

Als sie nach Schottland gezogen war, hatte sie den Wunsch gehegt, an einem neuen Ort noch mal von vorn anzufangen. Und sich von der Vergangenheit loszureißen.

»Und ihr glaubt also, dass eigentlich Riya an dem Abend entführt werden sollte?«, fragte sie. »Das würde ja bedeuten, dass Thomas oder Henning doch nicht hinter mir her waren.«

»Sieht so aus, ja.«

»Teufel aber auch, wer hätte das gedacht?« Amandeep konnte nicht anders, als ein trockenes Lachen auszustoßen. »Hätte ich das vorher gewusst, hätte ich gewisse Dinge gar nicht zur Sprache gebracht. Es hatte schließlich seinen Grund, warum ich den Ball flach gehalten habe, nachdem ich im Gemini aufgehört habe. Ich bin nicht feige, Onkel

Hari. Aber auch nicht naiv. Mit der Bande legt man sich nicht ungestraft an. Aber mir kam es so vor, dass ich nichts mehr zu verlieren hatte.«

Der Rollstuhl kam zum Stehen. Harinder ging vor seiner Nichte in die Hocke und sah sie mit seinem Polizistenblick an.

»Du wirst aussagen müssen. Bist du dir klar darüber?« Amandeep nickte.

»Wir werden dich natürlich beschützen«, sagte er.

»Nimm's mir nicht übel, aber ich werde mich besser fühlen, wenn ich wieder in der Lage bin, mich selbst zu beschützen«, sagte sie. »Ihr wisst ja nicht mal, wo Thomas überhaupt ist. Nicht gerade vertrauenerweckend.«

Harinder gab keine Antwort, doch Amandeep sah, dass er etwas zum Nachdenken bekommen hatte.

Der Rest der Strecke bis zu ihrem Zimmer wurde schweigend zurückgelegt. Der Polizist, der draußen vor der Tür Wache hielt, grüßte mit einem knappen Nicken. Harinder half ihr aus dem Rollstuhl und zum Bett hinüber.

»Ich habe heute früh Ahtar Chaudry kennengelernt«, sagte er. »Bist du ihm oder anderen aus Riyas Familie schon einmal begegnet?«

»Ein paarmal«, sagte Amandeep. »Wieso? Fragst du aus Neugier, oder ist es der Polizist in dir, der fragt?«

Er lächelte. »Es ist nicht immer so leicht, zwischen Privatperson und Polizist zu unterscheiden«, sagte er. »Wie war dein Eindruck von ihm?«

»Er scheint okay zu sein. Und natürlich liebt er Riya. Sie sagt, er verwöhnt sie sehr. Mr Chaudry hat uns beide zweimal zum Essen ausgeführt. Er sagt, er kann mir eine Arbeit besorgen, falls ich nach dem Studium in Schottland bleiben will.«

»Du findest ihn also nett?«

»Wie gesagt, er scheint okay zu sein.« Amandeep sah Harinder skeptisch an. »Du denkst, das Ganze ist wegen ihm passiert? Dass er Feinde hat, die Riya was antun wollten, um ihn dadurch zu treffen?«

Harinder nickte nachdenklich.

»So was in der Art, ja«, sagte er. »Und die Polizei muss diese Feinde finden, ehe sie es erneut versuchen.«

Er überlegte, Roisin anzurufen, während er im Bus zurück in die Innenstadt saß, dachte aber, dass sie vermutlich mit der Arbeit beschäftigt wäre. Stattdessen schickte er ihr eine SMS:

Kein Flugzeug vor morgen zu bekommen. Habe mich gerade von Amandeep verabschiedet. Sie macht sich Sorgen wegen Riya. Ihr habt sie doch im Auge, oder?

Die Antwort kam nach wenigen Augenblicken.

Mit den Leibwächtern und unseren Aufpassern zu Hause und an der Uni ist sie vermutlich ziemlich sicher;-).

Er schickte ihr ein Daumen-hoch-Emoji. Als er gerade überlegte, wie er den letzten Abend in der Stadt verbringen sollte, bekam er eine neue Nachricht von Roisin.

Muss zwecks Schatzsuche ins Archiv, etwas überprüfen. Soll ich dich später anrufen?

Harinder grinste in sich hinein. *Gern*, schrieb er zurück und ließ erneut einen erhobenen Daumen folgen.

KAPITEL 59

Nachdem Roisin mit Theresa vom Archiv gesprochen hatte, begab sie sich zu ihrem alten Arbeitsplatz in der St Leonard's Polizeistation in Southside. Das ganze Viertel um die Polizeiwache lag mehr oder weniger im Schatten von Arthur's Seat, dem großen grünen Hügel, den zu besteigen Roisin bisher noch nicht hinter sich gebracht hatte. Größere Höhen hatten ihr noch nie besonders gelegen.

Der Autounfall im Jahr 2005 hatte sich am Melville Drive zugetragen, der The Meadows durchquerte. Roisin war zu einer Schlussfolgerung gekommen, die von der Archivarin geteilt wurde: Wenn es Papiere über den Vorfall gab, die nicht im digitalen Archiv gelandet waren, dann mussten sie in der Polizeistation zu finden sein, die seinerzeit für die Untersuchung zuständig gewesen war.

Damals war Roisin eine junge Polizeibeamtin gewesen und hatte in dem Polizeidistrikt gearbeitet, der Lothian & Borders hieß, ehe sämtliche Distrikte unter der noch heute gültigen Bezeichnung Police Scotland zusammengefasst wurden.

Viele Kontakte zu ihrer alten Arbeitsstelle waren nicht übrig geblieben, doch Theresa hatte im Vorfeld einen Anruf getätigt und dafür Sorge getragen, dass Roisin von einem

Kollegen in St Leonard's empfangen wurde. Wieder einmal zeigte sich, wieso es mitunter lohnend war, sich an die Archivangestellten zu halten. Sie konnten eine unschätzbare Quelle für Informationen sein.

Der Archivar war ein junger Mann mit sorgfältig frisiertem Haar und trug eine Fliege. Er gehörte zur jüngeren Generation der Archivare, die hauptsächlich die Verantwortung für das digitale Archivsystem trugen. Doch auch mit der Papiervariante kannte er sich gut aus. Er stellte sich als Joshua vor, ohne seinen Nachnamen zu nennen, wodurch Roisin nichts anderes übrig blieb, als ihn mit dem Vornamen anzusprechen.

Das Papierarchiv befand sich im Keller. Roisin kannte sich dort gut aus. Üblicherweise wurden junge Polizeibeamte zu allen möglichen Scheißjobs verdonnert. Wie etwa Kaffee kochen, Kekse kaufen oder Kartons zwischen Büros und Archiv hin- und hertragen. Auch die Asservatenkammer befand sich dort unten, wo Beweismittel aus allen Fällen registriert und aufbewahrt wurden, bis irgendjemand sie erneut einsehen wollte.

Joshua gab ihr eine kurze Einführung in die Organisation des Archivs. Er präsentierte ihr die Magazine, in denen sich die Regale mit unzähligen Kartons befanden, und zeigte ihr die Protokollhefte, die dokumentierten, was alles aus dem Archiv entnommen und hoffentlich wieder dorthin zurückgebracht worden war.

Die Archivmappen waren nach Jahr und Monat sortiert, in dem der jeweilige Vorgang schriftlich erfasst worden war. Roisin begann daher ihre Suche in den Regalen aus dem Jahr 2005 und musste eine ganze Reihe von Kartons durchgehen, ehe sie zum September kam. Laut dem Zeitungsartikel hatte Devan Chaudry in der Nacht auf Sonntag, den 18. September eine Person angefahren.

Der September war stets ein geschäftiger Monat. Üblicherweise war der August am schlimmsten, wegen des Festivals, aber auch im September gab es für die Polizei reichlich zu tun. Diebstähle, Überfälle, Einbrüche, Schlägereien, Verkehrsunfälle mit und ohne Personenschäden, Gewaltausbrüche, Messerstechereien, Brandstiftung und Vergewaltigungen. Der größte Stapel betraf Überfälle und Einbrüche, die meist nie aufgeklärt wurden.

Die Mappe, nach der sie suchte, lag im siebten Karton, den sie durchforstete.

Auf dem Umschlag klebte eine Archivnummer samt Angabe des Datums 2005-09-18. Außerdem waren vier Namen handschriftlich auf dem Umschlag vermerkt. Devan Chaudry sowie die Namen zweier weiterer Männer, und der Name einer Frau, die, wie Roisin vermutete, die Geschädigte gewesen war.

Frances R. Dawson.

Roisin starrte den Namen lange an. Nicht, weil der Nachname sie an ihren eigenen erinnerte, sondern weil sie zu wissen glaubte, wer die junge Frau war. Sie war ihr nie begegnet, hatte sie nur einmal vor längerer Zeit aus der Entfernung gesehen. Eine hübsche junge Frau im Rollstuhl. Roisin erinnerte sich, dass sie eine elegante Perlenkette getragen hatte.

Die Mappe an sich war leer. Nicht einmal eine Büroklammer war übrig.

Roisin stellte den Karton zurück ins Regal und wollte die Protokollhefte durchsehen, um herauszufinden, ob hier vielleicht vermerkt war, wer die Fallmappe entnommen hatte. Wenn aber die elektronischen Spuren über den Inhalt der Fallmappe ohnehin gelöscht worden waren, gab es nicht viel Hoffnung, einen Namen in den Protokollheften zu finden.

Doch zum Glück wusste sie bereits, wer ihr eine Antwort geben konnte.

Das geräumige, zweistöckige Reihenhaus lag in einer ruhigen Sackgasse südwestlich von The Meadows. Eine schöne Immobilie in einem attraktiven Stadtteil. Etwas zu vornehm für ein mieses Polizistengehalt, aber Roisin wusste, dass es eine einfache Erklärung gab. Seine Eltern hatten Geld besessen.

Indessen stutzte sie angesichts des Schilds auf dem ungepflegten Rasen vor dem Haus.

ZU VERKAUFEN.

Er hatte kein Wort darüber verloren, dass er das Haus verkaufen wollte. Aber über private Angelegenheiten hatte er ohnehin nie gern gesprochen. Seine Scheidung war zum Beispiel erst Monate danach und nur in einem Nebensatz erwähnt worden. Und es hatte nicht danach ausgesehen, dass er auf weitere Nachfragen erpicht gewesen wäre.

Sein alter Rosthaufen stand draußen vor der Garage, im Inneren des Hauses brannte Licht.

Roisin parkte in der Einfahrt, trat auf die Haustür zu und klingelte. Kurz danach tauchte James Riddle in der Türöffnung auf. In der Hand hielt er ein Glas mit Eiswürfeln und einer goldbraunen Flüssigkeit.

»Dass man auch nie seine Ruhe bekommt«, seufzte er ohne Andeutung eines auch nur schiefen Lächelns. »Wie komme ich zu der seltenen Ehre, Ros?«

»Ich habe da etwas, wobei du mir hoffentlich helfen kannst«, sagte Roisin. »Falls es passt?«

»Aber sicher doch. Willst du einen Drink?«

»Nur einen kleinen. Ich muss noch fahren.«

Sie gingen ins Wohnzimmer, wo Riddle ihr ein Glas aus einer Karaffe einschenkte.

»Du willst also das Haus verkaufen?«, fragte sie.

»Es ist zu groß für mich, und die Instandhaltung ist viel zu teuer«, sagte er mit einem Schulterzucken.

Das schien den Tatsachen zu entsprechen. Roisins Blick fuhr durch den Raum, der Mangel an Pflege war nicht zu übersehen. Die Fenster waren alt, mit abgeplatzter Farbe an den Rahmen. Der Teppichboden hatte einen fahlen Farbton angenommen. Auch die Decke hätte einen neuen Anstrich vertragen können.

Ihr Blick blieb an ein paar Fotos an einer der Wände hängen. Überwiegend alte Familienfotos. Schwarz-Weiß-Bilder von der älteren Generation und ein paar Kinderfotos von der folgenden. Drei Bilder zeigten Riddles Tochter in verschiedenen Lebensphasen. Auf den neuesten war sie erwachsen. Sie war nur zwei Jahre jünger als Roisin. Eine schöne Frau mit einem hübschen Lächeln.

»Deine Tochter ist aus der Stadt weggezogen, nicht wahr?«, fragte sie, während Riddle ihr das Glas reichte und dann sein eigenes auffüllte.

»Dundee«, erwiderte er. »Sie hat einen Kerl von dort kennengelernt. Er arbeitet an der Universität, und sie hat eine Stellung als Lehrerin.«

»Habt ihr viel Kontakt?«

Er schüttelte den Kopf. In seinem Blick war Wehmut zu erkennen.

»Aber du bist doch vermutlich nicht um diese Tageszeit vorbeigekommen, um über Franny zu reden?«

»Offen gestanden doch«, sagte Roisin. »Oder etwas präziser: über Devan Chaudry.«

Den Namen zu hören, rief anscheinend etwas in ihm hervor. Riddle sagte nichts, sondern leerte das Glas und schenkte sich schnell einen neuen Drink aus der Karaffe ein.

Frances R. Dawson war das Opfer des jungen, unter Alkoholeinfluss fahrenden Chaudry gewesen. Die Initiale stand für Riddle, ihren Mittelnamen. Sie war die einzige Tochter von James Riddle und Mary Dawson, die nach der Hochzeit ihren Namen behalten hatte.

Frances saß im Rollstuhl, aber Riddle hatte nie mehr erzählt, als dass sie einen Unfall erlitten habe.

»Du hast die Archive durchwühlt«, konstatierte Riddle.

»Nicht, dass es viel zu finden gab«, sagte sie. »Die elektronische Mappe existiert nicht, und das Original wurde aus dem Archiv entfernt.«

»Die ganze Sache wurde unter den Teppich gekehrt«, sagte er mit Bitterkeit in der Stimme. »Ahtar Chaudry war schon damals ein mächtiger Mann. Saß in einigen Aufsichtsräten und spielte Golf mit Polizeichefs und Parlamentsabgeordneten. Die Ermittler wurden gebeten, kein Aufsehen zu machen. Und dann gab es da noch die Rechtsanwälte, die herausfanden, dass Franny Drogenreste im Blut hatte, als sie die Straße abseits des Zebrastreifens überquerte. Sie versuchten, das Opfer ins Zentrum zu rücken, und behaupteten, dass sie sich beinahe vor den Wagen geworfen hätte, während sie gleichzeitig Zweifel daran säten, dass Chaudry überhaupt hinter dem Steuer gesessen hatte.«

»Wo hast du gearbeitet, als das passiert ist?«

»Im alten Hauptquartier in Fettes. Damals meinte jemand, dass mir immer noch eine Karriere in der Behörde bevorstünde«, sagte er mit einem knappen Lächeln. »Aber natürlich bin ich nicht auf Zehenspitzen herumgelaufen. Es ging ja schließlich um mein Mädchen! Sie hatte ein ganzes Leben vor sich, und plötzlich liegt sie mit gebrochenem Rückgrat in einem Krankenhaus und kann nie wieder gehen.«

»Was ist dann passiert?«

»Ich wurde angewiesen, einen erweiterten Urlaub zwecks Pflege von Angehörigen zu nehmen und mich in keiner Polizeistation sehen zu lassen«, sagte Riddle. »Danach haben sie mich auf verschiedene Fortbildungen geschickt. Unter anderem nach Brüssel, wo ich unseren Freund Harinder kennengelernt habe. Davor war allerdings Chaudry mit einem fetten Scheck bei mir aufgetaucht. Der sollte alle Unkosten in Verbindung mit Frannys Behandlung abdecken, einschließlich Schmerzensgeld. Unter der Bedingung, in der Zukunft keine Klage anzustrengen.«

»Hast du den Scheck angenommen?«

»Ich hätte ihm am liebsten ins Gesicht gespuckt!«, fauchte Riddle. »Ich hatte mich in meinem ganzen Leben noch nie bestechen lassen, und das war eine Bestechung. Ich weiß, was die Leute hinter meinem Rücken sagen, Ros. Dieses Haus und wie ich zu bestimmten Kontakten stehe, zum Beispiel, aber ich habe mich nie verkauft! Ich meine, ich bin jetzt seit über einem Jahr pensioniert und kann nachts immer noch nicht gut schlafen, weil ich es nicht geschafft habe, solchen Abschaum wie Callahan einzubuchten.«

»Aber den Scheck hast du trotzdem genommen«, sagte Roisin, die seine Verteidigungsrede durchschaut hatte.

Er nickte betreten. »Mary hat darauf bestanden. Es bestand ja kein Zweifel, dass Franny eine lange und teure Behandlung bevorstand, abgesehen von all den Anpassungen für den Rollstuhl. Ich hatte meine Familie in vielerlei Hinsicht im Stich gelassen, das konnte ich ihnen dann nicht verweigern. Mary wollte die Angelegenheit vom Tisch haben, und ich habe meinen Stolz heruntergeschluckt.«

Roisin bezweifelte nicht, dass ihn das viel gekostet hatte. Unter anderem seine Ehe, wie sie vermutete. Und war nicht gerade in den letzten Jahren sein Ruf als Krawallmacher in der Behörde noch größer geworden? Als ob er damit irgendetwas kompensierte.

»Und der Fall?«

»Du weißt, wie es mit dem gelaufen ist«, sagte Riddle. »Offiziell als Unglück abgehakt, keine Anklage, und die ganze Geschichte wurde begraben.«

»Aber die können so was doch nicht einfach begraben?«

»Können sie nicht? Jetzt musst du aber mal wach werden, Ros. Was habe ich versucht, dir beizubringen? Die können genau das tun, was sie zum Teufel noch mal wollen!« Riddle stellte sein Glas auf den Couchtisch, seine Hand zitterte vor Wut. »Wenn es darum geht, seine Freunde vor Skandalen zu beschützen, sind die Polizeichefs bereit, sich lang zu strecken. Denn letzten Endes geht es ja auch darum, sich selbst und seine Zukunftsaussichten zu beschützen. Wenn du einmal anfängst, ernsthaft die Karriereleiter hochzusteigen, dann dreht sich alles, was du tust, nur um den nächsten Schritt. Sieh dir bloß Millar an. Er wird zum Polizeichef befördert, lange bevor du DCI bist, auch wenn du fünfmal so viel wert bist wie er.«

Roisin war Riddles Zynismus gut vertraut. Obwohl sie

ihn ein Stück weit teilte, fragte sie sich, was wohl passieren würde, wenn man es übertrieb.

»Hast du die Ordner aus dem elektronischen Archiv gelöscht?«, fragte sie.

»Ich? Du weißt doch, wie ungeschickt ich mit so was bin«, sagte er. »Außerdem wäre es gar nicht in meinem Interesse gewesen, die zu löschen.«

»Aber die ursprünglichen Fallunterlagen? Du warst es, der sie aus dem Archiv entfernt hat, nicht?«

»Um sie zu schützen«, sagte er. »Hätte ich das nicht getan, wären auch sie ein für alle Mal verschwunden. Es war wichtig, die Dokumentation über das zu bewahren, was dieser Grünschnabel meiner Tochter angetan hat. Für den Fall, dass sich irgendwann in der Zukunft die Gelegenheit böte, das alles wieder ans Licht zu zerren.«

»Hast du sie hier?«

Er nickte.

»Kann ich sie sehen?«

Riddle bat sie, ihm zu folgen. Im Obergeschoss hatte er ein Schlafzimmer in einen Arbeitsraum umgewandelt. Es gab dort einen Schreibtisch, Sessel, Regale und einen Archivschrank. Der Teppichboden war neuer als der im Wohnzimmer, wie Roisin auffiel. Er trat an den Schrank und öffnete die oberste Schublade. Dann nahm er eine etwas dickere Dokumentenmappe heraus, und Roisin fragte sich, wie viele Fallmappen er sonst noch mit nach Hause genommen hatte.

Er überreichte ihr die Mappe, und sie fing sofort an, darin zu blättern.

Zwischen den nüchternen Berichten waren die Fotos vom Unfallort besonders beeindruckend. Die junge Frances, schwer verletzt, für den Rest des Lebens eine Invalidin. Roisin sah Riddle an, bemerkte die Wut, die nach so vielen Jahren immer noch in seinen Augen leuchtete.

Erst in diesem Moment verstand sie, dass er es sein musste.

Es war die Antwort, vor der sie sich gesträubt hatte. Aber alle Teilchen passten zusammen.

Sie musterten einander schweigend. Sie begriff, dass ihr Gesichtsausdruck ihre Gedanken enthüllt hatte. Und abhängig davon, wie stark seine Verzweiflung war, hatte sie sich in eine äußerst prekäre Situation manövriert.

»Es tut mir sehr leid, Ros«, sagte er.

Roisin sah gerade noch, dass er plötzlich etwas in der Hand hielt, ehe das Messer tief in ihren Bauch gestoßen wurde.

KAPITEL 60

Harinder erwachte von einer Vibration dicht an seinem Körper. Er öffnete die Augen und spähte vorsichtig zur Deckenlampe. Wurde von einer plötzlichen Panik überwältigt, als ihm klar wurde, dass er eingeschlafen war, ohne das Licht zu löschen und sich auszuziehen. Oder den Handywecker einzuschalten.

Fieberhaft suchte er nach dem Telefon, das er schließlich als den lästigen Klumpen unterhalb seines Rückens identifizierte. Er musste die halbe Nacht darauf gelegen haben.

Zu seiner großen Erleichterung sah er, dass es gerade mal halb acht am Morgen war. Er hatte also genügend Zeit, das Flugzeug um 12:55 Uhr zu erwischen.

Er rieb sich den Schlaf aus den Augen und überprüfte die eingegangenen Anrufe. Die Quelle der Vibration war ein verpasster Anruf von Rachel gewesen. Keiner von Roisin, die ihn am Abend zuvor hatte anrufen sollen. Er hatte selbst zweimal angerufen und eine SMS geschickt, doch ohne eine Antwort zu erhalten.

Harinder rief seine Kollegin in Oslo zurück.

»Bist du schon wieder zu Hause?«, fragte Rachel.

»Ich komm erst später heute«, sagte er. »Wieso?«

»Die Maus fragt nach dir. Als ob ich deine Sekretärin

wäre. Es klang so, als ob er dich schon heute Morgen zurückerwartet hat. Er sagt, wenn du heute nicht hier auftauchst, dann brauchst du erst gar nicht nach Hause zu kommen.«

»Na, wie reizend«, sagte Harinder. »Ich habe erst für heute einen Flug bekommen, oder erwartet dieser Knurrhahn etwa, dass ich rüberschwimme?«

»Ich bin bloß der Bote.«

»Dafür klingst du aber ziemlich mürrisch.«

»Ach, das ist nur wegen der Ulriksen-Bande. Die raubt mir den Schlaf«, sagte Rachel.

Der vergangene Tag war anstrengend gewesen. Neben dem Einsatz bei Frode Nyquist waren sie auch gegen andere Mitglieder der Gruppe vorgegangen, die schon länger beschattet worden waren. Und das Gemini hatte nach der Razzia am Sonntag die Türen schließen müssen. Gefundene Schmuggelware, eine verhaftete Geschäftsführerin und zwei Eigentümer, die der organisierten Kriminalität verdächtigt wurden. Gastronomiebetriebe in Oslo hatten ihre Schankerlaubnis schon für weniger verloren.

»Das nenne ich ein Ergebnis«, sagte Harinder.

»*Falls* wir Thomas zu fassen kriegen und *falls* Henning in Untersuchungshaft bleibt, dann ja. Heute Vormittag findet ein Haftprüfungstermin statt. Dann werden wir ja sehen, ob die Beweise ausreichen.«

»Ihr habt die Mordwaffe. Sollte das nicht genügen?«

»Wir werden sehen. Henning hat einen neuen Anwalt, ich bin also gespannt, welche Strategie sie wählen«, sagte Rachel. »Und gib Bescheid, sobald du hier bist.«

Harinder ging ins Badezimmer. Er rasierte sich, duschte und packte das Extrahemd aus, das er in aller Eile hatte kaufen müssen. Dann ging er hinunter, um das hoffentlich für lange Zeit letzte Hotelfrühstück zu sich zu nehmen.

Das Handy klingelte, als er gerade einen Schluck Kaffee trank, um das Frühstück hinunterzuspülen. Diesmal kam der Anruf von DCI Frank Millar.

»Beruhigen Sie sich«, sagte Harinder, als er den Anruf annahm. »Ich fahre gleich zum Flughafen. Dann sind Sie mich endlich los.«

»Vergessen Sie es«, entgegnete Millar. »Haben Sie mit Lawson gesprochen?«

»Nicht seit gestern. Wieso?«

»Wann genau gestern?«

»Nach dem Termin mit Chaudry. Wir haben uns ein paar SMS geschickt. Ich habe gestern Abend versucht sie zu erreichen, aber sie hat sich nicht gemeldet.«

Die Stille, die folgte, gefiel Harinder ganz und gar nicht.

»Können Sie mir bitte sagen, worum es geht?«, fragte er.

»Niemand hat sie seit gestern mehr gesehen, und ich kann sie auch nicht erreichen«, sagte Millar. »Vor ein paar Minuten kam eine Meldung herein, dass ihr Wagen im Parkverbot vor einer Kirche in Morningside steht. Von ihrem Wohnort aus betrachtet, ist das am anderen Ende der Stadt. Ich weiß, dass sie beide einander ... in gewisser Weise vertrauen, daher hatte ich gehofft, dass Sie etwas von ihr gehört hätten.«

Harinder wurde langsam unruhig.

»Nein, das habe ich nicht«, sagte er.

Die St Peter's Church in Morningside hatte nur wenig Ähnlichkeit mit einer ihrer berühmteren Namensvettern. Es handelte sich um eine sandbraune Steinkirche vom Anfang des 20. Jahrhunderts, die am Ende einer kleinen Querstraße zur geschäftigen Morningside Road lag, im Südwesten der Stadt. Roisin Lawsons Vauxhall stand ganz offensichtlich vorschriftswidrig vor dem geöffneten Kirchentor. Die Hälfte des Wagens überragte den weißen Streifen, der den Bereich markierte, in dem geparkt werden durfte.

Harinder trat auf den Wagen zu. Zu seiner Überraschung hatte DCI Millar nicht abgelehnt, als Harinder ihn gebeten hatte, mitkommen zu dürfen. Millar war sogar zum Hotel gekommen, um ihn abzuholen. Allein das zeigte, wie viel Sorgen er sich um seine Kollegin machte.

Ein Streifenwagen stand auf der anderen Straßenseite. Zwei uniformierte Polizisten, die beim Warten Kaffee aus einer Thermoskanne tranken, begrüßten die Neuankömmlinge mit einem Nicken. Die Constables Nisbet und Farmer hatten Millar kontaktiert, um ihn über den Wagen zu informieren. Sie waren auf ihn aufmerksam geworden, als sie durch die Umgegend patrouilliert waren, wo es in letzter Zeit häufiger zu Einbrüchen und Vandalismus gekommen war.

»Kennt sie jemanden hier in der Gegend?«, fragte Harinder. »Familie? Freunde?«

»Sie hat keine Familie in der Stadt, und über Freunde kann ich nichts sagen«, erwiderte Millar. »Und selbst wenn sie jemanden hier in dem Viertel besucht, verstehe ich nicht, weswegen sie so geparkt haben sollte. Roisin ist eine ausgezeichnete Autofahrerin. Sie schafft es auch blind, irgendwo rückwärts einzuparken.«

Harinder deutete mit dem Kopf in Richtung Kirche. »Ist sie religiös?«

»Nicht besonders, glaube ich, aber sie ist katholisch aufgewachsen.«

Harinder nahm zur Kenntnis, dass die Wahl der Kirche vielleicht kein Zufall war. Er trat an die Vorderseite des Wagens und legte die Hand auf die Motorhaube. Völlig kalt. Der Vauxhall musste demnach schon ein paar Stunden dort gestanden haben, vermutlich die ganze Nacht.

Er ging zur Fahrertür, beugte sich vor und spähte durchs Fenster. Er hatte ein paarmal in diesem Wagen gesessen und versuchte jetzt festzustellen, ob sich seit dem letzten Mal etwas verändert hatte.

»Auf dem Fußboden«, sagte er.

Millar lehnte sich ans Fenster und sah hinein. Im Schatten des Sitzes schien etwas zu glänzen. Harinder trat zur Seite, während sein schottischer Kollege Gummihandschuhe anzog und den Türgriff überprüfte.

Die Tür glitt auf. Millar beugte sich in den Wagen hinein und hob ein Schlüsselbund vom Boden auf. Am Schlüsselring schienen gewöhnliche Hausschlüssel und der Zündschlüssel für den Wagen befestigt zu sein.

»Hier stimmt was nicht«, sagte Millar und sah Harinder mit ernster Miene an. »Ich bin wirklich nicht der Typ für voreilige Schlussfolgerungen, aber hier ist definitiv etwas faul.«

Harinder hatte denselben Eindruck und nickte.

Millar tauchte abermals in das Wageninnere ab. Überprüfte den Boden um die Vorder- und Rücksitze nach Hinweisen darauf, wo Roisin abgeblieben sein konnte. Als er wieder hochkam, schüttelte er kurz den Kopf.

Er ging zur Rückseite des Wagens, schob den Schlüssel ins Schloss und öffnete den Kofferraum.

Jäh trat er einen Schritt zurück.

Er schwankte, fast sah es aus, als ob er zu Boden stürzen

würde. Die Constables Nisbet und Farmer kamen schnell über die Straße gelaufen, um ihm eine helfende Hand zu reichen, aber Millar winkte nur ab. Er bedeckte den Mund mit einer Hand, und Harinder sah, wie er dagegen ankämpfte, sich zu übergeben.

Harinder wusste, dass er nicht in den Kofferraum blicken sollte. Dass der Anblick, der dort auf ihn wartete, ihn verfolgen würde. Er musste sich selbst daran erinnern, dass er in diesem Land kein Polizeibeamter war und dass es vermutlich am besten für alle wäre, einfach Abstand zu halten.

Das Problem war nur, dass er seinem eigenen Ratschlag nicht folgen konnte.

Roisin lag im Kofferraum auf einer Plastikplane. Ihr Körper, der noch vor zwei Nächten so voller Leben, Wärme und Energie gewesen war, wirkte nun unnatürlich steif und war fast aller Farbe beraubt. Die Augen leer und leblos. Sie war entkleidet und trug lediglich BH und Unterhose. Ein großer roter Fleck auf der rechten Seite ihres Bauchs zeigte, wo die tödliche Verletzung erfolgt war.

An einem gewöhnlichen Tatort wäre Harinder sofort in den Analysemodus übergegangen und hätte sich alle Gefühle verboten. Das war die einzige Methode, um die schrecklichen Eindrücke zu bewältigen, mit denen er aufgrund seines Berufs immer wieder konfrontiert wurde.

Doch diesmal schaffte er es nicht. Er machte nicht einmal den Versuch. Er ließ sich einfach vom Schmerz überwältigen und spürte einen starken Druck in der Brust, der ihm das Atmen erschwerte.

Ihm wurde erst bewusst, dass er auf allen vieren auf dem Asphalt kniete, als er Millars Hand auf seiner Schulter spürte.

KAPITEL 61

Ein Team aus Kriminaltechnikern unter Leitung von Joanne Hendry untersuchte den Tatort und die Leiche im Kofferraum. Sie hatten den Bereich um den Fundort des Wagens abgesperrt und ein großes weißes Zelt um den Vauxhall herum errichtet. Damit konnten sie sich gegen das instabile Wetter in Edinburgh absichern, aber auch gegen potenzielle Schaulustige.

Auch die Polizeibeamten Rutherford und Collins waren nach Morningside gekommen. Sie arbeiteten zwar in derselben Ermittlungseinheit wie Roisin, aber niemand aus der Gruppe kannte seine Kollegen wirklich persönlich. Die routinierten Ermittler konnten daher mit kühlem Kopf und analytischem Blick auftreten, wozu in diesem Augenblick niemand von Roisins unmittelbaren Kollegen imstande war. Was nicht bedeutete, dass ihnen der Mord nicht ebenfalls naheging.

Polizeibeamte empfanden stets großes Mitgefühl, wenn einer von ihnen im Dienst getötet wurde.

Harinder hielt sich als passiver Zuschauer im Hintergrund. Irgendjemand, er wusste nicht mehr wer genau, hatte ihm einen Becher Kaffee in die Hand gedrückt. Hätte ihm jemand eine Zigarette angeboten, hätte er sie ebenfalls dankbar angenommen. Aber in der Nähe eines Tatorts wurde grundsätzlich nicht geraucht.

Er starrte auf das aufgeschlagene Zelt und die Beamten, die in ihren weißen Overalls ein und aus gingen, und hatte den Eindruck, wie benebelt einen Film auf einer großen Leinwand zu betrachten. Alles sah sehr wirklichkeitsnah aus, fühlte sich aber nicht echt an.

Millar war in der Nähe. Er hielt sich beschäftigt, indem er offenbar Telefongespräche mit diversen Vorgesetzten führte und seinen Mitarbeitern Anweisungen zubellte.

Hinter den Absperrungen glänzten die Linsen diverser Kameras. Pressefotografen und Passanten, die das Geschehen mit ihren Handykameras dokumentierten. Der Mord ließ sich vermutlich schon bei Twitter und Facebook finden, ehe er in den Zeitungen landete, dachte Harinder, der hinter seiner Benommenheit plötzlich ein anderes Gefühl aufkommen spürte.

Wut.

Am liebsten hätte er sich auf diese Idioten mit den Smartphones gestürzt, sie ihnen aus den Händen gerissen und auf dem Pflaster zerschmettert, während er sie gleichzeitig ausschimpfte und zusammenstauchte. Hätte das etwas gelöst? Nein, aber vielleicht hätte er sich danach besser gefühlt.

Das Geräusch quietschender Autoreifen drang plötzlich in sein Bewusstsein. Ein alter, dunkelblauer Golf kam in hohem Tempo um die Ecke an der Kirche geschossen und stoppte so dicht vor den Absperrungen, dass die Motorhaube die Plastikbänder berührte.

Harinder sah James Riddle aus dem Wagen stürzen. Er ließ die Tür hinter sich offen stehen, rannte an den Absperrungen und den Constables vorbei, die versuchten, ihn aufzuhalten, und steuerte auf das weiße Zelt zu. Schließlich trat Millar ihm in den Weg und hielt ihn fest. Harinder betrachtete den ehemaligen Polizisten, dessen Gesicht vor Anstrengung und Verzweiflung rot angelaufen war, und fürchtete schon, dass er Millar im nächsten Moment einen Faustschlag versetzen würde.

»Lass mich los, du Schwein!«, rief er. »Ich will sie sehen!«

Doch Millar ließ ihn nicht los.

»Das kannst du nicht, Jim, und das willst du auch gar nicht. Glaub mir, so willst du sie nicht sehen«, sagte er. »Du kannst nichts mehr für sie tun, Jim. Niemand kann das.«

Riddle schien nicht aufgeben zu wollen. Endlich fand Harinder den Vorwand, den er brauchte, um aus seiner Passivität auszubrechen. Er eilte Millar zu Hilfe, und gemeinsam konnten sie den alten Bullterrier vom Tatort weg und zu seinem Wagen zerren.

»Hör auf den Mann, Jim«, sagte Harinder. »Du hast doch sicher schon von früher ein schweres Joch zu tragen. Da brauchst du das hier nicht noch zusätzlich.«

Riddle starrte ihn mit feuchten Augen und Rotz unter der Nase an, und es schien, als ob weniger Harinders Worte, sondern sein Tonfall ihn schließlich zur Aufgabe überredete. Als ob er begriff, dass die Stimme zu einem Mann gehörte, der aus Erfahrung sprach.

In der West End Polizeistation wimmelte es von Menschen. DCI Frank Millar stand mit einem schneidigen, grauhaarigen Mann zusammen, der eine gebügelte Uniform mit Unmengen von Messing trug. Chief Superintendent Graham, wie Harinder berichtet wurde, der oberste Chef der Station.

Harinder kam sich wie ein Eindringling vor, wusste aber nicht, was er sonst mit sich anstellen sollte. Der DCI hatte darauf bestanden, dass er mit zurück zur Polizeistation kam.

Millar räusperte sich. Seine geröteten Wangen ließen Harinder darüber spekulieren, ob er sich einen kleinen Schnaps gegönnt hatte, ehe er zurückgefahren war, um seine Mitarbeiter zu treffen.

»Wir haben nicht nur eine von uns verloren, sondern auch eine unserer Besten. Es erscheint alles furchtbar schwer und sinnlos, dennoch ist jetzt nicht der Zeitpunkt, über das nachzudenken, was wir verloren haben«, sagte er. »Wir haben einen Job zu erledigen. Drei Menschen sind tot. Bis wir mehr wissen, müssen wir davon ausgehen, dass die drei Morde zusammenhängen. Und da jetzt sogar wir getroffen werden können, versteht es sich von selbst, dass es eilt, die Verantwortlichen zu fassen. Wir haben es mit einer oder mehreren Personen zu tun, die gezeigt haben, dass sie vor nichts zurückscheuen, und die damit eine Gefahr für die Allgemeinheit darstellen. Jetzt gilt es, die Ärmel hochzukrempeln und zur Tat zu schreiten. Wir brauchen ein Ergebnis, wir brauchen es schnell, aber wir dürfen keine Abkürzungen nehmen. Alles muss ordentlich gemacht werden, ganz nach dem Lehrbuch. Roisin wäre diejenige gewesen, die das als Erste verlangt hätte.«

Die Versammelten stimmten zu und nickten.

»Ihr habt den Mann gehört«, brummte Chief Superintendent Graham. »Zurück an die Arbeit!«

Millar hatte Harinder gebeten, in seinem Büro zu warten, während er eine Besprechung mit der Ermittlungsgruppe leitete. Der Polizeiinspektor und ein Vertreter der Staatsanwaltschaft sollten bei dem Termin zugegen sein, was ausschloss, dass Harinder Mäuschen spielte. »Ganz nach dem Lehrbuch«, hatte der Mann gesagt. »Keine Abkürzungen.«

Jedenfalls nicht so, dass die Chefs etwas davon mitbekamen.

Etwa eine Stunde später tauchte Millar wieder auf und entschuldigte sich für die Wartezeit. Harinder beschwerte sich nicht. Er hatte ganz in Ruhe dasitzen können, was ihm guttat. Es gab so einige Gedanken und Gefühle, die sortiert werden mussten.

Millar setzte sich auf die Schreibtischkante und betrachtete seinen ausländischen Gast.

»Ich weiß, dass Sie darauf bedacht sind, nach Hause zu kommen, und bisher war ich genauso darauf bedacht, Sie aus meiner Stadt zu bekommen«, sagte Millar. »Aber so, wie sich die Situation darstellt, kann ich Sie nicht ziehen lassen. Sie haben Roisin gekannt, und Sie kennen den Fall. Sie verfügen daher über Wissen, das vielleicht nützlich sein kann. Und ich kann es mir nicht leisten, auch nur irgendwelche Ressourcen zu verschwenden.«

Harinder hatte nichts dagegen einzuwenden.

»Natürlich können Sie im Rahmen der Ermittlung keine formale Rolle einnehmen«, sagte Millar. »Aber ich habe das Recht, mich mit wem auch immer zu beraten, ob das nun zivile Fachleute oder ausländische Polizeibeamte oder sogar Pensionisten sind. Sie haben hier keine Befehlsgewalt. Und solange Sie auch nicht als Polizist auftreten, muss ich mich nicht rechtfertigen.«

Harinder nickte. »Hören Sie, ich muss Ihnen etwas erzählen ...«

»Nein, das müssen Sie nicht«, sagte Millar und sah ihn ernst an. »Was immer Sie mit mir teilen wollen, lassen Sie es. Halten Sie sich zurück. Ich will es nicht hören.«

Harinder nickte erneut. Er verstand.

»Sie werden auch Riddle brauchen«, sagte er.

»Nein, ich *brauche* Riddle nicht«, protestierte Millar. »Ich muss nur darauf aufpassen, dass er nichts Übereiltes tut. Ich glaube, er hat Roisin als eine Art Tochter betrachtet.«

Das war auch Harinders Eindruck.

»Ich habe die Gruppe gebeten, Roisins Bewegungen von gestern zu rekonstruieren«, sagte Millar. »Da Sie Kontakt mit ihr hatten, können Sie sicher auch dazu beitragen. Rutherford ist verantwortlich für die Überprüfung ihrer Telefonanrufe und für mögliche Suchanfragen im Internet während der letzten Tage.«

Harinder nickte. Er zog sein Handy hervor und rief seine SMS auf.

»Das hier ist die letzte Nachricht, die ich von ihr bekommen habe«, sagte er und reichte Millar das Telefon. *»Muss zwecks Schatzsuche ins Archiv, etwas überprüfen. Soll ich dich später anrufen?«*, las Millar laut vor. »Was hat sie Ihrer Ansicht nach damit gemeint?«

»Ich weiß nicht, aber sie muss irgendetwas auf der Spur gewesen sein«, sagte Harinder. »Was, wenn es etwas Wichtiges war, das zu einer direkten Konfrontation mit dem Täter geführt hat?«

»Ich verstehe nur nicht, wieso sie mich nicht kontaktiert oder um Verstärkung gebeten hat, wenn sie kurz davor war, jemanden zu konfrontieren, den sie für den Täter hielt«, sagte Millar. »Roisin hatte keine Bedenken, eine Abkürzung zu nehmen, wenn sie es musste, aber sie ist niemals fahrlässig gewesen.«

»Ich kann mir nur zwei Möglichkeiten vorstellen«, sagte Harinder. »Entweder war diese Konfrontation gar nicht geplant, oder sie befand sich an einem Ort oder in einer Situation, die sie für sicher hielt. Und ehe sie die Gefahr erkannte, war es vielleicht schon zu spät, um Rückendeckung anzufordern.«

KAPITEL 62

Oslo

Vor dem Haftprüfungstermin am Amtsgericht Oslo wurde bekannt, dass Henning Ulriksen mit einem neuen Rechtsbeistand erscheinen würde. Den erzwungenen Rückzug von Bjørn Arild Krogstad hätte man durchaus als halben Sieg verbuchen können.

Allerdings ein Sieg mit Beigeschmack.

Rachel und Kommissar Trippestad waren auf ihren Plätzen im Amtsgericht, als der eine der beiden Zwillinge von zwei Vollzugsbeamten hereingeführt wurde. In seiner Begleitung war eine formell, jedoch elegant gekleidete Dame Anfang vierzig mit kurzem schwarzem Haar. Rachel starrte sie mit offenem Mund an. Nicht als Einzige, denn auch Polizeijuristin Andrine Lund kannte die neue Verteidigerin gut.

Abgesehen davon, dass Christina Sandberg die Lebensgefährtin von Rachel gewesen war, war sie auch die ehemalige Polizeijuristin.

In aller Ruhe begrüßte sie die Kollegen von der Staatsanwaltschaft. Ruhig und selbstsicher, dachte Rachel, die Christina immer für ihr Selbstvertrauen bewundert hatte. In einem Saal voll mit lauten und starrköpfigen Polizisten hatte sie sich mit einem scharfen Blick oder einer zielgerichteten Frage, die ihre Widersacher zwangen, ihre Standpunkte in aller Deutlichkeit zu untermauern, stets Respekt verschaffen können. Nachlässigkeiten oder halbgare Lösungen fanden vor ihren Augen keine Gnade.

Rachel konnte sich noch gut erinnern, wie es unter ihrer Haut gekribbelt hatte, als sie zum ersten Mal das Gefühl hatte, von der strengen Rechtsanwältin gesehen zu werden.

Der Haftprüfungstermin begann damit, dass der Vertreter der Staatsanwaltschaft die Straftaten aufzählte, die Ulriksen vorgeworfen wurden, insbesondere die Beihilfe zum Mord. Er beantragte vier Wochen Untersuchungshaft mit Brief- und Besuchsüberwachung aufgrund von Beweisvernichtung und Fluchtgefahr.

Da die andere Hälfte des Zwillingsduos sich bereits abgesetzt hatte, war Fluchtgefahr kein unangemessenes Argument.

Christina Sandberg ging direkt zum Angriff über und zerschlug die komplette Grundlage für die Beschuldigung. Schmuggelware und eine Waffe, von der niemand wusste, wie lange sie sich schon vor Ort befunden hatte, und die in keiner Weise mit ihrem Mandanten verknüpft werden konnte. Ein Mandant, der zum Zeitpunkt der Ermordung Erik Ruuds an einem Pokerturnier in Las Vegas teilgenommen hatte, was durch Videoaufnahmen sowie zahlreiche Zeugenaussagen bestätigt worden war.

Allerdings handelte es sich um einen Haftprüfungstermin und keinen Strafprozess. Nur selten widersetzen sich Richter in derart ernsten Fällen der Staatsanwaltschaft. Das war Christina natürlich bewusst, aber immerhin hatte sie ein paar Argumente hervorgebracht, an die sich der Richter erinnern würde, wenn die Polizei eine Verlängerung der Untersuchungshaft beantragte.

Henning Ulriksen schüttelte den Kopf und breitete frustriert die Hände aus, als ihm vier weitere Wochen Untersuchungshaft aufgebrummt wurden.

»So gefällt mir das«, flüsterte Trippestad Rachel ins Ohr. »Er wirkt verzweifelt. Mit so jemandem lässt sich doch bestimmt verhandeln.«

»Ich bin erstaunt, dass du etwas mit dieser Sache zu tun hast, nur selten habe ich so einen schwachen Klagegrund gesehen. Ihr erfüllt schlichtweg nicht die Beweislast. Daraus kann unmöglich ein Gerichtsverfahren werden.«

Christina Sandberg richtete ihren Rock, nachdem sie auf der Sitzbank Platz genommen hatte. Sie hatten einen Tisch in einem Sushi-Restaurant gegenüber dem Gerichtsgebäude bekommen. Ein schnelles Mittagessen vor den nächsten Mandanten und Terminen. Rachel war gezwungen, persönliche Gefühle beiseitezuschieben.

Christina hatte sie kurz nach dem Haftprüfungstermin um das Gespräch gebeten. Anscheinend im Auftrag ihres Mandanten, der das Terrain für einen möglichen Deal sondieren wollte. Was der selbstsicheren Bemerkung die Spitze nahm, dachte Rachel.

»Dein Problem ist die Mordwaffe«, sagte Rachel. »Die wird sich nur schwierig wegdiskutieren lassen.«

»Laut ihm muss die Pistole dort platziert worden sein.«

Rachel musste grinsen. Wie oft hatte sie nicht schon gehört, dass ein Beschuldigter behauptete, ein Beweisstück sei ihm untergeschoben worden. Eine desperate Verteidigungsstrategie, die nur selten aufging.

Christina tunkte ein Sushiröllchen in Sojasauce.

»Wollen wir doch mal ehrlich sein – eigentlich geht es

hier um *Thomas* Ulriksen, nicht wahr? Er ist es, hinter dem ihr her seid«, sagte sie.

»Dein Mandant ist ja auch nicht gerade ein Unschuldslamm«, entgegnete Rachel. »Aber lass uns mal – rein hypothetisch – sagen, dass er das geringere von zwei Übeln ist. Lass uns sagen, dass er nichts von der Waffe oder von den Plänen zur Ermordung Erik Ruuds wusste. Das hilft aber alles nichts, solange er sich loyal zu seinem Bruder verhält. Thomas hat Zeugen eingeschüchtert und Polizeibeamte verletzt. Wenn er geschnappt wird, droht ihm eine lange Gefängnisstrafe. Will Henning mit demselben Schiff untergehen oder möchte er sich eine Rettungsboje sichern?«

»Was schlägst du vor?«, fragte Christina, nachdem sie Rachel eine Weile schweigend gemustert hatte.

»Die Initiative zu diesem Treffen geht von euch aus«, sagte Rachel. »Die Frage lautet also: Was habt ihr anzubieten?«

»Mein Mandant *könnte* Kenntnis davon haben, wo sich sein Bruder versteckt«, sagte Christina. »Sofern ihr bereit seid, die Anklagepunkte fallen zu lassen, ist er willig zur Zusammenarbeit.«

»Einfach so, ohne Weiteres?«

»Es fällt ihm natürlich nicht leicht, schließlich geht es um seinen einzigen Bruder«, sagte Christina. »Gleichzeitig war es lange Zeit eine Belastung, ständig in dieselbe Schublade gesteckt zu werden wie er, nur weil sie Zwillinge sind. Mein Mandant ist aufrichtig nur daran interessiert, die gemeinsamen Gastronomiebetriebe zu führen.«

Rachel fragte sich, ob sie es genauso überzeugend gefunden hätte, wenn es aus Hennings Mund gekommen wäre.

»Ist er bereit, gegen Thomas auszusagen?«, fragte sie.

»Falls er muss.«

»Das muss er«, sagte Rachel. »Was ist mit dem Schützen?«

»Wovon redest du?«

»Ich rede über denjenigen, der Ruud tatsächlich erschossen hat«, sagte Rachel. »Wir vermuten, dass dieselbe Person vor zwei Jahren auch Christian Brekke getötet hat. Das ist keine Person, die wir einfach gehen lassen können.«

»Das sehe ich ebenso, aber ich wüsste nicht, wie mein Mandant euch dabei behilflich sein könnte«, sagte Christina. »Er kann euch nichts geben, was er nicht hat.«

Es sei denn, er weiß mehr, als er vorgibt zu wissen, dachte Rachel. Das war ärgerlich, weil sie wusste, dass Thomas nicht mit ihnen reden würde. Er war kein Typ, der irgendetwas zugab.

»Also, was glaubst du?«, fragte Christina. »Was wäre so ein Deal der Polizeijuristin wert?«

»Wenn er kooperiert und dabei hilft, Thomas zu schnappen, und wenn er in den Zeugenstand tritt, dann, so glaube ich, wären wir bereit, die ernsteren Anklagepunkte fallen zu lassen. Immunität könnt ihr allerdings vergessen. Er muss immer noch für andere Sachen geradestehen, aber da kommt er ohnehin billig weg.«

KAPITEL 63

Edinburgh

Das Glas stand unberührt auf dem Tisch vor ihm. Das Bier war schon so schal geworden, dass Harinder keine Lust mehr hatte, es zu trinken, wenngleich genau hierin der Grund bestand, aus dem er den erstbesten Pub aufgesucht hatte. Er hatte gehofft, den Schmerz betäuben zu können, wenn auch nur für eine kurze Weile.

Er eignete sich kaum als Trinker und wurde schnell sentimental, sobald der Rausch sich einstellte. Erst als ihm das Bier serviert wurde, begriff er, dass es für seinen Gemütszustand kaum das richtige Mittel war.

Vor einer Woche hatte er nicht mal gewusst, wer Roisin Lawson überhaupt war, jetzt kam es ihm völlig unwirklich vor, dass sie nicht mehr da war. Er hatte schon früher Kollegen verloren, Menschen, mit denen er enger zusammengearbeitet und die er länger gekannt hatte, aber das hier tat verflucht weh.

Nicht alle Wunden konnte die Zeit heilen.

Er beschloss, das Glas stehen zu lassen. So gesehen war er froh darüber, dass Riddle – erstaunlicherweise – abgelehnt hatte, ihn auf ein Bier zu treffen. Nachdem sie sich am Morgen am Tatort begegnet waren, hatten sie noch keine Gelegenheit zum Reden bekommen. Allerdings hatte

Riddle ihm eine SMS geschickt und erklärt, er müsse an diesem Abend ein paar Dinge in seinem Haus regeln. Er sei dabei, es zu verkaufen, und müsse es für die Besichtigung herrichten.

Harinder hoffte, dass er nicht über etwas anderes brütete. Er selbst hatte am Nachmittag an einem Briefing teilnehmen können, bei dem sich zeigte, dass Riddle die ganze Schuld für den Mord Joe Callahan zuschob.

Zusammenfassung:

Ahtar Chaudry war ein respektabler Geschäftsmann, doch ehe er in den neunziger Jahren seinen Durchbruch in der IT-Branche machte, war von mehreren missglückten Geschäftsgründungen und von Konkursen die Rede gewesen. Er suchte Investoren, ohne sich Gedanken darüber zu machen, woher das Geld kam. Und Callahan investierte sein Geld am liebsten in legale Geschäfte, wo es sich problemlos waschen ließ. Seinerzeit mussten sich ihre Wege in Edinburgh gekreuzt haben.

In der Gegenwart war der Gangster nicht mehr so mächtig wie früher. Er wurde langsam alt, und neue Akteure begannen, sich in seinen Bereichen breitzumachen. Zum Zurückschlagen fehlten ihm die Ressourcen. Wohingegen Chaudry zu einem der reichsten Männer des Landes geworden war.

Ein Milliardär mit rätselhafter Vergangenheit. Einer, der lieber Lösegeld bezahlte, als die Polizei zu verständigen, falls seine Tochter entführt wurde.

Chaudry und Callahan.

Von Roisins Handy gab es keine Spur, die Polizei musste auf die Verbindungsdaten des Telefonanbieters warten. Die Arschlöcher redeten von vier oder fünf Tagen, und Millar bedauerte zutiefst, dass ihm keine Optionen zur Verfügung standen, den Prozess zu beschleunigen.

DI Rutherford hatte Roisins Computeraktivitäten aus den letzten Tagen unter die Lupe genommen.

»Ihr Fokus lag ganz klar auf Ahtar Chaudry und seiner Familie«, lautete seine Schlussfolgerung. »Sie ist in unseren Registern gewesen und hat nach Chaudry und seinem Sohn Devan gesucht. Sie hat ihren PC auch für eine Google-Suche nach denselben Personen benutzt. Schwer zu sagen, worauf sie eigentlich aus war, aber die Internetsuche führte jedenfalls dazu, dass sie dem Archiv der St Leonard's Polizeistation einen Besuch abgestattet hat.«

»Wissen wir, wonach sie gesucht hat?«, hatte Millar gefragt.

»Vorläufig nicht«, hatte Rutherford erwidert. »Ich habe mit dem Archivar gesprochen, der bestätigt, Lawson gestern getroffen zu haben. Er hat ihr die Papierarchive gezeigt und wie sie sich dort zurechtfinden kann, aber nach einer bestimmten Fallmappe hat sie nicht gefragt.

Die »Schatzsuche« im Archiv, die sie in ihrer SMS erwähnt hatte. Jetzt sah es so aus, als ob Chaudry das Ziel gewesen wäre.

Hatte Roisin etwas gefunden, das eine Beziehung zwischen dem Geschäftsmann und dem Gangster bewies? Oder hatte sie eine andere Verbindung gefunden, eine Quelle, die ihr womöglich bei der weiteren Ermittlung helfen könnte?

Doch wer konnte das sein?

Wenn sie darauf die Antwort fänden, dann hätten sie auch ihren Mörder. Davon war Harinder überzeugt.

Callahan.

Harinder ließ das schale Bier unberührt stehen und verließ den Pub mit entschlossenen Schritten.

Nachdem er sich versichert hatte, dass Licht im Büro in der ersten Etage brannte, ließ er das Taxi etwas abseits von dem Gebäude anhalten, in dem JC Cabs untergebracht war.

»Was wissen Sie über dieses Taxiunternehmen?«, fragte er den Fahrer, als er ihm fünfzehn Pfund reichte.

Der Mann zuckte mit den Schultern. »Ab und zu sehe ich mal einen Wagen von denen, aber nicht oft. Das sind private Taxen. Man muss anrufen und vorbestellen. Kann man nicht einfach heranwinken.«

»Gibt's Gerüchte über die Besitzer?«

»Ja.« Der Fahrer steckte die Scheine in die Tasche. »Dass das keine Typen sind, über die man Gerüchte verbreitet.«

Harinder stellte sich neben einem kleinen Elektronikgeschäft an der nächsten Straßenecke an die Hauswand. Das Taxiunternehmen von Callahan lag gleich gegenüber. Er schob die Hände in die Hosentaschen und spähte zu den Fenstern im ersten Stock hinauf. Der Nachmittag war feucht und kühl.

Er registrierte eine Bewegung im Büro. Irgendjemand hielt da oben die Geschäfte am Laufen. Harinder fragte sich, ob der Chef höchstpersönlich dazugehörte.

Hätte ihn jemand gefragt, wie sein Plan lautete, hätte er geantwortet, dass es keinen Plan gab. Dass er im Vorfeld gar nicht genauer darüber nachgedacht hatte, nur einem Impuls gefolgt war, egal wie dieser aussah, solange er ihn nur dem- oder denjenigen näher brachte, die hinter der Ermordung Roisins steckten.

Und womöglich war das teilweise sogar wahr.

Er überquerte die Straße und trat in den Haupteingang. Zwei Männer saßen im hinteren Teil der Garage an einem Tisch und spielten Karten. Als sie aufblickten, war klar zu erkennen, dass sie keinen Ärger wollten. Sie waren Fahrer und keine angeheuerten Muskelpakete.

Harinder stieg die Treppe hinauf und hielt auf die Tür am Ende des Gangs zu. Doch wenn er dort hingelangen wollte, müsste er zunächst an dem massiven Hindernis vorbeikommen, das den Weg versperrte. Der langhaarige Typ von der letzten Begegnung, mit flacher Nase und dunklem Anzug, hatte die Arme vor der Brust verschränkt und starrte Harinder mit einer Mischung aus Verachtung und Bewunderung an.

»Herr Polizist«, sagte er. »Womit kann ich Ihnen behilflich sein?«

Harinder musterte ihn. Der Mann war wesentlich kleiner als Callahan, aber augenscheinlich besser durchtrainiert. Er sah aus wie einer, der im Fitnessstudio Gewichte stemmte. Ein ehemaliger Profiboxer vielleicht, mit Dynamit in den Pranken. Callahan beschäftigte ihn vermutlich nicht wegen seiner Unterhaltungskünste.

»Ich will mit deinem Chef sprechen.«

»Mr C ist beschäftigt«, sagte der Mann. »Wenn Sie mit ihm reden möchten, müssen Sie erst um einen Termin bitten.«

»Callahan!«, rief Harinder in Richtung Tür und über die Schulter des Gorillas hinweg. »Wollen Sie sich den Rest des Abends da drinnen verstecken? Reden Sie mit mir, Sie feiges Stück!«

»Sagen Sie nicht, dass ich Sie nicht gewarnt hätte.«

Der andere packte seine Schulter, was Harinder damit

beantwortete, dass er sein gesundes Knie in den Schritt des Mannes rammte. Das war wirkungsvoll und setzte den Widersacher so lange außer Gefecht, dass Harinder noch einen Ellbogen in seinem Gesicht landen konnte. Dann ein Tritt vors Schienbein, was dazu führte, dass der bereits angeschlagene Gegner den Halt verlor und auf den Fußboden knallte. Mit dem Gesicht zuerst.

Harinder drückte ihm den Fuß in den Rücken und verdeutlichte, dass er sich ruhig verhalten sollte.

Die Tür am Ende des Korridors wurde von innen geöffnet, und die enorme Gestalt Joe Callahans kam zum Vorschein.

»Was glauben Sie eigentlich, wer Sie sind? Kommen hierher und machen einen Aufstand?«

Callahan knurrte, während er Harinder in das Büro zerrte und ihn vor die Wand schleuderte. Er drückte Harinders Kopf mit seinem stämmigen Unterarm gegen die Wand und zerquetschte ihm fast den Hals.

»Weißt du, wer ich bin?«, brüllte Callahan. Speichel spritzte aus seinem Mund. »Ich kann dich bei vollem Tageslicht aus dem Fenster werfen. Ich kann auf der Straße stehen und auf dir herumhüpfen, bis du keinen heilen Knochen mehr im Leib hast, und niemand würde auch nur einen Finger rühren!«

»Auch einen Bullen?«, presste Harinder mühsam hervor, während er vergeblich versuchte, sich von dem massiven Arm zu befreien. »Wie *Roisin Lawson*?«

»Damit habe ich nichts zu tun!«, sagte Callahan. »Eine Polizistin umbringen, sind Sie verrückt, Mann? Was um alles in der Welt hätte ich dadurch zu gewinnen?«

Harinder wollte etwas erwidern, doch es war schon

schwer genug auch nur zu atmen. Die Panik setzte ein, kurz bevor Callahan seinen Arm zurückzog. Nicht eine Sekunde zu früh. Harinder hustete heftig.

Callahan setzte sich auf einen Stuhl. Sein Gesicht war knallrot. Er atmete schwer und keuchte.

»Sie können froh sein, dass Sie noch leben«, sagte er. »Sie tun das nur deshalb, weil ich nicht will, dass überall Bullen herumschwirren. Es ist schon schlimm genug, nach allem, was der Polizistin zugestoßen ist. Aber missdeuten Sie das nicht als Schwäche. Es geht nur ums Geschäft.«

»Sie überzeugen mich nicht gerade von Ihrer Unschuld«, sagte Harinder.

Callahan stieß ein trockenes Lachen aus. »Was *Sie* meinen, geht mir am Arsch vorbei«, sagte er. »Aber ich habe schon so eine Ahnung, wer Sie auf diese Idee gebracht hat. Riddle, hab ich recht? Er ist bereit, alles zu tun und zu sagen, um mich aus dem Weg zu räumen. Sie kennen ihn nicht so gut wie ich, Singh. Sie wissen nicht, wie sehr er sich verändert hat.«

»Wovon reden Sie?«

»Ich rede von einem verbitterten, ausgebrannten Bullen mit schlechten Angewohnheiten«, sagte Callahan. »Er raucht, er trinkt und er spielt. Vor langer Zeit hatte er vielleicht mal seine schlimmsten Laster unter Kontrolle, aber das war, bevor ihn seine Frau verlassen hat und er bei der Arbeit in hohem Bogen rausgeschmissen wurde. Er musste sich Geld leihen, um sein Haus behalten zu können. Sogar von *mir*, einem Mann den er mehr als alles andere verachtet. Er schuldet mir immer noch was.«

Sein Gelächter war voller Schadenfreude.

»Davon glaube ich kein Wort«, sagte Harinder.

»Glauben Sie doch, was Sie wollen.«

Callahan nickte jemandem an der Tür zu. Harinder drehte sich um und sah, dass das Muskelpaket wieder auf die Beine gekommen war. Abgesehen davon, dass er ziemlich rachsüchtig aussah, hatte er auch einen Kumpel mitgebracht.

»Ich bin diesen Schwachsinn leid, und diesen Typen hier auch«, sagte Callahan. »Schaff das Schwein raus aus meinem Büro, Rob. Und sorg dafür, dass er nicht zurückkommt.«

Gorilla Rob und sein Kumpel zerrten Harinder aus dem Raum und schubsten ihn rüde die Treppe hinunter, so dass er sich ans Geländer klammern musste, um nicht abzustürzen. Nach einem weiteren Stoß stolperte er auf die Straße hinaus und schürfte sich im Fallen das schlimme Knie auf. Ein fast lähmender Schmerz zuckte durch seinen Körper.

»Ich weiß ja nicht, ob du den Wink verstehst, aber komm einfach nicht wieder«, sagte Rob. »Fahr zurück nach Schweden.«

Der als Abschiedsgruß gemeinte Tritt landete in Harinders Rippen. Dennoch waren es nicht die Schmerzen, die ihm am meisten zusetzten, als er sich auf dem kalten Pflaster wand. Es waren das trockene, humorlose Lachen und der höhnische Blick des fetten Gangsters, während er den Ruf des ehemaligen DCI James Riddle durch den Dreck zog.

Denn was konnte für einen Mann, der von Lügen lebte, schon reizvoller sein, als die Wahrheit als Waffe zu benutzen?

KAPITEL 64

Oslo
Donnerstag, 31. Oktober

Auf den Straßen hatte der erste Schneefall des Jahres zu dem erwarteten Chaos geführt. Lange Staus und Straßenabschnitte, die wegen Unfällen gesperrt waren. Immer gab es Leute, die zu lange zögerten, die Winterreifen aufzuziehen. Für sie kam der Wetterwechsel jedes Jahr erneut als große Überraschung.

Rachel war früh unterwegs und hatte den schlimmsten Berufsverkehr bislang umschiffen können. Sie fuhr hinter dem 37er Bus her, der sich vom Ullevålsvei ins Zentrum bewegte und als Schutzschild gegen den Schnee diente, der gegen ihre Windschutzscheibe peitschte.

Sie fuhr an der Rückseite des Polizeipräsidiums in Grønland vorbei und parkte vor einem silbergrauen Mercedes Sprinter, der gegenüber vom Haupttor des Osloer Gefängnisses an der Straße stand. Klopfte an die Hecktür und wurde von Kommissar Tor-Egil Trippestad eingelassen.

Im Inneren des Lieferwagens herrschte Hochbetrieb. Steffen Myhre saß mit Ohrstöpseln neben einem Bildschirm und überprüfte einen Tonempfänger. Hinten im Wagen stand Ivan Moreno und befestigte ein drahtloses Mikrophon an der Brust von Henning Ulriksen. Es war klein, hochempfindlich und nicht zu entdecken, sofern jemand nicht genau wusste, wonach er suchte.

Neben ihm saß Christina Sandberg, um darauf zu achten, dass alles gemäß der Vereinbarung durchgeführt wurde. *Zwei Begegnungen an zwei Tagen,* dachte Rachel. Öfter als sie einander in den letzten sechs Monaten getroffen hatten.

»Wir haben einen Landsitz«, sagte Henning, als er sein Hemd wieder anziehen durfte. »Ein gut abgeschirmtes Haus nahe am Wasser. Ideal, um sich zurückzuziehen, wenn Bedarf besteht. Nur Thomas und ich kennen den Ort.«

»Und Sie haben nicht vor, uns einfach zu erzählen, wo dieser liegt?«, fragte Trippestad.

»Damit ihr eure schießwütige Delta-Truppe zuerst hinschicken könnt?«, entgegnete Henning. »Nein, die Absprache lautet, dass *ich* euch dort hinführe. Und ihr haltet schön Abstand, während ich erst mal mit meinem Bruder rede.«

Rachel riss die Augen auf. »Das Erste ist schon richtig, Sie sollen uns dort hinführen. Aber niemand hat was davon gesagt, dass Sie mit Ihrem Bruder allein in Kontakt treten können.«

»Sie kennen Thomas nicht«, sagte Henning. »Wenn das Erste, was er sieht, die Polizei ist, dann lässt sich schwer sagen, was passieren wird. Ich kann ihn aber aus dem Haus bekommen und die Situation erläutern, wenn ich mit ihm allein bin.«

»Wir wünschen uns, dass alles ruhig und friedlich über die Bühne geht«, sagte Trippestad.

»Du bist also einverstanden?«, fragte Rachel.

Trippestad gab keine Antwort.

Henning grinste. »Wie jetzt, trauen Sie mir etwa nicht?«

»Die Frage ist, wieso *Thomas* Ihnen trauen sollte. Sie sollten in Untersuchungshaft sitzen, und dann tauchen Sie plötzlich in seinem Versteck auf. Wird er nicht sofort kapieren, dass Sie ihn verraten haben?«

Hennings schiefes Grinsen fror ein. Sein Gesichtsausdruck wurde ernst. »Thomas traut mir schon seit Langem nicht mehr. Deswegen sitzen wir ja in diesem Schlamassel. Aber er wird trotzdem mit mir reden. Wir sind Brüder. Er weiß, dass ich ihn niemals in Gefahr bringen würde. Und wenn Sie wollen, dass ich Ihnen helfe, stelle ich eine Bedingung. Wenn nicht, können Sie zur Hölle fahren und mich gleich zurück in die Zelle schicken.«

»Mein Mandant ist euch weit entgegengekommen und bittet lediglich um eine Möglichkeit, die Sicherheit seines Bruders zu garantieren«, sagte Christina. »Ihr werdet doch ohnehin den Ort abriegeln und sichern, und ihr habt ihn mit einem Mikrophon ausgestattet, das jede Unterhaltung einfängt. Ich verstehe nicht, wieso dieser Punkt ein taktisches Risiko für euch sein soll. Wenn überhaupt jemand ein Risiko auf sich nimmt, dann mein Mandant. Für ihn wäre es nämlich viel einfacher, im Wagen sitzen zu bleiben, während ihr euch seinen Bruder schnappt.«

»Können Sie überhaupt garantieren, dass Ihr Bruder vor Ort ist?«, fragte Rachel.

»Ich kann gar nichts garantieren«, sagte Henning. »Soviel ich weiß, kann er auch schon weitergezogen sein. Vielleicht ins Ausland. Aber falls er noch im Land ist, dann ist er an diesem Ort.«

»Solange Sie nicht vergessen, dass die Absprache von *Ergebnissen* abhängig ist«, sagte Trippestad. »Wenn wir mit leeren Händen zurückfahren, bekommen Sie nichts.«

Henning Ulriksen nickte, ebenso seine Anwältin.

KAPITEL 65

Edinburgh

Die Fotos an der Tafel waren aufgehängt worden, weil sie eine Geschichte erzählten. Keines davon war zufällig ausgewählt. Es galt, die wichtigsten Informationen über das Verbrechen herauszupicken, damit die Ermittler sich einen Eindruck über den größeren Handlungsverlauf machen konnten.

Harinder betrachtete die fünf Bilder vom Tatort in Morningside mit einem weitaus klareren Kopf, als es ihm am Tag zuvor möglich gewesen war, während er sich selbst dort aufgehalten hatte. Eines zeigte den vorschriftswidrig abgestellten Vauxhall vor der Kirche. Ein gutes Bild, weil es verdeutlichte, dass der Wagen nicht zufällig dort stand. Wieso war der Wagen genau vor dieser Kirche abgestellt worden? Ob die Entscheidung nun bewusst oder unbewusst war, sagte sie dennoch etwas über die Tatperson aus.

Hatte er den erstbesten Ort gewählt, eine ruhige Straße, wo der Wagen seiner Ansicht nach eine Weile in Frieden stehen konnte? Oder gab es eine tiefere Bedeutung bei der Auswahl des Abstellplatzes?

Gemäß Stadtplan gab es mehrere Kirchen in der Gegend, diese war indes die einzige katholische. Sagte dies etwas über die Religion des Täters aus, oder war es aus Rücksicht auf das Opfer geschehen?

Interessant war auch, dass der Wagen vorschriftswidrig abgestellt war. In der Straße gab es freie Parkplätze, doch nicht in der Nähe der Kirche. Der Täter musste gewusst haben, dass die Chance auf eine Entdeckung des Wagens größer war, wenn er falsch abgestellt war. Normalerweise würde ein Täter versucht haben, das Gegenteil zu erreichen. War der Standort des Wagens demnach von Bedeutung oder war es bloß eine Folge der Eile gewesen?

Ein anderes Foto zeigte den geöffneten Kofferraum und den bleichen Frauenkörper, der darin lag. Der Anblick schmerzte noch immer. Vielleicht nicht so sehr wie am Tatort selbst, aber auch nicht wesentlich weniger. Harinder musste sich zusammenreißen, um nicht den analytischen Zugang zu dem Fall zu verlieren. Musste die Hände zu Fäusten ballen, damit sie nicht anfingen zu zittern.

Die Täterperson hatte sie bis auf Unterhose und BH entkleidet und auf eine Plastikplane gelegt. Die anderen Sachen, ihr Handy und alle persönlichen Gegenstände, abgesehen von den Autoschlüsseln, waren verschwunden. Vermutlich hatte er diese Dinge irgendwo anders entsorgt. Es waren Gegenstände, die er die Polizei *nicht* finden lassen wollte. Die einleuchtende Erklärung war, dass ihre Kleidung und alles Weitere vermutlich Beweisspuren aufwiesen, die es der Polizei erleichtern könnten, ihn zu finden. Insbesondere Jacken und Mäntel zogen Haare, Staub und Fasern an, die sich im Nachhinein als entlarvend herausstellen konnten.

Wer immer sie getötet hatte, wusste das.

Aber er hatte sie die Unterwäsche anbehalten lassen. Um

ihre Würde zu bewahren, oder weil BH und Unterhose eher selten Beweisspuren aufwiesen?

Das nächste Foto war eine Nahaufnahme der Verletzung. Hervorgerufen durch einen spitzen und scharfen Gegenstand, wahrscheinlich ein Messer. Genau wie bei Davey Milne war hier ein Täter am Werk gewesen, der ein Messer wirklich zu hantieren wusste. Nur ein Stich, aber so hoch angesetzt, dass es die Leber getroffen hatte, das Organ mit dem meisten Blut. Laut der Rechtsmedizinerin hatte er die Klinge auch in der Wunde herumgedreht, so dass der Schaden maximiert wurde.

Roisin war binnen kurzer Zeit verblutet.

Die Verbindung zwischen den drei Morden war deutlich, aber vorläufig konnten sie nicht mit Sicherheit sagen, dass es sich um nur eine einzige Tatperson handelte. Gleichwohl war Harinder sich dessen ziemlich sicher.

Eine Person, die mögliche Bedrohungen eliminierte und verzweifelt versuchte, sich nach einem missglückten Entführungsversuch in die Dunkelheit zurückzuziehen.

»Was ist denn mit Ihnen passiert? Sie sehen aus, als hätten Sie ein Wochenende in Glasgow verbracht.«

DCI Millar blickte Harinder prüfend an, als dieser sich auf den Besucherstuhl setzte. Die Unterhaltung mit Joe Callahan hatte ein paar sichtbare Spuren hinterlassen.

»Das ist nichts«, sagte Harinder. »Ich habe mir die Fotos vom Tatort angesehen. Mir ist das gestern nicht klar gewesen, aber unser Täter hat ein paar grobe Fehler begangen.«

»Welche Fehler?«, fragte Millar. »Laut Hendry ist er gründlich vorgegangen, und es scheint auch nicht so, als hätte er physische Beweise hinterlassen.«

»Ich rede von persönlichen Fehlern, die etwas über sein Profil sagen«, entgegnete Harinder.

»Wie etwa?«

»Zum Beispiel kennt er sich in der Gegend gut aus. Ich glaube, er wohnt in der Nähe oder hat dort gewohnt«, sagte Harinder. »Der Mord war nicht geplant, daher auch die Fehler. In seinen Augen war das vielleicht eine unglückliche Notwendigkeit, die durch eine besondere Situation provoziert wurde. Auf den Punkt gebracht: Sie kann schlicht und einfach bei ihm geklingelt haben. Es kann bei ihm zu Hause passiert sein oder in einem Büro, zu dem er Zugang hat. Allan und Milne wurden beide dort zurückgelassen, wo sie getötet wurden, und keiner der Tatorte konnte mit irgendeinem Täter verknüpft werden. Aber hier hat er so gut es ging hinter sich aufgeräumt. Wieso? Weil der Ort, an dem sie ermordet wurde, direkt mit ihm verknüpft werden kann.«

Millar kratzte sich am Bart, während er zuhörte.

»Riddle zeigt mit dem Finger auf Callahan, aber der ist es nicht«, sagte Millar schließlich. »Roisin hätte niemals einfach an seine Tür geklopft. Wenn sie einen Beweis gefunden hätte, der Callahan mit Chaudry verbindet, hätte sie sofort Bescheid gegeben. Und Typen wie Callahan stellen keine Autos mit Leichen im Kofferraum vor einer Kirche ab. Wenn er hinter dem Ganzen stecken sollte, hätten wir weder sie noch ihren Wagen je wiedergesehen.«

»Das sehe ich genauso«, sagte Harinder.

Angesichts dessen, dass Riddle den Gangster so gut kannte, hätte auch er es besser wissen müssen, dachte Harinder, ohne es auszusprechen. Weshalb insistierte Riddle also weiter darauf, dass Callahan für alles verantwortlich war? War er derart blind vor lauter Hass?

In seinem Hinterkopf hörte er trockenes Gelächter. Die Worte Callahans folgten wie ein Echo.

Der Mann hat sich verändert ...

»Also was hat Roisin in dem Archiv gefunden?«, fragte Harinder.

Millar stieß ein Seufzen aus. »Wissen wir nicht. Sie hat keine der Archivmappen mitgenommen. Aber Rutherford meinte, sie hätte sich für ein paar alte Zeitungsartikel im Internet interessiert. Ein Autounfall im Jahr 2005, in den Chaudrys ältester Sohn verwickelt war.«

»Ein Autounfall?«

»Jemand wurde angefahren, und es bestand der Verdacht auf Alkohol am Steuer«, sagte Millar. »In unseren Registern gibt es keine Einzelheiten zu dem Fall. Das war alles vor meiner Zeit. Ich habe herumtelefoniert und gefragt, aber offenbar weiß niemand etwas darüber.«

»Aber Roisin hatte so viel Interesse daran, dass sie das Papierarchiv aufsucht«, sagte Harinder. »Vielleicht ja, weil es keine Aufzeichnungen in den elektronischen Archiven gibt?«

»Klingt naheliegend.«

»Aber wieso sollte ein alter Verkehrsunfall ...«

Harinder hielt mitten im Satz inne. Plötzlich musste er an zwei Gespräche mit Riddle denken, eines in Brüssel vor einigen Jahren, und eines erst vor wenigen Tagen.

Ich habe Ihnen doch von meiner Tochter erzählt. Vor einigen Jahren, noch bevor Sie und ich uns zum ersten Mal begegnet sind, war sie in einen schlimmen Unfall verwickelt. Ein paar Jugendliche haben sie mit ihrem Wagen einfach umgemäht. Sie hatten getrunken. Während sie für den Rest ihres Lebens an den Rollstuhl gekettet wurde, haben die kaum mehr als einen Schlag auf die Finger bekommen.

Eine Tochter für eine Tochter, dachte Harinder.

»Reden Sie noch mal mit Ahtar Chaudry«, sagte er. »Er kann sich an die Sache bestimmt erinnern, und er kennt die Identität der Person, die angefahren wurde.«

Millar rümpfte die Nase.

»Ich sehe keine Veranlassung, ihn jetzt mit ...«

Harinder schlug mit der flachen Hand auf den Schreibtisch.

»Millar, jetzt vergessen Sie mal für zwei Sekunden Ihre Karriere!«, sagte er. »Wir müssen wissen, um wen es sich handelt. Reden Sie mit Chaudry!«

KAPITEL 66

Oslo

Im Radio wurde vor schwierigen Verkehrsverhältnissen in Ost- und Südnorwegen gewarnt. Auf mehreren Abschnitten der E18 waren aufgrund von Unfällen Umleitungen eingerichtet worden.

Nicht der beste Tag, den sie sich für eine derartige Aktion ausgesucht hatten, dachte Rachel, während sie im Dienstwagen saß und heißen Kaffee aus einer Thermotasse trank. Allerdings war auch nicht vorherzusehen, wann dieses Wetter sich wieder ändern würde, und Kommissar Trippestad wollte Thomas Ulriksen nach seiner Flucht so schnell wie nur möglich wieder einfangen. Er meinte, der Mann sei eine Gefahr für die Sicherheit der Bevölkerung. Vor allem durften sie ihm keine Gelegenheit geben, abermals zu entkommen.

Sie hatten ein Stück entfernt von der Villa der Familie Ulriksen in Vinderen geparkt. Ein erforderlicher Abstecher, weil Hennings Tesla in der Garage seines Bruders stand. Er hatte Thomas gebeten, während seiner Zeit in Untersuchungshaft auf den Wagen aufzupassen. Henning beharrte darauf, dass er nicht mit einem anderen Wagen zu dem Versteck kommen könnte, weil Thomas dann sofort alarmiert wäre. Es würde schlichtweg zu verdächtig wirken. Und die

Polizei konnte auch nicht so kurzfristig einen neunhundert-tausend Kronen teuren Wagen auftreiben, der Hennings ähnelte.

Nach Rachels Einschätzung befanden sie sich jetzt in der taktisch sensibelsten Phase der Operation.

Henning war mit einem Mikrophon ausgestattet, das zwar ein klares und deutliches Signal ausstrahlte, jedoch konnten sie ihn, solange er sich in dem Haus befand, nicht sehen. Da sie nicht ausschließen konnten, dass Tonje Ulrik-sen eine Möglichkeit gefunden hatte, mit ihrem Mann zu kommunizieren, war es wichtig, dass sie nichts taten, was sie verraten könnte. Das wiederum beinhaltete, dass Henning fünf Minuten lang außer Sichtweite wäre.

Trippestad hatte das Risiko in Kauf genommen und meinte, sie hätten auch so die Kontrolle. Er erinnerte Rachel daran, dass Henning aus eigenem Interesse mit der Polizei zusammenarbeitete. Außerdem hatten sie einen Peilsender an seinem Gürtel angebracht. Mit diesem konnte Hennings Position auf den Millimeter genau geortet wer-den. Für den Fall, dass er dennoch etwas plante, war darü-ber hinaus eine Tracking-App auf seinem Mobiltelefon ins-talliert worden, mit der sich jeder Tastendruck auf seinem Handy verfolgen ließ.

Nichts sollte dem Zufall überlassen bleiben. Falls die Sicht auf der Straße zu schlecht sein sollte, hätten sie so dennoch stets die Kontrolle über Hennings Bewegungen.

Trippestad kletterte bibbernd vor Kälte zurück auf den Beifahrersitz. Er war kurz beim Sprinter gewesen, um zu überprüfen, ob alles so funktionierte wie geplant. Steffen Myhre und Ivan Moreno bewachten die Ausrüstung, die den Ton aufzeichnete und den Kontakt mit der Sendeeinheit hielt sowie Ton und Signale an die Ohrstöpsel weiterleitete, mit denen die Einheit ausgestattet war.

Ein dritter Wagen mit den Polizeibeamten Rolfsen und Furuseth hielt die Stellung am Taxistand vor dem Einkaufszentrum Vinderen. Außerdem stand ein Wagen mit vier Beamten von der Delta-Truppe etwas abseits in Bereitschaft. Nicht ganz so schussfreudig, wie Henning Ulriksen es formuliert hatte, dafür waren sie bestens geeignet, Türen einzuschlagen und die Regie zu übernehmen, sollte die Situation ausarten.

Das Wiedersehen mit Tonje war nicht von der herzlichsten Sorte. Das Mikrophon fing ein von Bitterkeit geprägtes Gespräch auf.

»Ah, sie haben dich also rausgelassen«, sagte Tonje, als sie die Tür öffnete. »Ist die Untersuchungshaft nicht verlängert worden? Die haben bestimmt eine Menge Leute verhaftet.«

»Und mein Restaurant geschlossen, in der Tat. Ich hab's mitbekommen«, sagte Henning. »Ich habe eine gute Anwältin, und wir haben einen Deal vereinbart. Ich arbeite mit der Polizei zusammen und wurde im Gegenzug aus der Untersuchungshaft entlassen.«

»Du willst also aussagen? Willst du Thomas wirklich den Dolch in den Rücken rammen?«

»Nein, nicht in den Rücken.«

Tonje versuchte es mit einem kleinen Lachen, bekam es aber nicht richtig hin.

»Ich erinnere mich noch an die Zeit, ehe ihr angefangen habt, über alles zu streiten. Thomas hat all deine Einfälle verteidigt, weil er meinte, du seist der Einzige, dem er zu hundert Prozent vertrauen könnte. Ich war zwar seine Ehefrau, konnte da aber nicht mithalten. Immer ging's um euch zwei. Was ist verdammt noch mal geschehen?«

»Vielleicht bin ich es einfach leid geworden, ständig nach seiner Pfeife zu tanzen«, sagte Henning.

Tonje seufzte. »Ich werde dir keinen Knüppel zwischen die Beine werfen, du kannst machen, was du willst. Ich bin es selbst scheißleid, also werde ich hier nicht sitzen und ihn verteidigen. Zwischen uns ist sowieso Schluss. Und diesmal wirklich.«

»Ach komm schon, das meinst du doch nicht ernst.«

»Er ist abgehauen, ohne jede Vorwarnung«, sagte sie. »*Muss nur kurz was erledigen,* hat er gesagt, und schwups war er verschwunden. Und plötzlich stapfte die Polizei durch unser Haus. Die waren den ganzen Abend hier. Haben alles durchsucht und mir Fragen gestellt. Die Kinder waren total verängstigt. Ich kann das alles einfach nicht mehr ertragen. Es reicht jetzt. Jemand muss schließlich an die Kinder denken.«

»Das tut mir leid«, brachte Henning mühsam hervor.

»Nimm einfach deinen Wagen und zisch ab«, sagte Tonje.

Kurz danach kam Henning wieder heraus. Er trug eine rote Strickmütze und eine grüne Winterjacke. Er drehte das Gesicht weg, um sich vor dem Schnee zu schützen, während er auf die Garage zutrat, in der sein Auto stand.

Trippestad und Rachel ließen den schwarzen Tesla bis zum Einkaufszentrum fahren, ehe sie Henning anhielten, um den Wagen zu kontrollieren. Sie durchsuchten Kofferraum, Handschuhfach und den Bereich unter den Sitzen. Alle Stellen, an denen es möglich wäre, etwas zu verstecken.

Trippestad nickte. Alles sah gut aus.

Sie fuhren nach Bjørvika hinunter, der Gegend am Fjord, in der ständig gebaut wurde. Das Gesicht der Stadt veränderte sich, und manchmal konnte es wirken, als ob ein Schönheitschirurg mit seinem Messer Amok gelaufen wäre.

Henning Ulriksen wollte nicht sagen, wo genau es hingehen sollte, und hatte nur Moss als grobe Richtung angegeben. Das Versteck seines Bruders war Hennings stärkste Verhandlungskarte, und er hielt sein Blatt dicht an der Brust.

Rachel und Trippestad fuhren im ersten Wagen hinter ihm her. Sie saß am Steuer, während der Kommissar das Handydisplay im Auge behielt. Die Sicht war genauso schlecht, wie sie befürchtet hatten, aber über das Mobiltelefon konnten sie beide Sender verfolgen. Die Bewegungen auf dem Bildschirm stimmten mit dem schwarzen Fleck überein, den Rachel ein paar Autolängen vor sich im Schneegestöber erkennen konnte.

Henning blieb auf dem Mossevei. Es herrschte nur wenig Verkehr. Rolfsen und Furuseth befanden sich drei Autos hinter ihnen, und dahinter wiederum folgte der Mercedes Sprinter. Rachel konnte nicht sehen, wo die Männer von der Delta-Truppe abgeblieben waren. Ihre Befehle hatten gelautet, sich so lange im Hintergrund zu halten, bis sie eine andere Order erhielten.

Sie überquerten die Grenze zu Rachels Heimatbezirk. Es schneite immer noch, die Sicht indes verbesserte sich beträchtlich.

»Kaffee- und Pinkelpause«, gab Henning über Mikrophon durch und bog am Einkaufszentrum Mosseporten ab. An einer Circle-K-Tankstelle blieb er stehen und stieg aus dem Wagen.

Das war nicht abgesprochen, aber es gab wenig, was sie tun konnten, als schnell die Logistik so zu organisieren, dass sie alle Bereiche der Tankstelle absichern konnten.

»Wir lassen die Zügel viel zu locker«, sagte Rachel.

»Wir müssen ihm aber etwas geben, wenn wir was bekommen wollen«, sagte Trippestad. »Sollen wir ihm das Pinkeln verbieten? Eine Operation wie diese ist niemals ohne Risiko, aber wir haben die Kontrolle.«

Der Sender und die Tracking-App verorteten Henning in der Tankstelle, während das Mikrophon – detaillierter, als es jemand von ihnen benötigte – das Geräusch seines Urinstrahls wiedergab, der in die Kloschüssel platschte.

Dann wurde es still.

Zwei Minuten vergingen. Trippestad sah ungeduldig auf die Uhr.

»Kann mal jemand reingehen und checken, was er da drinnen treibt?«, fragte er über Funk.

»Ich übernehme das«, gab Steffen Myhre durch.

Steffen war kaum aus dem Sprinter geklettert, als sie die rote Strickmütze wiedersahen. Die Zielperson kam aus der Tankstelle gerannt. Er ließ irgendetwas auf den Boden fallen und warf sich in den Tesla.

»Was zum Teufel tut er da?«, fragte Trippestad.

Henning Ulriksens Wagen schoss in hohem Tempo davon. Er konnte in 3,3 Sekunden von null auf hundert beschleunigen. Trippestad befahl allen, ihm unmittelbar zu folgen. Sie mussten unbedingt vermeiden, dass sein Vorsprung zu groß wurde.

Rachel fuhr am Eingang der Tankstelle vor, hielt an und sprang schnell aus dem Wagen, um nachzusehen, was er auf den Boden geworfen hatte.

Gürtel, Handy und Mikrophon.

Sie saß in dem Augenblick wieder am Steuer, als Ivan Moreno durchgab, dass sich das Signal der Sender nicht weiterbewegte. Gleichzeitig konnten sie sehen, dass Ulriksen bereits den ersten Kreisverkehr passiert hatte und auf die Autobahn zusteuerte.

In Richtung Oslo.

Die anderen Wagen begannen unmittelbar mit der Jagd. Rachel zögerte.

»Fahr los!«, rief Trippestad.

»Wir sollten das Innere der Tankstelle überprüfen«, sagte sie.

»Dafür ist keine Zeit. Fahr, sonst entkommt er uns.«

»Aber haben wir *gesehen*, dass er es war?«

»Wer sollte es sonst gewesen sein?«

Sie hatten eine Person mit ähnlicher Kleidung und ähnlichem Körperbau gesehen. Es konnte Henning gewesen sein, aber vielleicht war es auch eine Art Zaubertrick, bei dem sie genau das sahen, was der Illusionist sie sehen lassen wollte.

»Vergiss nicht, was letzten Sonntag passiert ist. Die stehen auf solche Ablenkungsmanöver«, sagte Rachel. »Lass Straßensperren errichten und die anderen hinter ihm herfahren. Aber wir sollten checken, ob er immer noch hier ist.«

»Aber wie soll er denn so ein Ablenkungsmanöver organisiert haben?«, wollte Trippestad wissen. »Und wann? Er hatte doch gar keine Zeit!«

»Und ob er Zeit hatte!«, sagte Rachel. »Er war fünf Minuten in Tonjes Haus.«

Der taktisch empfindlichste Teil der Operation.

Rachel konnte sehen, wie ihr Chef angestrengt nachdachte. Schließlich nickte er und gab über Funk Befehl zur Errichtung von Straßensperren an der E6 in Richtung Oslo.

Sie stiegen aus dem Dienstwagen und traten auf den Eingang des Tankstellenshops zu. Rachel entsicherte ihre Pistole. Dann blieb sie abrupt stehen.

Die Schiebetüren glitten auf. Mit einer Schusswaffe in den Händen kam Henning Ulriksen aus der Circle-K-Tankstelle.

KAPITEL 67

Edinburgh

Harinder Singh fuhr zurück nach Morningside und zur St Peter's Church in der Falcon Avenue. Nur wenig erinnerte daran, dass die Straße erst vor einem Tag Gegenstand einer größeren Mordermittlung gewesen war. Das weiße Zelt war verschwunden, ebenso das Absperrband an der Kirche, das die Zuschauer vom Fundort ferngehalten hatte. Roisins Vauxhall war weggebracht worden. Nur die Kreidestriche auf dem Boden, die den Standort des Wagens markierten, waren noch da.

Wie sie bereits festgestellt hatten, gab es keine Überwachungskameras in der Nähe. Das war nicht überraschend, da der Täter sich in der Gegend offenbar auskannte. DCI Millar veranlasste, dass die ganze Gegend nach Kameras abgesucht würde. Selbst die geringste Aufzeichnung der Bewegungen des Täters am Abend des Mordes könnte ihnen weiterhelfen.

Harinder hatte nicht vor, auf eventuelle Aufzeichnungen zu warten. Stattdessen wollte er etwas anderes probieren. Er hoffte sehr, dass er sich in Bezug auf Riddle irrte, doch wenn nicht, dann müsste er genau berechnen können, welchen Weg der Mörder gegangen war, nachdem er Roisins Wagen abgestellt hatte. Zuerst musste er herausfinden, wo der Expolizist wohnte.

Er hatte seine Telefonnummer und brauchte daher nur die Website der Telefongesellschaft BT aufzurufen und eine Nummernsuche durchzuführen. Er bekam einen Treffer: *J. H. Riddle, Greenhill Terrace 33.*

Er nahm den Stadtplan hervor, den er sich bei Ankunft in Edinburgh gekauft und in dem er mit Kugelschreiber verschiedene interessante Orte markiert hatte. Die Kirche in der Falcon Avenue war schon mit einem Kreuz versehen. Jetzt suchte er nach Greenhill Terrace. Er nutzte Google Maps, um die Adresse zu finden. Riddles Zuhause lag am Ende eines Komplexes mit großen Reihenhäusern und mit einem weitläufigen Garten, wie es aussah.

Seine Hand zitterte, als er die Adresse auf dem Stadtplan markierte. Es war nicht weit, knapp zehn Blocks entfernt. Das passte zu dem Profil, das er vom Täter erstellt hatte, und bestätigte, dass sein Verdacht nicht nur eine Folge allzu blühender Phantasie war oder womöglich einer Paranoia entsprang, weil er nicht mehr wusste, wem er eigentlich vertrauen konnte.

Er hatte Riddle vertraut.

Das hatte Roisin ebenfalls getan.

Aber sie musste etwas in den Archiven gefunden haben, das sie zweifeln ließ. Vielleicht hatte sie sogar den Verdacht gehegt, dass er hinter der Entführung von Amandeep und den Morden an Allan und Milne steckte.

Riddle wollte sie glauben machen, dass es eine Verbindung zwischen Chaudry und Joe Callahan gab, aber Roisin musste etwas anderes herausgefunden haben.

Anstatt ihren Verdacht mit Harinder oder ihren Kollegen zu erörtern, hatte sie selbst zu dem Mann Kontakt aufgenommen. Vielleicht, um ihm die Chance zu geben, sich zu erklären. Schließlich war er nicht irgendein x-beliebiger Verdächtiger. Er war lange Jahre ihr Vorgesetzter gewesen und somit ein Mann, dem sie eigentlich viel Vertrauen entgegengebracht hatte.

Harinder ging weiter. Er schlug den Weg ein, der ihm als die direkteste Verbindung zwischen der Kirche in Morningside und dem besagten Reihenhaus in dem Viertel erschien, das Bruntsfield genannt wurde. Falls Riddle mit dem Wagen von zu Hause dorthin gefahren war, dann hätte er vermutlich ebenfalls den kürzesten Weg gewählt.

Man machte keine unnötigen Umwege, wenn man eine Leiche im Kofferraum liegen hatte.

Harinder durchquerte eine Gegend mit Einfamilien- und Reihenhäusern sowie einigen Wohnblocks. Er wusste bereits, dass es an dieser Strecke nicht viele Überwachungskameras geben würde. Diese waren eher an Orten platziert, wo sich Menschen in größeren Mengen bewegten, als es hier zu erwarten war. Die Ausnahmen würde es an privaten Grundstücken geben, wo die Eigentümer Kameras als Teil der eigenen Sicherheitsmaßnahmen installiert hatten. Harinder suchte nach solchen Ausnahmen, während er an den Grundstücken entlangging, und innerhalb von zwei Häuserblocks hatte er schon einige entdeckt. Sämtliche dieser Grundstücke wurden auf der Karte markiert. Falls eine dieser Kameras auf die Straße ausgerichtet war, würde sie den Vauxhall eingefangen haben.

Als er zur Greenhill Terrace kam, sah er das Haus von Riddle sofort. Es lag am Ende der Straße, abgeschirmt von den anderen, und verfügte über einen separaten Eingang hinter einem geöffneten Tor. Der Garten vor dem Haus wurde von einer großen Birke dominiert, die ihre meisten

Blätter schon verloren hatte. Die Eingangspartie war mit Steinplatten gepflastert, um das Manövrieren mit einem Wagen zu erleichtern. Am Zaun vor dem Grundstück hing ein *Zu verkaufen*-Schild mit dem Namen eines Maklerbüros und einer Telefonnummer.

Es war ein schönes Haus in bester Lage. *Eine feine Adresse für einen Polizisten*, dachte Harinder und stellte sich vor, dass Riddle mit dem Verkauf eine schöne Stange Geld verdienen würde. Es sei denn, er war so verschuldet, dass kaum noch etwas übrig blieb.

Hatte er aus diesem Grund die Entführung von Riya Chaudry geplant? Nicht nur aus Rache, weil ihre Familie seiner Tochter Schaden zugefügt hatte, sondern auch, um sich einen üppigen Verdienst zu sichern?

Der Mann hat sich verändert.

Einst war er ein tüchtiger Polizist gewesen. Der Typ Polizist, der für seine Arbeit und für die Fälle brannte, die er untersuchte. Der immer wieder Fragen stellte, bis er eine befriedigende Antwort fand, egal wie sehr er damit auch seiner Umgebung auf die Nerven ging. Doch jetzt war er ein mittelloser und verbitterter Expolizist, mit Schulden bis über beide Ohren, und dazu gezwungen, sein Zuhause zu verkaufen.

Mit jedem Schritt, den man in die falsche Richtung geht, wird es schwieriger, zum Ausgangspunkt zurückzufinden.

Millar rief an.

»Ich habe mit Ahtar Chaudry gesprochen«, sagte er. »Er war, um es vorsichtig auszudrücken, nur wenig begeistert darüber, dass wir den alten Fall wieder hervorkramen. Aber er hat den Handlungsverlauf bestätigt. Die junge Frau wurde schwer verletzt, hatte aber unter Drogeneinfluss

gestanden und die Straße abseits des Zebrastreifens überquert. Ein tragisches Unglück, wie er sagt. Ihr Name ist
Frances Dawson, und sie ist James Riddles Tochter. Aber das
wussten Sie ja schon.«

»Er hat es mir vor vielen Jahren einmal erzählt«, sagte
Harinder. »Ich glaube nicht, dass das allgemein bekannt ist,
aber Roisin hat es gewusst.«

»Sie hat in den Archiven nichts gefunden«, sagte Millar.
»Ich habe mit St Leonard's gesprochen. Die Archivmappe
für den Vorgang ist vorhanden, aber der Inhalt ist verschwunden. Allerdings standen die Namen der Beteiligten
auf dem Umschlag.

»Und sie hat Riddle aufgesucht, um es sich bestätigen zu
lassen.«

Am anderen Ende der Leitung blieb es für einen Augenblick still.

»Verflucht, Singh. Sind Sie sich über die Folgen dessen
bewusst, worüber wir hier reden?«, sagte Millar schließlich. »Ich meine, ich *mag* den Typen nicht, er hat immer
nur Verachtung für Regeln und Verfahrensweisen übrig gehabt. Aber *das hier* ... Ich kann das alles nur schwer glauben.«

Harinder wusste genau, wovon der andere sprach. Und
anders als Millar hatte er den Mann gut leiden können.

»Wo ist er jetzt?«, fragte er.

»Hier in der Polizeistation, wo er sich wie üblich in alles
einmischt«, sagte Millar. »Wieso?«

»Halten Sie ihn dort auf. Und versuchen Sie, so schnell
wie möglich einen Durchsuchungsbefehl für sein Haus zu
erwirken«, sagte Harinder. »In der Zwischenzeit werde ich
mich mal etwas umschauen.«

»Und wie wollen Sie das machen?«

Harinder blickte auf das Schild der Maklerfirma.

»Das Haus ist zu verkaufen. Ich werde um eine Besichtigung bitten.«

KAPITEL 68

Østfold

»Hände weg vom Holster. Das gilt für euch beide.«

Henning Ulriksen sprach leise, aber deutlich. Mit festem Griff hielt er die Waffe in den Händen. Er war ein routinierter Schütze, seit vielen Jahren Mitglied in einem Pistolenclub. Abwechselnd zielte er auf sie beide.

Rachel sah sich um. Schlimm genug, dass die Waffe auf sie gerichtet war, doch sie fürchtete zudem, dass zufällig auftauchende Passanten in die Schusslinie geraten könnten. Zwar waren wegen des Wetters nicht viele Autofahrer unterwegs, doch einige gab es.

»Geht langsam und ruhig zurück zu eurem Wagen. Nicht umdrehen«, sagte Henning.

Sie konnten nichts anderes tun, als dem Befehl Folge zu leisten. Rachel war froh, dass sie sich vom Eingang der Tankstelle entfernten. Noch war niemand auf die Situation aufmerksam geworden, doch das könnte sich schnell ändern. Dann würde augenblicklich Panik ausbrechen. Irgendjemand würde die Polizei verständigen, und Einsatzkräfte würden zur Tankstelle abkommandiert werden.

»Was haben Sie denn bloß vor, Ulriksen?«, fragte Trippestad.

»Ich ändere die Pläne«, sagte Henning. »Ich werde mit meinem Bruder reden, aber ihr dürft nicht mitkommen.«

»Und wer fährt jetzt Ihren Wagen?«

»Darüber zerbrich dir mal nicht den Kopf.«

»Glauben Sie wirklich, dass Sie davonkommen?«, fragte Trippestad.

»Es geht nicht ums Davonkommen«, sagte Henning. »Ich habe ein paar Dinge zu erledigen, und ihr werdet mir dabei nicht im Weg stehen. Ich bin verraten und verkauft worden, und ich bin es leid, wie ein schlechter Witz behandelt zu werden. Ich weiß, was du über mich sagst, Trippestad. Aber jetzt lachst du nicht, wie?«

Henning streckte die Hände etwas weiter vor und zielte direkt auf Trippestads Kopf. Sein Blick hatte sich verdüstert. Als ob schiere Wut seine Handlungen lenkte.

Seine berühmte Impulsivität, dachte Rachel.

Die machte ihn gefährlich.

»Gib mir die Autoschlüssel«, sagte er zu Rachel, ohne den Blick von Trippestad abzuwenden. Sie zögerte, was er zu spüren schien. »Oder ich blase ihm ein Loch in den Schädel.«

»Sie sind kein Mörder, Henning«, sagte sie.

»Was weißt du schon darüber?«

Rachel reichte ihm die Autoschlüssel. Er löste eine Hand von der Pistole, um sie entgegenzunehmen.

Im Hintergrund nahm sie Bewegung wahr. Mehrere Tankstellenkunden waren auf die Situation aufmerksam geworden. Einige rannten zu ihren Autos, andere suchten Deckung im Tankstellenshop. Und einige zückten ihr Handy.

»Eure Telefone, lasst sie fallen«, sagte Henning.

Rachel und Trippestad taten wie geheißen. Die Handys landeten auf dem Boden. Henning trat mit dem Schuhabsatz auf sie und vergrößerte den Schaden. Doch war er in dieser Sekunde abgelenkt, was Trippestad auszunutzen versuchte. Er rückte einen Schritt auf Henning zu und wollte seine Handgelenke packen.

Henning drehte die Hände rasch weg und gab Trippestad somit keine Chance, an die Waffe zu kommen. Im selben Moment griff Rachel von der Seite an, um ihrem Kollegen zu Hilfe zu eilen. Allerdings endete der Versuch nur damit, dass ihr die schwere Pistole gegen die Nase geschlagen wurde.

Der heftige Stoß ins Gesicht setzte sich bis in den Nacken fort. Es flimmerte vor ihren Augen, als sie zu Boden stürzte. Ihre Augen füllten sich mit Tränen. Aus beiden Nasenlöchern tropfte Blut.

Rachel konnte nicht alles sehen, was um sie herum vorging, doch das Geräusch eines Schusses schallte durch die Luft. Menschen schrien in Panik. Tor-Egil Trippestad fiel zu Boden.

Rachel wurde von Hennings Knie beiseitegestoßen, während er an ihr vorbeirannte. Sie wischte sich die Augen und sah ihn in einen weißen Peugeot springen, der dicht in der Nähe stand. Noch ehe sie ihre Dienstwaffe ziehen konnte, war er schon mit hohem Tempo davongebraust.

KAPITEL 69

Edinburgh

Nachdem er sich seit etwa einer Woche in Schottland befand, war Harinder endlich auf dem Castle Rock und passierte den Eingang zum Schloss. Er kam an einer Gruppe asiatischer Touristen vorbei.

Normalerweise mochte Harinder keine Orte mit Touristenhorden, aber genau in diesem Fall brauchte er Menschen um sich. Hunderte von potenziellen Zeugen.

James Riddle wartete am ersten Aussichtspunkt hinter dem Schlosstor auf ihn.

»Früher war die ganze Festung hier von Wasser umgeben«, sagte der Expolizist. »Allerdings wurde das Wasser im 18. Jahrhundert abgepumpt, und da fand man die Skelette der vielen Toten, die im Laufe der Geschichte von den Schlossmauern in die Tiefe gestürzt wurden. Auf diese Weise wurden die Menschen in der Vergangenheit hingerichtet. Verräter, Mörder oder vermeintliche Hexen. Sie alle haben ihr Schicksal auf diesem erloschenen Vulkan gefunden.«

»Morbid, aber interessant«, sagte Harinder.

»Ich nehme jedoch an, du hast mich nicht hierhergebeten, weil du erpicht auf eine Schulstunde in Geschichte bist?«

»Nein.«

»Ich hätte einen Pub vorgezogen.«

Harinder lächelte kurz. »Ich muss mir ja das Schloss ansehen, ehe ich wieder nach Hause fahre.«

Sie folgten dem gewundenen Weg hinauf zum obersten Punkt der Festung. Laut der Broschüre, die Harinder am Eingang bekommen hatte, lag dort der königliche Palast, wo unter anderem die Kronjuwelen aufbewahrt wurden.

»Eins würde ich dann ja doch gern sehen, wenn ich schon mal hier bin«, sagte er.

»Und das wäre?«

»Der Stein des Schicksals.«

Riddle lachte. »Diese Räuberpistole hat also Eindruck auf dich gemacht?«

»Vielleicht eher der Mann, der sie mir erzählt hat«, sagte Harinder.

KAPITEL 70

Østfold

Kommissar Tor-Egil Trippestad tobte. Ein Stoß mit dem Knie in den Schritt hatte ihn zu Boden geschickt, und nicht der fahrlässige Schuss, den Henning Ulriksen in die Luft gefeuert und der an der gut besuchten Tankstelle zu Panik geführt hatte. In Ermangelung funktionsfähiger Handys musste Trippestad eines aus der Gruppe der Unbeteiligten requirieren, um seine Leute anrufen zu können.

Rachel bekam ihre Blutung unter Kontrolle. Die Nase war rot und geschwollen, und Rachel fürchtete, sie könnte gebrochen sein. Aber dieses Problem musste warten. Jetzt galt es, alle Kräfte zu mobilisieren, um Henning Ulriksen wieder einzufangen.

Trippestad meinte, der weiße Peugeot sei in südliche Richtung gefahren. Da Ulriksen ihre Autoschlüssel an sich genommen hatte, konnten sie ihm nicht sofort folgen. Trippestad bat um Unterstützung aus der Luft. Außerdem setzte er die Grenzkontrollen in Kenntnis, für den Fall, dass der Flüchtende Schweden ins Auge gefasst hatte.

Erst nachdem das erledigt war, kam er dazu, Rachel nach ihrem Befinden zu fragen.

Sie nickte knapp.

Als Streifenwagen vom Polizeidistrikt Øst am Einkaufszentrum Mosseporten ankamen, meldete sich Steffen Myhre über Funk. Die Jagd nach Ulriksens Tesla war vorbei. An der Straßensperre vor der Abfahrt nach Vestby hatte sie ein jähes Ende genommen. Der Wagen war von der Fahrbahn abgekommen und in die Leitplanke gedonnert, als der Fahrer plötzlich scharf abbremste.

Der Fahrer des Wagens war als Bjørnar Aasen, Barkeeper im Gemini, identifiziert worden. Er hatte Hennings Strickmütze und Winterjacke getragen.

»Er redet nicht«, sagte Steffen. »Aber wir haben sein Handy. Er hat einige Anweisungen per SMS bekommen. Er sollte die Waffe aus Hennings privater Sammlung holen und ihn an der Tankstelle treffen, um den Fahrerwechsel zu inszenieren. Und weißt du, wem das Handy gehört, von dem die Meldungen gekommen sind?«

»Lass mich raten, Tonje Ulriksen?«, sagte Trippestad.

»Korrekt.«

»Das ganze Palaver war also nur Show«, sagte Trippestad. »Wir haben jedes Wort gehört, das sie von sich gegeben haben, aber was ist damit, was sie nicht gesagt haben? Schick eine Einheit los, die sie abholen soll. Sorg dafür, dass sie zur Vernehmung bereitsteht.«

Und was war mit ihnen?

Waren sie schlampig gewesen? Zu selbstsicher? Zu sehr darauf fixiert, was sich in Reichweite befand? Oder zu sehr beeinflusst von der wiederholt geäußerten Behauptung, dass Henning Ulriksen nicht die hellste Kerze auf der Torte wäre?

All diese Fragen würden im Nachhinein noch gestellt werden. *Kein Wunder, dass Trippestads Gesicht rot angelaufen war,* dachte Rachel. Es war seine Operation gewesen. Nichts war ohne seine Genehmigung geschehen. Wenn es an der

Zeit war, die Schuldfrage zu klären, würde er in der vordersten Reihe stehen.

»Er hat ein Haus am Meer beschrieben«, sagte Rachel.

»Sofern er in dieser Hinsicht nicht auch gelogen hat. Haben die Brüder irgendwelche Verbindungen zu Orten in Østfold? Wie ist ihr Hintergrund?«

»Sie selbst und ihre Eltern stammen aus Oslo, aber es kann natürlich andere Verbindungen geben«, sagte Trippestad. »Ich sorge dafür, dass Tonje Ulriksen befragt wird.«

Sie mussten warten, aber schließlich kam ein Statusbericht aus dem Kripogebäude. Tonje Ulriksen war gefasst worden und befand sich in einem Vernehmungsraum. Sie war sich darüber im Klaren, möglicherweise selbst beschuldigt zu werden, und hatte Zusammenarbeit signalisiert.

Sie gab zu, Henning ihr Handy überlassen zu haben, betonte aber, nicht gewusst zu haben, wozu er es brauchte. Die Unterhaltung der beiden war indes nicht nur eine Inszenierung gewesen. Sie betrachtete ihre Ehe als unwiderruflich gescheitert und hatte keinerlei Interesse mehr, Thomas oder Henning zu beschützen.

Tonje behauptete, nichts von einem Versteck zu wissen. Aber sie hatte die Brüder von einem Haus am Meer reden hören. Sollte sie raten, dann werde es hauptsächlich für Schmuggel benutzt. Aller Wahrscheinlichkeit nach handele es sich um ein Haus nahe der schwedischen Grenze, das auch vom Meer aus zugänglich war.

Und sie konnte bestätigen, dass die Brüder Verbindungen nach Østfold hatten. Auf väterlicher Seite stammten sie aus Ullerøy in Skjeberg und hatten noch immer Verwandte in der Gegend.

KAPITEL 71

Edinburgh

Sie passierten den Haupteingang des Schlosses und mussten der an der Wand vermerkten Route folgen, um in den gewünschten Teil der Anlage zu kommen. Der Stein des Schicksals wurde zusammen mit einem alten Thronstuhl ausgestellt, der in vielerlei Hinsicht beeindruckender aussah als der simple graue Stein, der sich vor dem Sitz auf dem Boden befand. Ein Stein, der zu einer der beständigsten Reliquien in diesem besonderen Land gehörte, das Harinder mitunter an seine Heimat erinnerte.

»Wenn das kein Anblick ist, oder?«, sagte Riddle mit schlecht verhohlenem Sarkasmus. »Ich habe nie verstanden, was dieses ganze Getue zu bedeuten hat.«

Harinder musste zugeben, dass es nicht so viel zu sehen gab. Noch dazu eine Fälschung, verkleidet als etwas, das es nicht war. Schöner. Würdiger. Oder was immer, wie Harinders Nebenmann bemerkte, der ebenso gut von sich selbst hätte reden können.

»Es geht aber nicht darum, wie der Stein aussieht, sondern was er symbolisiert«, sagte Harinder.«

»Er symbolisiert die menschliche Torheit.«

Harinder musterte den ehemaligen Polizeibeamten. »Du bist ein echter Zyniker geworden, oder?«

»Ich sage nur, wie es ist«, entgegnete Riddle und zuckte mit den Schultern. »Weshalb sind wir hier, Harinder? Was war so schrecklich wichtig?«

Harinder ahnte eine Unruhe in Riddles Stimme, eine Ungeduld, endlich zur Sache zu kommen. Er musste begriffen haben, dass irgendetwas nicht stimmte. Und egal, welche Taktik Harinder auch wählte, um weiterzukommen, würde er auf Widerstand treffen. Der Mann war dreißig Jahre bei der Polizei gewesen und kannte alle Tricks und Kniffe. Einige davon hatte er vermutlich selbst erfunden.

»Ich frage mich, wann es so weit war«, sagte Harinder. »Wann hast du zuerst diese Grenze übertreten, die einst so unverrückbar gewesen ist? Ist das plötzlich passiert, oder war das eine schrittweise Entwicklung im Laufe der Zeit? Warst du noch Bulle, oder hatte die Polizei dich schon rausgeworfen und die Tür hinter dir zugeknallt?«

Riddle blickte ihn an. »Wovon redest du?«

»Du hast einen Fehler gemacht«, sagte Harinder. »Im Gegensatz zu Allan und Milne, die beide entbehrlich waren, ist dir Roisin wichtig gewesen. Was dich allerdings nicht daran hinderte, das zu tun, was deiner Ansicht nach nötig war, um dich selbst zu schützen. Auch wenn dir das nicht gefallen hat. Das muss ich dir immerhin anrechnen. Du hast die Kleidung entfernt, weil sie Beweisspuren enthalten könnte, aber du hast Roisin ein Stück ihrer Würde gelassen. Du hast sie nicht irgendwo vergraben oder sie zerstückelt und die Teile entsorgt, sondern sie an einen Ort gebracht, von dem du wusstest, dass sie dort gefunden werden würde. Zu der einzigen katholischen Kirche in der Nähe. Und um das zu tun, musst du sie gekannt haben. Du musst sie respektiert haben.«

Riddle sagte nichts, aber Harinder entging nicht, dass sein Atem schwerer ging.

»Ich glaube, du bist überwiegend in der Lage, mit dir selbst zu leben, wenn es darum geht, was du sonst alles getan hast. Aber *sie* wird dich auf ewig verfolgen«, fuhr Harinder fort. »Und das alles war so verflucht unnötig! Wenn Roisin etwas gefunden hat, was dich mit der Entführung verknüpft, dann hätten es früher oder später auch andere gefunden. Hast du vielleicht gehofft, dir Zeit erkaufen zu können? Zeit, um das Haus zu verkaufen und das Geld einzustreichen?«

Riddle starrte ihn nur schweigend an, was Harinder derart provozierte, dass er ihn am Jackenkragen packte.

»Sag was! Mach wenigstens den Versuch, es abzustreiten«, sagte er.

Riddle schlug seine Hand weg.

»Ich muss nicht ein verdammtes Wort sagen«, entgegnete er. »Nicht dir oder sonst wem. Das ist alles nur dummes Geschwätz. Pure Spekulation. Selbst wenn es sich überzeugend anhört, kannst du nichts beweisen.«

»Ach, nein?«

Harinder zog sein Handy hervor. Rief eines der Fotos auf, die er mit der Handykamera geschossen hatte, und zeigte es Riddle. Es zeigte das Arbeitszimmer im ersten Stock seines Hauses.

»Du hast den Teppich rausgerissen«, sagte er. »Deine Maklerin meinte, dass da bis vor zwei Tagen ein Teppich gelegen hätte. Ich glaube, sie hat bedauert, dass er nicht mehr da war. Der hat das Zimmer vermutlich vorzeigbarer gemacht.«

Er sah die Überraschung in Riddles Blick. Für einen

Mann, der es gewohnt war, stets den nächsten Schritt vorauszusehen, war das unerwartet gekommen.

»Du warst in meinem Haus?«, rief er. »Du hast es durchforstet, ohne Durchsuchungsbefehl?«

»Ich habe keinen Durchsuchungsbefehl gebraucht, nur einen Termin mit deiner Maklerin«, sagte Harinder. »Aber du kannst dich darauf verlassen, dass Millar die Formalitäten geklärt hat. Den Teppich rauszuwerfen, hat sicher geholfen, aber du weißt ja selbst, welche Ausrüstung die Kriminaltechniker heutzutage verwenden. Die werden ganz bestimmt Blutspuren finden.«

Harinder hatte durchaus eine Reaktion erwartet, doch für einen Mann von sechzig Jahren war Riddle erstaunlich schnell. Harinder ahnte den Kopfstoß nicht, ehe Riddle ihm den Schädel gegen das Nasenbein und den unteren Stirnbereich donnerte.

Ein heftiger Schmerz durchfuhr Harinders Körper, bunte Lichter tanzten vor seinen Augen.

Er kam völlig aus dem Gleichgewicht, als Riddle ihm einen Tritt verpasste.

Im Fallen riss Harinder eine Touristin mit zu Boden, eine Amerikanerin, die aus vollem Hals schrie, als sie auf den mit Teppich bedeckten Fußboden fiel. Riddle stürzte auf den Ausgang zu, während Harinder nur mühsam wieder auf die Beine kam, um ihm hinterherzujagen. Die Touristin fühlte sich anscheinend überfallen und rief um Hilfe.

KAPITEL 72

Skjeberg, Østfold

Die Rotorblätter des Helikopters schnitten lärmend durch die Luft. Er kreiste tief über der südöstlichen Seite von Ullerøy, in sicherem Abstand von der dichten schwarzen Rauchsäule, die sich über einem der Hüttengrundstücke erhob.

Der Wind trieb die Rauchwolke zum Meer hin.

Rachel jagte den ausgeliehenen Streifenwagen so schnell sie konnte über die engen Straßen, während Trippestad abwechselnd auf die Karte blickte und das Geschehen in der Luft beobachtete. Gleich hinter ihnen folgte der Wagen mit den vier Männern von der Delta-Truppe. Rachel brauchte keine Landkarte. Sie war in der Nachbarkommune geboren und aufgewachsen und kannte sich in der Gegend bestens aus. Die Ulriksen-Zwillinge waren nicht die Einzigen mit familiären Verbindungen zu der Halbinsel.

Es war kaum ein Mensch zu sehen, nicht ein einziges Boot lag in der Skjebergkilen Marina vertäut. Der erste Schneefall hatte auch den aktivsten Bootssportlern das unverrückbare Ende der Saison aufgezeigt.

Sie fuhren in Richtung Sandbukta, folgten einem gefrorenen Kiesweg zu den Ferienhütten, die dicht an der Strandzone lagen. Wie Henning Ulriksen es beschrieben hatte, lagen die Häuser abgeschirmt hinter dem Wald. Jedes Mal, wenn der Wagen auf der holprigen Strecke erzitterte, spürte Rachel die Stöße in ihrer schmerzenden Nase widerhallen.

Die Helikoptermannschaft hatte die Rauchentwicklung als Erste entdeckt und die Nachricht über Funk durchgegeben. Als Rachel und die anderen sich der Rauchsäule näherten, zeigte sich, dass das Feuer dem weißen Peugeot entstammte, nach dem sie gefahndet hatten.

Der Wagen brannte lichterloh.

Rachel stellte den Streifenwagen etwa sechzig Meter von dem brennenden Peugeot am Waldrand ab. Die Flammen hatten das Fahrzeug völlig in der Gewalt, der schwarze, giftige Rauch wurde durch das brennende Benzin verursacht. Der Wagen konnte jeden Augenblick explodieren.

Rachel und Kommissar Trippestad zogen schusssichere Westen an und entsicherten die Dienstwaffen. Rachel hoffte, dass es sich dieses Mal nur um eine Vorsichtsmaßnahme handelte und dass die vier Bereitschaftspolizisten von Delta die Hauptverteidigung übernehmen würden.

Die Situation war unübersichtlich. Weder Henning noch Thomas Ulriksen waren irgendwo gesichtet worden, und es war unklar, wodurch das Feuer entstanden war. Allerdings entzündeten sich Autos nur selten von selbst. Womöglich war es ein Ablenkungsmanöver, währenddessen die Zwillinge zu entkommen versuchten. Oder vielleicht hatten sie sich auch in dem Haus verschanzt und setzten das brennende Fahrzeug ein, um die Lage für die Polizei möglichst unübersichtlich zu machen.

Ungeachtet dessen musste die Delta-Gruppe zunächst das Terrain sichern, ehe jemand anderes vorrücken konnte. Sie war mit Waffen, Schilden und Gasmasken ausgerüstet.

Während die vier Männer sich aufmachten, an dem Wagen vorbei auf das Grundstück zu gelangen, bat Trippestad die Besatzung des Helikopters, weiter nach den gesuchten Brüdern Ausschau zu halten. Sie konnten zu Fuß, in einem Wagen oder auf dem Wasser unterwegs sein. Der Polizeidistrikt Øst hatte Straßensperren auf der Halbinsel errichtet. Die Frage war nur, ob das auch rechtzeitig geschehen war.

Eine plötzliche Verpuffung war bei dem brennenden Wagen zu sehen, als die Flammen weitere brennbare Stoffe verzehrten. Aber noch war der Peugeot nicht explodiert.

Die Delta-Männer rückten in Formation auf das Haus zu. Sie gingen kein Risiko ein, zertrümmerten beide Fenster neben der Haustür und warfen Blendgranaten in das Innere. Dann brachen sie die Tür auf und stürmten hinein.

»Gesichert«, gab kurz danach einer von ihnen über Funk durch. »Das Haus ist leer, aber irgendwer ist hier neulich gewesen.«

Rachel und Trippestad wechselten einen Blick. Er zuckte mit den Schultern, als ob er nichts anderes erwartet hätte, aber Rachel sah ihm dennoch die Enttäuschung an. Als sie Skjeberg als mögliches Versteck der Brüder angepeilt hatten, war wieder ein Funken Hoffnung in seinen Augen erkennbar gewesen. Falls sie mit den Zwillingen in Handschellen hier herauskämen, wäre die ganze Aktion geglückt.

Doch sofern jetzt nicht schnell etwas passierte, würde sich diese Hoffnung erneut verflüchtigen.

Die Feuerwehr rückte an und brachte den brennenden Wagen unter Kontrolle.

Nachdem die Flammen gelöscht waren, starrte Rachel

ungläubig auf das ausgebrannte Wrack. Hinter dem geschmolzenen Lenkrad saßen die verkohlten Überreste eines Menschen.

KAPITEL 73

Edinburgh

Harinder versuchte, Riddle einzuholen, und stürmte in Richtung Ausgang. Er rempelte ein paar Besucher an, die sich in weitaus langsamerem Tempo fortbewegten, und rief ihnen seine Entschuldigungen zu. Eine Frau schrie erschrocken auf.

Als er auf den offenen Vorplatz kam, sah er zwei Personen, die einem älteren Mann auf die Beine halfen. Harinder scannte die weitläufig verteilte Menschenmenge vor dem königlichen Palast ab und entdeckte den grauen, zerknitterten Anzug von James Riddle.

Er rief seinen Namen, woraufhin der andere schnell über die Schulter blickte und weiter den geschwungenen Weg hinunter in Richtung Ausgang rannte.

Harinder setzte ihm nach. Schon nach wenigen Metern machte sich sein schlimmes Knie bemerkbar, aber er trotzte den Schmerzen und rannte weiter, ohne das Tempo zu verringern. Er nahm die letzte Kurve und sah Riddle, der sich auf das Ausgangstor zubewegte.

Plötzlich blieb der ehemalige Polizist stehen. Zögernd trat er einen Schritt zurück.

Harinder verstand weswegen, als er näher herankam. DCI Millar stand mit Rutherford und zwei uniformierten

Polizisten am Tor. Sie blockierten den einzigen Ausgang der alten Festungsanlage.

Riddle blickte ratlos umher. Er musste begriffen haben, dass er umzingelt war, ohne die Möglichkeit zu entkommen, und dennoch war in seinem Blick keine Resignation zu erkennen.

»Es ist jetzt Schluss, Jim«, sagte Millar. »Du bist am Ende, also ergib dich einfach. Mach's nicht noch schlimmer.«

Riddle blickte von einem Polizisten zum nächsten. Sah er Verdammung in ihren Augen?, fragte sich Harinder.

Die meisten Passanten hatten sich bereits zurückgezogen und in Sicherheit gebracht. Nur ein junges Paar interessierte sich mehr für seine Touristenbroschüre als für die Umgebung und spazierte an Millar vorbei, der erfolglos versuchte, ihnen ein Zeichen zu geben.

Riddle sprang mit einem Mal vor, stieß den Mann zur Seite und packte die Frau. Er zog sie an sich und ließ ein Messer sehen, dessen Spitze er ihr an den Hals hielt.

Als sie voller Angst auf Deutsch um Hilfe rief, hielt er ihr den Mund zu. Tränen der Angst rollten unter ihrer runden Brille an ihren Wangen herab.

»Verzieht euch!«, rief Riddle. »Haltet euch auf Abstand und lasst mich gehen, dann wird niemand verletzt.«

»Gehen wohin?«, fragte Millar.

»Wohin auch immer«, sagte Riddle, dessen Verzweiflung deutlicher wurde. »Ich kann nicht ins Gefängnis, Frank. Das begreifst du doch wohl? Ich würde nicht eine Woche überleben.«

»Das hättest du dir vorher überlegen sollen«, erwiderte Millar im Tonfall eines enttäuschten Vaters. »Wieso, Jim? Wenn du mich bloß verstehen ließest, *wieso*?«

Gut, verwickle ihn in ein Gespräch, dachte Harinder.

»Wieso?«, fragte Riddle. »Die Arbeit hat mir alles bedeutet. Ich habe euch alles gegeben, Jahr um Jahr. Aber plötzlich gab es keinen Platz mehr für mich bei der neuen und modernen Polizei – jedenfalls nicht in den Augen solcher Leute wie *dir,* Frank! Ihr habt mich einfach auf den Müllhaufen geworfen. Ein Abschiedsgeschenk, ein paar leere Worte und ein Drink, und dann Tschüss. Die Gesellschaft geht vor die Hunde. Ein Ganove nach dem anderen wird reich belohnt, während ich mit einer lumpigen Pension dasitze.«

»Und da hast du also beschlossen, Ahtar Chaudrys Tochter zu entführen?«

»Wie oft habe ich versucht, dir klarzumachen, dass ein Typ wie Chaudry viele Leichen im Keller hat?«, fragte Riddle. »Glaubst du, sein Reichtum ist ganz von allein gekommen? Nein, der ist auf Kosten anderer zustande gekommen. Für Typen wie ihn bedeuten Menschen rein gar nichts. Man benutzt sie und wirft sie weg. Und wenn jemand Ärger macht, dann wird er bestochen, und allzu oft funktioniert das auch. Der verwöhnte Scheißsohn darf meine Tochter zur Invalidin machen, ohne dafür bestraft zu werden. Und das alles, weil Männer wie du sich der Übermacht beugen. Und du fragst wieso?«

Harinder trat näher heran. Er hörte nicht auf das Gerede, richtete den Blick nur auf die zu Tode erschrockene Geisel. Eine junge, unschuldige Frau mit einem Messer am Hals. Sie trug einen gelben Pullover mit einem großen Smiley darauf. Sie würde ein dauerhaftes Trauma davontragen, doch Riddle schien sie nicht einmal wahrzunehmen.

»Nicht Chaudry beschäftigt uns«, sagte Millar. »Sondern

Roisin. Deine Kollegin hat dir vertraut und sich auf deine Rückendeckung verlassen. Aber du hast sie verraten, Jim. Du hast alle verraten.«

Riddle ließ den Blick weiter hin- und herwandern. Sein Mund war geöffnet, als ob er bereit wäre, eine weitere Verteidigungsrede zu halten, aber es dauerte eine Weile, bevor er etwas sagte.

»Das war nicht ...«, setzte er an. »Nichts davon hätte geschehen sollen.«

»Aber es ist geschehen!«

»Weil diese Idioten das falsche Mädchen geschnappt haben! Sie hatten nur eine Aufgabe zu erfüllen, aber die haben sie versaut!«

»Und wer hat diese Idioten angeheuert, Jim?«

Riddle sagte nichts. Mit trotzigem Blick starrte er Harinder an.

Dann lachte er resigniert. Schüttelte den Kopf, als ob er erst jetzt die Pointe eines Witzes verstünde, den er vor langer Zeit gehört hatte.

»Die Regeln ändern sich. Stück für Stück, bis das ganze Spiel ein anderes geworden ist«, sagte er. »Ich habe so viele Kollegen die Grenze überschreiten sehen. Ich habe sie verurteilt, genauso wie ihr jetzt mich verurteilt, aber ihr habt ja keine Ahnung, wie wenig dazu gehört, bis man den Grenzstein plötzlich im Rückspiegel sieht.«

Er löste das Messer vom Hals der deutschen Geisel und schob sie behutsam von sich weg. Die Waffe entglitt seinen Händen und fiel auf das Kopfsteinpflaster.

Harinder wollte schon erleichtert aufatmen, als James Riddle sich unverhofft umdrehte und auf den Aussichtspunkt gleich hinter ihnen zustürmte.

Er ignorierte sämtliche Befehle, sich nicht zu rühren. Dann sprang er auf die Mauerkante und stürzte sich in die Tiefe.

Millar und Rutherford rannten zur Mauer, um nachzusehen, doch Harinder blieb stehen, wo er war. Es waren achtzig Meter bis auf den Grund. Er hörte das Geräusch von etwas, das auf dem Weg in den Abgrund gegen die harte Felswand klatschte, und wusste, dass es nur eine Antwort gab.

KAPITEL 74

Gardermoen
Samstag, 2. November

Der Anblick des Schnees neben der Rollbahn verriet Harinder, dass er zu Hause war.

Es kam ihm vor, als wäre er mehrere Monate fort gewesen, und er freute sich auf das Wiedersehen mit Savi. Abgesehen davon verspürte er nur wenig Wiedersehensfreude, als er aus dem Flugzeug stieg und die lange Passage zur Ankunftshalle durchschritt. Er war erschöpft und von einer Schwermut befallen, die er am Flughafen in Edinburgh nicht hatte abschütteln können.

Am Freitag hatte er an der Totenwache für Roisin teilgenommen. Ein letzter Abschied, da er nicht bis zur Beisetzung bleiben konnte. Ein offener Sarg, die Tote war geschminkt und sah schön aus. Ein völlig anderer Eindruck als der Anblick, der sich ihm im Kofferraum geboten hatte. Danach hatte er mit Frank Millar und einer Truppe aus der West End Station viel zu viel getrunken. Eine Menge Trauer war in der Flüssigkeit aus den Zapfhähnen ertränkt worden.

Trauer und Wut.

James Riddles freiwilliger Sturz in den Tod glich seine Handlungen indes nicht aus. Es war eine verzweifelte, egoistische Tat, die nur den Zweck hatte, ihm den Rest des Lebens hinter Gittern zu ersparen. Ein trauriges Ende für den ehemals respektierten Polizeibeamten. Wie viel Elend er nur aufgrund von Gier und Rachsucht verursacht hatte.

Riddles *moralischer* Absturz war in der Tat bemerkenswert gewesen.

Harinder fiel ein passendes Zitat ein: »Entweder stirbst du als Held oder du lebst lange genug, um ein Schurke zu werden.«

Wenn ein guter Bulle wie Riddle sich derart korrumpieren ließ, stellte sich die Frage, für wen es eigentlich Hoffnung gab.

Oder war die ganze Prämisse der Problemstellung falsch? Was, wenn Riddle nie ein guter Bulle gewesen war? Sondern nur ein besessener Mann, der die Arbeit brauchte, um seine inneren Dämonen in Schach zu halten. Und als die Arbeit wegfiel und er keinen Grund mehr hatte, morgens früh aufzustehen, hatten die Dämonen die Kontrolle übernommen.

Harinder fand keinen Trost bei diesen Gedanken.

Es gab einen Grund, weshalb er und der schottische Polizist sich seinerzeit in Brüssel so gut verstanden hatten. Sie hatten etwas aneinander wiedererkannt. *Die gleiche Besessenheit,* dachte Harinder. Den gleichen Antrieb. Die Standhaftigkeit, die es ihnen nicht erlaubte, einen Fall beiseitezulegen, bis er gelöst war. Das machte sie zu guten Polizisten, aber nicht unbedingt zu guten Menschen.

Rachel wartete vor der Ankunftshalle auf ihn. Als er sie sah, wurde er gleich aus seinen düsteren Gedanken gerissen. Er wusste, was sie in den letzten Tagen hatte durchmachen müssen. Das war ihr anzusehen. Außerdem zeugte ein ordentlicher blauer Fleck an der Nase von den Ereignissen.

»Willkommen zu Hause.«

»Ich hatte ja auf Savi gehofft, aber so muss ich wohl mit dir vorliebnehmen.« Er stellte die Tasche ab, umarmte sie und nahm sie näher in Augenschein. »Sieh nur, was sie mit dir gemacht haben.«

»Ich werd's überleben«, sagte Rachel und zuckte mit den Schultern. »Zum Glück ist nichts gebrochen, weswegen ich mir auch zukünftig keine Sorgen um eine schiefe Nase machen muss. Eitelkeit, ich weiß.«

»Keineswegs.«

Sie verließen das Terminal. Rachels Wagen stand auf einem Kurzzeitparkplatz. Es war kalt in Gardermoen, aber laut Rachel war der Schnee in der Stadt schon geschmolzen. Der erste Schnee blieb nie lange liegen. Harinder warf seine Tasche auf den Rücksitz und setzte sich neben Rachel nach vorn. Er lehnte sich zurück und spürte erneut, wie erschöpft er war.

Sie ließ den Motor an und drehte die Heizung auf, fuhr aber nicht sofort los.

»Geht's dir gut?«, fragte sie. »Vielleicht sollte ich dich nach Hause anstatt zur Arbeit fahren?«

Er schüttelte den Kopf. »Nein, ich muss ein paar Takte mit der Maus reden, solange er sich noch an mich erinnert. Erzähl mir lieber, wie's mit unseren Brüdern Grimm aussieht.«

»Es sieht so aus, dass einer von ihnen tot ist, aber wir wissen nicht welcher.«

Rachel hatte die Situation nicht ganz im Blick. Niemand hatte das zurzeit. Die Mannschaft befand sich immer noch in Skjeberg und suchte nach Henning oder Thomas Ulriksen. Das berüchtigte Zweigespann war auseinandergerissen worden, doch wie Rachel gesagt hatte, war es vorläufig nicht möglich festzustellen, wer von ihnen in dem ausgebrannten Wagen gesessen hatte.

Die DNA-Analyse bestätigte zumindest, dass es einer der Brüder war und kein unbekannter Dritter. Allerdings war DNA nicht ausreichend, um eineiige Zwillinge voneinander zu unterscheiden. Sie mussten sich auf weitere physische Kennzeichen stützen, die nichts mit dem Erbmaterial zu tun hatten. Fingerabdrücke waren am besten, aber die ließen sich einer stark verkohlten Leiche nicht abnehmen.

»Da Henning den Peugeot gefahren hat, ist es vielleicht naheliegend zu denken, dass es sich um ihn handelt. Aber so einfach ist es nicht. Wir haben draußen vor dem Haus Anzeichen für einen Kampf gefunden. Blut auf dem Boden und ein Stein mit Resten von Blut und Haaren. Die Rechtsmedizin sagt, dass das Opfer einen Schädelbruch hat und der die eigentliche Todesursache ist. Er hat keinen Rauch eingeatmet, und war demnach tot, bevor er in den Wagen gesetzt wurde.«

Die gängigste Theorie lautete, dass eine Konfrontation zwischen den Brüdern stattgefunden hatte, nachdem Henning beim Versteck aufgetaucht war. Eine Schlägerei mit tragischem Ende, als einer der beiden, vielleicht in Verzweiflung, einen Stein gepackt und dem anderen auf den Kopf geschlagen hatte. Das Ergebnis war ein Schädelbruch, eine Gehirnblutung und ein schneller Tod.

Danach musste der überlebende Zwilling den anderen ins Auto verfrachtet und dieses angezündet haben. Um einerseits das Verbrechen zu vertuschen und andererseits, um eine chaotische Situation zu erschaffen, welche dafür sorgte, dass die Polizei beschäftigt blieb, während er irgendwo auf der Halbinsel in Deckung gegangen oder abgehauen war.

Zweifellos eine effektive Vorgehensweise, zumal die Polizei nun mit einer Leiche zu tun hatte, die vorläufig nicht identifiziert werden konnte.

»Brudermord«, sagte Harinder und schüttelte den Kopf. »Wodurch wurde der ausgelöst?«

»Nachdem wir mit verschiedenen Zeugen gesprochen haben, deutet viel darauf, dass der Konflikt schon länger zwischen ihnen geschwelt hat«, sagte Rachel. »Ständige Reibereien. Henning hatte den Eindruck, aus der Leitung gedrängt zu werden, nicht nur, was die Bande betrifft, sondern auch im Gemini und bei den anderen zwei Lokalen. Das waren die Geschäfte, die ihm am meisten am Herzen lagen. In der Zeit vor und nach dem Mord an Erik Ruud muss es wohl besonders schlimm gewesen sein. Und das liegt zum Teil an deiner Nichte.«

Harinder dachte nicht gern daran, dass Amandeep eine enge Beziehung mit so einem Typen geführt hatte. Aber immerhin schien es, dass sie frühzeitig durchschaut hatte, was für eine Person er überhaupt war. Sie hatte die Notbremse gezogen und das unheilvolle Milieu um das Gemini hinter sich gelassen.

»Ich glaube nicht, dass Henning je geplant hat, uns zu seinem Bruder zu führen, er wollte ihn lieber selbst konfrontieren«, sagte Rachel. »Er wurde ganz aufgeregt, als wir ihm den Fund aus dem Keller gezeigt haben. Es war erstaunlich leicht, ihn danach zu einer Zusammenarbeit zu bewegen, was ich dahingehend gedeutet habe, dass er gern seine Unschuld beweisen wollte. Aber ich glaube, es ging um mehr. Wie ein Traum, der in Stücke zerbrochen war.

Später hat er gesagt, er habe sich *verraten und verkauft* gefühlt.«

»Von Thomas?«

»Davon gehe ich aus. Vielleicht dachte er, dass alles die Schuld seines Bruders sei. Außerdem war Thomas abgehauen und hatte ihn im Stich gelassen, da hatte Henning wohl nicht vor, den ganzen Mist auf sich zu nehmen.«

Letzten Endes wussten sie immer noch nicht, wer Erik Ruud am 20. Februar mit zwei Schüssen liquidiert hatte, das Gleiche galt für den Tod von Christian Brekke zwei Jahre zuvor.

»Je nachdem wer was wusste, kann die Antwort mit einem der Brüder gestorben sein«, sagte Rachel. »Dann werden wir diese Fälle vermutlich nie aufklären. Der Schütze kommt unbehelligt davon. Schon morgen kann der Betreffende ein paar andere umnieten, vielleicht sogar genau hier.«

KAPITEL 75

Rachel traf Steffen Myhre und Kari Rolfsen im Konferenz-raum, den die für die Ermittlungen im Fall Ulriksen zustän-dige Gruppe in Beschlag genommen hatte. Sie waren gerade mit Aufräumen beschäftigt, nahmen Fotos von den Tafeln und Wänden und ordneten sie zu Stapeln.

Die Ermittlung sollte in eine neue Phase treten. Thomas und Henning Ulriksen waren nicht mehr da, der eine tot, der andere auf der Flucht, und der Rest ihrer Bande saß in Untersuchungshaft. Das Gemini und die beiden anderen Lokale waren geschlossen. Der gesamte Geschäftsbetrieb der Brüder war abgewickelt worden.

Beeindruckende Resultate, die dennoch nicht ausreich-ten, um den umstrittenen Kommissar, der die Gruppe an-geleitet hatte, im Amt zu behalten. Tor-Egil Trippestad hatte es selbst eingesehen. Nach einem Treffen mit der Polizei-führung, bei dem über die Blamage in Østfold diskutiert worden war, hatte er beschlossen, seinen Hut zu nehmen.

Steffen begrüßte Rachel mit einem Nicken und lächelte.

»Gibt's was Neues?«, fragte sie.

»Nein. Thomas Ulriksen ist immer noch wie vom Erd-boden verschluckt«, sagte er.

»Wieso sagst du Thomas?«

»Weil sein Bruder nie so weit hätte gehen können, ohne geschnappt zu werden«, sagte Steffen. »Nein, das riecht schon von Weitem nach Thomas. Er denkt immer einen Schritt voraus, kann aber auch improvisieren, wenn er muss. Vermutlich hat er das Land bereits verlassen. Und mit dem Geld, das er an die Seite geschafft hat, kann er jetzt irgendwo anders ein gutes Leben führen.«

»Allein? Ohne Frau und Kinder? Und trotz allem, was er seinem Bruder angetan hat?«

»Er ist halt ein zynisches Arschloch«, sagte Steffen. »Letzten Endes interessiert er sich nur für sich selbst.«

Rachel hätte ihn davor warnen können, die gleiche absolut überzeugte Haltung einzunehmen, die Trippestad ins Abseits geführt hatte, bezweifelte aber, dass Steffen es sonderlich schätzen würde.

Sie streifte durch den Raum und ließ den Blick über das umfangreiche Material gleiten, das die anderen gerade in Mappen und Kartons packten. In der Ecke, wo der Karton mit den Akten über den Mord an Christian Brekke stand, hielt sie inne.

»Ich hatte ja gehofft, dass wir auch einen Schlussstrich unter diese Sache setzen könnten«, sagte sie.

»Tja, so ist das eben manchmal«, sagte Steffen und zuckte mit den Schultern.

Rachel schob die Hände in den Karton und begann, in den Unterlagen herumzublättern. Die Gruppe hatte das Material durchgesehen, um eine eventuelle Verknüpfung zwischen Brekke, den Ulriksen-Brüdern und Erik Ruud zu finden. Es war ihnen nicht gelungen. Schon bald würde alles ins Archiv wandern.

Dennoch musste irgendwo eine Antwort auf die Frage

nach Brekkes Mörder zu finden sein. Es musste irgendetwas mit dem zu tun haben, was er getan oder gesagt oder vielleicht gewusst hatte. Etwas, das in anderen den Wunsch hervorgerufen hatte, ihn tot zu sehen. Geld war in dieser Hinsicht immer ein Motiv.

Zwischen Fotos und Dokumenten stieß Rachel auf ein Jahrbuch des Gymnasiums Lørenskog aus dem Schuljahr 2010/11. Ein dickes Heft aus glattem Papier, in dem alle Klassen mit Fotos und individuellen Porträts vertreten waren.

»Habt ihr die Jahrbücher von seiner Schule zusammengetragen?«, fragte Rachel.

»Wir sind eben gründlich«, erwiderte Steffen.

Gegen gründlich ist nichts zu sagen, dachte sie, wenngleich es eher unwahrscheinlich war, dass das Motiv für den Mord an einem 25-Jährigen in einem alten Schuljahrbuch verborgen lag.

In einem der vielen Pappkartons in ihrem Kellerverschlag hatte Rachel ein eigenes Jahrbuch des Gymnasiums Mysen verstaut. Sie hatte keinen Kontakt zu dem damaligen Freundeskreis und blickte auch nicht nostalgisch zurück auf diese Übergangszeit zwischen Pickelalter und Erwachsenendasein. Auf mitunter verkrampfte Partys und emotionale Achterbahnfahrten, die von dem Druck verursacht wurden, ihre sexuelle Orientierung zu verbergen.

Sie schüttelte die Gedanken ab und legte das Jahrbuch zurück in den Karton, den sie dann hochhob und mit sich aus dem Zimmer nahm. Ehe er ins Archiv gebracht werden würde, könnte sie ihn sich ja noch einmal vornehmen.

KAPITEL 76

Harinder bereitete das Abendessen, während Savi in ihrem Zimmer saß und sich mit mathematischen Gleichungen beschäftigte, die sein Begriffsvermögen derart überstiegen, dass er laut gelacht hatte, als sie ihn fragte, ob er ihr dabei helfen könne. Da war er doch an der Arbeitsplatte weitaus besser aufgehoben, wo er das Hühnerfilet zu kleinen Würfeln schnitt und das Gemüse hackte.

Der Luftzug vom geöffneten Küchenfenster ließ die Zwiebeln weniger in den Augen brennen, als er sie zerkleinerte. Draußen hatte sich der Winter nach einem kurzen Gastauftritt schon wieder zurückgezogen, ohne bleibende Spuren zu hinterlassen. Die Sonne ging gerade hinter der hohen, dunkelbraunen Blechdose unter, die auf der anderen Straßenseite errichtet worden war und die Aussicht auf Iladalen versperrte.

Für gewöhnlich verbrachte Savi die Wochentage bei der Mutter und dem Stiefvater in Holmlia, aber dieses Mal war sie schon seit Harinders Rückkehr aus Schottland am vergangenen Samstag bei ihm. Vorsichtig hatte sie ihm auch zu verstehen gegeben, dass sie sich vorstellen könne, die Ordnung aufzugeben, die seit der Scheidung existierte, und die meiste Zeit bei ihm zu wohnen. Die offizielle Begründung lautete, dass seine Wohnung viel näher am Elvebakken Gymnasium lag, das sie besuchte. Die eigentliche Ursache für den Sinneswandel bestand vermutlich aber darin, dass die gute Beziehung zum Stiefvater in letzter Zeit arg gelitten hatte.

Normalerweise hätte Harinder versucht, den Friedensrichter zu geben, aber nicht dieses Mal. Ihm gefiel nämlich der Gedanke, sie häufiger zu sehen. Außerdem könnte er versuchen, keine Fälle mehr anzunehmen, die ihn über einen längeren Zeitraum auf Dienstreise schickten. Und da Savi bald erwachsen wurde, war hier allenfalls die Rede von einem Jahr.

Als das Telefon klingelte, suchte er nach den Ohrstöpseln, ehe er den Anruf von Rachel annahm.

»Na, was gibt's?«, fragte er.

»Ich liege auf dem Sofa und denke nach.«

»Soll ich eine Pressemeldung rausschicken?«

Die mangelnde Reaktion auf seinen Scherz war beunruhigend.

»Wusstest du, dass Amandeep mit Christian Brekke zur Schule gegangen ist?«, fragte sie.

Es dauerte einen Augenblick, bis er den Namen einordnen konnte.

»Der Autoverkäufer?«

»Ja. Ich habe mir gerade das Jahrbuch 2010/11 vom Gymnasium Lørenskog angesehen. Und da stehen sie beide, in einer Reihe, drei Plätze voneinander entfernt.«

»Warum guckst du dir ihr Jahrbuch an?«, fragte Harinder, nahm die Hühnerfiletwürfel aus der Bratpfanne und legte sie in den Topf, in dem die anderen Zutaten brutzelten.

»Es ist Brekkes Jahrbuch. Das gehört zu dem Hintergrundmaterial, das Trippestad gesammelt hat«, sagte Rachel. »Der Punkt ist, dass wir nach einer Verbindung zwischen Brekkestad und Erik Ruud gesucht haben, und jetzt haben wir plötzlich eine. Zwei Männer wurden auf identische Art ermordet, und Amandeep kannte sie beide. Findest du das nicht auffällig? Ich meine, nur die allerwenigsten von uns kennen überhaupt ein Mordopfer. Aber *zwei*?«

Harinder rührte im Topf, während er eine gewisse Verdrossenheit in sich aufsteigen spürte.

»Was versuchst du mir zu sagen?«

»Wie erwähnt, ich denke nur nach«, sagte Rachel. »Und ich denke, dass das auffällig ist. Entweder stimmst du mir zu oder eben nicht. Aber wusstest du das? Hat sie je davon geredet, dass ein ehemaliger Klassenkamerad ermordet wurde?«

»Nein.«

»Genauso wie sie nie davon geredet hat, dass sie Erik Ruud kannte, bis das alles in Edinburgh geschehen ist.«

»Rachel …« Harinder fiel es plötzlich schwer, seine Worte in Zaum zu halten. Die blubbernden Blasen im Kochtopf hätten genauso gut in seinem Inneren sein können. »Ist dir klar, was du da andeutest?«

»Ich stelle bloß Fragen.«

»Nein, das tust du nicht. Du denkst, dass Amandeep etwas über die Morde weiß.«

»Sie weiß zumindest etwas über einen, denn sie wusste, wo die Mordwaffe war«, sagte Rachel. »Das ist eine Tatsache. Davon abgesehen hat sie ein halbes Jahr lang keinen Ton darüber gesagt, jedenfalls nicht, ehe sie sich selbst bedroht fühlte. Und da hat sie uns direkt dorthin geführt.«

»Sie wollte nicht darin verwickelt werden.«

»Aber sie *war* darin verwickelt. Sie hatte ein Verhältnis mit Henning Ulriksen, und sie war Teil des Konflikts mit Erik Ruud. Der fünf Wochen nach ihrem Weggang vom Gemini erschossen wurde.«

Während Harinder zuhörte, begriff er plötzlich, dass Rachels Gedanken sich in weitaus gefährlichere Bahnen bewegten, als dass Amandeep über Informationen zu den Morden verfügte.

»Du meine Güte, du glaubst, dass sie selbst die Mörderin sein kann«, sagte er. »Du glaubst, dass *Amandeep*, die gerade durch die Hölle gegangen ist, kaltblütig zwei Menschen umgenietet haben kann. Und in dem Fall muss sie natürlich auch die Waffe im Keller der Ulriksen-Brüder versteckt haben. Du willst es nur nicht direkt aussprechen. Aber das solltest du, denn dann würdest du vielleicht kapieren, wie unfassbar bescheuert sich das anhört!«

Harinder hatte gar nicht böse werden wollen. In seinem Team gab es eine niedrige Schwelle, um neue Gedanken und Theorien zu präsentieren, egal wie absurd diese grundsätzlich klingen mochten. Man fand eben kein Gold, ohne sich vorher durch den Dreck zu wühlen. Doch das hier war etwas anderes.

Hier ging es um die Familie.

»Ich verstehe ja, dass du aufgebracht bist«, sagte Rachel. »Aber lass es dir einmal durch den Kopf gehen. Ihre militärische Erfahrung bedeutet, dass sie mit Waffen vertraut ist. Sie war in Afghanistan stationiert, Harinder. Gott allein weiß, was sie dort gesehen und durchgemacht hat. Oder wie das alles sie als Mensch geformt hat. Und Christian Brekke wurde ermordet, nachdem sie wieder zu Hause war.«

»Und einige Jahre nachdem sie die Schule beendet hatten. Das ergibt keinen Sinn, Rachel. Was um alles in der Welt sollte ihr Motiv gewesen sein?«

»Das ist ja genau der Punkt – niemand hat je verstanden, warum Brekke ermordet wurde. Aber *irgendwer* hatte einen Grund. Es war eine Liquidierung, und keine rohe Gewalt im Affekt.«

»Der Fall Brekke ist gründlich untersucht worden. Wieso hat dann niemand anderes die Verbindung zu Amandeep gefunden?«

»Weil niemand danach gesucht hat«, sagte Rachel. »Als ich Brekkes Jahrbuch gefunden habe, hat Steffen damit geprahlt, wie gründlich seine Gruppe vorgegangen sei. Aber falls sie sich dieses Jahrbuch überhaupt angesehen haben, dann war das auf alle Fälle lange bevor sie Amandeep mit dem Gemini verknüpfen konnten. Sie waren auf Leute im Umkreis von Thomas und Henning Ulriksen aus. Als Steffen die Übersicht mit allen Angestellten angefertigt hat, waren die ehemaligen Mitarbeiter gar kein Thema. Er hat niemals überprüft, ob vielleicht jemand von denen noch eine Rechnung mit Ruud offen hatte. Pure Schlamperei. Vom ersten Tag an haben die sich darauf konzentriert, nur eine einzige Spur zu verfolgen.«

»Tu mir den Gefallen und hör jetzt auf«, bat Harinder. »Du bist auf dem Holzweg, aber das weißt du wohl selbst? Auch wenn wir den Schützen nicht haben, wissen wir, wer hinter dem Mord an Erik Ruud steckt. Wieso stellst du das jetzt infrage?«

»Das eine schließt doch das andere nicht aus. Sie hat den Abzug betätigt, aber die Entscheidung darüber kann genauso gut von jemand anderem getroffen worden sein. Jemand, mit dem sie eine Beziehung hatte, zum Beispiel.«

»Du beschreibst hier eine Psychopathin, Rachel. Eine gewissenlose Mörderin.«

»Nein, ich beschreibe jemanden, der vielleicht gelernt hat, Gewalt als verfügbare Lösung zu betrachten.«

»Ich will nichts weiter darüber hören«, sagte Harinder. »Schreib einen Bericht, schick den wohin du willst, aber ich habe verdammt noch mal keine Zeit für so einen Scheiß!«

Er vermisste die Zeit, als er demonstrativ einen Hörer auf die Gabel knallen konnte, so dass es durch die Leitung zu hören war.

Geistesabwesend stand er über das köchelnde Hühnergericht gebeugt, bis er plötzlich merkte, dass Savi in der Küchentür stand.

»Alles in Ordnung?«, fragte sie.

Es war schwer zu sagen, wie lange sie dort schon gestanden oder wie viel sie von dem Gespräch mitbekommen hatte.

»Aber sicher, da war nur was mit der Arbeit«, sagte er und zwang sich zu einem Lächeln. »Abendessen ist in fünf Minuten.«

Sie sah ihn an, als ob sie nicht ein Wort glaubte, zog sich aber zurück, ohne weitere Fragen zu stellen. Harinder hörte sie in ihr Zimmer gehen.

Beruhige dich, dachte er. Aber so sehr er auch die Gedanken verscheuchen wollte, die Rachel in seinen Kopf gepflanzt hatte, er wurde sie nicht los.

Er riss eine Glasschüssel von der Arbeitsplatte und schmetterte sie hart gegen die Wand. Es hörte sich an wie eine Explosion, als die Schüssel in kleine Splitter zerbrach, die dann auf den Boden herabregneten.

KAPITEL 77

Ein Streifenwagen stand vor dem Einkaufszentrum Gunerius, offenbar zur Beobachtung der Menschen, die zwischen Brugata und Storgata die Fußgängerzone bevölkerten. Hier trafen sich die Ausgestoßenen der Gesellschaft auf offener Straße und führten ihre Transaktionen durch, ohne dass die Staatsmacht etwas anderes tun konnte, als dafür zu sorgen, dass alles in Ruhe und Frieden verlief. Und dass die unbeteiligten Passanten nicht allzu sehr belästigt wurden, derweil sie in dem verfallenen Konsumtempel einkauften oder auf den Bus warteten.

Er überquerte die Straße und bewegte sich auf den Treffpunkt zu, ohne sich vom Anblick der Polizei einschüchtern zu lassen. Nahm die Blicke wahr, als er an dem Streifenwagen vorbeiging, aber die Polizisten wandten sich bald wieder ab.

Er wusste, was sie sahen. Einen abgemagerten Mann in fadenscheinigen und verdreckten Klamotten, mit strähnigen Haaren und einem Bart, der unter der über den Kopf gezogenen Kapuze hervorragte. Mit ausgehöhlten Augen in einem schmalen und mitgenommenen Gesicht.

Das war nicht nur Verkleidung. Momentan aß er kaum etwas und hatte bereits mächtig an Gewicht verloren. Mehrere Tage lang hatte er sich in dunklen und kalten Kellern verstecken müssen und nur selten etwas zu sich nehmen können. Er hatte gelernt, mit einem Minimum zu leben. Ab und an wusste er es sogar zu schätzen. Überleben auf die primitivste Art. Nicht das Luxusleben, an das er sich gewöhnt und das ihn stumpfsinnig und schwach gemacht hatte.

Er wünschte bloß, er hätte friedlich schlafen können. Doch jedes Mal, wenn er die Augen schloss, sah er den Stein, den er in einem Augenblick des Irrsinns aufgehoben hatte. Er hörte das Geräusch von brechenden Knochen und sah den Lebensfunken in den Augen des anderen erlöschen.

Er konnte nichts an den Geschehnissen ändern. Und würde in absehbarer Zeit auch kein freier Mann mehr sein. Dafür hatte er viel zu wenig Geld und kaum noch Freunde übrig. Aber er konnte die Zeit nutzen, die ihm noch blieb.

Er konnte sich auch weiter an denen rächen, die ihn ausgenutzt und verraten hatten.

Sein Kontakt wartete vor dem alten Teddy's, bei dem um diese Jahreszeit draußen keine Tische standen. Er war ein alter Freund, einer der wenigen, die er noch hatte.

»Es heißt, du seist tot oder würdest gesucht, je nachdem«, sagte der Freund.

»Es wird viel komisches Zeug erzählt.«

»Tja, du siehst nicht gut aus.«

»Ich muss so aussehen.«

Der andere warf einen raschen Blick auf den Streifenwagen am Ende der Straße und lächelte kurz.

»*Hiding in plain sight*«, kommentierte er. »Ich habe, was du brauchst. Die Bezahlung erfolgt über die Waren, die ich für dich aufbewahrt habe.«

Als ob er sich nicht schon längst an allem bedient hätte, dachte er.

»Nordbygata 20. Nilsen«, sagte der andere und drückte ihm zwei Schlüssel in die Hand. »Warte nicht zu lange.«

Es bestand keine Gefahr, dass er das tun würde. Sie trennten sich, und er ging weiter in Richtung Grønland. Die Nummer 20 war ein altes Mietshaus aus dem 19. Jahrhundert. Mit Rissen im Putz und schiefen Fenstern.

Mit dem ersten Schlüssel öffnet er das Haustor. Der andere war für den Briefkasten, auf dem ein Zettel mit der Aufschrift *NILSEN* klebte. Er wusste nicht, wer Nilsen war. Es war nicht mal sicher, ob es einen Nilsen überhaupt gab. Das war auch nicht wichtig. Im Briefkasten lag ein gepolsterter Umschlag. Er nahm ihn heraus und legte die Schlüssel in den Kasten.

Bevor er weiterging, blickte Henning Ulriksen in den Umschlag. Zufrieden nickte er, als er das Bündel Scheine und die Pistole sah.

KAPITEL 78

Ehe er zu den roten Reihenhäusern am Ende der Straße kam, hielt Harinder den Wagen in der Kurve an. Im Radio sprach die Moderatorin über das strahlende Winterwetter, das angekündigt war, derweil schwere Regentropfen auf das Autodach hämmerten. Ein grauer und schmutziger Tag. Der frisch gewaschene Nissan war schon wieder mit Dreck vollgespritzt.

Mit dem Motor im Leerlauf saß er da und beobachtete das zweitletzte Haus in der Reihe. Die Scheibenwischer arbeiteten auf Hochtouren, um der Fluten Herr zu werden. Weder Gurmans Mercedes noch Jaspreets Golf waren vor dem Haus zu sehen. Harinder hatte sich im Vorhinein versichert, dass keiner der beiden an diesem Nachmittag zu Hause sein würde. Eine diskrete Nachfrage, um den richtigen Zeitpunkt für sein Vorhaben zu finden.

Ein Vorhaben, das er gern jemand anderem überlassen hätte. Am liebsten Rachel. Sie hatte ihn schließlich als Erste mit diesen absurden Gedanken gefüttert.

Harinder hatte ihr so viel wie möglich Widerstand geleistet. So viel, dass er schon befürchtet hatte, ihre Freundschaft könne darunter leiden. Unter anderem hatte er aufgezeigt, dass sie nicht den Funken eines Beweises hatte, der ihre Theorie untermauern könnte. Oder dass sie nach Verbindungen suchte, die es nicht gab, bloß weil sie sich wünschte, es gäbe sie. Dass sie auf der Jagd nach einem anonymen Auftragsmörder das Augenmaß verloren hatte.

Wieso aber konnte er es nicht bei dem Gedanken belassen, dass alles in bester Ordnung war und die Schuld dort verortet werden konnte, wo sie nun einmal war? Weshalb konnte er die Dinge nicht einfach ruhen lassen? Den zarten Misston im Motorengeräusch ignorieren, anstatt die Motorhaube zu öffnen und nach der Fehlerquelle zu suchen?

Weil er sich fragte, wo es denn enden würde, wenn er jetzt anfinge, bei solchen Dingen ein Auge zuzudrücken, oder wenn er Dinge unter den Teppich kehrte, wenn dabei Menschen beteiligt waren, die ihm nahestanden. Die er gernhatte.

Hatte James Riddle vielleicht auf diese Weise begonnen, die Zügel schleifen zu lassen und die Grenzen zu dehnen?

Der Weg in den Abgrund führte nur selten durch ein sich plötzlich auftuendes Loch im Fußboden.

Er hatte an all die kleinen und großen Lügen gedacht, die Amandeep aufgetischt hatte. Ihm, ihren Eltern, den Studienfreunden in Edinburgh und der Polizei. Und an die passenden Erklärungen. Was ihn wiederum gezwungen hatte, sich ein paar unangenehme Fragen zu stellen, denn vielleicht war es ja auch gar nicht Rachel, die das Augenmaß verloren hatte. Vielleicht sah sie einfach klarer, während ihm seine Gefühle im Weg standen.

Eine dunkle Silhouette verdeckte das Licht in einem der Fenster im ersten Stock des Reihenhauses. Jemand stand dort und starrte in den regenschweren Abend hinaus.

Harinders Herz schlug heftig.

Schließlich schob er die ausgedruckten Fotos zusammen und stopfte sie in die Jackentasche, ehe er einen Gang einlegte und an dem Reihenhaus vorfuhr, in dem die Familie seiner Halbschwester wohnte.

KAPITEL 79

In der Kurve, in der ihre Straße begann, sah Amandeep den Wagen stehen. Ein dunkles Auto ohne Licht an einem dunklen und feuchten Nachmittag. Sie konnte die Abgase aus dem Auspuff strömen sehen und nahm die Bewegungen der undeutlichen Gestalt hinter dem Lenkrad wahr. Seit einigen Minuten stand der Wagen da, was ihre Alarmglocken unmittelbar läuten ließ.

Vielleicht war es die alte Paranoia, die sich plötzlich wieder meldete. Wenn sie allerdings in Schottland etwas paranoider gewesen wäre, hätte sie sich eine Menge Schmerzen ersparen können. Stattdessen hatte sie sich gestattet, den Schutzwall herunterzulassen. Sich sicher zu fühlen. Sie hatte die Lektion aus dem Jahr in Afghanistan vergessen. Wo man lernte, die Umgebung stets genau im Auge zu behalten. Falls man das nicht tat, war man tot. Eine kurze Ablenkung reichte schon aus.

Wie bei Millie, ihrer Freundin aus dem schottischen Regiment.

Sie hatte sich hinuntergebeugt, um einen Hund zu streicheln. Nur einen kurzen Moment, aber lange genug, dass sie die Frau mit dem Sprengstoffgürtel zu spät entdeckte. An jenem Nachmittag, als Amandeep endlich duschen konnte, klebten immer noch Teile von Millie in ihren Haaren.

Amandeep zog sich vom Fenster zurück. Betrachtete ihr Zimmer, das noch genauso aussah wie in ihrer Teenagerzeit. Wie das Denkmal für eine verschwundene Zeit, die Momentaufnahme eines Lebens, das nie mehr gewesen war als eine Projektion der Person, die sie darstellen sollte.

Zehn Tage waren seit ihrer Entlassung aus dem Krankenhaus in Edinburgh vergangen. Nun sollte die Rehabilitation in Norwegen fortgesetzt werden. Die Prognosen waren gut. Sie trainierte so hart, dass ihre Eltern schon fürchteten, sie werde sich überanstrengen. Aber die machten sich ohnehin ständig über irgendetwas Sorgen. Ihr Ziel war es, noch vor Ende des Jahres lange Spaziergänge ohne irgendwelche Hilfsmittel zu bestreiten, und es fühlte sich an, als sei sie auf dem besten Weg dorthin.

Sobald sie wieder völlig gesund wäre, würde sie fortgehen. Vielleicht zurück nach Schottland, um das Masterstudium zu beenden. Riyas Vater hatte ihr einen Job versprochen, wenn sie den haben wollte. Er hatte Büros in Großbritannien und auf dem Kontinent.

Aber zunächst einmal musste sie überleben.

Sie dachte wieder an den Wagen, der drüben an der Straße im Leerlauf stand. Genau wie an jenem Abend im Februar. Nach den unzähligen Nachrichten, die sie bekommen, aber nicht beantwortet hatte. Henning war nicht zur Tür gekommen, nicht, solange ihre Eltern zu Hause waren, aber er hatte dort draußen in seinem Tesla gesessen und gewartet.

Am Ende hatte sie nachgegeben. Hatte sich eine Jacke übergeworfen und war in den kalten Abend hinausgetreten. War zu seinem Wagen gegangen und eingestiegen.

»Du musst aufhören, mich anzurufen und mir Nachrichten zu schicken«, hatte sie gesagt. »Ich habe dir nichts mehr zu sagen. Ihr habt mich und meine Familie bedroht.«

»Ich nicht«, sagte Henning. »Das würde ich niemals tun, und ich schwöre, dass nichts davon geschehen wird. Du weißt doch, wie Thomas ist. Er muss nur immer klarmachen, wer der Chef ist. Ich verteidige ihn nicht, aber er glaubt nun mal das zu tun, was für seine Leute am besten ist. Er versteht nicht wie du und ich, dass *Erik* das Problem ist.«

Erik. Sie hatte ihn nie gemocht, aber nachdem er sich an Diana vergriffen hatte, hatte sie angefangen, ihn zu hassen. Typen wie er waren die schlimmsten. Der dreckigste Abschaum.

Sie verdienten nicht zu leben.

»Er stiehlt, er lügt, er versaut einem die Stimmung und er zerstört gerade alles, was ich versucht habe, aufzubauen«, sagte Henning. »Mein Bruder ist blind, die sind eben seit langer Zeit befreundet. Ich habe versucht, ihm klarzumachen, dass Erik verschwinden muss, aber er hört nicht auf mich.«

»Er respektiert dich nicht.«

Henning hatte verbittert genickt.

»Weil du schwach bist«, fuhr sie fort. »Du redest immer nur, machst aber nie was. Du sagst, dass Erik verschwinden muss, aber was tust du dafür? Er hat in deiner Wohnung eine Angestellte vergewaltigt, und deine Reaktion ist, ihm mit einem Baseballschläger hinterherzujagen? Was hast du damit erreicht? Kapierst du nicht, dass die anderen dich auslachen?«

Sie konnte sehen, wie sehr ihn die Worte verletzten,

aber sie war sauer gewesen, und es war die Wahrheit. Er hatte sich auf dem Fahrersitz aufgerichtet und räusperte sich.

»Du hast recht.« Dann hatte er ihre Hand genommen und sie zärtlich gedrückt, hatte mit seinen schönen blauen Augen in ihre gesehen. Sie dachte daran, wie dieser Blick ihre Neugierde geweckt hatte, als sie einander zum ersten Mal begegnet waren. »Also, was können wir tun?«

Amandeep trat vom Fenster weg.

Sie hatte weder den Plan bereut, den sie an jenem Abend geschmiedet hatten, noch die Rolle, die sie bei der Umsetzung gespielt hatte. Und eigentlich hatte sie es eher für Diana und sich selbst getan als für Henning.

Doch zu glauben, dass sie sich auf Henning verlassen könnte, war naiv gewesen. Er hatte ihr sofort den Rücken zugekehrt, nachdem er sich in Las Vegas ein Alibi verschafft hatte. Hatte sich eine neue Flamme gesucht. Und dann hatte sie nichts mehr von ihm gehört. Als ob sie keinen Nutzen mehr für ihn hätte.

Etwas hatte sie allerdings aus der Erfahrung mit den Zwillingen gelernt. Und deswegen hatte sie auch die Pistole bei ihnen versteckt. Als eine Art Versicherung, für den Fall, dass einer von ihnen auf dumme Gedanken käme.

Zur Abwechslung war sie endlich einmal allein, nachdem ihre Eltern zehn Tage lang an ihr gehangen und sie verhätschelt hatten, bis sie fast verrückt geworden wäre. Die Zuwendung war zwar schön gewesen, aber in ihrem Zustand auch nicht ungefährlich.

Die Polizei meinte, sie hätte von Thomas oder von Henning nichts mehr zu befürchten. Als ob sie es beruhigend finden sollte, dass nicht mal klar war, wer von den beiden nicht mehr lebte.

Amandeep trat ans Bett. Ging in die Knie und schob den Arm unter das Bettgestell. Ihre Finger fanden die SIG Sauer, die sie an der Unterseite mit Gaffer-Tape festgeklebt hatte.

KAPITEL 80

Im Wohnzimmer war es so leise, dass er die Regentropfen durch die geschlossene Tür auf die Terrasse herunterplatschen hörte. Er saß auf dem Dreisitzer zwischen zwei großen Palmen, die in hohen Blumentöpfen steckten. Die Wand hinter ihm war angefüllt mit Familienfotos. Fotos von Amandeep in verschiedenen Phasen ihres Heranwachsens. Das alte Hochzeitsbild von Jaspreet und Gurman. Das Porträt von Jaspreets Mutter, mit der ihr gemeinsamer Vater verheiratet gewesen war, als er nach Norwegen umsiedelte. Das Foto war eine Erinnerung an den Verrat des Vaters vor fast fünfundzwanzig Jahren.

Harinder versuchte, das Gefühl abzuschütteln, dass auch er jetzt eine Art von Verrat beging.

Amandeep saß auf der Kante des Sessels ihm gegenüber. Sie spielte mit ihren Fingern und schob sich eine Haarsträhne aus der Stirn. Ein klares Anzeichen dafür, dass sie angespannt und rastlos war. Und das alles aufgrund eines Namens aus der Vergangenheit, den Harinder unerwarteterweise aus dem Hut gezogen hatte. Eine Person, die sie zunächst vorgab, kaum erinnern zu können.

»Wer?«

Das hatte sie tatsächlich gefragt. Als ob Christian Brekke

irgendein Klassenkamerad gewesen wäre, den sie seit acht Jahren nicht gesehen hatte. Als ob sein Name nicht in sämtlichen Nachrichtensendungen genannt worden wäre, nachdem er auf offener Straße erschossen wurde.

Harinder war erschrocken. Er hatte sich die Hoffnung bewahrt, dass seine Nichte noch die war, die sie immer gewesen war, und nicht die, die er nun fürchtete vor sich zu haben.

Er hatte die Kopie der Seite aus dem Jahrbuch von Christian Brekke hervorgezogen und sie vor seiner Nichte auf dem ovalen Wohnzimmertisch ausgebreitet. Auf dem Foto stand der 18-jährige Schüler etwa in der Mitte der zweiten Reihe. Ein groß gewachsener junger Mann mit selbstsicherem Lächeln und lockigem Haar, das schon begonnen hatte, dünner zu werden.

Nur drei Plätze von Amandeep entfernt, rechts neben ihr. Sie würdigte das Foto kaum eines Blickes.

»Okay, dann kannte ich Christian eben«, sagte sie nach einer Weile und zuckte mit den Schultern. »Und? Dreißig Menschen auf einem alten Klassenfoto. Seit wir von der Schule abgegangen sind, hatte ich vielleicht mit zwei oder drei von denen Kontakt. Christian gehörte nicht dazu.«

»Warum hast du das nicht gesagt, als ich dich zuerst danach gefragt habe?«, wollte er wissen.

»Ich wusste nicht, dass ich einem verschärften Verhör unterzogen werden sollte«, erwiderte Amandeep. »Und was hat Christian eigentlich überhaupt damit zu tun? Ich dachte, du wärst gekommen, um mich zu besuchen, Onkel Hari. Seit meiner Rückkehr bist du ja noch nicht hier gewesen. Immer irgendeine Entschuldigung.«

Ihre Worte hätten ihn mehr berührt, wenn er in Amandeeps Tonfall nicht den eines Menschen wiedererkannt hätte, der in Verteidigungsposition gegangen war.

»Die Sache ist folgendermaßen: Wir glauben, dass die Person, die Erik Ruud erschossen hat, auch Christian auf dem Gewissen hat. Die Vorgehensweise war sozusagen identisch. Wir wissen, dass sowohl Christian als auch Erik sich zu der betreffenden Person umgedreht haben, ehe sie erschossen wurden. Dass sie vermutlich gewusst haben, um wen es sich handelt. Verstehst du, was ich sage?«

Ein bitteres Lächeln erschien auf ihren Lippen. »Ich kannte sie beide und bin somit also eine Mörderin. Ist es das, was du mir sagen willst?«

»Ganz so einfach ist es nicht, aber es bedeutet, dass ich gern eine Antwort auf die Fragen hätte, die ich dir stellen werde«, sagte Harinder. »Wie gut kanntest du Christian? Würdest du ihn als guten Freund bezeichnen?«

»Nein, überhaupt nicht.«

»Du hast ihn also nicht gemocht?«

Amandeep verdrehte die Augen. »Willst du mir jetzt jedes einzelne Wort im Mund umdrehen?«

»Nein, aber die Art, wie du dich ausdrückst, sagt ja so einiges.«

Er wartete darauf, dass sie weitererzählen würde, doch sie wand sich nur in ihrem Sessel.

»Irgendwo habe ich gelesen, dass Donald Trump im Durchschnitt zwölf Lügen pro Tag von sich gibt«, fuhr Harinder fort. »Im Laufe seiner ersten tausend Tage als Präsident hat er etwa zwölftausend Dinge gesagt, die entweder irreführend oder vollkommen falsch waren. Aber das bedeutet nicht, dass er ein guter Lügner ist. Ganz im Gegenteil, die meisten Dinge, die er erzählt, sind so offensichtlich gelogen und so leicht zu durchschauen und zu widerlegen, dass ich ihn einen notorischen Lügner nennen würde, den es überhaupt nicht kümmert, ob die Leute glauben, was er sagt. Nein, eine gute Lüge muss exakt so viel Wahrheit beinhalten, dass sie überzeugend wirkt. Ein wirklich guter Lügner sagt die Wahrheit, wenn er es kann, und lügt nur, wenn er muss.«

»Na toll, jetzt bezeichnest du mich also als Lügnerin.« Amandeep schüttelte den Kopf. »Was ist hier überhaupt los? Sollest du nicht auf meiner Seite sein?!«

»Die Erklärung dafür, dass du uns erst nach neun Monaten von der Waffe im Gemini erzählt hast, war eine Lüge, die genügend Wahrheit in sich barg, dass sie glaubwürdig wirkte«, sagte Harinder. »Ich glaube, dass du tatsächlich Angst vor den Ulriksen-Brüdern hattest. Dein Wissen über die Pistole, egal wie sie dahin gekommen ist, war deine Versicherung. Du bist angegriffen worden, es wirkte naheliegend, dass die Ulriksens dahintersteckten, und so hast du deine Karte ausgespielt.«

Amandeep sagte nichts.

»Als du Riya erzählt hast, du seist vorsichtig mit neuen Beziehungen, hast du gemeint, das läge daran, dass du gerade erst einem schlechten Verhältnis entkommen wärst«, fuhr Harinder fort. »Und wieder gehe ich davon aus, dass das im Kern der Wahrheit entsprach. Die Lüge war, dass es dabei nicht um Vijay Sharma ging, sondern um Henning Ulriksen. Oder müssen wir jetzt noch weiter zurück in der Zeit, um die Quelle des Schmerzes zu finden? Acht Jahre zurück, zum Beispiel?«

Er tippte mit dem Zeigefinger auf das alte Klassenfoto. Seine Fingerspitze berührte Christian Brekkes Lockenkopf.

»Der Mord an Christian wurde gründlich untersucht. Abgesehen von Belanglosigkeiten gab es nichts, was darauf hätte hinweisen können, dass er das Opfer eines brutalen Mords werden würde«, sagte er. »Aber er war auch kein zufälliges Opfer. Irgendjemand da draußen musste also etwas über Christian wissen, was den Ermittlern verborgen geblieben ist. Willst du wissen, was ich glaube?«

Amandeep gab keine Antwort.

»Ich glaube, du hast mir nicht die ganze Wahrheit erzählt, als ich dich an jenem Morgen von der Notaufnahme abgeholt habe«, sagte er. »Eigentlich hatte ich schon damals das Gefühl, dass du mehr wusstest, als du sagen wolltest. Auf diesen Abipartys passieren viel schlimme Dinge, auch Vergewaltigungen, und in fast allen Fällen geht es um jemanden, den das Opfer kennt. Ich glaube nicht, dass du eine Ausnahme warst. Ich denke, du weißt ganz genau, wer sich damals an dir vergriffen hat.«

Amandeep sagte noch immer nichts, stand aber demonstrativ auf und stellte sich mit verschränkten Armen und von ihm abgewandt an die Terrassentür.

»Ich kann mir nur vorstellen, wie die ganze Geschichte jener Nacht dich immer wieder heimgesucht hat. Dass die Details, an die du dich angeblich nicht erinnern konntest, keine Sekunde vergessen waren. Die Erinnerungen daran sind so lebendig, dass du sogar nach acht Jahren noch immer Probleme damit hast, dich an andere Menschen zu binden. Und dann, vor zwei Jahren, mit all der Erfahrung aus deiner Zeit beim Militär, hast du beschlossen, mit dem Mann abzurechnen, der die Ursache all dieses Elends war. Oder irre ich mich?«

Er irrte sich nicht. Die mangelnden Einsprüche ihrerseits deuteten stark darauf, dass er ins Schwarze getroffen hatte.

Beunruhigend war allerdings, was er da am Ende ihres Rückens sah. Der Gegenstand, der sich unter dem Hosenbund und der grünen Bluse beulte.

»Ah, du bist ja so schlau«, sagte Amandeep. Ihr schmales Lächeln spiegelte sich in der Fensterscheibe. »Aber weißt du, was *ich* glaube, Onkel Hari? Ich glaube, dass du nicht ein Wort davon beweisen kannst. Denn wenn ich wirklich verdächtigt wäre, dann würden wir uns in einer Polizeistation unterhalten. Also, nicht *wir*, denn wir sind ja eine Familie, und dir würde nicht mal erlaubt sein, überhaupt in meiner Nähe zu sitzen. Und dieses Gespräch hier, was immer dabei herauskommen mag, wäre als Beweismittel sowieso völlig unbrauchbar. Oder irre ich mich?«

Seine eigenen Worte flogen ihm um die Ohren. Und sie hatte sich so wenig geirrt wie er.

»Ich suche nur nach der Wahrheit, Amandeep«, sagte er. »Und ich muss dich fragen: Bist du gerade *bewaffnet*?«

»Meinst du *die hier*?«

Sie schob die Hand hinter den Rücken und drehte sich um. Harinder sprang vom Sofa auf und wich zurück.

»Du meine Güte, Amandeep!«

Eine SIG Sauer, wie er sehen konnte, nicht unähnlich der Modelle, mit denen die Polizei ausgerüstet war. Seine eigene Waffe lag im Kofferraum des Wagens. Und dort durfte sie gern bleiben. Harinder hasste Schusswaffen.

»Beruhige dich, sie ist gesichert«, sagte sie. »Ich habe nicht vor, auf jemanden zu schießen, aber ich bin einfach ruhiger, wenn ich sie in der Nähe weiß. Besonders, wenn ich allein bin. Vor den Geschehnissen in Edinburgh hatte ich mich sogar schon daran gewöhnt, sie beim Schlafen nicht unter dem Bett liegen zu haben, aber jetzt bin ich offenbar wieder am Ausgangspunkt angelangt.«

»Du meine Güte«, wiederholte er und spürte seinen Puls rasen. »Was ist bloß mit dir passiert?«

»Passiert? Ich versuche nur, auf mich selbst aufzupassen. Mich am Leben zu halten«, sagte Amandeep. »Aber das ist nicht so einfach, wenn du das Gefühl hast, dass dich das Schicksal auf die gegenüberliegende Fahrbahn lenkt, wo dir ein Sattelschlepper mitten ins Gesicht geschleudert wird. Wer bin ich vor diesem Morgen gewesen? Erinnerst du dich? Bevor ich mit heruntergezogener Hose und von Blut und Kotze bedeckt in einem Straßengraben erwacht bin. Es tat weh zu schlucken, und es tat sogar weh zu atmen. Mein ganzer Körper schmerzte. Ich hatte nur eine vage Erinnerung an die Ereignisse der Nacht davor. Aber genug, um zu *wissen*. Irgendwo in meinem Gedächtnis konnte ich einen Schimmer dieses Ungeziefers sehen, das grinste, während es zuschlug und versuchte, mich zu erwürgen. Er war nicht nur auf das aus, was in meiner Hose war. Er wollte, dass ich leide. Weil ich ihn sogar im Vollrausch abgewiesen habe. Kannst du das verstehen?«

Harinder schüttelte den Kopf. Was er hörte, war ekelerregend.

»Und was habe ich getan, nachdem ich mich zur Notaufnahme geschleppt hatte?«, fragte sie. »Nichts. Nicht ein verdammtes Ding. Ich habe dich angerufen, weil ich dachte, du wärest der Einzige, der mir helfen könnte, aber letzten Endes habe ich dich nicht helfen lassen. Weil das erfordert hätte, dass ich die ganze Wahrheit erzähle, und das konnte ich nicht. Ich stellte mir vor, was die Leute denken und was meine Eltern sagen würden, wie enttäuscht sie gewesen wären. Ich dachte, dass es in gewisser Weise meine Schuld war, weil ich mich so hatte volllaufen lassen. Also hielt ich den Mund, weil ich mich schämte. Ist das nicht verrückt?«

»Nein, das ist nicht verrückt«, sagte Harinder und versuchte, nicht auf die Pistole zu starren, mit der sie herumfuchtelte.

Sie lächelte knapp.

»Ich weiß nicht, was ich in der Armee gesucht habe, vielleicht wollte ich mir nur etwas beweisen, aber alles, was ich fand, war nur mehr Gewalt und Elend. Aber eines habe ich gelernt: Dass ich imstande war, einen Abzug zu betätigen, wenn die Situation es erforderte. Dass ich einen anderen Menschen töten konnte.«

Nachdem sie von dem Auslandseinsatz zurückgekommen war, hatte sie versucht, Ordnung in ihr Leben zu bringen. Hatte ihr Studium wieder aufgenommen und sich auf ein Date mit dem langweiligen, aber zuverlässigen Medizinstudenten eingelassen, den ihre Eltern nur allzu gern als Schwiegersohn gesehen hätten. Normale Dinge, mit denen sich normale Menschen beschäftigten.

Aber es war ihr schwergefallen, mit allem zurechtzukommen.

»Eines Tages war ich mit Vijay bei einem Autohändler. Er wollte seinen Wagen gegen einen anderen eintauschen«, sagte Amandeep. »Und da stand Christian. Mit seinem professionellen Verkäuferlächeln, kundenorientiert und mit einem Superschnäppchen im Angebot. Ich tat so, als würde ich ihn nicht wiedererkennen, und ich glaube, er machte es genauso. Aber die Wut und der Ekel waren wieder da.«

»Und da hast du beschlossen, dass er sterben müsste?«

»Ich wusste, dass ich nie wieder Frieden finden würde, ehe das nicht erledigt war«, sagte sie. »Was, wenn er anderen Frauen das Gleiche angetan hatte? Vielleicht würde er es immer und immer wieder tun.«

»Und das war deine Entschuldigung dafür, Richter und Henker zu spielen?«, fragte Harinder. »Es hätte einiges gegeben, was du hättest tun können, ohne ihn umzubringen. *Legale* Maßnahmen.«

»O gewiss, unser perfektes Strafsystem, das jeden Tag und überall die Unschuldigen schützt«, sagte Amandeep und schnaubte. »Du kannst doch nicht so lange deiner Arbeit nachgehen und immer noch so naiv sein? Wie viele Strafanzeigen haben wirklich Konsequenzen? Die düstere Wahrheit, die das Gesetz zu umgehen versucht, lautet, dass manche Menschen es schlichtweg nicht verdient haben, zu leben. Menschen wie Christian und Erik. Oder wie Thomas und Henning.«

»Nichts ist perfekt, aber das rechtfertigt deine Handlungen nicht«, sagte er.

Er sah, wie sich ihr Blick verdüsterte. Wie sie den Griff um die SIG verstärkte. Er überlegte, was sie jetzt womöglich als Nächstes tun würde, als er auf eine Gestalt aufmerksam wurde, die sich schnell durch den Garten und auf die Terrasse zubewegte.

In der Sekunde darauf zerbarst die Fensterscheibe.

KAPITEL 81

Harinder versuchte vorsichtig die Augen zu öffnen. Er hatte Probleme mit dem rechten, da sich eine klebrige Flüssigkeit auf seinem Gesicht ausgebreitet hatte. Ein heftiges Klingeln im Ohr auf derselben Seite erschwerte es, etwas anderes zu hören als seinen eigenen keuchenden Atem.

Desorientiert sah er sich mit dem linken Auge um. Stellte fest, dass er neben einem umgestürzten Tisch auf dem langflorigen Teppichboden lag. Er konnte sich nicht erinnern, dass er gefallen war oder sich verletzt hatte, aber für beides gab es eindeutige Beweise. Der hellgraue Teppich war mit Blut verfärbt, und schnell begriff er, dass es sein eigenes sein musste. Er fasste sich seitlich an den Kopf, wo er eine brennende Wunde zwischen Ohr und Auge spürte. Verstand, dass er getroffen worden war, als der Mann von der Terrasse Kugeln auf ihn abgefeuert hatte.

Es schien sich nur um einen Streifschuss zu handeln, aber ihm wurde schwindelig, als er aufzustehen versuchte. Das konnte am Blutverlust liegen. Wenn er eine Ader traf, konnte sogar ein Streifschuss großen Schaden anrichten. Die Stille im Zimmer beunruhigte ihn. Neben dem intensiven Klingeln in den Ohren konnte er kaum etwas hören. Als ob er sich in einem Vakuum befände.

Er stemmte sich auf die Knie und hielt Ausschau nach Amandeep oder dem Schützen, konnte aber niemanden entdecken. Registrierte nur die Zerstörung, die von dem Schusswechsel verursacht worden war. Ein gähnendes Loch inmitten des Flachbildfernsehers. Bilder, die von der Wand gefallen waren oder schief von einem Nagel herunterhingen. Zerbrochenes Glas, das überall auf dem Fußboden lag. Blutspuren auf dem Parkett neben dem Teppich.

»Amandeep!«

Er hörte kaum seine eigene Stimme.

Während er sich aufrichtete, bemerkte er, dass das Schwindelgefühl nachließ. Die Verwirrung indes wurde nicht kleiner, als er zu rekonstruieren versuchte, was geschehen war, nachdem der Eindringling von der Terrasse aus das Feuer eröffnet hatte. Vage erinnerte er sich, dass Amandeep ihm zugerufen hatte, er solle in Deckung gehen.

Aber was war mit ihr?

Er richtete den Blick auf die Terrasse. Die Tür hing noch im Rahmen, doch die bodentiefe Glasscheibe war völlig zerschmettert. Glasreste ragten aus dem Holzrahmen hervor, die übrige Scheibe lag in zwei Haufen auf beiden Seiten des Terrasseneingangs.

Verteilt um einen blutigen, leblosen Körper.

Harinder ging näher heran. Es war die Macht der Gewohnheit, und nicht etwa ein geschärftes Bewusstsein, die ihn davon abhielt, in die Blutpfütze zu treten. Er wünschte, dieses verfluchte Geräusch in seinen Ohren würde endlich aufhören. Dass er wieder klar denken könnte. Er spürte etwas in seiner Jackentasche vibrieren, war sich bewusst, dass jemand ihn zu erreichen versuchte, brachte es aber nicht über sich zu antworten.

Er starrte auf die Leiche, die zur Hälfte draußen auf der Terrasse lag, und deren blanke Augen in einen dunklen und feuchten Himmel starrten. Ein großer, magerer Mann in nassen, abgetragenen Klamotten. Mit ungepflegtem Bart und zerzausten Haaren. Er war so verändert, dass es eine Weile dauerte, bis Harinder begriff, um wen es sich handeln musste.

Der letzte der Ulriksen-Brüder.

Von zwei Kugeln in der Brust getroffen. Der unaufhörliche Regen hatte eine Menge Blut beiseite gespült, was die Eintrittswunden deutlich erkennbar machte.

Harinder blickte im Wohnzimmer umher. Wo zum Teufel war bloß seine Nichte abgeblieben?

»Amandeep!«

Er richtete den Blick auf die Blutspuren, die ihm zuvor schon aufgefallen waren. Sah, wie sie sich durch das Wohnzimmer und den Gang zogen.

Es musste Amandeeps Blut sein. Was bedeutete, dass auch sie getroffen worden war. *Alles andere wäre seltsam,* dachte er. Sie hatte mitten in der Schusslinie gestanden. Ulriksen hatte auf sie gezielt.

Er folgte den Spuren. Sie führten ihn in den Eingangsbereich, wo die Haustür angelehnt war. Er entdeckte den roten Fleck am Türrahmen, er ähnelte dem Abdruck einer Hand. Und er sah die Tropfen, die auf der Türschwelle gelandet waren.

Er stieß die Tür auf und trat hinaus. Ließ den Blick über den Boden gleiten, wusste aber, dass der Regen schon alle Spuren weggewischt hatte. Was ihn jedoch nicht daran hinderte, nach ihnen zu suchen.

Erst als er den Blick hob, wurde er auf die Gruppe Menschen aufmerksam, die langsam heranströmte. Verwirrte und ängstliche Blicke, die ihm unter Kapuzen und Schirmen zugeworfen wurden. Die ganze Nachbarschaft musste die Schüsse gehört haben. Und wie immer waren sie hinausgegangen, um nachzusehen, anstatt in der Sicherheit ihrer Häuser zu bleiben. Jemand wich zurück, als er aus dem Haus trat, und er begriff, wie er aussehen musste. Blutiges Gesicht und Augen, die den Schock widerspiegelten. Kein Wunder, dass die Menschen es mit der Angst zu tun bekamen.

Er rechnete damit, dass die Polizei schon unterwegs war, wenngleich er nirgendwo Sirenen hören konnte. Wenn er überhaupt noch etwas hörte. Abgesehen von diesem nervtötenden Klingeln!

Harinder ignorierte die Nachbarn. Er war nicht einmal so geistesgegenwärtig, sich als Polizist auszuweisen, was die Menschen vielleicht beruhigt hätte. Er starrte nur auf den leeren Platz vor dem Haus, wo zuvor sein Wagen gestanden hatte. Und noch ehe er nachsah, wusste er, dass die Autoschlüssel nicht mehr in seiner Jackentasche lagen.